ISCAS VIVAS

FABIO GENOVESI

ISCAS VIVAS

Tradução
Diego Silveira

BB
BERTRAND BRASIL
Rio de Janeiro | 2013

Copyright © 2011 Arnoldo Mondadori Editore S.p.A., Milão.

Título original: *Esche vive*

Capa: Rafael Nobre/Babilonia Cultura Editorial
Imagem de capa: sodapix sodapix / Getty Images

Editoração: FA Studio

Texto revisado segundo o novo
Acordo Ortográfico da Língua Portuguesa

2013
Impresso no Brasil
Printed in Brazil

Cip-Brasil. Catalogação na fonte
Sindicato Nacional dos Editores de Livros. RJ

G293i	Genovesi, Fabio, 1974-
	    Iscas vivas / Fabio Genovesi; tradução Diego Silveira –
	Rio de Janeiro: Bertrand Brasil, 2013.
	    448 p: 23 cm
	
	    Tradução de: Esche vive
	    ISBN 978-85-286-1659-0
	
	    1. Romance italiano. I. Silveira, Diego II. Título.

13-1713	CDD: 853 CDU: 821.131.1-3

Todos os direitos reservados pela:
EDITORA BERTRAND BRASIL LTDA.
Rua Argentina, 171 – 2º andar – São Cristóvão
20921-380 – Rio de Janeiro – RJ
Tel.: (0xx21) 2585-2070 – Fax: (0xx21) 2585-2087

Não é permitida a reprodução total ou parcial desta obra, por
quaisquer meios, sem a prévia autorização por escrito da Editora.

Atendimento e venda direta ao leitor:
mdireto@record.com.br ou (0xx21) 2585-2002

Impresso no Brasil pelo Sistema Cameron da Divisão Gráfica da
DISTRIBUIDORA RECORD DE SERVIÇOS DE IMPRENSA S.A.

Um rapaz quer que seu pai lhe compre um carro,
o pai diz: – Primeiro, corte o cabelo.
O rapaz diz: – Mas até Jesus tinha cabelo comprido.
E o pai: – É verdade, meu filho, mas Jesus sempre andava a pé.

DAVID BERMAN

Sumário

Galileu era um idiota (verão de 2005) 9
Metal Devastation 15
Albertina 21
Os cães do destino (Ripabottoni, Molise, quase Natal) 27
Gatinhos 34
Todas as onças são lésbicas 39
Feliz aniversário, Campeão 49
Centro de Informações para Velhos 55
O terceiro toque 63
Pau de sebo 68
Vibrodream 75
Iževsk 79
Britney no posto de gasolina 86
Malditas placas 95
BI, BI, BI-BI-BI 100
O moleiro e o senhor 109
Uma espécie de aniversário 120
PontedeRock 130
Frajola 137
A segunda-feira do noticiário local 141
O superconselho 149
A chuva no pinheiral 153
Bom ler vc 166
Línguas na tumba 170
E agora, o que vai acontecer? 184
Idiota, idiota, IDIOTA 188
A Maldição 192
Excalibur 196
D'Annunzio Dreaming 199
A misteriosa extinção dos dinossauros 205
O osso assassino 209
Meu sonho é ser uma droga 212
Conta uma coisa que deixa você sem graça 216

Eu colocaria um gancho	223
Pesca-Conforto Ultra Fish	228
O truque dos irmãozinhos	234
Notícias Italianas	239
Um colchãozinho para as carpas	244
A loja que pingava sangue	255
Salada de arroz	259
A terrível noite do demônio	265
O fim do ouriço	277
O direito à bengala	282
O que sabem os campeões?	285
Que moral você tem para falar alguma coisa	289
Coisa de caminhoneiro	291
Os pequenos amigos dos filósofos	296
A chaga do rock italiano	299
Mela-cueca	306
De cara, os fogos de artifício	314
Tiziana no espelho	321
A vitória da derrota	323
Pescaria sem isca	332
Um pombo por engano	338
Tiranossauro	343
Como um passarinho na feira	350
Mamãe querida	360
Dispensa-se (muito) boa aparência	366
A escura noite das bengalas	370
A fábula de Vladimir	378
Uma família de suecos	384
Três meses depois	389
O trem passa apenas duas vezes	394
Mas em Berlim faz muito frio	397
A morena e a loira	402
Café, não; cama, sim	408
Como gostaria de ser uma rã	417
E então desaparece	430
Trinta anos, que loucura	439
Agradecimentos	447

Galileu era um idiota

(verão de 2005)

Um... Dois...

Contamos. A água do canal é rasa e escura, parece uma foto tremida da lama. É uma tarde de julho de 2005, nós olhamos a água e contamos.

Nós somos Stefano, Silvia e eu, que infelizmente me chamo Fiorenzo. Não falta muito, temos apenas que chegar até dez. Contar é legal, transmite a sensação de algo fácil e seguro, exatamente como a matemática, e você se sente tranquilo, porque a matemática é perfeita e, se você confiar nela, jamais vai errar, já dizia Galileu.

Só que Galileu era um idiota.

Exato. Galileu Galilei, que era de Pisa, e por isso dá nome a todas as escolas daqui, foi tema da prova e do trabalho de ciências de todos os meus colegas da nona série. Eu, para ser diferente, preferi falar sobre energia nuclear, que não me interessa nem um pouco, mas o importante era não dar atenção para ele. Que inventou um monte de coisas e um dia escreveu que a Terra girava em torno do Sol, e o papa decidiu queimá-lo vivo, e então ele disse: Não, desculpe, eu me enganei, é tudo mentira.

Mas não é por isso que ele era um idiota. Galileu era um idiota porque afirmou que a natureza é como um livro aberto diante de nossos olhos, e esse livro é escrito em uma língua que é a matemática. Enfim, para ele, todas as coisas do mundo e da vida, as pessoas e as árvores e as conchinhas e as estrelas e os cavalos-marinhos e os semáforos e as medusas, tudo, absolutamente tudo, pode ser entendido através dos números e das figuras geométricas. O que, convenhamos, é uma bobagem gigantesca, e, se fosse eu quem soltasse essa pérola, com certeza me mandariam para aquele lugar, e teriam razão. No entanto, quem disse foi Galileu Galilei, e então deve ser verdade mesmo, porque ele era um gênio e vivia em uma época em que todos eram gênios ou artistas e não passavam o tempo fazendo compras, vendo televisão ou indo ao bar... Não, eles criavam poesias ou quadros ou leis científicas importantíssimas, exatamente como essa.

Mas isso é bobagem. Na época de Galileu nem existia bicicleta. Muito menos eletricidade. E, quando eles ficavam apertados, se aliviavam em um balde nojento e depois jogavam tudo pela janela, sem olhar se passava alguém na rua. Pô, nem sequer sabiam fazer gelo, e tinha gente que vinha das montanhas para vender neve. *Os caras compravam neve!*

E nós aqui dizendo que antigamente tudo era maravilhoso e profundo, e que agora somos todos uns idiotas inúteis... O que, aliás, é verdade, nós somos idiotas, só que sempre fomos assim, desde os tempos das cavernas até hoje à tarde, quando Stefano, Silvia e eu chegamos à beira do canal e começamos a contar.

E, em matéria de idiotice, com tudo aquilo que está para me acontecer, eu passo por cima de qualquer um brincando.

Três... Quatro...
Segundo o livro da natureza, podemos contar até dez. Ou melhor, devemos. Se não, o rojão toca a água muito rápido e se apaga antes

do estampido. Fizemos um monte de testes, o fundo do canal está cheio de rojões sem estourar, apesar de a água ser muito escura e não deixar ver direito.

Mas, se você acender e esperar dez segundos para lançar, a chama já estará tão próxima da pólvora que a água não poderá mais apagá-lo. O rojão voa para dentro do canal, afunda e então estoura, e vêm à tona bolhas, lama e os bichos que têm coragem de viver lá embaixo. Peixes, enguias e rãs cessam de existir como mágica e emergem à superfície todos juntos de barriga para cima. Do morro, avistam-se apenas as barrigas inchadas, bem mortas, que parecem listras brancas.

No entanto, a listra que vimos hoje de manhã era outra. Era negra e imensa, vivíssima, era um dorso vistoso que se movia sem pressa e fendia a água em duas. Pronto, agora é oficial, o monstro do canal existe, não restam dúvidas. Até hoje, apenas o Stefano tinha visto, mas ele não é um sujeito confiável. Stefano é do tipo que acorda a mãe para acompanhá-lo ao banheiro à noite.

Pois bem, hoje de manhã nós três o vimos. E como não ver com todo aquele tamanho? Estávamos pescando, sentados na lama seca da beira do canal, e, puta que o pariu, apareceu aquela coisa medonha.

Stefano gritou que era um tubarão, Silvia berrou que era um golfinho, mas não podia ser nem um nem outro, porque os dois vivem no mar. Quer dizer, na Amazônia existem golfinhos quase cegos que vivem nos rios. Só que não estamos na Amazônia, mas na província de Pisa, e isso não é um rio, mas um canal de irrigação estreito, que fede a adubo. Enfim, o monstro não pode ser um golfinho, nem um tubarão, então o que é? Para descobrir, só havia um jeito, e dessa vez não bastava um rojão, o assunto era sério.

Seis rojões de vara seis, modelo magnum profissional, amarrados por uma fita isolante prateada. Stefano disse: Será que não é demais?

com aquele tom choroso que dá raiva. Silvia e eu nem respondemos, fizemos cara feia e enrolamos a fita na ponta dos rojões, bem apertada. Ficou parecendo um único rojão gigante, uma bomba de mão. Mais do que isso, só chamando o Exército.

Cinco... Seis...
A discussão para decidir quem ia lançar a bomba durou meia hora. Stefano balançava a cabeça, chutava a terra do chão, levantando poeira, e resmungava que "Não é justo, vocês se aproveitam porque eu sou mais fraco". Depois, entendemos que ele insistia para *não* lançar, explicamos a situação e ele não criou mais problemas. Ao contrário, afastou-se um pouco e se pôs a contemplar a cena todo emocionado.

Entre mim e Silvia a coisa foi mais complicada. É verdade que a ideia da superbomba era minha, mas o dinheiro para os rojões foi ela quem deu e, portanto, estávamos empatados. E, como sempre que os argumentos não são suficientes, decidimos no par ou ímpar.

Um, dois e já!
Ímpar. Ganhei.

Trata-se de um momento muito especial: a última vez da minha vida que ganho no par ou ímpar. Ou melhor, pelo menos com esta mão, a direita. Que agora mal segura a bomba de tão grande. Sinto a palma de minha mão carregada de potência, de fogo e pólvora, sou o rei do canal.

E você, caro monstro, você pensa que é mais forte, não é? Ok, então me diga se gosta desse pirulito.

O braço dobra para trás lentamente, a manga da camiseta se encolhe, ouço o barulho das seis chamas que queimam juntas. Parecem um sopro, mas um sopro fortíssimo, tipo um ninho de serpentes ou o ruído da turbina de um caça ou dos jatos de vapor de Larderello. Tudo é poderoso, tudo é magnífico.

Iscas vivas

Contamos juntos em voz alta, gritamos cada vez mais, os números passam, precisos e metódicos, e nós somos como eles, firmes e seguros e belos...

Sete... Oito... Bum.
    Meus ouvidos assobiam.
    Vejo Stefano, que foge e grita, não consigo ouvi-lo, mas percebo que ele chora. Silvia, por sua vez, está na minha frente, imóvel, e me fita um pouco mais abaixo do rosto.
    Sigo seu olhar e vejo o que ela vê. O vazio.

Bem, agora estamos em 2010, já se passaram alguns anos, mas essa coisa do vazio continuou gravada dentro de mim. O resto da história talvez não tenha sido exatamente assim, a fita isolante talvez não fosse prateada, o que havia no canal talvez não fosse mais que um tronco que, por conta do calor e da água poluída, parecia um monstro. Mas aquela estranha sensação de vazio continua aqui, igual, idêntica, não me saiu da cabeça até hoje.
    Porque o verdadeiro vazio é algo terrível. O verdadeiro vazio não é o nada. O nada é pouco demais.
    Duas cenas para explicar melhor.
    Cena um: você chega a um quarto de hotel e abre uma gaveta para guardar sua roupa, a gaveta está vazia e você começa a colocar dentro dela cuecas, camisetas e meias.
    Cena dois: você volta para casa. Na última gaveta do armário, você guarda todo o seu dinheiro, escondido em uma caixa de sapatos. Você se abaixa, abre a gaveta e a encontra *vazia*.
    Pois bem, temos duas gavetas, e ambas estão vazias. Mas esses vazios significam a mesma coisa?
    Não, eu acho que não.

Porque o verdadeiro vazio não é o nada, mas o nada onde deveria haver algo. Algo importante, que já existiu antes, e então, em um determinado momento, você olha e se dá conta de que aquilo não existe mais.

Como naquela tarde de julho de 2005, quando meus ouvidos assobiam e eu baixo os olhos e vejo meu braço, que nasce no ombro, se dobra no cotovelo e continua até o pulso. E depois do pulso, nada. Ali deveria estar a mão, a minha mão. Sempre esteve, havia catorze anos estivera ali, e, no entanto, agora, só existe o ar, o ar fétido do canal, e pronto.

O vazio é isso.

Um Dois Três Quatro Cinco Seis Sete Oito... Bum.

Porque Galileu era realmente um idiota.

E eu, pior do que ele.

Metal Devastation

É, enfim, perdi uma das mãos. A direita, e olha que eu não sou canhoto. Quer dizer, agora sim, na marra, mas na época não era. Na época, usava a mão direita para fazer tudo. Para comer e me coçar, para segurar o controle remoto ou a raquete de pingue-pongue. E para soltar rojão, infelizmente.

Aqui em Muglione, onde as pessoas são tão legais, me chamam de Cotó, ou Cotoco, embora meu apelido mais comum seja Maneta. Como os carecas que eles chamam de Cabeleira ou de Juba, ou como Maurino, o bedel, que é mudo, e eles chamam de Pavarotti.

É sempre assim, o que falta conta muito mais do que aquilo que existe, e a ausência de uma das mãos parece mais importante que o fato de eu ter outra mão ainda perfeita, as duas pernas inteirinhas, os pés, e as papilas gustativas, por exemplo.

Tudo bem, passaram-se cinco anos e hoje eu já consigo fazer um monte de coisas importantes. Coisas do dia a dia, coisas que se fazem sem pensar, tipo calçar os sapatos, tomar banho e comer. Tive que desmontar essas ações em peças pequenas e montá-las todas outra vez, de modo diferente. Precisei de um bom tempo, mas o tempo passou e eu aprendi. Em certo sentido, acho até que cresci.

A mão, por sua vez, não, essa daí não cresceu mais. Juro que depois do baque foi a primeira coisa em que eu pensei. Por um ou dois segundos, me perguntei se a mão não podia crescer de novo. O que não chega a ser uma ideia tão absurda, já que quando os caranguejos perdem uma pinça, outra cresce em seu lugar, e quando cortamos o rabo de uma lagartixa acontece o mesmo. Isso sim me parece um completo absurdo.

Afinal de contas, somos nós os animais superiores, certo? Portanto, como é que os caranguejos e as lagartixas fazem uma coisa do gênero e nós não? Até as lagostas, meu Deus, *as lagostas*! Elas têm duas pinças gigantes e se por acaso perdem uma delas em uma luta ou enroscada na rede, até essa pinça enorme cresce novamente. E como isso requer uma grande dose de energia, a lagosta para de crescer. Não estou brincando, esse bichinho ridículo do fundo do mar deixa de crescer para direcionar toda a sua energia para a pinça e, pouco tempo depois, eis que ele reaparece inteiro e feliz, tocando o terror na água. Quer dizer, uma lagosta pode, e nós, que deveríamos ser os reis da natureza, sabemos apenas fazer crescer partes totalmente inúteis, como as unhas, os pelos, os cabelos... Imaginem o esforço.

Tum-tum-tá.

Giuliano golpeia a caixa da bateria e traz minha mente de volta para a garagem. Ele se ajeita no banco, os outros dois me observam com os instrumentos nos braços. Estamos prontos.

One, two...

E aqui estamos nós de novo às voltas com os números, com essa história de contar. Passaram-se cinco anos e, cada vez que conto, ainda sinto uma espécie de arrepio. Mas tudo bem, neste exato momento um arrepio é bem-vindo, me acorda e me recarrega, porque é o momento de dar tudo.

One, two, three, four... Come on!
A guitarra explode com um riff assassino, sozinha por duas frases, então entra a bateria com um som bem encorpado, e o baixo se mete no meio. Eu fixo a parede na minha frente e bato a cabeça no ar ao ritmo da música, com os cabelos voando para todo lado.

Mais duas frases e depois é a minha vez, o vocal. Também, né? Com uma só mão, eu não tinha muita escolha. Sim, sim, é verdade, o baterista do Def Leppard gravou discos mesmo depois de ter perdido um braço, mas vocês já ouviram esses discos? Então, pode-se dizer que eu tenho muita sorte por ter uma voz do caralho.

E esta noite é histórica porque cantamos em italiano. De certa forma, tinha sido uma derrota, eu não topava de jeito nenhum cantar em italiano, mas no 1º de Maio acontece esse festival das escolas em Pontedera, chamado PontedeRock, organizado pela juventude de esquerda, e tem essa regra babaca das músicas em italiano. Então fizemos uma votação e decidimos vender a alma para o diabo, traduzimos três títulos e, hoje à noite, ensaiamos assim.

Stop. Outra batida na bateria e agora é a minha vez.

O horror surge da tumba
E você não poderá se salvar
O morto-vivo que te chama
Está afiando a sua lââminaaa.

Disparo todos aqueles "aa" com o meu agudo único, altíssimo e potente. A métrica foi destruída pelo italiano, mas devo admitir que esperava algo pior, muito pior.

Pode fugir por essa trilha
Mas ela te levará ao cemitério

E os cadáveres danados
Têm fome de vocêêêêêêê.

Depois o coro. Porque se uma canção é boa, o backing vocal deve arrebentá-la, fazê-la explodir, como um míssil que voa voa voa e explode no céu.

O horror surge da tumba
O horror surge da tumba
Ele te segue como uma sombra
O horror surge da tumbaaaaa.

Stefano, no baixo, troca olhares com Giuliano, que bate nos tambores. Hoje estamos extraordinários, incendiários, e aí eu mudo o tempo e, em seguida, é a vez da guitarra. Pronto, agora, agora...
— Parou! Parou! Porra, Antonio, por que você não entrou?
— Eu?! Mas o solo não era agora!
— Claro que era.
— De jeito nenhum, o solo é depois. Tem o segundo backing vocal, e então começa o solo.
— Tá, mas agora tem um minissolo, foi você mesmo quem quis!
Antonio vira-se para os outros. Stefano, que nos últimos cinco anos não mudou muito, abaixa os olhos para não admitir que o amigo errou, enquanto Giuliano o fita, furioso e suado.
— Está bem, rapaziada, eu tinha me esquecido. Desculpem.
— Desculpa o caralho, nós estamos gravando.
— Ok, ok, dessa vez eu vou fazer certo, prometo. Mas antes um cigarro, pode ser?
Os três apoiam os instrumentos e saem. Eu não fumo porque isso arrebenta a voz, e também porque a fumaça concentrada

no ambiente pode ser um problema para os tons mais altos. Eles vestem seus casacos de couro e saem, me deixando sozinho na garagem.

Mas nós precisamos dar um gás, até amanhã no máximo, temos que finalizar três músicas para entregar à galera do festival que seleciona as bandas. Acabei indo eu falar com eles e, dos cinco que encontrei, três tinham cabelos rasta. Gente que ouve música sincopada, com letra que fala de dar as mãos, de colher flores pelos campos, e por aí vai, a vida é maravilhosa porque o sol brilha. Estamos praticamente desclassificados, mas fazemos de conta que não sabemos.

E fazemos de conta também que Antonio errou por acaso e que isso não vai acontecer de novo, ainda que saibamos qual é o seu verdadeiro problema: Antonio é bonito demais. Tem quase dois metros de altura, o abdômen definido e as costas largas, além de uma combinação fatal de cabelos pretos e olhos verdes que faz as meninas enlouquecerem assim que o veem.

E depois, como se não bastasse o fato de Antonio ser muito bonito, nós três somos realmente feios. Quer dizer, se não fosse pela falta da mão, eu até que não estaria tão mal, mas Giuliano e Stefano dão medo. Gosto muito deles, só que essa é a verdade. O baixinho do Stefano deve pesar cinquenta quilos e tem uns dentões para fora, mesmo com a boca fechada, e Giuliano é um gordão com um queixo duplo, que parece uma bolsa de canguru presa no pescoço.

Na outra noite, no caminho para o ensaio, vimos na praça uns caras grandes, daqueles que só o Antonio conhece. Quando o viram conosco, eles começaram a gritar Tony, que diabo você anda fazendo? Trabalho voluntário no zoológico ou no circo?

É por essas e outras que é difícil acreditar na banda e tocar bem. E aí você começa a se perguntar o que espera alcançar na vida, aonde quer chegar, o que fazem quatro desgraçados em uma cidadezinha de merda tocando músicas de que ninguém gosta, e...

Depois, por sorte, os cigarros chegam ao fim, eles voltam para a garagem e todos nos encaramos com olhos impiedosos e carregados.

E o Metal Devastation se concentra outra vez em sua missão de destruir o mundo.

Albertina

É abril, são nove da manhã e faz frio na bicicleta.

Se eu pedalar rápido, me aqueço, mas aí venta mais e eu fico com frio novamente, não sei bem o que é melhor. Talvez o melhor mesmo seja ir de scooter, só que a gasolina acabou e, antes de pedir dinheiro ao meu pai, prefiro mil vezes ir de bicicleta.

Mas, hoje de manhã, vou substituí-lo na loja e pego o dinheiro porque tenho direito, não é caridade, portanto, nenhum problema. Ou quase nenhum, porque vou ter que matar aula. Como hoje teria dois horários de matemática, talvez isso nem seja um problema. O único problema de verdade é que não dá para brincar com a matemática, a física e a filosofia, e eu corro o risco de ser reprovado no exame de maturidade,* aí já era. Não, chega, a partir de amanhã eu começo a estudar, vou mostrar que mudei, que tomei jeito. Isso, isso, a partir de amanhã vou mergulhar de cabeça nos livros, prometo.

---

* Exame realizado pelo Ministero della Pubblica Istruzione que atesta a conclusão do ensino secundário superior na Itália – correspondente ao ensino médio no Brasil –, indispensável para o acesso aos cursos universitários. (N. T.)

Bom, agora eu tenho de abrir a loja, meu pai viajou com os rapazes para uma corrida fora da cidade, e uma loja de pesca é igual a uma farmácia, um cliente pode ter uma emergência e você precisa estar a postos.

Houve um tempo em que podíamos até não abrir de vez em quando, porque a Magic Pesca não era a única loja de pesca que havia em Muglione. Dava para ir à Albertina, o nome da proprietária daquele lugar que todos chamavam assim porque não tinha um nome de verdade, nem uma placa, e, se ninguém contasse, era impossível descobrir que era uma loja, não uma casa normal meio afastada da cidade. A Albertina morava ali mesmo, tinha uma sala comprida e estreita, com um balcão e algumas varas, molinetes e iscas, mas lá nos fundos, atrás das caixas de papelão, havia uma porta, que ela, vez ou outra, abria para ir buscar algo, e aí dava para avistar uma cozinha.

E isso era muito prático, porque, se você precisasse de uma isca no horário mais absurdo, era só tocar a campainha que a Albertina estava lá, se aproximava lentamente e arranjava o que você queria.

De fato, um dia, logo que o sol nasceu, Stefano e eu decidimos testar uma ração superespecial, que preparamos com farinha, geleia, frutas secas e Nesquik. Nós experimentamos um pouco e era gostosa, muito doce, o que é perfeito, porque as carpas quando sentem o doce enlouquecem e chegam voando. E se essa ração inventada por nós funcionasse, poderíamos vender e ficar ricos e famosos.

É verdade que nunca ouvi falar de alguém que tenha ficado rico com carpa, mas naquele verão acreditávamos nisso, eu e o Stefano. Tínhamos, inclusive, batizado a receita – Magic Carpa Special –, tão secreta que, se por azar funcionasse, nem mesmo nós íamos conseguir nos lembrar. Mas era necessário testá-la, e para isso precisávamos de um euro de larvas brancas para colocar no anzol. Eram seis da manhã e meu pai ainda não tinha a loja de pesca, então passamos na Albertina e tocamos a campainha. Quer dizer, primeiro ficamos uns dez minutos dizendo: *Toca você. Não, você. Eu, não, você. Não, toca você, não tem coragem? E você tem? Eu tenho, sim. Ah, é? Então toca...*

Por fim, decidimos que os dois colocariam o dedo no botão da campainha e apertamos juntos. Àquela hora, no silêncio, o som subiu pelos nossos dedos até os braços como uma descarga elétrica, e senti uma vontade louca de pular na bicicleta e fugir dali.

Por alguns segundos não aconteceu nada, apenas o som da campainha que terminava de ecoar pela enorme sala vazia. Depois, se acendeu uma luz e a porta fez *clac*. Albertina pôs para fora a cabeça repleta de cachos arrepiados de fios brancos e pretos e nos perguntou o que queríamos, sem nos cumprimentar. Não estava com raiva, só muito sonolenta.

— Queríamos larvas brancas, dona Albertina, por gentileza.

— Quanto?

— Um euro.

Desapareceu dentro da casa e, então, retornou com as larvas brancas em um saquinho transparente. Entregou-nos, pegou as moedas e perguntou *Mais alguma coisa?*. Nós dissemos *Não*, ela assentiu com a cabeça e voltou para dentro, a luz se apagou outra vez.

E eu, por toda a viagem pelos campos vazios, em meio às rochas e aos galhos secos, permaneci quieto e confuso, perguntando-me se era normal para os adultos serem acordados ao amanhecer por causa de um euro de larvas brancas. Porque, para mim, não era normal. No seu lugar, teria ficado furioso.

Em seguida, chegamos ao canal e não pensei mais nisso.

A ração especial não funcionou, mal tocava na água, se desmanchava toda. Mas tínhamos as larvas brancas, que colocamos no anzol, e aí afluíram as carpas, os peixes-gato, as cigarras-do-mar, até algumas tencas, e rapidinho nos esquecemos da ração.

Sem dúvida, é uma coisa estranha. De manhã, pensávamos em ficar milionários, meia hora depois entendemos que não era nada disso. Mas não tinha a menor importância, simplesmente porque os peixes mordiam a isca. Uma coisa estranha e bonita, muito bonita, em minha opinião.

Para o meu pai, no entanto, não era bem assim. Esse é o tipo de coisa que o faz perder a cabeça. Para ele, isso se chama resignação, e resignar-se é coisa de perdedores.

— Fiorenzo, no final de uma corrida só interessa a ordem de chegada: primeiro, segundo, terceiro. E, no dia seguinte, ninguém se lembra mais do segundo e do terceiro.

Era assim que me falava depois das competições, pois para ele não existe nada mais importante na vida. O mundo ao redor não passa de um suporte fixo e variado que serve para delinear os percursos das corridas de bicicleta.

Os pais normais levam os filhos ao parque de diversões, ao zoológico, ao cinema, à banca comprar figurinhas ou mesmo ao rio para pescar. O meu me levava apenas aos treinos de bike. Aprendi tão cedo que, no início, sabia andar de bicicleta melhor do que caminhar. Mas para mim era normal. Assim como era normal pedalar atrás dos carros de apoio, junto com os campeões profissionais, que me explicavam a relação de marchas adequada para cada trajeto.

Como se não bastasse, às vezes eu me permitia fazer o que bem entendesse, e quando começava uma subida e eles diziam: *Agora escala, senão você vai sair de giro*, eu me dava ao luxo de balançar a cabeça e insistir na mesma marcha pesada que eles usavam. Não demorava muito e eu acabava sentindo as pernas fritarem, duras como madeira, e aquela dor na parte superior da coxa, bem no meio, então eu forçava o pedal com todo o corpo e os ombros e, no fim, ofegava como um cão asmático.

E assim foi, ano após ano, com minha mãe que ficava brava e meu pai que não a escutava e eu que pedalava e cronometrava e pensava no dia em que me tornaria campeão do mundo. Já tinha até escrito um discurso de agradecimento.

Aí, um dia depois de ter batido o meu recorde de escalada do Monte Serra, inventei aquela superbomba com os seis rojões, e adeus, mão direita. Adeus, bicicleta.

Meu pai não foi me visitar no hospital. Quer dizer, foi, mas não conseguia olhar para mim sem chorar, por isso foi embora, e só o revi quando me deram alta. Voltei para casa de pijama, e quando você sai de um carro de pijama quer dizer que não está nada bem. Meu pai estava ali, parado na porta de casa, e, por um instante, não consegui olhar nos seus olhos, nem ele nos meus. Eu, porque sentia vergonha, ele, não sei.

Mas logo foi me entregando um pôster que tinha mandado um fotógrafo fazer, uma foto de Fiorenzo Magni. Eu me chamo Fiorenzo porque esse é o nome dele. Magni era o Leão de Flandres e terminou a Volta da Itália de 1956 com uma única mão. Havia caído e trincado uma clavícula e não conseguia segurar no guidom com uma das mãos. Ao invés de se render, o Leão de Flandres amarrou uma das pontas de um pano no guidom e segurou a outra com os dentes, assim podia se agarrar à bike ao longo das subidas mais íngremes. Nessas condições precárias, o sujeito correu por meia Itália e escalou as montanhas mais impressionantes. No pôster, suas pernas parecem traves amarradas em cordas duríssimas, o público ao redor grita, e ele, com a expressão séria e convicta, aperta os dentes, todo curvado, continuando a subir, o olhar fixo adiante.

Eu olhei para o pôster, depois para meu pai. E ele me disse: *Pois bem, Fiorenzo. Preste atenção nessa foto. Daqui para a frente, será assim para você.*

Aquelas palavras me atingiram como um soco. Será que ele pretendia que eu escalasse de novo o Monte Serra com um pano apertado na boca?! Tinha enlouquecido! Eu ia me matar ou, no mínimo, quebrar uns dentes.

Mas eu havia entendido mal. Falou que para mim seria desse jeito a partir daquele dia, mas não se referia às corridas de bicicleta. Falava da vida.

E, realmente, não me levou mais para canto algum de bicicleta. E nunca mais falou que eu podia me esforçar e lutar e vencer no que bem quisesse.

Agora essas coisas ele diz só para Mirko Colonna, o maldito Campeãozinho que encontrou por acaso em um vilarejo perdido do Molise. Um capricho da natureza que corre de bike e vence de olhos fechados, sem esforço, deixando o mundo inteiro para trás.

Quanto a mim, sobrei aqui embaixo, bem no final da fila, pequenininho, sumindo na distância. Aliás, para meu pai eu simplesmente desapareci, me aposentei para sempre de toda e qualquer corrida.

É isso, não adianta inventar histórias. É isso, apesar de não ser nada justo. Mas eu não sou daqueles que desistem.

Morde o pano, Fiorenzo, morde o pano e trava os dentes.

Os cães do destino

(Ripabottoni, Molise, quase Natal)

São dois, meio cães, meio lobos, e vivem atrás do Colle di Sasso vigiando a geladeira do pastor. Não é uma geladeira propriamente dita, mas desse lado do monte a neve nunca derrete e o pastor conserva ali suas provisões.

Macérrimos, com a pelagem dura como espinhos, não têm nome nem correntes, poderiam fugir quando quisessem. No entanto, o pastor não levaria mais de duas horas para encontrá-los, e passaria outras duas horas espancando os pobres coitados. São cães sujos e famintos, mas não são estúpidos.

E por esse motivo não ousam tocar os alimentos protegidos sob o gelo. Podem até morrer de fome, mas esperam que o pastor passe ocasionalmente e jogue para eles um bocado qualquer. Às vezes, é a sorte que vem em seu auxílio. Trazendo uma lebre, um faisão ou mesmo um cão doméstico perdido por algum motivo assustador. Aí, sim, eles comem.

Como agora, quando de cima do monte ouvem o barulho crocante de passos que pisam na neve. Os dois erguem a cabeça e começam a salivar.

Não sabem que quem anda por ali é um menino da oitava série, com um saco preto de lixo nas mãos, querendo escorregar pela única encosta onde ainda resta um pouco de neve. Não sabem que ele se chama Mirko Colonna e que, hoje cedo, fugiu da escola porque os outros meninos queriam bater nele. Sabem apenas que é uma refeição muito mais apetitosa do que uma lebre, e muito menos veloz. Deitam-se sob um arbusto no final da descida à espera de que o almoço venha deslizando diretamente para dentro de suas bocas.

Mas o menino demora uma eternidade. Senta-se no saco, aí se levanta, enxuga as mãos, estuda a descida... Enquanto isso, os cães o observam por trás da planta espinhosa, as patas tremendo de vontade de atacar.

Finalmente, o grande pedaço de carne lá em cima se decide, toma impulso com os braços e escorrega encosta abaixo. Ganha velocidade e solta um grito: *Uuuuuuuuu!*, tão longo quanto o tempo que leva até estacar na metade da encosta contra uma raiz que desponta da neve. Então, um dos cães não se contém e salta para fora do arbusto, seguido pelo outro, e logo os dois avançam morro acima com um rosnado de fome na garganta.

E o cretino não foge. Não, ele vê os dois se aproximarem e fica imóvel com os braços estendidos ao longo do corpo, como se esperasse ser devorado. Apenas depois de alguns segundos, se põe de pé, abandona o saco no chão, corre para o alto do monte e se joga de lá. Em um primeiro momento, os cães atacam o saco furiosos, brigando por ele às mordidas e aos puxões, e, então, com remendos de plástico na boca, se dão conta de quanto são idiotas e disparam, latindo, à caça do ser humano.

O garoto, nesse meio-tempo, já alcançou o pé do morro, pula sobre uma coisa amarela com duas rodas embaixo, começa a agitar as pernas no ar e dispara na direção do bosque e da estrada.

Iscas vivas

Os cães não sabem, mas aquilo é uma bicicleta, uma bicicleta de mulher toda destruída, que, todos os dias, na escola, é destruída ainda mais. Porque seus colegas o detestam, detestam Mirko Colonna, o Geniozinho que, de tantos 10, destruiu a média do resto da classe.

No outro dia, antes da prova de italiano, Damiano Cozzi em pessoa foi até ele. Tão grande que fazia sombra na sua carteira.

— Ouça bem, otário, você sabe o que vai acontecer comigo se eu não tirar 6 hoje? Vão me mandar trabalhar. E sabe onde? Com o meu tio, e o meu tio trabalha vestindo os mortos. Você sabia que precisa vestir os mortos antes de enterrar? Vestir e dar banho. Eu não sei dar banho em morto e não quero ficar sabendo. Mas se hoje você tirar outro 10 e o professor falar a mesma coisa de sempre, que comparados com você nós damos pena, estou ferrado. E, então, pode ter certeza de que o primeiro morto que eu vou vestir vai ser você. Entendeu?

Para ser entendido com mais clareza, tomou a caneta de Mirko e a partiu ao meio com dois dedos. Mas não havia necessidade, Mirko não só tinha entendido tudo perfeitamente, como escreveu a redação mais absurda do mundo. Mas hoje o professor parecia perturbado quando entregou as provas.

— Meninos, pedi que vocês escrevessem uma redação sobre o Natal e o consumismo, pois as festas estão próximas e eu queria saber o que pensam a respeito. Mas o colega de vocês, Mirko Colonna, não deu a menor importância ao enunciado e escreveu algumas linhas explicando por que o trabalho do professor é um trabalho patético e vergonhoso. Eu li e reli o seu texto, e vim me despedir de vocês porque resolvi largar a escola.

Quando a diretora entrou, todos se levantaram, exceto Damiano Cozzi, que permaneceu estatelado na cadeira, minúscula para o seu traseiro. Ele já previa como ia terminar a história e sua única preocupação era se os mortos também têm que ser lavados nas partes íntimas.

— Professor Giannaccini, gostaria que o senhor refletisse sobre essa decisão. Agora que o senhor é concursado...

— Prezada diretora, por favor! O que quer dizer concursado ou não concursado? Leia aqui, leia, eu lhe peço, e depois me responda. — Ele estendeu o papel timbrado com a redação, mas a diretora ergueu os braços, deu um salto para trás como se tivessem lhe mostrado um escorpião e correu para fora da sala.

E Mirko também correu. Pediu para ir ao banheiro, mas, na verdade, fugiu da escola. Vão criar caso, talvez até o suspendam, mas é sempre melhor do que ser morto e vestido por Damiano Cozzi. Só que, voltando para casa, teve a ideia de escorregar na neve, e agora corre o risco de morrer devorado pelos cães do pastor. Pois é, não tem jeito, parece que destino é destino.

Os cães o perseguem e latem e não sabem nada de bicicletas, professores concursados e provas de italiano, mas talvez saibam algo sobre o destino. E certamente sabem correr.

Termina o bosque e chega o asfalto da estrada, Mirko se dirige para a descida, mas os cães despontam naquele lado e ele tem que obrigatoriamente lançar a bicicleta para a outra direção, a subida do Monte Muletto. Fica em pé sobre os pedais e bombeia com as pernas o mais forte que consegue. Os cães não estão habituados a essa coisa dura e escorregadia que é o asfalto e levam um certo tempo para entender como se locomover.

Mas é uma questão de minutos, a estrada se torna muito íngreme e aquele pedaço de carne que pula de lá para cá certamente vai sentir o cansaço. Se os dois, que têm quatro patas e nasceram para correr, sentem, imagine ele. De fato, agora se move com dificuldade, o corpo inclinado sobre a bicicleta, e seu suor respinga no nariz das feras que se animam, prontas a disputar os bocados mais tenros.

Incrivelmente, o menino não desiste. Seja pelo rosnado faminto que chega aos seus ouvidos, seja pela última esperança de sobrevivência, ele encontra forças para se erguer mais uma vez sobre os pedais e prosseguir. Porém, as curvas se tornam mais fechadas e a nova subida parece vertical, o menino se vira, vermelho e sem fôlego, e os cães estão próximos, cada vez mais próximos...

Então, de lá detrás, detrás do menino, dos cães e da luta de cada um deles para sobreviver, sobe o ronco de um motor.

É um carro, alguém vem chegando, o menino percebe e agita um braço, grita por socorro. Um berro metálico, que cobre sua voz e as árvores em volta, irrompe de dentro do carro.

— Pedala! Se você parar eu te atropelo, pedala!

O carro acelera e se aproxima, toca a buzina, os animais vão para o acostamento e continuam a correr, o carro esterça de repente para o lado deles, os espreme na margem, em uma tocaia, e a porta se abre. Os dois cães param. Não entendem nada, mas aquilo que veem é uma refeição ainda melhor.

Menos indefesa, é verdade, e traz nas mãos uma barra de ferro igual àquela usada pelo pastor. Posicionam-se cada um de um lado, se curvam para a frente e se preparam para o ataque. Mas o ser humano é mais veloz, avança sobre um deles e o golpeia no dorso. Um golpe profundo, uma dor lancinante, da boca da fera escapa o som de uma vela que se apaga.

O cachorro cambaleia por um momento, vê o outro fugir pelo morro e, assim que se lembra como se usam as patas, corre atrás de seu companheiro. Em direção das árvores, até onde ainda há neve, do outro lado do Colle di Sasso, onde o pastor talvez já tenha chegado e não os encontrou de guarda.

E com a perspectiva de continuar apanhando, os dois cães sem nome se perdem no bosque denso e desaparecem para sempre desta história.

Enquanto isso, Roberto Marelli volta para o carro, guarda a barra de ferro e, em primeira, o motor reclamando, vai até o alto do morro.

Correu de bicicleta por vinte anos e há outros dez treina os garotos. Conhece vários campeões e é convidado para muitas cerimônias oficiais, como essa da província de Campobasso, que celebra a chegada da Volta da Itália no próximo ano.

Mas não tinha ideia de quanto aquele lugar era perdido no nada, saiu de Muglione com um certo atraso e agora nem sabe onde está. Que vontade de esmagar esses dois cães que bloqueavam o caminho! Foi quando viu aquele menino lá no alto em cima daquela porcaria de bicicleta, e todo o resto deixou de existir. Porque o infeliz corria e corria sem virar para trás, uma cadência absurda, e ia vencendo as curvas com um estilo perfeito e uma energia que parecia não ter fim.

— Continua assim, insiste! Se você puser o pé no chão, eu quebro a sua perna! Até lá em cima, vai! Vai que você consegue, um-dois, um-dois, um-dois!

O garoto vacila um pouco, mas vê o capô se aproximando e continua a empurrar os pedais, vigoroso e desesperado. Percebe-se que está exausto, afasta as coxas e balança o corpo, no entanto, continua a subir. A energia que você ainda consegue descobrir quando toda a energia acabou — esse é o segredo dos grandes campeões. Todos nós temos um reservatório, e todos somos capazes de esgotá-lo. O campeão faz a diferença quando os reservatórios estão vazios. E esse imbecil aqui é um campeão.

— Um-dois, um-dois, um-dois! Alivia e pisa, alivia e pisa, vai que já estamos chegando, estamos chegando!

O garoto desenha a última curva e lá em cima surge o cume do morro, ele insiste com a cabeça baixa, movendo a bike de cá para lá como os escaladores sérios, aqueles que sobem em uma espécie de dança. *En danseuse* é o termo técnico, Charly Gaul fazia assim, tal como José Manuel Fuente, e também esse retardado em uma estradinha perdida do Molise.

A subida chega ao fim, o menino para e a bicicleta cai no chão. Ele se curva, ergue os braços para se render, diz:

— Moço, eu não conheço o senhor, eu não fiz nada... — Curva-se mais uma vez e vomita.

Roberto larga o carro no meio da estrada e bate o joelho na porta ao saltar apressado. Solta um palavrão contra Deus, se repreende e corre até o menino com os olhos arregalados. O garoto o vê, cobre o rosto com as mãos, fecha os olhos e se prepara para receber o primeiro tapa. Que, no entanto, não vem. Ao invés disso, sente algo leve e quente nos ombros, é uma coberta que o homem colocou em suas costas.

— Ô moleque, quem é você, porra! Entra no carro! Quem é você?

Gatinhos

MIA-UUUUU!
 MIA-UUUUU!
 Os gatinhos recém-nascidos soltam um miado débil que parece um choro e me deixa profundamente ansioso. Ainda por cima, está escuro e as ruas estão quietas, e, nesse silêncio, o lamento que escapa da caixa de papelão parece uma coisa do além, tipo uma voz de fantasma que me chama.
 Mas esta é uma grande noite, e não há nada que me desanime. A notícia é sensacional: fomos selecionados para tocar no Pontede Rock, o Metal Devastation vai devastar Pontedera na próxima semana!
 Eu julguei mal aqueles rasta da organização. Tudo bem, vamos ter de cantar em italiano, não será a mesma coisa, mas de qualquer forma é um início. Vamos chegar e conquistar o público e, no dia que fizermos um nome, poderemos tocar por nossa conta e fazer o que bem quisermos. Os próprios caras do AC/DC dizem isso, a estrada é longa e difícil se você quiser chegar ao topo. E nós queremos chegar lá, porra.
 MIA-UUUUU!
 MIA-UUUUU!

Malditos gatinhos. Bem que meu pai disse que duas caçambas de lixo instaladas ao lado da loja é fria. Uma caçamba é, de fato, necessária, mas uma só.

MIA-UUUUU!

MIA-UUUUU!

O papai fala um monte de coisas, sempre naquele tom de quem está se lixando para as dúvidas. Ele me explicou que em uma loja de pesca você tem que ser assim. O cliente entra e compra, mas antes faz umas perguntas. Perguntas importantes e precisas, pode querer saber se é a época boa para determinado tipo de peixe, se é melhor enganá-lo com uma minhoca ou com um grão de milho ou com polenta, e você não pode dar de ombros ou dizer que tanto faz. Se fizer assim, não dá um mês e a loja vai parar nas mãos dos chineses que vendem camisetas de plástico e luzinhas coloridas. Não, em uma loja de pesca você deve dar respostas firmes e drásticas, brancas ou pretas, ainda que a pesca seja uma matéria extremamente imprevisível e que dar de ombros seja a resposta mais sincera.

Contudo, tenho de admitir que, na maioria das vezes, meu pai acerta na mosca. Quando o prefeito colocou as duas caçambas de lixo ao lado da loja, assim que eu vi, fui correndo perguntar para ele se estava contente, ao que ele, todo sério, respondeu:

— Ô Fiorenzo, pelo amor de Deus, eu pedi uma, só uma. Em vez disso, eles quiseram dar uma de bacanas e colocaram duas, agora o problema é nosso.

Porque na Itália uma caçamba de lixo é uma caçamba de lixo, as pessoas jogam nelas os sacos de lixo e pronto, tudo termina bem. Mas se você colocar duas, uma ao lado da outra, aí o lugar vira um aterro sanitário, e é melhor se preparar para o apocalipse. Assim falava meu pai, e para mim parecia uma tolice. Não demorou muito, no entanto, para começar a chuva de porcarias.

Carcaças de televisores, máquinas de lavar-roupa destruídas, portas de geladeiras, estrados e colchões, pedaços de vasos sanitários, para-lamas, e por aí vai. Passam de noite e jogam. Às vezes, trazem tanta tranqueira que bloqueiam o tráfego, ou então fede tanto que nós mesmos temos de pegar tudo e levar para o aterro.

Mas a confusão de verdade acontece em dias como hoje, quando abandonam gatinhos recém-nascidos.

MIA-UUUUU!

MIA-UUUUU!

Não voltei para casa, jantei uma lasanha congelada na loja e depois saí correndo, porque às nove tenho ensaio com o Metal Devastation.

Estou vestido a caráter, jaqueta de couro com rebites e coturnos, porque o metal é coisa séria, você não pode tocar de conjunto de moletom. Mas antes preciso atravessar esses becos, igual a um ladrão, com esta caixa debaixo do braço.

Meu pai nunca se encarrega disso, diz que eu sou um menino e que se me pegarem em flagrante não vão ligar, mas que se o flagrarem é um Deus nos acuda. Porque ele é homem-feito e, quando você é homem-feito, ninguém dá refresco, é o que ele diz. E, além do mais, ele é uma pessoa pública, um ex-profissional do ciclismo e diretor esportivo da União Ciclística de Muglione, e os jornalistas esperam um único pretexto para massacrá-lo. Finjo que acredito, seguro a caixa com os gatos dentro e vou aonde devo ir.

MIA-UUUUU!

MIA-UUUUU!

Mas todo mundo tem seus problemas. Eu, por exemplo, estou atrasado para o ensaio. E também precisava estudar história para a aula de amanhã, porque pode ser que a professora dê uma prova oral e eu não sei nada de nada. Mas estou fora de casa desde cedo, não

Iscas vivas

abri um livro, talvez convenha faltar à aula amanhã também. Sim, boa ideia, amanhã vou pescar e levo o livro, assim estudo no canal. Em casa seria mais confortável, mas, desde que a mamãe morreu, praticamente não fico lá. Quanto menos vejo meu pai, melhor é, e acho que para ele é a mesma coisa. Quer dizer, não exatamente igual: eu não suporto meu pai, ao passo que, para ele, eu não significo porra nenhuma. Neste momento, eu poderia estar no meu quarto ou no inferno que para meu pai daria na mesma. Para ele, é como se eu também tivesse morrido. Só que eu morri aos catorze anos, naquele dia em que perdi a mão. E agora que ele encontrou esse Supercampeãozinho maldito, aí nem se fala, estou mais morto do que nunca.

O muro que separa da rua o quintal do Centro de Informações para Jovens bate na altura do meu peito. Levanto a caixa, me apoio no muro e me debruço ao máximo para lançá-la em um voo curto e suave.

Eu podia simplesmente jogá-la a meio metro do chão, mas os gatinhos lá dentro miam de medo e eu fico com muita pena, então, tento me esticar um pouco mais. Mas sou um retardado, acabo exagerando, meus pés escorregam e, puta merda, fico assim, as pernas para o ar, a caixa de papelão no quintal e eu me apoiando com o braço apontado para a caixa, com o corpo pendurado de um lado e de outro, o muro cortando minha barriga no meio.

É em momentos como esse que seria útil ter a outra mão.

Enquanto isso, como tenho sempre muita, muita sorte, ouço ruídos provenientes do outro lado do Centro de Informações para Jovens, uma porta que se abre e algumas vozes. Vozes estrangeiras. Mas o que estariam fazendo esses gringos de noite em um Centro de Informações para Jovens de Muglione? E, sobretudo, o que fariam comigo se me encontrassem dependurado desse jeito?

O braço não vai aguentar muito tempo, eu sei, dói muito. Mas a dor das costelas em cima do muro é muito pior. As pernas no ar apontadas para a rua, o peito todo para dentro do pátio, o sangue que escorre para a cabeça, e não quero nem pensar no couro da jaqueta que, certamente, já está todo esfolado.

— *Yes, I remember! Oh, so funny!*

As vozes ficam cada vez mais próximas, agora já estão na rua.

MIA-UUUUU!

MIA-UUUUU!

Ok, vamos acabar com isso. Preciso dar um impulso para trás com o braço, o mais forte que conseguir, e torcer para acabar no asfalto. Se não der, caio de cabeça, no quintal e estamos ferrados, eu e os gatinhos aqui embaixo, mas não vejo alternativa.

Então, respiro fundo e conto um, dois, três... já! E por uma vez na vida essa coisa de contar não me dá azar: rasgo a camiseta, arranho um pouco também o ombro, caio e bato de bunda. Uma descarga de dor me atravessa do osso sacro até os cabelos. Mas pelo menos estou no meio da rua, do lado certo do universo.

— *Oh, Tiziana, come on Tiziana, show us your place, come on...*

Aí estão eles. Chegam à calçada, vultos negros na escuridão. Levanto depressa, cambaleio, eles me veem e param de falar. Eu não paro de correr.

Todas as onças são lésbicas

Estamos aqui, Tiziana, você sabia que isso podia acontecer. Você esperava que não acontecesse, rezava para que não acontecesse, e no entanto... Os amigos do mestrado em Berlim vieram para a Itália, da Alemanha, da França, da Espanha, da Holanda, da Suécia. Um congresso na Universidade de Florença, dois dias de palestras. Você ficou sabendo no último minuto, mas organizou tudo voando. Mostrou a eles Florença, depois Siena, e também a torre de Pisa, que todos já tinham visto, mas é sempre legal ficar ali, na grama, vendo os japoneses que tiram fotos fingindo sustentar a torre. Todos os japoneses fazem isso, desde as menininhas com bolsas da Hello Kitty até os engravatados homens de negócios, todos, sem exceção. E você comentou que deve ser uma foto obrigatória, imposta pelo Estado, que quando voltam ao Japão devem exibi-la na alfândega para poder entrar de novo no país.

Você disse isso por dizer, sem mais nem menos, e todos se puseram a rir. Petra, Cheryl, Pascal e também Andreas. Há quanto tempo você não falava uma coisa tão inteligente? Há pelo menos sete meses, desde a última noite com eles em Berlim.

Sete meses é muito tempo, quase um ano. Você agora tem trinta e dois, e sete meses sem estímulos são um desperdício, um pecado mortal contra você mesma e contra a sua inteligência. Porque as ideias inteligentes nascem em ambientes inteligentes, como os cocos nascem nos coqueiros. Nunca se viu um coco nascer numa bananeira, e muito menos uma ideia brilhante em um dia passado em Muglione. E então, Tiziana, por que você voltou?

Mestrado em gestão de recursos humanos. Exclusivíssimo. Um estudante apenas de cada nação europeia, e da Itália escolheram você, Tiziana Cosci. Seu pai conseguiu publicar um artigo no *Tirreno*, e a despedida na estação se transformou em uma festa da cidadezinha. Tinha até banda de música, *a banda*, meu Deus do céu! Por sorte, o trem logo partiu e Muglione ficou para trás, sumindo junto com as notas do hino italiano, e, diante de você, se descortinavam os cinco anos mais maravilhosos da sua vida.

Em um apartamento pago pela universidade, morando com Cheryl e Akiko, uma americana e uma japonesa. E, a partir daí, meses e meses de histórias, aulas interessantíssimas, personagens incríveis, lugares e festas, daquelas que, no dia seguinte, você já nem se lembra do que fez, mas de que, ao mesmo tempo, não vai se esquecer nunca.

Dois anos de mestrado, uma viagem esplêndida de férias de verão, e outros dois anos desenvolvendo um projeto na Deutsche Telekom, até chegar o momento de enviar o currículo para vários órgãos internacionais. Seus colegas tentaram postos de grande prestígio, e foram contratados. Todos, menos Akiko e você. Quer dizer, teriam contratado vocês também, claro, mas vocês fizeram outra escolha. Voltar para casa, para as suas cidadezinhas modorrentas, que se arrastam pela total falta de organização.

Esses lugarejos têm muito potencial, mas precisam de alguém que pegue nas mãos os recursos, estimule os talentos e lhes dê uma direção. Em um esforço milagroso de sobrevivência, essas terras produziram vocês e as mandaram para o mundo para que aprendessem e se aperfeiçoassem. Agora o dever de vocês era voltar para casa e ajudar o seu povo a reerguer a cabeça.

Retribuir com brilho o brilho de uma dádiva. Akiko havia dito isso em japonês e soava lindo, mas em italiano também não fica mal. Foi isso que vocês decidiram uma noite, e em setembro estava de volta a Muglione.

Nada de banda dessa vez, mas o prefeito havia decidido manter ao menos uma das promessas eleitorais e abrir um Centro de Informações para Jovens na cidade. Escolheu um velho almoxarifado localizado fora do prédio da prefeitura e pediu que você o transformasse no ponto de partida do renascimento de Muglione.

Ok, ótimo, é só o tempo de retomar os contatos, estudar o contexto social, informar aos jornais para que saibam dessa nova realidade e o vilarejo mais miserável da planície de Pisa deixará de ser somente um lugar de passagem ao longo da estrada que leva a Florença. Como Peccioli, mas ainda melhor que Peccioli. Eles fizeram nome graças ao lixo, que transformaram em indústria produtiva, Muglione, por sua vez, vencerá graças ao desenvolvimento de talentos, graças ao entusiasmo e à energia dos jovens. Sim, é isso, que comece logo. Vai, Tiziana, rápido, sem perder tempo, vai, vai, vai.

Só para conseguir o alvará de uso do escritório foram necessários três meses. E muito, muitíssimo menos tempo foi suficiente para você entender que tinha feito a maior cagada da sua vida.

E agora, no final de abril, os amigos de Berlim estão aqui na Toscana. Você ficou sabendo que estavam chegando e entrou em pânico.

Pânico porque iam ver a sua cidade, o seu trabalho, a sua vida. Por enquanto, você se salvou graças às inúmeras atividades do congresso e às belezas de Florença. Às cinco, fecha a agência e vai correndo encontrá-los, Ponte Vecchio, Piazza della Signoria, restaurantezinhos em porões rústicos e tudo bem.

Enquanto isso, eles contam o que fazem, falam de suas vidas espremidas entre voos e reuniões e consultorias para governos. Para governos, caramba. Você concorda sempre e se rói por dentro. Você não é invejosa, nunca foi. Não é que quisesse estar no lugar deles, gostaria de estar *junto* com eles, é assim que devia ser. Mas consegue manter todos esses pensamentos dentro da sua cabeça, não os deixa extravasar, mantém o sorriso e concorda, e está tudo perfeito.

Pelo menos até o momento em que surge essa história do *Come on Tiziana, show us your place*: Vai, Tiziana, mostra para a gente onde você mora.

Eles fizeram o pedido quando estavam em Pisa, na torre. Na Alemanha você dizia sempre que tinha nascido *Próximo de Pisa*, portanto estão próximos da sua casa, seus amigos sabem disso. E não dá para dizer não. Vai, Tiziana, deixa a gente feliz, mostra onde você mora.

E então ok, vamos tentar diminuir o prejuízo. Era quase hora do jantar e você os levou ao Centro de Informações para Jovens, deixou-os entrar e inventou que estavam em obras para racionalizar o espaço. É por isso que olhando em volta o escritório parecia vazio, os equipamentos estão guardados em outro lugar.

Você não gosta de contar mentiras aos seus amigos, e, ainda por cima, é péssima para contá-las. Fica toda agitada e nervosa e ri fazendo caretas estranhas, enfim, não dá para entender se está mentindo ou se, simplesmente, está fora de si.

Iscas vivas

Mas não há saída. Você tentou ficar quieta, ao percorrerem toda a rodovia e atravessarem uma série de vilarejos horrorosos até Muglione, e o silêncio foi massacrante. Extensos campos ressecados e exaustos, terra morta e abandonada, trechos escassos de vegetação consumida. E Cheryl, que é um verdadeiro anjo, arriscou dizer: *Wonderful, campagna toscana*, mas ela e todos os demais sabiam que aquela porcaria de *wonderful* não tinha nada. Caramba, nem *campagna* aquilo é. São campos nus, incultos – apenas terra e lama e canais podres no meio –, de vez em quando uma árvore perdida, um barracão vazio e uma prostituta sentada no chão, brilhando de lantejoulas no cenário escuro. Nem mesmo você acredita que exista um lugar tão anônimo e sem graça no universo. Portanto, alguma mentira é necessária.

Mas por fim, quando mal ou bem você mostrou a eles o escritório e propôs um rápido retorno a Florença para um jantarzinho em uma *trattoria*, Andreas disse: *No, Tiziana, I'm sick of Firenze, can't we have spaghetti or something at your place?*

Chega de Florença, eles querem ver a sua casa e comer um prato de espaguete juntos. Como antigamente. Uma coisa simples, singela, entre vocês. Uma coisa assustadora.

Mas você não pôde dizer não. Você gostaria, com todo o coração, ou talvez fosse melhor drogá-los como nos filmes de espionagem, levá-los de volta a Florença, deixá-los desmaiados em frente ao hotel e fugir, trocar de telefone e morrer para eles de uma vez por todas nessa droga de vilarejo. Mas quem pediu foi Andreas, e para Andreas você não saberia nunca dizer não.

Mesmo se ele pedir para ver seu apartamento, os dois quartos, sala e cozinha no meio do nada, com um forte cheiro do canal que passa debaixo da casa, e, pior ainda, onde estará Raffaella, a colega dos tempos de escola com quem você divide o aluguel e que infelizmente é também sua melhor amiga italiana.

* * *

Vocês entram e o cheiro do canal está mais forte que de costume. Mas talvez seja apenas impressão sua. Porém, as meias e calcinhas estendidas para secar sobre o aquecedor não são uma impressão. Raffaella sai do quarto junto com uma música de Renato Zero, veste uma calça de moletom e uma blusa de plush vermelha que a deixa ainda mais gorda do que já é por natureza. E os cabelos, meu Deus, os cabelos! Os seus cabelos também ficaram assim nesses oito meses? Também dão medo em quem vê? Você não deve pensar nisso, não, não agora, provavelmente nunca.

Mas seus amigos são pessoas legais, do mundo, sabem se comportar. Cumprimentam Raffaella, a abraçam como se a conhecessem há tempos.

Raffaella fala muito pouco de inglês e com uma pronúncia terrível, mas os amigos insistem em jantar todos juntos. Ela já comeu um potinho de Philadelphia sabor tomate, mas vai fazer companhia. Viva! Estão todos alegres e fazem festa por qualquer coisa, então você espera que saia tudo bem. Rapidinho vocês estão à mesa e tomam vinho, e aí tem início uma conversa em um inglês macarrônico, mas que funciona.

E essa conversa foi mais ou menos assim:

— Não posso acreditar, com o Lars?! Quer dizer, ela é simpática, sim, mas ele poderia encontrar uma muito melhor, não? — diz Petra.

Você diz que sim porque concorda. Escorreu o macarrão e agora serve os pratos. Graças a Deus que tinha um vidrinho de pesto na geladeira, graças a Deus e a Raffaella, que não está se comportando nada mal. Fala pouco, não se perde, entende apenas alguns trechos, mas sorri quando deve sorrir e tudo corre muito bem.

Iscas vivas

Até você consegue sorrir. Enquanto serve a massa ao Andreas, deixa cair uma gota de óleo nas calças dele, ele ri, limpa-a com um dedo e o coloca na boca. Diz: "Muito bom, óleo italiano", e a mancha parece que já desapareceu. Incrível como os seus cabelos louros parecem sempre perfeitos, tão arrumadinhos mesmo despenteados.

As casas em que vocês moravam na Alemanha também eram assim, cem mil vezes mais bagunçadas do que esta, só que de forma chique e sofisticada. Montes de CDs jogados nos cantos, pilhas de livros debaixo do telefone e do som... aquilo não era bagunça, era viver em grande estilo. Quando, no entanto, você olha para as cortinas ali na janela, o lustre sobre a mesa, os pegadores de panela em cima do fogão... Ai, já começa a sentir falta de ar.

— Vocês são duas maldosas — diz Andreas. — Eles estão bem juntos, qual o problema de ela ser feinha e ele bonito? Se fosse ao contrário, vocês não estariam nem aí.

Você concorda também com ele e, quase sem perceber, solta um comentário sem maiores pretensões, só para dizer algo. Naquele momento, você nem desconfia, mas será a sua ruína.

Você diz: — É, é verdade, a mulher no geral é mais bonita que o homem. Ela se cuida mais, é mais vistosa, é uma coisa de natureza. Isto é, da nossa natureza, porque com os animais é o contrário.

— Como assim, o contrário?

— Bom, entre os animais o macho é o mais belo, o mais vistoso.

— É verdade, caramba, é verdade — diz Pascal. Ele olha exaltado para você. — O pavão, por exemplo...

Peacock quer dizer pavão. Raffaella não sabe e pergunta batendo no seu ombro. Você responde *Pavão* em voz baixa e tudo bem.

— Quer dizer, o pavão macho é exuberante, com aquela cauda fantástica e tal. A fêmea, por sua vez, é cinza, quase sem cauda, passa despercebida.

— Até os galos são bonitos, com a crista e as plumas longas e coloridas...

— Fantástico! — Andreas ri e bate as mãos. — *As galinhas não são graciosas*. Parece o título de um filme. Fantástico!

E todos riem, repetem o título do filme imaginário e começam a inventar uma possível trama. A única que não fala nada é Raffaella, mas olha em torno, sorri e diz *Yes, yes*, e assim está ótimo.

— Sim, e os cervos também! — diz Petra. — O cervo macho tem chifres enormes, todos ramificados, e aquela pelagem linda. A fêmea já é menorzinha e sem chifres.

Todos balançam a cabeça, concordando, Pascal vira uma taça de vinho, olha para você e diz: — Sim, é verdade, é totalmente verdade, Tiziana, o que você disse é genial. Caramba, mas por que você não está sempre conosco? Faz muita falta.

Você solta uma risada, bebe, está felicíssima. E aquele medo que tinha de trazer os amigos para casa, que fosse um lugar muito provinciano... Sim, talvez aquele medo fosse a única coisa provinciana. Trazê-los aqui foi uma grande sacada, e a sua observação sobre os animais é genial, e esse espaguete ficou muito gostoso...

— Quer dizer... Bom, não é sempre assim — diz Raffaella, mais ou menos em inglês.

— Como assim?

Ela demora um pouco para juntar as palavras na frase.

— Bom, é que o... o pavão, ok, o cervo, ok, mas e a onça?

— A onça? Como assim?

— É que para a onça é diferente. A onça é muito mais bonita que o leão.

— Que o leão?

— Sim, é muito mais bonita, não? — Raffaella fica quieta, vê que todos a fitam, em especial você, com as sobrancelhas franzidas que dão medo. Podia ficar quieta de uma vez por todas, dizer que

Iscas vivas

se expressou mal, que bateu forte a cabeça quando era pequena e que nunca mais se recuperou. Entretanto, decide prosseguir.

— Sim, tudo bem, eu sei que vocês acham o leão lindo, e eu estou de acordo. Sim, o leão tem a... Tiziana, me ajuda, como se diz... os cabelos do leão, como se diz em inglês... Ah, ok, *the mane*, obrigada. A juba... A juba, é isso, é belíssima, sim. Mas o corpo só tem uma cor, e a onça, ao contrário, é cem mil vezes mais bonita.

— Sim, mas e daí?

— E daí que a fêmea é mais bonita que o macho nesse caso, a onça é mais bonita que o leão. Não?

Ninguém responde. Silêncio e mais silêncio. Desesperada, você pergunta se alguém quer mais espaguete, ninguém responde nem para você.

Depois, Pascal se debruça sobre a mesa e diz: — Bom, Raffaella, você diz que a onça é mais bonita que o leão, mas... você quer dizer que a onça é a fêmea do leão?

— Sim! Exato. E é cem mil vezes mais bonita que o leão.

Sua espinha arrepia. Espeta o garfo no pulso, tentando pensar em outra coisa. Olha para a janela e para a escuridão lá fora. Talvez se um meteorito cair do céu e explodir sobre Muglione, você consiga aguentar, um modo rápido e definitivo para acabar com isso. Mas é só um sonho, nada vai tirar você daqui. Desse jantar sem graça, nesse lugar sem graça, onde essa cretina pensa que o leão é o macho da onça, que é a fêmea do leão. *O* leão, *A* onça, um par perfeito. Mas nem no primário!

Aperta com mais força o garfo no pulso. Você quer ver sangue.

E, enquanto isso, Raffaella continua balbuciando as suas idiotices.

— Sim, o leão é bonito, mas a onça...

Os outros a observam, trocam olhares e começam a rir, e o mais terrível é que eles não envolvem você nessa diversão, nem com o olhar. Ao contrário, tentam fazer com que você não perceba que estão rindo. Porque para eles Raffaella é um pedaço de você, daquilo que você é agora. Você não faz parte do grupo que zoa da cara dela, você e Raffaella são a mesma coisa aos olhos deles, e você também acredita que os leões trepam com as onças.

— Chega, que merda você está falando?! — Você se levanta e aponta o garfo na direção dela. — O leão não é o macho da onça, são dois animais diferentes! O leão é o macho da leoa, caramba, até as crianças retardadas sabem disso!

Depois você corre para o quarto e tranca a porta, para sempre.

E mesmo sem poder ver o que acontece na sala e sem escutar nada, fica imaginando aquela idiota da Raffaella com os olhos perdidos no vazio, como se estivesse diante de uma desconcertante revelação, que caiu do céu depois de trinta anos de vida. E instantes depois você a escuta, percebe que até agora não parou e que, com aquele inglês sofrível, pergunta baixinho: — Mas, me desculpem, ok, a leoa... sim, eu não lembrava... mas, então, quem é o macho da onça?

Cheryl, sempre a mais gentil, responde.

— A onça fica com outra onça — diz. — As onças fazem par entre si.

E, retardada como é, certamente Raffaella agora acredita que todas as onças são lésbicas.

Feliz aniversário, Campeão

Então, o ensaio de ontem à noite não foi bom, foi *ótimo*. Éramos uma coisa só, compacta, do caralho, uma máquina de guerra que avança e esmaga tudo o que encontra.

Deve ser porque estamos cheios de gás para o festival, porque finalmente vamos tocar em um palco de verdade, com um público de verdade que quer nos ver, mas o fato é que trocamos de marcha e agora sobrou para todo mundo.

Hoje cedo meus ouvidos ainda zumbem por causa do volume, uma montanha de som. Sorte que na pesca os ouvidos não servem para muita coisa. Bastam os olhos, um para ficar atento ao flutuador e outro para as páginas do livro de história. É, eu o trouxe comigo. Não fui à escola porque se a professora fizesse a prova oral ia me arrancar o couro, mas eu disse que hoje ia estudar e juro que vou estudar. Assim, quando ela me avaliar nos próximos dias, vou tirar uma nota boa, e começo a arrancada final rumo ao exame de maturidade. Sim, sim, tudo perfeito, tudo. Quer dizer, exceto que não tenho iscas. Mas basta passar rapidamente na loja e tudo resolvido.

Apoio a scooter em uma das caçambas, entro, a porta faz *dlin*. Em meio às prateleiras, cumprimento Mazinga, que, na verdade, se chama Donato e é um cliente habitual. Mas, assim que me vê, meu pai fica em pé, sai de trás do balcão e corre em direção da saída.

— Oh, que bom, estou saindo, nos vemos mais tarde.

— Mas aonde você vai? Só vim pegar umas larvas brancas e vou embora.

— Não, não, fique aqui porque o dia é cheio. Daqui a pouco chegam umas coisas, fique aqui, é importante.

— Pai, tenho o que fazer.

— E eu também, vão chegar umas pessoas na estação e tenho de ir buscá-las. Estava quase deixando o Mazinga na loja, mas tenho medo que roube.

— O QUÊ? — O seu Donato fala com um aparelhinho preso na garganta que o deixa com voz de robô. É por isso que se chama Mazinga, aquele robô do mangá. — EU – ESPERO – QUE – ESTEJA – BRINCANDO – ROBERTO.

— Sim, sim, estou brincando... mas, Fiorenzo, presta atenção, fica de olho nele.

— NÃO – PRECISA – EU – VOU – EMBORA – E – NÃO – VOLTO – MAIS – PERDERAM – UM – CLIENTE.

O papai diz que sim com a cabeça, abana a mão para se despedir e desaparece na rua. *Dlin*, a porta se fecha sozinha, bem devagar. Mazinga fita por um instante a porta fechada e se vira de súbito.

— O – SEU – PAI – É – UM – MERDA.

Bravo, Mazinga, bela descoberta. Concordo com um gesto e o observo por um segundo, o suficiente para me sentir confuso. A visão de Mazinga é sempre uma coisa perturbadora. Tem quase oitenta anos e se veste como um carinha da minha idade. Quero dizer, o vestem assim.

Seu neto fez o fundamental comigo, se chama Silvério, mas gosta que o chamem de Silver, e frequenta uma espécie de escola de moda

Iscas vivas

e teatro em Florença, porque quer ser modelo, estilista ou cantor. Veste-se sempre com as roupas do momento, mas, assim que elas saem um pouquinho de moda, ele já não usa mais, nem amarrado. Como as roupas estão praticamente novas, para não jogar fora, dá todas elas para o Mazinga. Como ele é bem magro, as roupas ficam perfeitas e, como ele é velho, não está nem aí para a aparência. E hoje, de fato, está usando sapatos prateados, calças justas acetinadas e uma camisa de um azul elétrico onde se lê PLAYBOY. Parece mesmo um playboyzinho baladeiro que se perdeu pelos campos no caminho da balada e ficou rodando a esmo por setenta anos.

Mas agora Mazinga e seu look não podem me distrair. Agora estou estudando e não quero saber de conversa.

Vou para trás do balcão e guardo a jaqueta de pescador, as varas e a caixinha, tudo menos o livro de história. Queria pescar e não posso, mas prometi que hoje ia estudar e vou estudar. E convenhamos que para essas coisas o balcão é mais confortável do que o canal.

Capítulo 14, *A Europa antes da Segunda Guerra Mundial*, bom, bom, bom...

Há fotos em preto e branco de gente pobre, com uns casacos pesados e grosseiros, estradas empoeiradas, vazias, sem nada por perto. Parece um pouco Muglione, tirando os casacos, mas não devo pensar nisso. Só posso ler e sublinhar as passagens importantes e dar início à arrancada rumo ao exame de maturidade. Bom, bom, bom...

—ELE – SE – FAZ – DE – ESPERTO – PORQUE – CORRIA – MAS – DEPENDIA – DA – EQUIPE – SE – FOSSE – CAMPEÃO – IA – FAZER – O – QUÊ – ME – CUSPIR – NA – CARA?

Tento ficar com a cabeça abaixada sobre o livro, quem sabe se, não dando atenção, o Mazinga se toca e vai embora. Não posso me desconcentrar. Tenho de focar no livro de história e repetir o que li...

Então, a nação que estava em pior situação era a Alemanha. Havia uma crise absurda e o dinheiro não valia mais nada, e as pessoas iam comprar pão com um carrinho de mão cheio de marcos, e um selo para enviar um cartão-postal custava uma cifra com um monte de zeros, mas isso não era um grande problema, porque naquela situação as pessoas decerto tinham poucas ocasiões para enviar cartões-postais. E o sentimento dominante era essa sensação de ter sido enganado, iludido, e essa sensação crescia dia após dia e as pessoas se enfureciam, e...

Dlin.

A porta se abre. Levanto os olhos, vejo três caixas gigantes, uma em cima da outra, entrando na loja. Debaixo delas há um par de pernas que terminam em dois chinelos de dedo, portanto, é o senhor Sírio. O senhor Sírio trabalha na prefeitura, mas também é secretário da União Ciclística de Muglione, e usa chinelos de dedo mesmo no inverno. Diz que tem os dedões grandes demais para usar sapatos. Chegou a pedir aposentadoria por invalidez, mas ainda não lhe deram.

— Roberto, me ajude, por favor, não estou aguentando — diz detrás das caixas.

Vou ao seu encontro e não consigo evitar que meus olhos examinem seus dedões nos chinelos. Realmente são bem grandes.

— Sírio, é o Fiorenzo, o papai foi para a estação, me dá aqui que eu ajudo.

— Oi, Fiorenzo. Fica quieto que você se machuca. Deixa que eu cuido disso sozinho, só me diz onde devo colocar...

Cambaleia e pena um bocado. Ele não sabe, mas eu posso muito bem carregar isso com uma só mão. Pego a primeira caixa e a coloco no canto da vitrine, ele faz o mesmo com as outras e empurra tudo para a frente com a barriga, então, se estica, todo suado.

— Ai, ai, ai, peso para mim é um veneno, tenho uma hérnia que vou te contar, parece uma terceira bola no saco. — Enfia a mão na cueca, afasta as pernas e ajeita melhor o que o incomoda, olhos no teto e um pedaço de língua para fora. — Ai, eu tenho de ir porque andam checando a nossa presença lá na prefeitura. Se não me encontram no trabalho, estou ferrado.

Despede-se de mim e de Mazinga e vai embora, eu já estou abrindo a primeira caixa.

Dentro há quilômetros de fita vermelha, branca e verde.

— Mas que diabo é isso?

— OS – ENFEITES – PARA – HOJE – EU – ACHO.

— Para hoje? Mas por quê, o que tem hoje?

— ORA – É – O – ANIVERSÁRIO – DO – CAMPEÃOZINHO – VOCÊ – NÃO – LÊ – JORNAL?

Claro que não leio jornal. Falam apenas bobagens sobre as festas tradicionais e a rivalidade entre os vilarejos miseráveis desta planície maldita, para que vou ler jornal?

Mas meu pai compra para ler as matérias sobre o ciclismo juvenil. Pego o jornal no balcão e descubro que o aniversário daquele menino dos infernos vai ser comemorado às cinco horas na praça. Vai ter até a banda de música da cidade, as ruas serão fechadas e uma delegação oficial da região do Molise estará presente.

Por isso meu pai teve de sair. Por isso que, em vez de ir pescar, estou aqui plantado com o Mazinga. Ele está fazendo de tudo para que a festa do seu Campeãozinho seja um sucesso, e não está nem aí se sou eu que me dano.

Aperto os dentes, aperto muito forte, sinto os nervos estalarem na cabeça.

– VAI – TER – TAMBÉM – UM – BOLO – GIGANTE – EM – FORMA – DE – BICICLETA.

Sim, eu li. E uma banda que vai tocar até tarde.

Uma vez, nós fomos à prefeitura e pedimos para tocar, e o secretário encarregado dos assuntos da juventude (que, aliás, é velhaço) nos disse: *Como não, grande ideia, rapazes, sigam por aquela porta e expliquem tudo com detalhes.* Indicou a porta e nós obedecemos, convencidos e cheios de si, mas era uma saída lateral do prédio, e nos encontramos de novo na calçada, imbecis e decepcionados e putos pra caralho.

Mas não tanto quanto me sinto agora. Além do mais, meu pai bem que podia ter pedido que eu tocasse. Está certo, nosso gênero de música não combina, mas ele não sabe, jamais nos ouviu e não se interessa nem um pouco em ouvir, portanto, bem que podia me pedir. De toda forma, eu ia dizer que não. Até parece que o Metal Devastation iria a uma festa da cidade para gritar: *Viva o Campeãozinho!*, até parece!

Mas agora chega, não posso perder a cabeça, tenho de estudar. Sim, volto para trás do balcão e mergulho no livro. É a melhor resposta à desgraça. Amanhã me ofereço como voluntário na prova oral de história e vou saber tudo, e ela vai me dar 8 ou mais. Sim, sim, é isso aí, Fiorenzo, continue assim. Fogo se combate com fogo!

Só que aí chega uma mensagem no celular. É do Stefano.

A professora chamou você hoje na prova oral. Disse que não dá mais tempo e te deu 3. Tem uma festa na praça, o Giuliano quer saber se vamos lá passar a mão na bunda da mulherada. Vamos? (10h03)

Centro de Informações para Velhos

Do blog BitterSweet Girl.

Post publicado hoje às 11h45.
Oi,
Bom-dia a todos.
E espero que seja um bom dia para mim também. Seria uma grande novidade.
Escrevo do escritório, e não digam que eu não deveria, porque a esta hora não tem ninguém e não tenho nada para fazer; se eu não escrevesse estas linhas, estaria olhando para a parede à frente da escrivaninha. Querem que eu faça isso? Digam que não.
E adivinhem o que encontrei aqui fora, hoje de manhã? Isso mesmo, outros gatinhos. Agora já virou invasão, fico me perguntando como alguém pode ser tão sem coração abandonando os filhotes desse jeito. E, além do mais, por que sempre aqui? Uma senhora me disse que eu os acolhi muito bem na primeira vez, e que por isso as pessoas aproveitam. Mas o que eu podia fazer, afogar os bichinhos? Enforcar um deles no portão como advertência?

Agora tenho de ir, concluo dizendo que o fim de semana não está longe e que espero que chegue logo, ainda que isso faça eu me sentir como uma pessoa comum, daquelas que trabalham a semana inteira pensando no sábado e no domingo, e que, no sábado e no domingo, fica em casa descansando porque está exausta. Ai, meu Deus, eu sou uma pessoa comum? Meu Deus, digam que não.
Um abraço a todos e até mais,
beijos da BitterSweet Girl.

Relê o post porque detesta encontrar erros de digitação. Mas não há nenhum. Faz dez minutos que o publicou e já chegaram três comentários. Nada mal, o único problema é que são sempre as mesmas pessoas, nunca chegam outras. Enfim, o blog está na rede, virtualmente o mundo inteiro pode ler e, em meio a sete bilhões de possíveis leitores, três comentários apenas são uma tristeza.
Escrevem sempre Raffaella, sua prima Lídia e Carmelo, um rapaz paralítico que você conheceu em uma festa do voluntariado.

1) Querida, você não é comum, você é super, como sempre! :-)
2) Priminha, levanta o astral, é primavera, BJS!
P.S.: faz carinho nos gatinhos por mim!
3) BitterSweet, você é sempre profunda e especial, tenho sorte de ter você como amiga. O sofrimento faz parte da vida, não desista nunca. Um megabeijo, Carmelo.

É tudo, e nada mais vai acontecer até amanhã, quando você vai escrever alguma outra coisa e eles farão novos comentários, mais ou menos os mesmos, e sempre apenas eles.
Carmelo até indicou um programinha, um software muito interessante que mostra quantas pessoas leem o que você escreve, a que horas e onde vivem.

Iscas vivas

Você o instalou e testou na hora. O entusiasmo da novidade arrefeceu assim que o programa confirmou que as três pessoas dos comentários são também as únicas que leem. Você já sabia disso sem a ajuda do programa, de toda forma, agora é pior. Saber algo de ruim é uma coisa e alguém dizer isso na sua cara é outra. É mais ou menos como saber que as cobras são venenosas e ser mordida de verdade.

E, por falar em mensagens, outro dia, Luca deu o ar da graça com um SMS.

No último mês em Berlim, mandou um monte de mensagens, depois de um ano de silêncio. Dizia que pensava em você, que sentia saudades, que tinha acabado de chegar de um fim de semana na ilha de Elba com a namorada e que foi um tédio e que sabia que com você teria sido muito diferente.

Luca é três anos mais velho e, no dia que vocês se conheceram na faculdade, contou o que pretendia fazer da vida. Exatamente o que está fazendo agora: passou no doutorado que queria, continua a trabalhar com o professor que o orientou, e parece sempre tão seguro de si, com a situação sob controle, sem nunca precisar de ninguém.

E você até agora não entendeu se, no fundo, queria o Luca ou se queria ser como ele. O fato é que você ficava com ele quando a namorada ia para a casa dos pais em Milão. E toda vez ele dizia que já não tinha mais nada com ela, que assim que ela voltasse iam conversar, e toda vez você fingia que acreditava.

Então, você foi para a Alemanha e jurou que o apagaria da sua vida. E a distância, sem dúvida, ajudou a enxergá-lo melhor, em toda a sua insignificância: um homem que não vale nada, um cara que pensa somente em si mesmo e inventa mil desculpas para fazer o que quer.

Que estupidez cair nessa. Sorte que o tempo e as experiências fizeram você mudar.

Só que bastaram três ou quatro mensagens noturnas nos últimos tempos em Berlim e o Luca voltou à sua mente. Dizia que sentia você muito distante, que provavelmente nunca mais iam se ver, mas que tinham sido feitos um para o outro, que ambos sabiam disso. Era isso que dizia.

E pode ser que na sua decisão de voltar também tenha um pouco do Luca. Não foi por acaso que enviou para ele uma mensagem ainda do trem, na viagem de volta. Ele respondeu que não via a hora de te ver, você disse que no dia seguinte estaria em casa e ele, então, escreveu uma mensagem às duas da madrugada que você teve de ler três vezes para ter certeza de que dizia exatamente isso:

> Princesa, aquela pé no saco está gorda como uma vaca, vai dar à luz em duas semanas, está insuportável. Estou precisando de uma das nossas noites de antigamente para conseguir relaxar. A que horas, então? (02h12)

Você apagou na mesma hora, mas não adiantou nada, porque não consegue tirá-lo da cabeça.

Portanto, é melhor acreditar que Luca não tenha nada a ver com a sua decisão de voltar para Muglione. Não, você voltou apenas porque acredita de verdade que pode ajudar a sua terra. É por isso que está aqui de novo. Só por isso.

A responsável e a única funcionária do Centro de Informações para Jovens de Muglione, onde os poucos jovens da cidade nunca apareceram.

Mas por sorte, quer dizer, sorte misturada à morte do proprietário do bar aqui da frente, agora os velhos frequentam o Centro de Informações para Jovens.

Iscas vivas

O Bar Eugenio, tabacaria e lotérica, fechou as portas de um dia para o outro por causa de um tiro de fuzil que apagou o pobre Eugenio, durante uma caçada de javalis, a principal causa de mortalidade masculina por essas bandas. Foi assim que os velhos, perdidos e errantes, começaram a chegar ao Centro do outro lado da rua, onde pelo menos o aquecimento funciona, todas as manhãs chegam os jornais com as notícias locais e as mesas, que serviriam para consultar informações sobre empresas ou editais de bolsas de estudo, são ótimas para jogos de baralho.

E até quando pedem informação para você, trata-se sempre de assuntos nada jovens, como os números de telefone de médicos especialistas ou as modalidades de solicitação de exames audiométricos gratuitos. Enfim, assuntos dos quais você não sabia nada, mas teve de correr atrás, ler um pouco a respeito, pois você tem seis meses de contrato e nunca se sabe o que pode vir a acontecer. Se alguém da prefeitura passar e vir que o seu Centro de Informações para Jovens está sempre deserto, não vai pegar bem. Por isso, é bom ao menos garantir os velhinhos por perto.

Mesmo porque, se você perder o emprego, pode ter de voltar a viver com seus pais, o que seria insuportável. Sua mãe logo faria questão de lembrar que sua irmã, cinco anos mais nova, mora em Gênova com o marido engenheiro e com um lindo menino que parece o Pequeno Lorde. E você ia precisar repetir que não quer uma vida assim, comum e previsível e sempre igual. Mas, então, o que você quer? Você é ótima para saber do que não gosta, mas do que você gosta, afinal, Tiziana?

Há mulheres que sacrificam a carreira por amor, outras que sacrificam o amor pela carreira. Você não tem nenhum dos dois, você se sacrifica e ponto. Meu Deus, que angústia.

E os pensamentos que você escreve no blog são sua única válvula de escape. Você tinha decidido parar, é verdade, e aquele programinha maldito que diz quantas pessoas leem os seus textos mostra claramente quanto você é uma coitada.

No entanto, alguns dias depois que você o instalou, o programa revelou um novo visitante. Dos Estados Unidos. United States of America. Toda noite, mais ou menos à mesma hora, um americano entra no seu blog e lê. Não comenta nunca, mas talvez seja uma dificuldade linguística. Talvez consiga ler em italiano, mas não tem coragem de escrever. Pode ter medo de fazer feio, porque respeita você, preza a sua opinião. É uma pessoa sensível, que descobriu as suas linhas por acaso e não conseguiu mais se afastar. Quem sabe está apenas esperando o momento certo para entrar em contato e...

E então você continua atualizando o blog, e todo dia escreve algumas frases com essa esperança em mente. Você podia, por que não?, dedicar um pensamento aos Estados Unidos, só para encorajá-lo a se apresentar, deixar uma opinião, seu nome, qualquer coisa.

Quem sabe amanhã você escreve sobre o Obama! Isso, se falar do Obama, com certeza ele também vai enviar um comentário (por alguma razão, você exclui a possibilidade de que possa se tratar de uma mulher). Sim, Obama, genial.

Sim, Tiziana. *Yes, we can.*

Iscas vivas

Muglione celebra seu reizinho

*Grande festa na praça
para o jovem campeão do Molise*

MUGLIONE. Celebrou-se ontem a festa de aniversário de Mirko Colonna, o jovem campeão que em poucos meses levou a União Ciclística de Muglione-Móveis Berardi ao topo da classificação regional. Com a presença do prefeito Barracci, de uma delegação do município de Ripabottoni (Campobasso, Molise) e do secretário regional da Federação Ciclística Italiana, Castagnini, a celebração superou a Festa de San Pino, padroeiro da cidade. O entusiasmo pelo jovem campeão, que acabou de completar quinze anos, é enorme, o que se explica por suas doze vitórias nas doze corridas de que participou na categoria infantojuvenil. Intrépido e irrefreável nas competições, Colonna demonstra um temperamento reservado quando desce do selim. Se escalar é uma brincadeira, sorrir parece exigir um grande esforço do jovem, mesmo ontem, quando o prefeito lhe entregou a chave da cidade, ou ao cortar o bolo gigante em forma de bicicleta. Perguntamos de quem herdou a paixão pelo pedal, como se sente sendo campeão e como vê seu futuro no ciclismo, ao que ele, muito educadamente, respondeu: "Sinto muito, eu não sei." Caráter oposto àquele de seu descobridor e diretor esportivo, Roberto Marelli, verdadeira instituição do ciclismo local, compreensivelmente radiante: "Mirko é um talento natural", disse Marelli, "fazemos um trabalho muito sério de treinamento e preparação, mas para ele é tudo espontâneo. Esta festa é para agradecer por toda a alegria que tem nos proporcionado. E ele está feliz, ainda que seu caráter tímido não deixe transparecer". Projetos futuros? "Não gostaria de falar muito, vamos passo a passo, todos os testes que fizemos foram excepcionais e podemos mirar alto, muito alto." Quando perguntamos o que há de verdadeiro nos rumores acerca do interesse de equipes profissionais em contratá-lo, Marelli respondeu:

"Não quero falar sobre isso. Algumas equipes já o procuraram, nomes importantes, mas o Mirko ainda é muito jovem e não faz sentido falar de um futuro tão distante. É claro que ele tem nas pernas força para vencer a Volta da Itália e a Volta da França, além das corridas clássicas de um dia." Seguiram-se os discursos do prefeito e das várias autoridades públicas, mas o Campeãozinho já havia se recolhido. Estava dormindo, pronto para a largada do importantíssimo Troféu Bertolaccini de Montelupo, a se realizar no próximo domingo. A propósito, acreditamos saber de antemão o nome do vencedor. (*Gianni Parenti*)

O terceiro toque

Hoje de manhã, não sei por quê, vim pescar. Acho que porque queria vir ontem, ou porque, toda vez que pesco, minha cabeça afunda na água e eu esqueço tudo o que acontece na terra. Além do mais, já fiquei sabendo da nota de história e a professora me deu 3 só para não dar 0, o que vou fazer na escola?

Está certo, a partir de segunda-feira, mudo de marcha. No sábado, acontece o festival em Pontedera e, até lá, a escola não pode me tirar o foco. Entretanto, a partir da próxima semana, mergulho de cabeça nos livros. É isso, perfeito, assim está ótimo. E hoje, para variar um pouco, vim pescar em um ponto onde não venho nunca.

Toda a planície é recortada por esses canais interligados e praticamente a mesma água atravessa os inúmeros canais compridos e estreitos, cobertos de limo e margeados por capim alto, em meio aos campos sem cultivo. Por isso, há quem diga "os canais" e quem prefira "o canal", pois, se considerarmos cada trecho isoladamente, então, serão muitos, mas, olhando-os do alto, formam um único emaranhado escuro, como uma gaiola negra em torno do vilarejo.

Enquanto penso, presto atenção ao flutuador, parado na água parada, pendendo ligeiramente de um lado. Deve estar assim porque a isca pousou no fundo, e as carpas e as tencas são peixes que vivem colados ao fundo. Elas têm bigodes curtinhos nos cantos da boca e os utilizam para remexer a terra e encontrar comida. Se elas passarem por aqui, encontrarão dois grãos de milho com uma linda larvinha em cima, que, porém, escondem um anzol dourado pronto a se mostrar apenas quando já é tarde demais.

Pois é, não há nada a fazer, elas não têm saída, de pesca eu manjo muito. E um dia preciso me decidir a gravar alguns documentários. A série vai se chamar *Grandes emoções pertinho de casa com Fiorenzo Marelli*, e vai ensinar como inventar piadas de pescador sem ter de dar a volta ao mundo.

Sim, porque existem esses vídeos absurdos, tipo *Pescando grandes peixes no Canadá*, ou *Aventuras gigantes nas Antilhas*, ou *Alcançando recordes na foz dos rios do Mali*. Mas, convenhamos, qual a dificuldade de pescar em grande estilo nesses lugares? A única coisa que vocês têm de me explicar é onde arrumo dinheiro para chegar a essas águas repletas de salmões, esturjões e marlins endemoninhados.

Diferente de todos eles, a minha série de vídeos vai ensinar como se divertir nos lugares perto de casa, aqueles tão próximos que provavelmente você passa por eles todos os dias e nunca pensou em jogar um anzol na água. Canais de escoamento que margeiam a estrada, caixas de expansão dos rios, canais em meio aos campos que coletam água da chuva e adubo, em resumo, a nossa linda natureza local.

Já estou me vendo... *Olá, sou Fiorenzo Marelli, vamos aprender juntos como escolher os grãos de milho, como colocar a minhoca no anzol, como fazer um perfeito nó de laçada dupla...*

Ações que com uma única mão são impossíveis no início, mas, aos poucos, você descobre as mil possibilidades que os pés e a boca oferecem, e então acabaram-se os problemas. Na verdade, não vale a pena fazer de conta que nada aconteceu, essa história de "jovem pescador de uma só mão" me dá uma vantagem e todos vão querer assistir aos meus documentários.

É algo que me deixa feliz desde já e eu vejo o filminho passando na minha cabeça e sei exatamente como vou me sentir quando tudo virar realidade. Mas logo me vem um outro pensamento sombrio, que estraga minha felicidade. A lembrança de minha mãe.

Quer dizer, o fato de que minha mãe não vai estar presente para me ver e me dizer "bravo, Fiorenzo", tanto pelos documentários de pesca quanto pelo sábado à noite, no festival de Pontedera. Aonde, aliás, eu nunca gostaria que ela fosse, porque uma banda de heavy metal disposta a quebrar tudo não pode chegar acompanhada pelas mamães dos integrantes. Um mico assombroso. Com certeza, eu ia dizer: "Não, mãe, você não vai, eu conto tudo quando voltar, não é um lugar para você, é um lugar para jovens." E ela ia ficar chateada, mas só de mentirinha, e aí, no dia seguinte, ia me fazer um monte de perguntas e eu ia responder com detalhes.

E no entanto...

No entanto, ela morreu. No ano passado, assim, sem mais nem menos. Estava na fila do banco e dizem que ela pronunciou algo que não fazia sentido e, então, tombou no chão e fim. Foi no dia 14 de março, mas para mim ela morreu no dia 18, porque as pessoas de quem gostamos muito sempre levam algum tempo para morrer na nossa cabeça.

No momento, é difícil compreender, é algo tão absurdo e você nem tem tempo de refletir porque logo se vê diante de um sujeito, sério e bem-vestido, que pergunta se *A senhora sua mãe gostava de cores delicadas, tipo pastel, ou de uma bela madeira clássica, que não sai de moda nunca*, e vai mostrando os modelos de um catálogo de caixões, juro. E isso fui eu quem teve de fazer, meu pai não queria falar com ninguém e só ficava ali, de pé, olhando a mamãe e mais nada. E, para completar, tem os parentes, os amigos e os desconhecidos, que vêm anunciar que sentem muito e dizem frases profundas e de grande ajuda, tipo *É a vida*, ou *Não somos donos do nosso destino*, ou ainda *Um dia também vai chegar a nossa vez*.

E, depois, tem aquelas outras pessoas que você é obrigado a avisar. Pessoas que encontravam a mamãe só nas festas e que não teriam como ficar sabendo sozinhas que ela morreu. Mas essas pessoas você PRECISA avisar. Não por elas, mas por você. Porque se você disser "que se foda" e não telefonar, você vai cometer o erro que eu cometi e, no Natal ou na Páscoa, vai pagar o pato, quando a campainha tocar e você encontrar, parada na porta, com um panetone na mão, uma mulher que você não vê há séculos e que pergunta, toda alegre: "Cadê a Antonia?". Então, tem início essa coisa terrível de ter de contar que a sua mãe morreu, e contar dói, como se estivesse acontecendo novamente, e a mulher fica por alguns segundos petrificada e aí te abraça e rompe em prantos e você é obrigado a consolá-la. Você consolar a mulher, entende? E enquanto fica ali, durante uma hora, na frente da porta de casa, abraçado a uma desconhecida que chora, você se pergunta por que não deu mais esses dois telefonemas naquele dia maldito. Dois telefonemas, não mais que dois telefonemas.

Enfim, isso tudo para dizer que quando morre alguém é foda, e você não percebe logo. De fato, para mim, a mamãe morreu quatro dias depois, na tarde de 18 de março, quando decidi fugir de tudo e de todos e vim dar uma volta de scooter pelos canais para ver se as carpas tinham aparecido.

Mas fiz uma curva meio fechada no caminho de terra, perdi o controle da roda de trás e caí. Não me machuquei, mas uma ponta enferrujada esfolou um pouco minha perna. Ferro enferrujado pode dar tétano e eu sempre tive medo de tétano, porque, quando era pequeno, não queria tomar vacina e a mulher que me dava injeção dizia que, se eu não tomasse vacina, podia pegar tétano, e quando o cara pega tétano começa a sangrar pelos ouvidos e pelos olhos, os maxilares enrijecem e começa a escorrer um rio de sangue na garganta, que sufoca.

Eu me levantei do chão, examinando a perna, e não tinha ideia se a vacina ainda valia, se precisava ir ao pronto-socorro ou se podia ficar despreocupado. Mas, para ficar despreocupado, havia um método muito simples: era só contar para a minha mãe e ouvir a frase de sempre: *Calma, Fiorenzo, não é nada de mais*.

E então, naquele dia, 18 de março do ano passado, juro por Deus que, apesar dos médicos e coveiros, dos catálogos de caixões e do funeral, juro por Deus que peguei o celular e disquei o número da minha mãe. Fiquei ali, com o celular encostado no ouvido e os olhos perdidos na planície vazia, *tuuu* (por algum motivo continuava ligado e chamava), *tuuu*, e, ao terceiro toque, compreendi.

Uma coisa gigantesca e dura chegou à minha garganta, direto do estômago, subiu até meu cérebro e desligou minha cabeça. Escuridão. Breu total.

Naquele momento, me dei conta de que o telefone da minha mãe ia tocar assim para sempre, que ela não podia mais me ouvir nem saber absolutamente nada do que me acontecia. O telefone chamava e a mamãe não ia responder nunca mais. Minha mãe morreu. No dia 18 de março do ano passado. Mais ou menos aqui, nestes mesmos campos cortados pelo canal, ao terceiro toque do celular.

Pau de sebo

Nem o Stefanino foi à escola.

Faz três dias que não dorme e, às vezes, sente tontura. Se fosse à escola, corria o risco de dormir na carteira, e a professora podia ver e lhe dava um ponto negativo no diário de classe, diminuindo o 6 de média, que conquistou a tão duras penas ao longo de um ano problemático. Logo agora que se aproxima o exame de maturidade, cinquenta e oito dias para as provas.

Mas não é o exame que tira seu sono. Neste exato momento, sua ânsia número um está muito mais próxima e se chama PontedeRock Festival. Amanhã à noite, o Metal Devastation vai tocar pela primeira vez ao vivo diante de um público de verdade.

Loucura. Stefano tinha certeza de que os organizadores diriam não. É sempre assim que acontece, Fiorenzo e Giuliano pedem a todo mundo para tocar, e todos respondem: *Não, obrigado*, ou, como é mais comum, simplesmente: *Não*.

Entretanto, os de Pontedera disseram *Sim*. Pouquíssimos dias antes do festival. É óbvio que alguma outra banda desistiu no último instante, porque não teve coragem de tocar na frente de um monte de doidões provocadores e loucos para tirar onda com você.

Iscas vivas

Mais ou menos como na escola, nas aulas de educação física, quando o professor Venturi (maldito seja) organiza mensalmente a competição de pau de sebo, e todos os colegas se penduram no poste e sobem e tocam o pau lá em cima, enquanto o professor marca o tempo e, depois, vai informando sobre as posições na classificação. No final, os alunos se sentam no círculo em torno e desfrutam o momento mais divertido, ou seja, a vez do Stefano.

E Stefano se agarra àquele poste infernal, com os braços retorcidos, e olha para cima, para o altíssimo ponto que deve alcançar, olha e faz força, mas não sobe um palmo sequer, os pés escandalosamente plantados no chão. Enquanto isso, o professor Venturi (desgraçado) cronometra do mesmo jeito, a cada trinta segundos informa o público e finge dormir ou boceja, e todos riem. E Stefanino continua olhando para o alto e faz força com os braços e com as pernas, sua expressão é de quem está sentado no vaso, à espera apenas que o professor diga: *Chega, Berardi, chega, tenha dó.*

Mas o professor sempre demora um pouco mais, pelo menos cinco minutos, com a desculpa de lhe dar mais uma chance. E depois, quando todos já se cansaram de rir, o libera, com a mesma frase idiota: *Vai, Berardi, larga o poste e vai se trocar, que eu tenho um compromisso no Natal.*

E aí, a risadona final, todos gargalham e se dão tapas nas costas e repetem: *Natal, Natal, hahaha.* Stefano se afasta do poste, vermelho e suado, com os olhos baixos, e a única coisa positiva em que consegue pensar é que esse momento horrível é, em absoluto, o mais distante da próxima competição de pau de sebo.

Porém, na semana passada, enquanto ia se trocar após a enésima humilhação, a voz de Fiorenzo retumbou no ginásio, congelando todos os presentes e, em especial, ele próprio.

— Professor, não sei quem é o mais idiota, se o senhor, que faz sempre a mesma piada, ou eles, que riem todas as vezes.

Silêncio. Todos se viram, o professor Venturi continua com o cronômetro na mão.

— Marelli, você está dispensado, o que você quer?

Fiorenzo não responde de imediato. Stefano o observa, imóvel, no meio do caminho entre o poste e o vestiário. Queria sumir, tirar a roupa de ginástica, vestir os jeans e voltar à bela vida normal, sem suor, sem fôlego curto, sem competições esportivas. *Fiorenzo, é verdade, você foi dispensado, o que você quer?*

— Tem aqueles que ganham o Nobel, os que ajudam as pessoas do Terceiro Mundo, e vocês, do que estão se vangloriando? De subir em um pau. Que merda, que grande coisa, vocês e os macacos conseguem subir em um pau, parabéns.

— Marelli, aqui ninguém se vangloria de nada, é apenas uma prova.

Enquanto isso, Fiorenzo se aproxima, amarra os cabelos atrás, chega até o poste e o segura com sua única mão. Dobra o outro braço e o prende ao poste, coloca as pernas na posição certa, fita Venturi nos olhos e sobe.

Chega ao topo num tempo que não é nem melhor nem pior que o dos demais, mas igual ao de todos, de todos, exceto de Stefanino. Parado lá no alto, olha para o chão com um sorriso meio amarrotado pelo esforço. Grita:

— Então, até um sujeito sem uma das mãos consegue. Isso é tão excepcional assim?

— Ninguém disse que é excepcional – diz o Venturi, a cabeça para o alto.

— E então, por que vocês se fazem de espertos?

— Ninguém se faz de esperto, Marelli.

— Fazem, sim, e tiram onda com o Stefano.

— Ninguém tira onda, é só brincadeira. Apenas rimos, porque ele não consegue.

— E agora, então, como é que fica?

— Bom, em teoria agora fica ainda pior — diz o Venturi, olhando para Stefanino. — Pois é, Berardi, até seu amigo Marelli, com uma só mão, consegue. Como é que você quer me segurar aqui até o Natal?

E todos riem, mais alto do que nunca. E ainda gritam: *Natal, Natal*. E as risadas abafam o assobio das coxas de Fiorenzo esfregando-se ao poste, enquanto ele desce devagar. Toca o chão com os olhos fixos no vazio, ajeita a camisa, solta os cabelos e se distancia, nervoso, rumo ao vestiário.

Quando passa ao lado de Stefanino, ainda imóvel, diz:

— Não se preocupe, eles fingem que não entenderam nada, mas aprenderam a lição. Cabeça erguida, guerreiro, cabeça erguida, triunfaremos.

Isso aconteceu há uma semana, mas Stefano e Fiorenzo não tocaram mais no assunto, nem na aula seguinte, nem nos ensaios da noite. Nunca.

Assim como nunca falaram de como Stefano está ansioso pela noite de amanhã em Pontedera. Isso é pior do que cem postes enfileirados. E, nesse caso, Fiorenzo não o defenderia. Ao contrário, ficaria puto pra caramba ou faria como o professor Venturi.

E se errar uma passagem, se começar fora do tempo, se arrebentar uma corda durante o show? Meu Deus, que nervo. E logo ele, que nunca se interessou por essa de tocar um instrumento. Foram Giuliano e Fiorenzo que um dia tiveram a ideia da banda. *Vamos, Sté, eu canto, eu toco bateria, precisamos de um baixista*. E vamos, vamos e vamos... e, no final, Stefano topou, porque topar é a coisa mais fácil do mundo.

O problema é que, depois, você se vê em uma situação como essa, com um show para encarar, e isso não é nada fácil.

Para falar a verdade, esta será outra noite em claro, Stefanino sabe disso, e talvez nem tente se deitar. O único lado positivo é que, nessas noites sem fechar os olhos, põe em dia o trabalho atrasado.

Porque Stefano Berardi ainda não completou dezenove anos, vai à escola e toca em uma banda, mas tem também um trabalhinho *part-time* que cobre suas despesas. É prático, porque pode trabalhar em casa, ao computador, enquanto navega na internet ou assiste à TV. E tira, mais ou menos, uns três mil euros por semana.

Tudo começou um ano atrás, e tem a ver com a Britney Spears limpando banheiro em um posto de beira de estrada e com maridos que desejam ver as esposas no meio de um bando de senegaleses. Mas Stefano não pode contar agora, porque a porta se escancara e bate na parede, enquanto seu irmão entra nervoso.

Ele se chama Cristiano e está na oitava série. Normalmente, os meninos veem os irmãos mais velhos como mestres e heróis. Normalmente, mas nem sempre.

— Escuta aqui, ô imbecil, fala para a mamãe que hoje eu não vou almoçar, entendeu?

— ...

— Você entendeu? Está vivo? Fala. Com ela eu não falo mais.

— Não fala com quem?

— Com a mamãe! Foi ela quem trouxe o moleque para casa, e eu não quero esse moleque aqui.

— Que moleque?

— O Campeãozinho de merda.

— Ah. E por que não fala você com ela?

— Você não escutou, eu não falo mais com elaaaa! Além disso, já falei mais de um milhão de vezes. Só que ela diz: *Pobre Mirko, está longe de casa, não conhece ninguém, e aqui tem tanto espaço e devemos ser bons e dividir o que...*

— É verdade, ela tem um pouco de razão...

— Está certo, Sté. Tem razão para você, que vive nas nuvens, para você que não sabe nada da vida. Mas, no mundo de verdade, ninguém divide nada com ninguém. O Campeãozinho, por exemplo, o que é que ele divide? Ele ganha sempre e não está nem aí para os outros. Eu não me divirto mais nas corridas. Antes era muito melhor.

— Porque você ganhava.

— Mas não era sempre! Ganhava, perdia, depois ganhava de novo. Mas com ele dá mais para se divertir. Fizeram até uma camisa especial para ele, percebe? Toda dourada, linda, escrito atrás O CAMPEÃOZINHO. Entendeu?

— Tudo bem, mas se ele é melhor, fazer o quê?

— Ok, e se esta casa é minha, o que eu posso fazer? Quero ficar sozinho, posso? E até que ele vá embora, eu não falo com a mamãe e não almoço nem janto com ninguém.

— Ok, e se ela não se importar?

— Com o quê?

— Digamos que ela não se importe se você não se senta à mesa conosco.

— Ah, é? Então eu me mato.

— Como?

— Não sei. Tipo, paro de comer. Se parar de comer, eu morro de fome, não?

— Sim, mas morrer de fome demora muito. De sede, seria mais rápido.

— Não, não posso, o verão está chegando e o Roberto diz que temos de beber muita água.

— Isso não está parecendo conversa de alguém pronto para morrer.

— É claro que eu não quero morrer. Só quero que aquele pé no saco suma daqui.

— Ok. Mas você não precisa parar de comer, é só dizer a palavra mágica para a mamãe.

— Qual palavra?

— Ah, você sabe. Ano...

— Ano? Que ano? Do que você está falando?

— Anorexia! A mamãe vai ficar louca, você sabe.

Cristiano pensa um pouco, para em seguida experimentar:

— Mãe, não vou comer mais porque peguei anorexia...

Ao ouvir suas próprias palavras, sente um arrepio, diz sim com a cabeça e arregala os olhos de alegria com o plano perfeito.

— Genial! Mas fala você, Stefano, fala já para ela! — Desaparece no corredor, mas, logo volta e aponta para a porta de novo. — Genial! — diz, e dessa vez some de verdade.

Stefano permanece assim por um instante, sentado na frente do computador desligado. Pensando bem...

Pensando bem, ele também podia inventar alguma história para amanhã à noite. Anorexia, não, mas e se parasse de beber água? Mas devia ter começado uns dias antes, caramba, por que será que as grandes ideias sempre surgem muito tarde? Só o sono é que está bem atrasado, faz dias que não dorme. Será que dá para morrer de sono? Quer dizer, será que de tanto ficar acordado, a um certo ponto, você morre? Não, é mais fácil enlouquecer. Mas isso já seria ótimo, se você enlouquecer, botam você no hospício, e aí nada de show.

E, com essa esperança no coração, Stefanino vai almoçar.

Vibrodream

Você desenha um caracol preto na folha, depois três linhas paralelas, depois outra linha menos reta, que também termina em caracol, aí escreve seu nome com um monte de arabescos. TIZIANA COSCI. É assim que você faz quando fica nervosa.

Quando você deveria mostrar aos jovens os vários trâmites burocráticos para abrir uma pequena empresa ou identificar as dificuldades que um recém-formado encontra para criar um perfil profissional nesta região, e tudo termina invariavelmente em um torneio de bríscola ou em um desafio de buraco.

Quando você organiza um curso de inglês de nível médio, com ênfase nos aspectos comerciais da língua e no vocabulário útil para a gestão online de negócios, mas aparece apenas um menino da oitava série do Molise que precisa de aulas de reforço.

Quando você abre o "guichê das empresas", uma tarde por semana, para que as empresas possam vir explicar de que jovens perfis profissionais precisam, e, no entanto, só aparecem vendedores de poltronas vibratórias, de fraldões superbaratos ou de empresas funerárias, que pedem que você os informe das mortes dos frequentadores do Centro em troca de um lindo "presentinho".

Quando você está sentada, escuta o que acontece à sua volta e se dá conta de que tudo isso não faz o menor sentido e de que a coisa mais certa seria se levantar, virar a mesa e fugir pela janela, e em seguida pela rua e, então, pela estrada, correndo, correndo para longe, até que seu coração aguente.

Nesses momentos, Tiziana, você desenha caracóis e linhas, livres e soltas no papel, e, às vezes, como agora, tem vontade de sair esboçando ondas, uma sobre a outra, todas em harmonia, todas simétricas, leves e suaves...

— Veja, minha jovem, você pode dizer que a Vibrodream é apenas mais uma poltrona vibratória, mas não é verdade. E sabe por quê?

— Não — responde. Esses caras são os piores, são os que querem nos convencer com perguntas. Sabe por quê? Nunca se perguntou por quê? Nunca pensou em...? Muito melhores são aqueles que não se entusiasmam demais, chegam e falam sobre o tempo, fazem um galanteio de brinde e, então, começam a descrição do produto, mecânica e rapidamente.

O senhor na sua frente, entretanto, é um daqueles que fazem perguntas.

— Não, minha jovem, a Vibrodream não é apenas uma poltrona que vibra. E sabe por quê? Porque as poltronas normais vibram, ou se erguem para ajudar o idoso a se levantar, ou massageiam os pés. E, então, você vai me perguntar, e a Vibrodream?

— E a Vibrodream?

— A Vibrodream faz *todas* essas coisas ao mesmo tempo. O que é muitíssimo conveniente, seja pelo custo, seja pelo espaço que vai ocupar na sua casa. Se você me permite, de modo totalmente gratuito, a nossa empresa ficará feliz de deixar aqui um exemplar de teste por algum tempo, para que a sua clientela possa comprovar os benefícios e a eficácia do nosso produto. Temos certeza de que muitas pessoas que frequentam o seu Centro ficarão impressionadas com a Vibrodream, por isso deixaremos os contatos para os pedidos. E claro que você... enfim, será um prazer lhe oferecer um pequeno presente a cada compra...

— Mas eu não...

— Por favor, é bastante justo. Aliás, como disse, será um prazer. E mais, a Vibrodream tem outra característica fundamental que você, no momento, poderá pensar: *Tudo bem, mas para que serve*, e, no entanto, minha jovem, aqui entre nós, essa é a coisa mais importante, talvez a grande qualidade da Vibrodream. E sabe qual é?

— ...

— É que a poltrona é inteiramente revestida de um tecido aveludado especial, completamente impermeável e antimanchas. Porque, enfim, minha jovem, vamos falar claro. Essas massagens relaxam muito, e as bexigas, a uma certa idade, se tornam imprevisíveis. Mesmo aqui, durante esse mês de teste, pode vir a acontecer. Com outras poltronas de qualidade inferior, certamente isso seria um grande problema, mas com a Vibrodream você precisará apenas de um pano úmido sobre a parte afetada, e no chão, se a situação exigir, e tudo ficará como novo.

Pare de concordar com a cabeça, Tiziana, aumente o tamanho dos caracóis no papel, aperte mais o lápis. A ponta se esmigalha, os pedacinhos pretos se espalham, a folha se rasga. Você precisa dispensar imediatamente esse vendedor de poltronas vibratórias. Imediatamente.

Porque você tem no máximo trinta segundos, e depois enlouquece.

E agora não pode enlouquecer, em cinco minutos começa o curso de inglês comercial, quer dizer, vai chegar o Mirko, que está na oitava série e não entendeu a diferença entre *who* e *what*, e você praticamente vai dar aula de reforço. Igual a quando tinha vinte anos e juntava dinheiro para o cinema e para a maquiagem. Portanto, se essa poltrona relaxa de verdade, você precisa experimentá-la já. Antes que apareça algum velho com incontinência urinária e resolva testar o revestimento antimanchas.

– O senhor tem azul? – pergunta. Azul é sua cor preferida. Como as ondas do mar.

– Sim, claro, azul-cobalto. Acabei de pegar de volta em uma clínica de Florença. Ficou lá um mês e encomendaram dez. Você tem sorte, minha jovem, vou buscar!

O vendedor fecha a agenda e desaparece, e você sorri. Que é a coisa mais absurda a se fazer nesse exato momento, mas dá vontade. Você não sabe se é um bom sinal. E, de repente, você se vê de fora da cena, sentada e imóvel, com o lápis na mão e esse sorriso no rosto, e se sente idiota. Hoje, é a décima quinta vez que se sente idiota. Desenha um 15 no papel.

O sorriso não vai embora. Talvez tenha adormecido. Talvez seja uma paralisia. Toca a boca com as duas mãos, ainda tem sensibilidade, não é paralisia.

Desenha um 16 no papel.

Iževsk

— Não, não e não. Mas não, mesmo! Não!
— Fiorenzo, escuta, você não entende que...
Não, eu não escuto, e muito menos entendo. São nove da noite e a essa hora nós jantamos. Trouxe o frango assado do supermercado, porque às sextas-feiras comemos frango, e agora nos sentamos na frente da mesinha da sala e comemos, e, enquanto comemos, ficamos quietos, assistindo à televisão. É assim que gostamos de jantar.
Mas esta noite, quando cheguei, meu pai estava com uns olhos sérios e estranhos, e os pousou sobre a mesa, e na mesa havia três pratos ao invés de dois. Achei aquilo estranho, não entendi nada, mas fui correndo para o quarto, mesmo sem saber por quê. Não sabia bem o que pensar, mas sentia uma espécie de medo, como os animais, que por instinto pressentem quando algo de ruim está para acontecer. E, de fato, quando abri a porta, não pude acreditar.
O maldito Campeãozinho do Molise, confortavelmente sentado na minha cama, assistindo à minha TV e com um número antigo da minha coleção de *Metal Maniac* nas mãos. Ele se virou todo tranquilo e me olhou, eu arranquei a revista das suas mãos, a recoloquei na estante onde ficava, em ordem cronológica, apontei o dedo para ela por uns dez segundos pelo menos, depois voltei para a cozinha

morrendo de vontade de quebrar algo com um chute. E comecei uma sequência infindável de "nãos".

— Não, não e não. Não!

— Fiorenzo, não faz drama, é só por esta noite. Amanhã eu procuro um lugar para ele.

— E por que não procura agora?

— Sim, mas onde? São nove horas, melhor ele ficar aqui esta noite.

— Tem hotel em Muglione.

— Mas que hotel o quê, não diga bobagens. Amanhã eu arranjo um lugar para ele.

— Você já tinha conseguido um lugar, o que aconteceu? A Villa Berardi não é luxuosa o suficiente para o reizinho?

O pai olha a porta que dá para o corredor, abaixa a voz.

— Não o querem mais lá.

— Ah, e se eles não querem, eu é que tenho que ficar com ele?

— Fala baixo que dá para ouvir.

— E quem está ligando para isso? Aliás, eu quero mesmo que ele me ouça, tem que saber que está enchendo o saco! — Viro-me para a porta e grito: — Cara, você está enchendo o saco! — É bom que o Campeãozinho maldito saiba que pode encher o saco de todo mundo, mas o meu, não. É o herói da cidade, quando passa na rua, as pessoas saem das lojas para cumprimentá-lo, na Páscoa, as escolas de ensino fundamental promovem um concurso de poesia e, neste ano, venceu um menino que escreveu sobre ele. E ainda quer que eu acredite que não consegue um lugar para dormir? Não, nessa eu não caio, tudo faz parte do seu plano sujo e maquiavélico. Chega à minha cidade, entra na minha casa, e agora tenta tomar até o meu quarto. Se eu não ficar atento, vai me tirar tudo. — E por que os Berardi não o querem mais lá?

— Não sei, a mãe dos meninos disse que o Cristiano não se dá bem com ele.

— Pronto, está vendo? Nem os companheiros de equipe o suportam.

— Sem o Mirko não haveria uma equipe, percebe? Os patrocinadores pagam porque ele faz parte, inclusive os Berardi. Tudo bem, eles têm o filho deles no grupo, mas as fotos só saem nos jornais porque o Mirko vence. Você precisa ver como ficam furiosos quando ele cruza a linha de chegada com a camisa meio torta e não dá para ler direito o nome do patrocinador.

— Isso não me interessa, pai, não é da minha conta. Só sei que preciso do meu quarto, tenho de imprimir as coisas para a banda. Amanhã é o grande dia, vamos tocar no...

Chego até aí e paro. Afinal, isso não interessa ao meu pai.

Ele abre a embalagem de papel-alumínio. Hoje pedi também umas batatas assadas porque queria ficar bem satisfeito. Ele não comenta nada sobre as batatas, não me pergunta nada da banda, nem o que vai acontecer amanhã de tão importante, nem nada de nada. Apenas coloca as batatas e pedaços escuros de frango nos pratos. Nos três pratos.

— Escuta, Fiorenzo, é só uma noite. Hoje o Mirko vai dormir aqui e ponto, entendeu?

— Ah, é? É assim, é? — Na minha cabeça pipocam um milhão de frases e gestos possíveis, mas todos feito aquelas figuras de máquinas caça-níquel, que giram super-rápido e não dá nem para reconhecer, e, por fim, falo a única coisa que não queria falar: — É assim, é? É assim e ponto? Então, ficamos assim, pai: ou ele, ou eu.

Ele ergue a cabeça e me observa, mas não diz nada. Aperta os olhos como se não entendesse o que eu disse. E, para falar a verdade, nem eu entendi. Só que de algum jeito saiu, e tudo o que posso fazer é manter o olhar sério, como dizendo: *Sim, exato, é isso mesmo o que eu queria dizer*, não importando o quê.

— Ou ele ou eu — repito. E cruzo os braços, que são brancos e magros e até agora vergonhosamente sem nenhuma tatuagem. É por isso que essa pose não me dá um ar de poder. Então, os deixo cair outra vez ao lado do corpo.

— Espera, eu não entendi — diz. — Tem algum amigo que pode hospedar você?

Não acredito. Não acredito. Quer dizer, para mim, a frase que eu pronunciei era uma terrível ameaça. Está escuro, eu vou embora de casa e sei lá onde vou passar a noite, o mês, a vida. E, no entanto, meu pai tomou minhas palavras como uma grande ideia. Porque, na verdade, meu quarto é pequeno, duas pessoas não podem ficar confortáveis e, se eu ficar acordado até tarde, há sempre o perigo de o supercampeão do Molise não conseguir repousar bem. Portanto, se eu for embora, é perfeito.

— Tchau, pai. Boa-noite. Durmam bem, você e o seu campeão — digo. E depois de uma coisa dessas, eu devia sair imediatamente. Mas não, olho de um lado para outro, parado de pé sob o lustre da cozinha.

Porque, bom, se eu for embora, tenho de levar alguma coisa. Não digo uma mala, mas algumas coisas. Por um segundo, lembro daqueles vagabundos das histórias em quadrinhos, que sempre calçam sandálias e carregam no ombro um bastão com um saco amarrado cheio de roupas. Eu não tenho sandálias, mas estou de chinelos, o que não é muito diferente. Portanto, está bem, vou embora desse jeito. Como em uma clássica tirinha de jornal.

É isso, vou de pijama e chinelos, não preciso de mais nada.

— Fiorenzo, não seja bobo, onde você pensa que vai? — disse meu pai. Mas dá para perceber que não acredita em mim nem um pouco.

Disse porque tinha que dizer. Como as propagandas de vodca, quando recomendam beber com moderação.

— Não interessa, pai, isso é problema meu. Já sou maior de idade e vou embora, não quero perturbar vocês.

Isso, o momento é agora. Agora posso sair por cima, confiante e orgulhoso. É problema meu aonde vou, não tenho medo e traço meu próprio caminho. Até porque, na realidade, tenho para onde ir. Vou para a loja.

Saio do jeito que estou, e me perco na noite.

Estou no limite, e vou em frente
Aonde vou quem se importa
Você não entende, eu sou assim
Indestrutível
Perigo, perigo, salve sua alma
Está escrito no muro
Onde você mora, os anjos são cegos
Meia-noite, e corro veloz na autoestrada
Meia-noite, e corro feliz na autoestrada
Corro feliz
Em uma autoestrada que não acaba nunca.

Canto o mais alto que posso. Não devia, porque em meia hora tenho ensaio e corro o risco de acabar com minha voz, mas a scooter faz um barulho desgraçado e, se eu não gritar, ouço apenas o rugido forte do motor. E, depois, adoro essa letra, sempre que a ouço sinto como se a estivesse vivendo, agora mais do que nunca.

Ainda que não seja meia-noite, são só nove horas, e ainda que não seja uma autoestrada, mas a única via séria desta região, à qual se agarra esta merda de cidade e todas as outras cidadezinhas ao longo da planície, como pequenos carrapatos nojentos a uma serpente gigante.

Quer dizer, não sei se carrapatos se agarram a serpentes. Desconfio que elas sejam muito duras e que os carrapatos levam a pior. Eis o segredo, ser duro. E eu sou duro, duríssimo. Onde eu moro os anjos são cegos, mas eu sou indestrutível, caralho!

Só que o frio é de matar. Esse pijama é muito leve, a scooter chegou no limite e eu me encolho, tentando evitar o ar gélido que entra debaixo do tecido azul, debaixo da pele e penetra até os ossos. Se amanhã eu acordar com dor de garganta, estou ferrado. Estamos todos ferrados. Não quero nem pensar.

Cruzo uma porrada de carros. Sinto frio. Tenho fome.

Aquele delicioso frango com batatas que comprei no supermercado vai ser devorado pelo meu pai e pelo Campeãozinho, enquanto eu estou aqui, na estrada, com o traseiro congelado e o estômago vazio. Com raiva, passo pela rotatória a tal velocidade que quase voo para longe.

De uns anos para cá encheram de rotatórias a região, e antes de cada uma delas há uma placa indicando aonde levam as várias saídas. Para aquelas à esquerda e à direita, nunca há nada sinalizado, ao passo que para aquela à frente está sempre escrito TODAS AS DIREÇÕES. E aí eu penso, se essa saída nos leva a todas as direções, para que servem as outras? Sei lá. Poderia perguntar para um guarda, mas é melhor não provocar. Primeiro, porque não tenho carteira. Mandei colocar o acelerador da scooter no lado esquerdo e dirijo muito bem, mas carteira para dirigir eu não tenho. Além do mais, neste momento não tenho sequer o capacete e a roupa adequada. Portanto, é melhor não caçar confusão agora.

E se essas saídas da rotatória nos levam a algum lugar, o guarda com certeza não contaria para mim. Pode ser que levem a lugares secretos, de seitas religiosas escondidas no meio dos campos, a estações termais reservadas a prefeitos e assessores, a bases militares onde se

Iscas vivas

trabalha em projetos *top secret*. É por isso que não há nada escrito nas placas.

Na União Soviética, havia uma cidade que se chamava Iževsk e, como lá fabricavam as Kalashnikov, os russos não a indicavam no mapa: a cidade não devia existir. Eu sei disso porque, quando estava no fundamental, eu sempre assistia a Volta da Itália com meu pai, e toda vez que focalizavam um corredor, ele dizia: *Esse eu conheço, esse é meu amigo, com esse outro eu corri na época dos amadores*. Mas o meu herói era Pavel Tonkov, que era um russo do caralho e também o único corredor que meu pai não conhecia pessoalmente. E não podia conhecer mesmo, porque ele vinha de Iževsk, a cidade misteriosa que não existia nos mapas e de que se sabia apenas que ficava aos pés dos Montes Urais.

E quem sabe se eu virar para a esquerda ou direita nessas rotatórias, não faço uma curva estranha e chego exatamente a Iževsk, me mudo para lá e minha vida toma o rumo certo? Arrumo emprego na fábrica das Kalashnikov e, nas horas vagas, vou pescar no rio Iž, que dá nome à cidade, e talvez, enquanto pesco, encontro Pavel Tonkov e ficamos amigos.

Aqui aparece outra rotatória, diminuo a velocidade. Pode ser que eu vire mesmo à direita ou à esquerda, por que não? Mas, pensando bem, o clima em Iževsk deve ser pior que o daqui, os Kalashnikov não são mais produzidos, e eu li que Tonkov nunca mais voltou para a Rússia e hoje administra um hotel na Espanha.

Meia-noite, e corro veloz na autoestrada
Meia-noite, e corro feliz na autoestrada
Corro feliz
Em uma autoestrada que não acaba nunca.

Não é meia-noite, não é uma autoestrada.
E se corro feliz, a verdade é que não parece.

Britney no posto de gasolina

Villa Berardi devia se chamar Villa Isola, que era o nome da primeira esposa do velho Berardi. Só que ela era uma mulher estranha, que não falava nunca, e quando ele encontrou outra melhor, internou a Isola em uma espécie de manicômio. Desde então, todos chamam a casa de Villa Berardi. Ou Villa da Louca.

Toco o interfone com câmera e Stefano diz: *Entra que eu já vou.* Não acredito muito que já esteja vindo, sempre leva um tempão para sair do quarto, fechar os programas e desligar o computador e percorrer todo o caminho até a garagem. Eu, ao contrário, estou aqui com meia hora de antecedência, porque na loja não tem televisão nem nada para ler, a não ser o catálogo das varas de pescar, nem mesmo um sofazinho para sentar. Acho que morar em uma mansão ou no depósito de uma loja de pesca faz toda a diferença na hora de definir quanto tempo é bom ficar em casa.

O Campeãozinho maldito viveu nesse palácio por quatro meses, nada mal. Deixo escapar uma risadinha maléfica ao lembrar que, neste momento, porém, ele se encontra no meu minúsculo quarto, com meu pai, no quarto ao lado, roncando alto, o cheiro do canal entrando pela janela, as paredes quase espremendo a cama, e quilos de discos, CDs, DVDs, revistas e pôsteres, que, quando você está deitado, vigiam tudo lá do alto e parecem desabar na sua cabeça... Os meus discos, as minhas revistas, os meus pôsteres... pronto, a risadinha emudeceu. Continuo caminhando, observo as luzes em forma de bolinha que iluminam o gramado, e ouço o barulho exagerado dos meus passos arranhando os pedregulhos.

Joguei no corpo aquilo que encontrei na loja. Sobre o pijama, um colete de pesca camuflado e, no lugar dos chinelos, longas galochas de pescador. A cada passo, as botas fazem o ruído de um pato selvagem que se espatifa no chão depois de fuzilado em pleno voo.

No final do caminho de pedrinhas, há uma cobertura de ferro fundido que protege os carros, a scooter do Stefano e a bicicleta do seu irmão, Cristiano. Ladeando o caminho, a grama cortada com precisão, uma mesa de pingue-pongue feita de mármore e as poucas plantas bonitas que se pode tentar cultivar nestas bandas. Um pouco por conta da umidade, um pouco pela terra escura do antigo pântano, o fato é que a natureza daqui não é muito generosa no que diz respeito a possibilidades paisagísticas. Enquanto crescem muito bem os arbustos, a urtiga e uma hera que se alastra por todos os cantos, as árvores frutíferas são raras, as plantas que dão flores são raríssimas.

Os Berardi gastaram uma fortuna nesse jardim. Eles drenaram toda a área com bombas gigantescas, e trouxeram caminhões e caminhões de terra boa sabe-se lá de onde. Mas eles podem, são a família mais rica de Muglione. Se ainda estivéssemos na Idade Média, eles seriam nossos senhores e, de vez em quando, iriam até o centro da cidade para nos encher de porrada, só por esporte.

Os Berardi são quatro, mas quando fazem uma viagem de carro vão sempre em carros separados. O pai com Stefano, a mãe, com Cristiano, e saem com meia hora de intervalo. Assim, no caso de um acidente mortal, sempre dois Berardi vão sobreviver no mundo para levar a família adiante. Mais ou menos como os donos da Coca-Cola. Uma vez, seu Sírio me contou que a Coca-Cola possui uma receita secretíssima, conhecida apenas por seus dois proprietários, Mister Coca e Mister Cola, que vivem separados e nunca se encontram, porque vai que os dois estão juntos em um prédio e esse prédio desaba, a Coca-Cola praticamente morre junto com eles.

Bom, em um primeiro momento, acreditei, mas devo dizer que tinha uns doze, treze anos, no máximo, certamente menos de catorze, porque ele me contou isso quando nos levava para uma competição. Depois, durante a corrida, já que as pedaladas põem nossa cabeça para pensar na vida, fiquei na dúvida se o Mister Cola era também proprietário de metade da Pepsi-Cola, e aí ele não podia encontrar nem o Mister Pepsi. Eu começava a achar que aquele pobre coitado tinha um monte de grana, mas levava uma vida muito solitária. Queria dizer isso para o Sírio assim que a corrida acabasse, mas como nos saímos muito mal e meu pai ficou gritando que éramos um bando de mulherzinhas, eu não disse nada para ninguém.

Nesse meio-tempo, começa a chover. O dia até aquele momento havia sido o típico dia de Muglione, isto é, sem nada: sem nuvens, sem vento e sem sol, uma tela vazia, como se Deus dissesse "amanhã eu cuido disso, amanhã cuido daquilo", e não cuida nunca.

A garagem está aberta, entro e, toda vez que me vejo cercado por essa aparelhagem fantástica, digo para mim mesmo que somos uma banda do cacete.

O velho Berardi, o avô do Stefanino, fez fortuna com uma das primeiras fábricas de móveis da região. Mais tarde, a filha teve a ideia de se especializar em móveis para barcos e, apesar de eu não entender qual a diferença entre móveis para barcos e móveis para terra firme, os Berardi cresceram ainda mais. Fazem propaganda nas emissoras regionais e são o patrocinador principal da equipe do meu pai, cujo nome completo é, aliás, União Ciclística de Muglione-Móveis Berardi.

Mas não é graças aos móveis que o Metal Devastation tem essa aparelhagem incrível. Mesa de som de trinta e dois canais com efeito de voz profissional, dois amplificadores de válvulas Marshall com os respectivos cabeçotes, bateria Tama com duas caixas e um mar de tons e pratos, guitarra e baixo BC Rich modificados para se obter um som ainda mais potente, sem falar no meu microfone, que é feito sob encomenda. Quando fomos a Siena comprar tudo, o vendedor chamou o dono da loja, que perguntou se estávamos indo para uma turnê. É claro que respondemos que sim, dentro de poucos dias.

Mas essa potência sonora absurda, como eu disse, não vem dos móveis Berardi. Não, devemos tudo ao Stefanino em pessoa, e ao dinheiro conseguido com seu trabalho *part-time*. Que começou há um ano, mais ou menos. Conheço bem toda a história porque Stefano, um dia, estava muito preocupado e me contou pedindo segredo.

Acontece que o Stefanino se divertia fuçando certos sites de humor e porcarias desse tipo. Ele é assim, se mata de rir com jogos de palavras que não têm a menor graça, tipo: *O que a hortelã disse para o hortelã? Não menta para mim.* Ou: *O que é um pontinho preto no azul do céu? Um urublue.* Bobagens do gênero.

E também se divertia fazendo fotomontagens engraçadas. Ele fazia e enviava para esses sites, assinando com a alcunha de SteMetal. Eram situações absurdas, tipo uma cabra de biquíni, Britney Spears limpando a privada de um posto de gasolina, um velho decrépito pegando a Monica Bellucci por trás. Em pouco tempo, as fotomontagens de SteMetal viraram *cult*. Porque a qualidade era inegável: você via a cena, sabia que era de mentira, mas, ao mesmo tempo, pensava:

Porra, mas é verdade mesmo, porque o que aparecia diante dos seus olhos era realmente a Britney segurando o esfregão, e a sombra na parede do banheiro era perfeita, e ela sorria envolta naquela luz e naquela atmosfera típicas dos sanitários dos postos de gasolina. E o velho que castiga a Bellucci enquanto sorri olhando para o espectador... Claro que você sabe que não pode ser verdade, mas é ver e pronto, se instala dentro de você uma grande esperança para todos nós.

Foi exatamente a partir dessa última criação que Stefano passou para o conteúdo adulto. Um sujeito lhe enviou a foto de uma mulher meio nua e pediu que ele a colocasse na cama com algum ator pornô. Stefano trabalhou a fotografia por uns vinte minutos, pegou uma cena hard e colocou a foto da mulher no lugar da atriz, ajustou as luzes e as sombras e reenviou a foto para o cara. Perfeita. Ele agradeceu com palavras do tipo: *Você é um gênio, um deus,* e a publicou em um fórum de putaria. Foi a partir dali que começou a chuva de pedidos.

Centenas, do mundo todo. Não era possível atender a todas as solicitações. Stefano estuda e toca em uma banda muito séria, não pode ficar o tempo inteiro no computador fazendo montagens de fotos de pessoas nuas. É isso que ele explica no e-mail que envia para todos esses sujeitos. E quase todos respondem do mesmo jeito, em italiano, em inglês ou em qualquer outra língua, mas sempre carregadas de hormônios: *Compreendo que você não tenha tempo para todos, mas, se arranjar tempo para mim, eu pago, e pago bem.*

Antes enviavam o dinheiro pelo correio, depois ele abriu uma conta, agora fazem o pagamento online, e ele já embolsa uns três mil euros por semana. E podia ganhar muito mais, mas não tem tempo para aceitar todos os pedidos. Que ele achava que viessem principalmente de homens resignados com o fato de nunca poder pegar determinada mulher – uma atriz, uma modelo, uma irmã da esposa muito mais gostosa do que a esposa –, e que, por isso, pagavam uma nota preta para, ao menos, *se ver* trepando com ela, em uma imagem que parecesse realmente verdadeira.

Mas esse não é o tipo de encomenda mais comum. Ele recebe, sim, mas na maioria das vezes o marido manda a foto da esposa, ou o namorado, da namorada. Em outras palavras, fotos de mulheres que eles podem comer quando quiserem, e o Stefano não consegue entender a necessidade de ter uma foto falsa. Esses sujeitos pedem que ele crie uma cena em que a mulher ou a namorada os trai com outro. Com uma figura qualquer, tipo um negão superdotado, o que é muito frequente, ou mesmo com outra mulher, às vezes com alguém específico, como um amigo, um colega ou um parente, e nesses casos, inclusive, enviam a foto da pessoa que o Stefano deve colar à foto da companheira.

E, a essa altura, o nosso Stefanino começou a inventar problemas. Passou a ter medo que as fotomontagens fossem usadas como provas falsas de traição, em processos de divórcio ou coisas do gênero, que seus trabalhos perfeitos acabassem em um tribunal, que seu nome fosse revelado e ele tivesse de passar o resto dos seus dias em cana. Por isso me telefonou aquela noite e me contou tudo.

Tinha até bolado um plano. Cancelava a conta e o endereço de e-mail, esperava anoitecer e levava o computador para o meio do mato, botava fogo, o enterrava e, depois, voltava para casa, antes de ir para a cama fazia uma oração e esperava que, a partir do dia seguinte, toda essa confusão acabasse para sempre.

A meu ver, pareceu um plano perfeito, até que me contou quanto dinheiro rendia essa história, então eu disse: *Vamos pensar mais um pouco.*

E a verdade é que aos poucos a coisa foi ficando mais clara. As pessoas que não recebiam as fotos escreviam de novo, implorando para serem atendidas. E, normalmente, quem implorava era o casal, marido e mulher juntos, ele e ela. Que tribunal, que nada, esses espertinhos usavam as fotomontagens para se excitar. Porque essas pessoas espalhadas pelo mundo gostam desse tipo de coisa, da mulher indo para a cama com um negão desconhecido ou com um colega de trabalho ou com um amigo da família. Olham a foto e enlouquecem.

Nós até que tentamos entender melhor essa história, mas não é fácil. Mesmo porque desses assuntos de sexo não somos lá grandes conhecedores.

Eu sei, eu sei, no imaginário heavy metal a vida sexual é desenfreada, toda noite uma mulher diferente, fêmeas agarradas pelos cabelos e sacudidas até se arrebentarem nas suas mãos. Mas, tudo bem, nesse imaginário também se combate contra dragões e monstros marinhos e as leis do metal podem dominar o mundo, portanto, vamos deixar o imaginário de lado. Chama-se assim exatamente por isso, porque de fato são coisas que você imagina, a realidade é bastante diferente.

A realidade é que, uma vez, quando estava no ensino fundamental, o Stefanino beijou a prima, que estava doida para beijar um cara de que ela gostava, e queria chegar nele um pouco mais preparada. E como a tal prima era muito expansiva, ensaiou mais um pouco comigo meia hora depois. É essa, até o presente momento, toda a nossa experiência sexual.

O resto sabemos por ouvir falar, graças às histórias do Antonio, que de noite, depois dos ensaios, conta tudo o que faz com as suas meninas. E nós da banda sempre lhe dizemos para, da próxima vez, fazer isto ou aquilo outro. Se é algo factível, ele vai lá e faz, e depois conta qual foi a reação dela – às vezes, *Vai, vai, está gostoso*, e nós ouvimos sem respirar, parece até que estivemos também com a menina, e ficamos excitados pra caramba.

Iscas vivas

Então, talvez dê para entender as pessoas que se excitam com as fotomontagens do Stefano. É algo que conseguimos aceitar, claro, e conseguimos aceitar, em especial, os três mil euros semanais que chegam à conta do nosso amigo e a aparelhagem monstruosa que lota a garagem e nos permite ser uma banda que realmente destrói tudo. E...

Plam!

A porta se abre com uma explosão que faz meu sangue subir até os cabelos. Ou uma árvore caiu em cima da garagem, ou um andar da casa ruiu, ou o Giuliano chegou. Eu me viro e o vejo, ele me cumprimenta.

Pesa uns cem quilos, mas está sem camisa. Seja verão ou inverno, Giuliano está sempre sem camisa, diz que as camisas são uma imposição do sistema. Veste apenas o macacão jeans com a propaganda da oficina do pai, onde ele trabalha embora não goste de consertar carros. É muito bom em desmontá-los peça a peça, mas sofre um bocado para recolocar tudo no lugar certo. Diz que, no dia em que o velho se aposentar, vai transformar a oficina em um ferro-velho gigante. Enquanto isso não acontece, é ali que aprende o ofício e, de noite, extravasa com a bateria. Segura as baquetas, aperta os olhos, abre a boca e solta um arroto que até eu sinto no fundo do estômago.

— O que você tem? – diz.

— Eu, nada. Por quê?

— Hum. Nada. – Vai em direção à bateria e se senta. Acende um cigarro.

— Ô, Giuliano, se vai fumar, vai lá para fora, porque senão arrebenta minha voz.

— Não enche o saco, vai.

— Não enche você, amanhã tem o show.

— Isso, e vamos quebrar tudo, fica tranquilo — diz. Senta-se no banquinho e o ajusta, aproxima os pratos, desloca o gongo para o lado. E continua me fitando.

— É... — diz por fim. — Escuta, mas amanhã de noite você vai vestido desse jeito?

Eu também me olho. De pijama azul, colete camuflado e galochas de pescador nos pés. Pareço alguém que pretende pescar uma carpa enfiado na cama.

— Não, você está louco. Você acha que eu vou assim?

— Não sei, só estou perguntando. — Solta outro arroto, ergue as baquetas e diz: — Inventei um tempo novo, ouve.

Baixa a cabeça e parte com um rufo furioso a caixa dupla embaixo e golpes eventuais nos pratos. Soa como uma motosserra que parte ao meio uma metralhadora que dispara nas hélices de um helicóptero, enquanto alguém ao lado está cortando grama.

Acho que amanhã à noite vamos realmente destruir tudo.

Malditas placas

Divo Nocentini tem setenta e três anos e passou a vida consertando televisores. Rádios e aparelhos de videocassete também, mas sobretudo televisores. Tinha uma lojinha no centro que se chamava Eletrônica Nocentini, onde se amontoavam TVs com o defeito escrito em uma fita adesiva colada na tela: NÃO FUNCIONA, SEM VOLUME, IMAGEM AMARELADA.

Cada uma com seu defeito, cada uma com um pequeno problema, que podia ser apenas um mau contato, um fusível queimado ou algo do tipo. Ele pegava uma por uma — eram grandes e pesadas — e as levava para fora, para cima de um banquinho, porque Divo gostava de trabalhar ao ar livre. Sempre alguém passava e parava para comentar do prefeito que não fazia nada, da Volta da Itália, da época propícia para plantar abobrinha, e enquanto isso admirava as mil pecinhas estranhas dentro dos televisores, que, ligadas entre si, fazem a mágica que o cara lá em Milão dá bom-dia e fala qualquer coisa e você, na sua casa, olha para a tela e o vê na sala.

Foi quando chegaram as placas eletrônicas, e tudo acabou.

Divo Nocentini torce a boca e cospe no chão. Afinal, está escuro, não passa ninguém e a rua está tão cheia de cacos de vidro e de chicletes secos que uma cusparada no chão só pode embelezar a paisagem.

As placas arruinaram tudo, nasceram os centros especializados, cada um para uma marca, e agora, quando a sua TV pifa, você tem de levar para uns veadinhos de avental branco, que vão abri-la e trocar a placa e cobrar um absurdo pelo serviço. Que sentido faz trocar uma placa inteira? É como se você tivesse um calo no pé, fosse ao médico e ele dissesse: *Não tem problema, vamos amputar a perna.*

Veadinhos de avental branco, especializados em uma única marca, nas outras eles nem encostam. E para os profissionais sérios como Divo, que não fazia distinção entre as várias TVs, nem entre uma TV e uma torradeira, de repente não havia mais lugar.

Assim como não há mais lugar aqui em Muglione para ele ir depois do jantar. Desde que o Eugenio morreu, todos se encontram no Centro de Informações para Jovens, que fica bem ali em frente, mas fecha às cinco, e as bebidas eles têm que trazer de casa. O único bar que fica aberto de noite é aquele do posto na estrada, mas antes de entrar você tem de fazer o sinal da cruz. Está sempre lotado de romenos. Ou de albaneses. Ou marroquinos. Hoje à noite, mais do que nunca. A uma certa hora, eles começaram a gritar e a esmurrar as cadeiras. Em um canto, ele jogava baralho com Mazinga e Baldato, e os três reclamaram, pedindo que parassem com a confusão, mas um dos estrangeiros os encarou e perguntou se eles estavam com algum problema. Divo, Mazinga e Baldato resmungaram, só que bem baixinho e entre si, e muito depois de o sujeito ter se afastado e não os ouvir mais.

Divo repensa a história e se enfurece. Essas marcas chinesas que abrem centros de assistência técnica para TVs e mandam placas da China e tiram o seu trabalho. Esses romenos e albaneses que vêm para a sua cidade e tiram a sua paz. Não podia cada um ficar na própria casa? Divo fez a viagem de núpcias a San Remo, serviu no exército em Civitavecchia e pronto, depois se recolheu ao seu lugar. Se todo mundo fizesse igual, estaríamos todos bem, ou razoavelmente bem, é provável. Agora, no entanto, quem nasceu nesta cidade não pode mais trabalhar nem sequer desfrutar a aposentadoria, e precisa voltar rapidinho para casa porque, depois que anoitece, estas ruas não são nada seguras. E hoje à noite ainda por cima está chovendo.

Houve uma época em que não era necessário trancar a porta para ir se deitar. Houve uma época em que um aperto de mãos era um contrato. Houve uma época...

Ele para. Há algum tempo estava ouvindo esse barulho, que, porém, tinha ficado rondando sua cabeça sem entrar nela. E agora que o reconheceu já é tarde demais para dar a volta e mudar de calçada. É o som de uma corrente batendo em alguma coisa, essa coisa é a lateral de uma scooter, e quem bate a corrente é um sujeito mal-encarado que parece eslavo. Agora, porém, ele não bate mais, e observa Divo. Tem um alicate gigante nas mãos e dois olhos mais terríveis do que as facas que certamente carrega nos bolsos, se é que não são seringas ou pistolas, ou seringas e também pistolas.

– O que você está olhando? O que você quer?

Divo não responde. Não quer nada, o que poderia querer? Passava por aqui. Se tivesse percebido o barulho, teria escolhido outro caminho, mas estava pensando naquelas malditas placas eletrônicas e não prestou atenção. Como ia explicar isso para o eslavo?

– O que quer você? Vai emborra!

Divo faz um gesto de acordo, mas não se mexe. Está tentando lembrar o que deve fazer para se virar e desaparecer. O coração bate forte, às vezes em falso, perde o ritmo.

O eslavo se levanta, ajeita a camisa. Quem sabe esteja se preparando para atacá-lo. O coração continua acelerando. Olham-se nos olhos. Olhos eslavos contra olhos de catarata.

Então, cruzando a esquina, do outro lado da rua, surge uma coisa toda branca. Pele branca, cabelos brancos, cobertos por folhas brancas de jornal para se proteger da água. Vêm chegando Mazinga e Baldato, além do Repetti.

Eles o veem, o cumprimentam, em seguida notam o eslavo ali ao lado.

— Divo, o que está acontecendo? — perguntam, e param onde estão.

Divo não responde nem aos amigos. De toda forma, é bem claro o que está acontecendo, não? Será que ele precisa dizer?

— Velhos — cospe o eslavo. — Vão cuidar da vida de vocês, sim? Vão parra casa.

É isso que ele diz, mas o tom não é mais o mesmo de antes. Divo já não sente tanto medo, agora consegue até falar. Aliás, não consegue ficar calado.

— Não, meu caro, esta é a nossa vida. Esta é a nossa casa.

O coração bate forte ao pronunciar essas palavras, Divo começa a tremer. Mas não é ruim. Não, é estranho, mas não é ruim. Ao contrário. É mais ou menos como quando fazia amor com sua esposa, há tanto tempo, seis mil anos atrás.

O eslavo o observa, se vira para estudar os outros, se abaixa. Talvez esteja recolhendo uma faca ou uma seringa. Não, não, pega o alicate, dá um chute na scooter e corre na direção de Divo.

E ele, o que pode fazer? Cobre o rosto com as mãos, prende a respiração, começa a se preparar para morrer.

O sujeito se aproxima cada vez mais, o alicate nas mãos e o olhar fixo no dele. Mas, quando chega bem próximo, pula para o outro lado da rua e continua correndo, até desaparecer na escuridão traiçoeira da cidadezinha.

E aqui, sob a luz do lampião, restam quatro velhos reunidos debaixo da chuva. Não sabem o que dizer nem fazer, com o coração querendo saltar pela boca, trocam olhares sérios.

Todos sentem o mesmo frêmito. É evidente, se nota. Acreditavam que nunca mais iam senti-lo, tinham quase se esquecido dele, e, no entanto, ele está aqui de novo, voltou sem pedir permissão. E vão fazer de tudo para que não vá mais embora.

BI, BI, BI-BI-BI

Do blog BitterSweet Girl

Post publicado hoje às 23h07
Olá, amigos,
Pois é, estamos aqui ao fim de outra sexta-feira sem sol. E, para piorar, parece que à noite ainda vai chover. É, o bom de certos dias é que uma hora eles acabam.
Hoje, no Centro, um rapaz passou mal e desmaiou. A ambulância chegou quinze minutos depois, apesar de o hospital ficar a poucos quarteirões dali. Nesse meio-tempo, ele se recuperou, mas o levaram assim mesmo porque não havia um médico a bordo, e não podiam assumir a responsabilidade de afirmar que estava bem.
Sentir-se mal enquanto você espera na fila para saber se há um trabalho para você: acho que isso explica um pouco o nosso país. O cenário é bastante cinzento e não se veem sinais animadores para o futuro. Um governo escandaloso e uma oposição que não sabe nem o próprio nome. Parece impossível que alguma coisa mude nos próximos séculos.

Iscas vivas

No entanto, não seria difícil. Quer dizer, nos Estados Unidos não perderam tempo, os americanos decidiram mudar e escolheram o Obama. Confio muito nele. Tem ideias novas e corajosas, e uma visão do mundo e projetos muito claros, que ele expôs ao povo americano e o povo decidiu elegê-lo.
Uma salva de palmas para eles, desta vez.
E aplausos também para nós, que chegamos ao fim desta sexta-feira. Por um momento pensei que não ia conseguir. Agora vou preparar uma caneca de leite com granola. Depois de um dia como esse, mereço até uns biscoitos. Estava quase dizendo "biscoitinhos", mas esses diminutivos me entristecem. Biscoitinho, salgadinho, voltinha.
Um beijo (não um beijinho)
BitterSweet Girl

Cinco minutos – e você já recebeu dois comentários. Os de costume, óbvio.
Da sua prima:

Uma caneca de leite bem gostosa e com muitos biscoitos, querida! ;-) Obama yes we can!

E da Raffaella:

Sinto muito pelo rapaz, coitado! Ele já está bem?
E como ele era, bonito? He he, sabe como é...

Sua prima pelo menos vive em Milão, mas Raffaella mora no quarto ao lado, e o leite com granola vocês vão comer juntas. Tem sentido isso?

Além do mais, o único comentário que você queria era o daquele americano, do seu admirador estrangeiro que todo dia visita o blog. Vive em Mountain View, Califórnia, e aquelas palavras você escreveu especialmente para ele. Apesar de que, hoje, ele ainda não passou por aqui, de acordo com o programinha mágico. Talvez tenha viajado a trabalho, um trabalho interessante que o faz viajar pelos Estados Unidos, uma pessoa ativa que não fica a vida toda de frente para um computador.

Até a história do rapaz que desmaiou na fila você escreveu para ele. Serviu para fazer o paralelo entre a situação italiana e a americana, mas, na verdade, não aconteceu. Bom, uma pessoa realmente passou mal no Centro de Informações para Jovens, mas era um velho. Estava sentado, jogando baralho, e não teve um mal súbito, só bebeu demais. Não dava para contar essa história.

Mesmo porque você é sempre muito clara, nada de álcool nem de cigarros aqui dentro. Mas os velhos são assim, metade das vezes não entendem, metade das vezes fingem não entender. Não é raro que, no meio de um jogo de cartas particularmente empolgante, um deles se esqueça de onde está e chame você, fazendo sinal com o dedo, para pedir um Cinzano ou uma tacinha de vinho branco. Essa é a coisa mais deprimente do universo quando você se lembra dos projetos que tinha em mente quando voltou da Alemanha. É por isso que destila veneno na voz quando responde: *Eu não sou uma garçonete e isto não é um bar, e lembro a vocês que aqui dentro é proibido bebida alcoólica.* E então os velhos, que concordam com a cabeça mas, na realidade, não estão nem aí, trazem as garrafas de casa. Deve ser por causa dessa atmosfera de proibição que você criou que agora, no Centro de Informações para Jovens, todos tomam porres, e estava na cara que cedo ou tarde alguém passaria mal.

Pronto, essa, sim, é uma história boa de contar, uma história verdadeira que explica muito desse país. Uma profissional de trinta e dois anos, graduada com louvor e com uma série de diplomas de pós-graduação obtidos no exterior, que se vê observando um bando de velhos bêbados e fazendo de tudo para não perder o emprego inútil, de contrato temporário e salário quase simbólico.

Mas, por enquanto, é melhor falar o menos possível dessa história. É preciso ter paciência e tomar nota, e, depois, quando expirar o contrato, você procura alguém para publicar uma reportagem impiedosa sobre a sua experiência. Sim, perfeito, assunto e capacidade para escrever não faltam, você só precisa de tempo para passar tudo para o computador. Aliás, se há um lado positivo em morar nessa cidadezinha sem boates, sem cinema, sem mostras e sem amigos, é que você tem muito tempo para projetos como esse. Mas você o desperdiça, Tiziana, você desperdiça o seu tempo. Com o blog, por exemplo. E também com as aulas de inglês para aquele menino de colégio que não entende nada. Devia ser um curso intermediário de inglês comercial, no entanto, você dá aulas de reforço para um rapazinho. Que tristeza. E qual será o próximo passo? Lavar o carro do tio em troca de dez euros? Esperar que caia um dentinho para que a fada traga um trocado?

Não, chega, você precisa pôr um ponto final nisso tudo, acabar com esse desperdício de tempo. Hoje você até já avisou ao Mirko que só pode ajudar com o inglês, para o resto ele vai ter de procurar outra pessoa. Aquele rapazinho pode bem ser um campeão na bicicleta, mas na escola, definitivamente, é o último dos últimos. Não é que estude pouco, ou que não entenda, o fato é que é impermeável a qualquer informação. Você fala, explica e, um segundo depois, é como se não tivesse dito nada. Pobre menino, coitado.

Alto lá. Chega, não fique pensando muito nisso. Se não, você fica com pena e acaba fazendo os deveres e as pesquisas para ele, ou os exames da oitava série em seu lugar, a enésima vez em que não faz nada por si mesma e perde tempo com alguém que nem valoriza o que você faz.

Não, chega, agora você tem de escrever aquela reportagem, já. Pega o computador e abre um novo arquivo e começa a digitar, e não...

BI, BI, BI-BI-BI.

Uma buzina toca lá embaixo. Ritmo de estádio de futebol.

É Pavel, o namorado da Raffaella. Falando em perda de tempo...

Ele trabalha como pedreiro desde que amanhece até as cinco da tarde, e como repositor da Esselunga à noite, mas ainda lhe sobra meia hora de vida para encontrar a Raffa. É romeno, mas você não sabe de qual cidade. Ele nunca fala nada do seu país nem da sua família, você sabe apenas que é romeno e que acredita ser um comediante nato.

BI, BI, BI-BI-BI.

Ah, sim, e que ele ignora o uso da campainha.

Raffaella espera sempre o último instante para se preparar. Ela se veste e se maquia, embora ele fique somente por meia horinha e não saiam para lugar nenhum.

Apesar de você gostar muito da Raffa, não se pode dizer que ela seja a menina mais linda do mundo. Não é alta, não é magra, nem é aquele tipo que dá para dizer: *Bom, se fosse mais alta, mais magra...* Não, Raffaella seria feia de qualquer jeito. Você lamenta, não gosta de achar isso, mas é o que você acha. Aliás, não é nem questão de achar, simplesmente é assim.

Porém, Raffaella tem o grande mérito de não fazer drama. Sabe lidar com os homens, mesmo essa coisa de se preparar no último minuto, quando Pavel chama lá debaixo, é calculada. Diz que para segurar um homem você deve fazê-lo esperar.

Palavras que ecoavam de um passado longínquo, lições para jovens moçoilas retiradas de manuais dos anos cinquenta dedicados a futuras donas de casa. Pode ser que sua mãe tenha se comportado assim para conquistar o papai, que, na época, era pedreiro como Pavel e ainda não tinha se transformado no Rei do Leitão à Pururuca. E pode ser que funcione com Pavel, que, efetivamente, também tem uma mentalidade muito anos cinquenta.

Mas a única coisa que interessa para você nessa história toda é que Raffaella e Pavel não façam muita bagunça.

— Oeee, abram! — Pavel grita de trás do portão. A existência das campainhas não entra de jeito nenhum na sua cabeça. — Abram, sou um ladrão romeno, quero roubar!

A Raffa ainda está no quarto se preparando, logo, é você que tem de abrir, antes que os vizinhos se irritem ou se assustem, dependendo da inteligência de cada um.

Abre a porta e Pavel está lá, como sempre, o indicador e o polegar fingindo ser uma arma, sorri e faz bang bang, depois dá três beijos nas suas bochechas e entra. Sempre a mesma brincadeirinha, idêntica. Como seu pai e seu tio e todos os homens da sua família, cada um deles com a própria brincadeira tola, repetida a vida inteira, idêntica e inevitável como uma condenação, e não pensam minimamente na possibilidade de que, com o passar das décadas, possa deixar de ser engraçada. Talvez a culpa seja um pouco sua, que toda vez se esforça para sorrir e os encoraja a continuar.

Pavel entra. Os cabelos alourados, cheios de gel e esticados para trás, um conjunto da Adidas branco lustroso, de listras douradas, tênis Adidas combinando com a roupa e o bigodinho fino que parece uma lagarta magra e comprida que sobe no lábio.

Ele se joga no sofá, mas antes entrega um saquinho de plástico da Esselunga. Toda noite dá um jeito de surrupiar alguma coisa, coisinhas que, segundo ele, podem agradar às meninas. Uma caixa de biscoitos, um pote de sorvete, uma touca para banho, dessa vez trouxe um bonsai.

E o pior é que normalmente acerta. Muito lindinho esse bonsai.

— Então, miss, como está você? O que vocês, mulheres sozinhas, fazem em casa?

— Nada de mais... O de sempre.

— Ah, sim. Mas encontramos um homem, sim? — Ele dá uma piscada de olho. — Sabe, Tiziana, eu tenho amigos que são ótimos, sabe? Por exemplo, Nick, conhece você o Nick, não?

— ...

— Claro, amigo meu alto, ele trabalha comigo na obra. Você interessa para ele, sabe?

— Ele me conhece?

— Não, mas você interessa. Eu falei para ele que você ensina na escola.

— Eu não dou aula na escola.

— E que tem um peitão. Não tão grande como os da Raffaella, mas melhor de cara e também de bunda. E ele é interessado.

— ...

— Amanhã eu o trago, sim?

— Não, obrigada, você é muito gentil, mas não precisa.

— Eu trago, eu trago. Eu trazia esta noite já, mas ele fugiu.

— É tímido?

— Não, não, teve um problema. Paramos na rua, a scooter do Paolino estava fora. Estranho, porque ele guarda sempre na casa, mas estava na rua.

Iscas vivas

— Paolino é outro amigo seu?

— Trabalha comigo na obra. Mas ele muito pequeno para você, dezoito anos, não se faz de esperta, miss, você para o Nick, sim?

— Claro, como eu podia esquecer?

— Bom. Paolino tem scooter supermodificada, que ele ama de verdade. Nós falamos de carros grandes, eu e o Nick. Nick guarda dinheiro para comprar um carro de rally, porque ele ama o rally, a sua vida é o rally.

— Desse jeito eu me apaixono...

— Mas Paolino sempre fala da scooter, ele diz que é como uma bomba e quase voa, ele até mandou desenhar um F-14 em cima. Você conhece F-14, sim? – Pavel abre os braços como se fossem duas asas e com a boca faz um ruído que lembra turbinas em potência máxima, depois outros ruídos a intervalos regulares que devem ser de bombas que lança sobre os países do Terceiro Mundo.

— Sim, sim, o avião, entendi.

— Sim, nós vínhamos para aqui esta noite, eu e o Nick. Assim, eu e a Raffa no sofá e você e o Nick na cama lá, sim?

— Se você o trouxer aqui, chamo a polícia. Brincadeira. Continua.

— Mas scooter do Paolino estava na rua, amarrada no poste com uma corrente. E nós tivemos essa ideia. Ele diz que scooter voa? Então nós amarramos com uma corda e colocamos em cima da árvore de frente para a casa do Paolino. Assim, de manhã, depois nós esperamos por ele fora e dizemos: *Meu Deus, Paolino, olha lá em cima, a scooter de verdade voa!* – Pavel se mata de rir, a ponto de deitar no sofá.

— ...

— Só que precisava quebrar a corrente, e o Nick sempre tem no carro alicate grande, porque às vezes ele roubava scooter e bicicleta. Antes, agora não, agora só trabalha. Mas o alicate está sempre no carro e, então, queremos quebrar a corrente, mas enquanto estamos lá, chega um velho pela rua, e fica ali parado e olha. Eu paro e olho, e o Nick fugiu. Por isso ele não veio.

Pavel interrompe a história e se vira para o quarto:

– RAFFAELLA, CADÊ VOCÊ? EU AMANHÃ LEVANTA CEDO!

– Está certo, mas o que aconteceu com o velho?

– Com velho? Ah, nada, depois chegaram outros velhos e eu fugi também. Eu por pouco não me dou mal, não é?

Você diz que sim sem expressão, sorri, apoia as costas na janela, sobre o aquecedor que, por algum motivo, continua ligado até junho. O vidro faz um ruído que somente você ouve, um *cric* leve, mas sinistro, que arrepia até os ossos.

– Pavel, estou aqui, você não vem? – Raffaella está à porta com os braços abertos, minissaia branca colada e top apertadíssimo. A carne comprimida escapa por cima e por baixo.

Pavel a vê e se ergue de um salto, dá dois passos e a abraça forte. Ele a agarra e a beija e ela beija o romeno e as mãos dos dois se esfregam ávidas por todas as partes.

Você ajeita as costas contra a janela. Um outro *cric* do vidro. O vidro é feito de areia, embora pareça impossível. A areia é aquecida em altíssima temperatura e se transforma em uma pasta luminosa, depois é trabalhada e, no fim, vira vidro. Mas como podem fazer isso? Como?

O beijo na sua frente continua, agora sobem pelas paredes, com línguas se debatendo, risinhos e alguns gemidos guturais.

Mas como podem fazer isso? Como?

O moleiro e o senhor

Tudo bem, talvez o coma seja a experiência mais próxima da morte, mas dormir no quartinho das iscas vivas não está nada longe disso. Acreditem, depois da noite de ontem, sei do que estou falando.

Admito que não foi uma grande ideia, mas não tinha outra escolha. E ainda tenho de dormir aqui esta noite e sei lá quantas mais, na esperança de um dia me habituar. E não é nada legal se habituar a uma ideia desse tipo.

Ao cheiro das larvas, e sobretudo aos ruídos que elas fazem. E depois, é muito fácil dizer "larvas", mas existem iscas vivas de mil tipos: minhoca-puladeira, minhoca-gigante-africana, minhoca-vermelha-da-Califórnia, minhoca-do-mar, minhoca-de-rimini, minhoca-coreana, tunisiana, americana, bicho-da-laranja, bicho-do-farelo, bicho-do-pão... Mas a rainha das iscas vivas é sempre ela, a larva branca, a larva da mosca *Sarcophaga carnaria*, e é ela que me dá a sensação de estar fechado em um túmulo.

Ontem à noite, tentando improvisar um canto para dormir, fiz uma linda cama com os sacos de ração, me cobri com uma lona impermeável e disse boa-noite àqueles que me odeiam, eu não preciso de ninguém, estou ótimo. Mas não estava ótimo porra nenhuma.

O cheiro das larvas foi o primeiro problema. Não que seja ruim, mas é estranho, um pouco salgado, diria. Mas me esqueci dele assim que ouvi o barulho. Eu estava de olhos abertos, na mais completa escuridão, e o barulho parecia cada vez mais alto. Por sorte, às vezes o motor da geladeira ligava ou passava um carro e o abafava por um tempo. Mas logo ele voltava, uma espécie de sussurro contínuo e monocórdio, um sussurro misturado ao ruído de algo que se arrasta devagar. Milhões de larvas e bilhões de patinhas que não param de caminhar, caminhar a noite inteira, no escuro, buscando uma saída que não existe.

E eu ali, deitado sobre sacos de ração com sabor de biscoito de chocolate, de queijo e cereja, pensava que certamente esse é o ruído que iremos ouvir no caixão. Aliás, deve ser ainda mais alto, porque você fica isolado de tudo em uma caixa de madeira apertada, e os vermes pulam em cima, e até dentro, de você e fazem o que bem entendem.

Eu podia escrever uma boa letra para a banda sobre esse assunto. É um assunto que já foi explorado por vários grupos, mas, na minha opinião, não cansa nunca. Então, ontem à noite, comecei a inventar os primeiros versos da música.

Mas um outro pensamento dominava minha mente: a mamãe está realmente debaixo da terra, e o tal ruído ela ouve há um tempão. Desconfio que agora tudo esteja correndo bem, afinal se passou um ano e os vermes já terminaram o trabalho deles. Mas, que horror, é mil vezes melhor ser cremado. Uma boa chamuscada e adeus. É mais ou menos como o final das canções. Um nojo aquelas que vão terminando lentamente... Você está ali ouvindo e gostando pra caramba, e, em certo momento, sem motivo algum, o volume diminui, a banda continua tocando, mas o volume vai diminuindo, diminuindo, até que não resta mais nada.

Não, são muito melhores as faixas que explodem no final, têm um crescendo dos instrumentos, que berram cada vez mais, mirando uma conclusão séria, depois dão dois, três golpes para encerrar, todos juntos, *bam, bam, baaam*. Um final de verdade, seco, sem se arrastar. Uma explosão de chamas lindas e poderosas e fim.

Com esses pensamentos rodando na cabeça, bem ou mal, adormeci. Quatro, cinco horas desconfortáveis de sono, mas hoje cedo, às oito, estava de pé e o sol brilhava e eu tinha uma enorme vontade de fazer alguma coisa. De me mexer, me agitar, mesmo sem motivo e sem meta, só para não ficar aqui preso, sem fazer nada. Exatamente como todas essas larvas dentro de suas caixas.

Decidi abrir a loja, limpei a vitrine e comecei a organizar o mural com as fotos dos clientes e seus tesouros de pescaria.

– O que houve, mais algum peixão? – Ouço atrás das minhas costas, simultaneamente ao *dlin* da porta se abrindo. Levo um susto, mas consigo não me virar. É meu pai, não quero lhe dar nenhuma satisfação.

– Vendeu alguma coisa?

– Acabei de abrir.

– Tudo bem, é sábado, daqui a pouco começa o movimento – diz todo feliz, e fica ali na entrada sem fazer nada. Na verdade, não era para ele vir hoje de manhã, combinamos que ele trabalha sábado à tarde, então, o que está fazendo aqui? Deve querer saber como passei a noite, talvez esteja preocupado comigo. Bom, não seria estranho para um pai normal.

– E entrega? Chegou alguma?

– Eu disse que acabei de abrir.

– Ah, é verdade. Você está com fome? Tomou café da manhã?

– Não.

– Comeu alguma coisa ontem à noite?

– Não – respondi, e era mentira. Depois do ensaio, fiquei mais um pouco na casa do Stefanino e devoramos duas pizzas congeladas.

– Fiorenzo, se você quiser ir até o bar, vá tranquilo que eu fico aqui.

– Não, não, você tem de ficar aqui à tarde – continuo de costas, organizando as fotos do mural. – Olha, pai, hoje à tarde eu não venho, não me diga que você não vai estar aqui porque eu vou para Pontedera, esta noite vamos tocar e...

– Já sei, já sei, tudo bem. Vamos fazer duas horas de treino só para soltar as pernas e, às quatro, estou de volta.

– A loja reabre às três e meia depois do almoço, você sabe.

– Então, eu chego às três e meia, tudo bem? Mas agora vá ao bar, coma alguma coisa. Você tem dinheiro? Ou quer dar uma volta? Faça o que quiser que eu cuido da loja.

Paro de torturar as fotos e me viro de repente. Meu pai esboça uma espécie de sorriso, mas somente com os lábios. Tem as mãos nos bolsos, veste a jaqueta da equipe e, na cabeça, o boné onde se lê UC MUGLIONE – MÓVEIS BERARDI. Aos sábados, é sempre assim: se aquece mentalmente para as provas. Mas hoje tem alguma coisa a mais, eu sei, eu sinto.

Bom, pode ser que eu esteja enganado e que não haja nada de estranho acontecendo. Pode ser simplesmente que o papai acordou e, do nada, virou uma pessoa decente. Aquelas bobagens que acontecem nos contos de fadas.

– Fiorenzo, eu estava pensando... Daqui a pouco você vai fazer o exame de maturidade, não? – ele disse. Juro, isso mesmo, me perguntou da escola!

Não respondo, ele arruma as varas na vitrine de modo que se vejam as marcas do lado de fora e continua. – Enfim, é um belo desafio. Quanto falta?

– Um mês e meio, quase dois.

– Você está nervoso?

– Não muito.

– Ótimo, você tem de estar nervoso o estritamente necessário. Não muito, porque senão você se perde, nem pouco, porque senão falta entusiasmo. O estritamente necessário é suficiente. Muito bem.

– Pai, hoje à tarde eu não vou ficar na loja. Não me peça isso. Hoje eu vou a Pontedera. Esta noite é a mais importante da minha vida, se hoje você não puder ficar, não estou nem aí, a loja vai ficar fechada.

– Mas eu...

– Eu sei que é sábado, tem muito movimento, mas vai ficar fechada igual, eu não vou ficar.

– Mas eu fico, eu já disse! Por que está pensando que não venho?

– Eu não estou pensando nada, só quero que você venha.

– Ah, bom, e de fato já estou aqui.

– Muito bem.

– Muito bem.

E não falamos mais nada. Ele perambula pela loja com os braços para trás, tal qual um cliente que não sabe o que quer. Eu recomeço a arranjar aleatoriamente as fotos das pescarias. Tem uma foto de um menino ao lado de um esturjão gigante. É um truquezinho de pescador, fotografar os peixes ao lado de alguma coisa pequena, para fazer com que pareçam ainda maiores. Crianças, cães chihuahuas, anões.

E talvez o papai esteja aqui porque se sente culpado. Quem sabe não dormiu bem, percebeu o quanto foi ridículo ontem à noite, não seria nada estranho.

— Sabe o que eu estava pensando, Fiorenzo? Você podia trazer seus livros para a loja, assim você estuda quando não tem movimento.

— Eu sempre trago os livros. Ontem à noite, saí de casa um pouco apressado, sabe como é.

Ele diz que sim, olha para o outro lado, recomeça aquela perambulação idiota em meio às prateleiras.

— Além do mais, eu estudo bastante – digo –, e estou indo muito bem na escola. – Não sei por que disse isso. Ele nem sequer me perguntou, além de não ser verdade.

— Muito bem, parabéns. Quantas notas vermelhas?
— Nenhuma.
— Bom. E em quais matérias você está melhor?
— As de sempre. Inglês, história, italiano.
— É, claro, você sempre foi bem em italiano. Na minha opinião, você podia dar aula. Já pensou nisso?
— Não. Quer dizer, sei lá, mais para a frente, quando estiver na universidade.

Porque quando concluir o ensino médio quero cursar Letras. O inglês é muito importante. Alguns cantores têm uma boa voz, mas uma pronúncia de matar de rir, então, vão acabar cantando a música do *Titanic* em casamento. Eu, não, quero me aperfeiçoar, quero dar entrevistas em inglês e aqueles que me ouvirem vão ficar se perguntando se não sou mesmo americano.

A primeira vez que eu falei que queria cursar Letras estávamos sentados à mesa do jantar e a mamãe disse: *Que bom, assim viajamos juntos e você vai ser meu intérprete.* Meu pai, por sua vez, perguntou: *Mas e aí, quem vai cuidar da loja?*

Porque, para ele, a universidade é um exagero. Afinal, o que eu quero da vida? Aleijado, filho único, o pai tem uma loja de pesca, é tudo muito óbvio.

É assim que meu pai pensa. Ou pensava. Porque nessa manhã absurda ele me diz:

— Sim, claro, quando for para a universidade, você vai ter de dar aulas. Com todo o dinheiro que vai me custar! Mas acho que você já tem condições de começar.

— Não sei, mas eu não tenho tempo. E para quem?!

— Não sei, para meninos pequenos do fundamental, do ensino médio.

— Ah, bom, isso sim, é muito simples.

— Sim, claro, e para dizer a verdade... eu conheço um rapazinho que está precisando de aulas. Exatamente de italiano. – Diz isso com uma voz meio retorcida porque se abaixou para apanhar um par de botas de borracha forradas. Não consegue e quase precisa se deitar, quando as alcança, fica de pé todo vermelho. – Isto aqui acho que já podemos levar para o depósito, não? Acho que no verão ninguém vai procurar por iss... – E para de falar.

Para porque se virou na minha direção, e não sei com que cara estou, mas, com certeza, é o tipo de cara que você vê e fica petrificado com um par de botas forradas nas mãos.

— Pai, vai embora.

— Ãh? Mas o que...

— Vai embora, rápido.

— Mas por quê, por causa das botas? Quer que elas fiquem aqui? Não tem problema, não...

— Pega essas botas de merda e faz o que quiser com elas, mas some já daqui e não aparece mais, entendeu?

— ...

— Pai, eu não sei como você tem coragem de falar uma coisa dessas, ou sequer de pensar.

— Mas eu não pedi nada, e além do mais...

— Quer dizer, aquele bastardo me tira do quarto e eu ainda tenho de dar uma mão para o burro na escola? Você vem aqui e se faz de gentil para eu dizer que vou ajudar porque fiquei comovido com o seu interesse, uma vez na vida, em saber como vou na escola, e... — continuo cuspindo rajadas de coisas e, por todo o tempo, fico esperando que ele me interrompa e me diga que não é verdade, que eu tinha inventado uma história absurda, que eu tinha entendido mal e que o menino das aulas não tinha nada a ver com o Campeãozinho. Qualquer coisa estaria bom. Qualquer coisa, exceto o que disse:

— Fiorenzo, são só umas duas horas por semana. E, depois, não seria de graça.

Tira o boné e os cabelos no alto da cabeça ficam em pé. Seria uma cena engraçada, se eu conseguisse rir. Segura o boné com as mãos unidas na frente, me fita de cabeça baixa e com os olhos repletos de dor. Parece um moleiro da Idade Média que interrompe o trabalho quando passa o senhor do feudo e ele tem um enorme pedido a fazer, tipo não ser açoitado.

Eu o observo, e gostaria muito de ter um chicote. Ou pelo menos alguma coisa terrível para dizer. Naquele momento, estava realmente tomado por uma raiva gigantesca, que crescia e crescia, e, então, a um certo ponto, se quebrou em mil pedaços — amargos, frágeis e pequenos —, e eu fiquei assim. Olhando o pai moleiro com o chapéu nas mãos, como se dissesse: *Senhor, eu imploro, não seja tão cruel comigo.* O típico moleiro que, quando o senhor retoma seu caminho, o apunhala nas costas.

— Pai, vai embora. Se você precisa de aula, procure um professor.

— Mas, não, você é perfeito.

— Mas por que eu, por que tem de ser eu?

— Porque você é bom aluno, paciente. Mirko é um rapaz esperto, mas na escola não é exatamente o máximo... Ele já repetiu de ano.

— Quando?

— Acho que na sexta série.

— Reprovado na sexta série? Mas que retardado! – respondo com uma risada. Disso eu não sabia e acho fantástico. Tomou bomba na sexta série, que burro.

— Foi quando pegou meningite, por pouco não morreu.

— Ah, claro... Mas se ele é um retardado, você vai ter de encontrar um professor para retardados, um psicopedagogo.

— Não, não precisa de um psicopedagogo. Bastam umas aulinhas de reforço, italiano, história, geografia...

— Nem pensar.

— Por favor, Fiorenzino, você seria perfeito. Você é excelente aluno e tem notas altíssimas em italiano. Você é paciente e...

— Não é verdade! – grito. – Não é verdade! – Amasso a foto do menino com o esturjão e continuo gritando: – Você não sabe as minhas notas, não sabe nada! É mentira que elas são altíssimas, elas não são nem altas. Antigamente, sim, você ficou preso no antigamente, mas antigamente havia um monte de coisas diferentes. Um monte. Agora não tem mais porra nenhuma. E além do mais, eu odeio aquele idiota, entendeu? Eu odeio! E então por que diabos você me pede isso? Quer me humilhar, quer que eu vá embora também da loja, que eu mude de cidade? Você me odeia? É isso, né, você me odeia. Mas o que eu fiz, me responde, pai, o que eu fiz? É por causa da mamãe? É por causa da mão? Por que você me odeia tanto?

— Fica calmo, Fiorenzo, você está louco? Por que está dizendo que eu te odeio, que palhaçada é essa?

— Não, não é palhaçada, não, pai, eu vou embora. Vou morar em Pontedera, assim você fica contente. Eu me mudo para lá e você não vai me ver mais, assim você fica contente...

— Fiorenzo, o que você está falando? Não diga bobagens, calma. Eu... eu... eu não queria pedir isso para você, eu juro. Mas...

— Mas o quê?

— Mas ele disse ou você ou ninguém.

— Ele quem?

— Ele, Mirko. Ou você ou ninguém.

Ou eu ou ninguém? Mas o que significa isso, o que quer de mim aquele bastardo filho da puta? Rouba a minha cidade, meu pai, meu quarto e agora vem me provocar? Já entendi, ele quer me humilhar até não poder mais. Já entendi, só que ainda assim não posso acreditar...

— Fiorenzo, eu não sei por quê. Aquele menino é difícil de entender, não fala nunca. Ele normalmente não inventa moda, você lhe diz uma coisa e ele faz. Mas dessa vez está inflexível. Quer você ou ninguém. E, sem ajuda, é quase certo, corre o risco de não passar.

Não digo nada. Meu boletim do primeiro quadrimestre também estava péssimo, mas o papai nem viu. Se perguntar para ele se frequento o ensino médio com ênfase em línguas ou em ciências, tenho certeza de que ele não sabe responder.

— Fiorenzo, não estou brincando, se ele tomar bomba vai ser uma confusão. A família confiou o menino a mim, mas se ele for reprovado tenho certeza de que vai voltar para casa no Molise, você percebe? Daqui a um ano e meio, ele vai passar para os Juniores e aí vai acabar com todo mundo. Você sabe quantos batimentos ele tem em repouso? Trinta e cinco por minuto! Se você escutar, fica impressionado, não é um coração, é um submarino. Esse moleque vai se tornar o novo Merckx, com certeza. Mas se tomar bomba acaba tudo, Fiorenzo, tudo. E eu... eu não sei, você é bom aluno, inteligente, tenho certeza de que podia salvá-lo. Só você pode, eu te peço de joelhos, e...

— Escuta, pai, amanhã ele está livre?

Iscas vivas

Meu pai fica imóvel, sem entender, continua me olhando como o moleiro olha o senhor. – Amanhã tem a corrida...

– Então, diga a ele para vir segunda, aqui na loja.

– Graças a Deus, Fiorenzo, eu não sei como... eu... Obrigado, Fiorenzino, muito obrigado mesmo, eu...

– Mas agora vai embora, ok? E esteja aqui às três e meia em ponto, ok?

– Sim, sim, vou chegar às três, às três já estarei aqui! Obrigado, Fiorenzo, obrigado! Eu... – E continua a falar enquanto eu o enxoto com um gesto. Sai da loja andando de costas, assim pode me olhar e me agradecer da porta e da vitrine, depois a porta se fecha e não o ouço mais.

Eu disse ok, eu ajudo, e não estou brincando. A partir de segunda-feira, vou ajudar o Campeãozinho do Molise a se preparar para os exames finais. Se alguém me dissesse uma coisa dessas uma hora atrás, eu o chamaria de imbecil e ficaria rindo pelo resto do dia. No entanto, foi exatamente isso que aconteceu. As palavras do meu pai me convenceram.

Mas não sou tão idiota, espero que isso fique claro. É óbvio que não funcionou aquela bobajada de *Fiorenzo, você é tão bom aluno e inteligente, só você pode ajudá-lo...*

Não, por favor. Tudo bem que sou bobo, mas até para isso tenho meus limites. Gostei muito daquilo que o papai disse... Como é? Ah, sim...

Se tomar bomba, vai ser uma confusão. Se for reprovado, tenho certeza de que vai voltar para a casa dele no Molise.

Se tomar bomba, acaba tudo, Fiorenzo, tudo.

Uma espécie de aniversário

— Sou toscano.

— Dá para perceber — ela diz e sorri. Como dizendo que é bom que se perceba. — De Florença?

— Não, de Muglione.

— Nunca ouvi falar, me desculpe.

— É um lugar pequeno. Mas é bonito. Quer dizer, mais ou menos. De certo ponto de vista é bonito, de outro, não.

— E em Muglione existem as famosas colinas toscanas?

— Não, sim... é estranho. É tudo plano e, de uma hora para outra, aparecem três ou quatro colinas do nada. Perfeitas para os treinos. Se existe um deus do ciclismo, foi ele quem as colocou ali.

— E você acredita que existe um deus do ciclismo?

— Existe, claro.

— Então, você é um politeísta.

— ...

Roberto Marelli emudece. Já ia concordando, mas ao abrir a boca entra em crise, com a cabeça baixa e um sorriso trêmulo de idiota.

Bolonha, 30 de setembro de 1989. A Volta da Emília chegou ao fim. Um grupinho de doze corredores participou e Roberto estava entre eles. Um soviético venceu e ele chegou em décimo primeiro lugar. E agora conversa com a garota bronzeada de cabelos escuros e vestido verde-claro, que, em vez de sapatos, calça um par de meias atoalhadas brancas.

Roberto tem um arranque veloz, podia até vencer uma corrida curta como essa. Além do mais, nos últimos meses tinha iniciado um "tratamento especial" com o médico, treina mais do que nunca e toma tudo o que tem de tomar, mas, no final, encontrou o monte San Luca e ali suas pernas cederam. Roberto sofre nas subidas difíceis, nas subidas longas, com o vento e com as variações imprevistas de ritmo. Enfim, há sempre uma razão válida para não vencer.

Contudo, é um gregário competente, ou seja, ajuda os outros a alcançar a vitória. Uma vez, a TV o focalizou e, durante o telejornal, falaram bastante sobre ele, porque apanhou no ar doze garrafas de água lançadas pelo carro de apoio e subiu rápido atrás do grupo para entregá-las aos companheiros. Enfiou-as nos bolsos de trás, debaixo da camisa, dentro do short. Doze caramanholas pela roupa. Desde então, todos o chamam de Barman. Não é um grande apelido, mas é sempre melhor ter um apelido que não ter nenhum. Sem um apelido no grupo você não é ninguém. Mas agora Roberto espera que essa garota de meias atoalhadas não saiba que ele é o Barman. Assim como ele não sabe o que quer dizer politeísta.

À noite, pergunta ao médico da equipe e ele explica que politeísta é alguém que acredita na existência de muitos deuses em vez de um único. Roberto fica feliz em saber que não fora uma ofensa, começa a telefonar para a garota das meias atoalhadas, se casam e vão morar na cidadezinha construída pelo deus do ciclismo. Se é que esse deus existe.

Vinte anos se passaram e hoje Roberto, em vez de muitos deuses, não acredita na existência de nenhum. Nem um único deus, caralho.

Por que uma mulher de quarenta e três anos na fila do banco, sem mais nem menos, cai no chão e morre... Bem, seria possível acontecer algo do gênero se existissem muitos deuses tomando conta? Claro que não, um seria suficiente, um só, e não aconteceria nada. No entanto...

Hoje Roberto dirige o carro de apoio e não consegue deixar de pensar naquele dia de vinte anos atrás. Hoje é o aniversário de casamento dos dois, se é que se pode chamar de aniversário quando um dos dois já morreu.

Claro que sim, porra, claro que se pode chamar de aniversário. Isto é, uma data comemorativa continua sendo uma data comemorativa, mesmo se a pessoa que pode te dar os parabéns já morreu, te dar um presente, ou que fica furiosa porque você esqueceu mais uma vez, ou que... Está certo, não, talvez não se possa chamar de aniversário.

Mas é natural que hoje, que *seria* o aniversário deles, Roberto pense. Pense em várias coisas, como no fato de que, em vinte anos de vida em comum, não tenha nunca perguntado à mulher por que usava meias brancas atoalhadas no lugar de um par de sapatos. É o tipo de coisa que a pessoa com o tempo esquece, ou que passa pela cabeça de vez em quando, mas, erguendo os ombros, se diz: *E daí? Que importância tem? Qualquer dia eu pergunto.* E depois você não pode mais perguntar.

— Giro alto, rapazes! Peguem leve!

Grita com seus garotos logo à frente. Faz uma careta e se ajeita no banco. Maldita hemorroida. De tanto ficar ao volante para esculpir o físico dos outros, acabou com o seu próprio. É até bastante rijo e enxuto, considerando os quase cinquenta anos, mas às vezes sente o traseiro em brasa e tem uma barriguinha dura e proeminente que não se harmoniza nem um pouco com o resto do corpo. Parece de mentira, olhando bem, dá vontade de rir. Mas não é de mentira e ele não vê a mínima graça. É a chamada barriga de caminhoneiro, e seu pai, que, aliás, dirigia um caminhão, tinha uma igual. Quando era menino, Roberto a observava e torcia para que fosse culpa da profissão do pai. E pensava: *Eu vou correr duzentos quilômetros por dia, não vou beber nem uma cerveja até o final da minha vida.* Mas isso tudo é pensamento de quando se tem vinte anos e não se sabe que, depois, chega uma certa idade em que fica difícil mudar o rumo das coisas e você diz: *Tudo bem, não há nada a fazer,* e, no máximo, você tenta salvar o que dá para salvar.

Roberto se ajeita novamente no assento, uma dor aguda no traseiro avança até o pescoço, ele encosta por engano na buzina e os meninos se viram, aceleram.

— Não, calma, calma, alarme falso, eu disse para pegar leve!

Os garotos obedecem. Esses garotos lhe dão muita alegria. Começam a correr aos oito anos na categoria Mirim, meninos e meninas, todos juntos. Nas primeiras vezes, em cima de uma bicicleta, parecem uma combinação errada, duas peças de um quebra-cabeça que não foram feitas para se unir, e que você deseja colar nem que seja a marteladas. São gordinhos ou magrinhos, muito compridos ou muito baixos, desajeitados ou inseguros.

Depois, entretanto, você os ensina a sentar no selim, a pedalar na postura correta, mãos baixas no guidom, tronco paralelo à estrada, e veja só esses seis rapazinhos emoldurados pelo seu para-brisa, que lindo espetáculo. Têm entre quinze e dezesseis anos, categoria Juvenil, e já formam um conjunto, cada um com a sua bicicleta. Que satisfação.

Lá atrás do grupinho, Mirko é um caso à parte. Não faz cinco meses que Roberto o colocou em cima de uma bicicleta de corrida e parece que o garoto jamais fez outra coisa na vida. Pernas longas, braços finos, tronco curto, mas com uma caixa torácica larga. E no corpo um motor poderosíssimo.

Em resumo, tem aquilo que se chama de grandeza, e a verdadeira grandeza se percebe na hora. Aqui, diante do para-brisa, há seis rapazes pedalando na mesma marcha e na mesma velocidade tranquila de fim de treino, mas um deles é uma história à parte. Não são necessários testes biomecânicos ou avaliações especiais para entender, basta ter olhos.

— Rapazes, despeçam-se do Massimiliano. Tchau, Massi, até amanhã à uma da tarde, na sede.

Massimiliano responde sim com a cabeça e com o capacete, desencaixa um dos tênis do pedal e para em frente ao portão de casa. O grupinho segue adiante.

Certa época, os treinos terminavam na sede, mas agora o carro de apoio de Roberto passa em cada uma das casas, tipo um ônibus escolar de ciclistas, assim é mais fácil para os rapazes e para os pais.

É bom colaborar com as famílias. Porque hoje em dia, com esse tráfego assassino, com as histórias de doping no esporte e a cara de bosta dos jogadores de futebol nos jornais e TVs, tratados como verdadeiros heróis, os pais preferem pegar o carro e escoltar o filho até a escolinha de futebol. Por isso é bom colaborar com esses poucos malucos que ainda optam por trazer seus filhos para o ciclismo.

— Rapazes, desacelerem. Cristiano, vá para a esquerda que é a sua vez.

Porque estão chegando à casa dele, Villa Berardi. Pegam um desvio que os afasta da estrada e, por dois minutos, tudo ao redor fica mais tranquilo, mais verde e menos empoeirado, à sombra da sebe alta e bem-aparada que margeia o caminho. Se já é raro que uma família coloque seu filho em cima de uma bike, é ainda mais raro, até impressionante, que uma família rica o faça. Os ciclistas sempre nascem em casas pobres. A primeira Volta da Itália foi vencida por um pedreiro, a primeira Volta da França por um limpador de chaminé. E daí segue uma longa e suada fila de operários, padeiros, carpinteiros, camponeses. Um ingrediente importante para fazer um ciclista é a fome.

E o Cristiano é simpático e competente, além de filho de um grande patrocinador. Mas logo descobrirá as mulheres e as baladas e adeus, bicicleta.

— Digam tchau para o Cristiano. Quero você pontual amanhã, não como da outra vez.

E partem novamente. Com Mirko sempre por último, quase colado ao carro de apoio, com a cabeça baixa. Cumprimentou Cristiano com a mão e recomeçou a pedalar. Durante quatro meses, ele também desceu da bicicleta na Villa Berardi, mas agora Cristiano não o quer mais ali. Mirko podia muito bem jogar a bike na cabeça dele, cuspir na sua cara ou, pelo menos, mandá-lo para aquele lugar. E no entanto, nada. Ao contrário, o cumprimenta antes de ir embora. Vai entender.

Mas logo depois do portão, atrás da curva que desemboca na estrada, um carro bloqueia o caminho. Uma minivan preta com uma caveira gigante desenhada na porta, que está aberta. Os rapazes de bicicleta conseguem passar, o carro de apoio, não. Roberto toca a buzina e se prepara para soltar um palavrão cabeludo. De dentro da minivan aparece um gordão sem camisa, uns dezoito anos e mais de dois metros de altura. Em seguida, um outro jovem, o filho mais velho dos Berardi. E também seu filho, Fiorenzo. Carregam caixas de papelão, caixas de som, metros de cabos pretos. E imediatamente Roberto se lembra do que prometeu ao filho hoje de manhã: *Às três e meia, não, hoje abro às três!* Abaixa os olhos para o relógio do painel, são 16h07. Caralho.

O gordão sai para fechar a porta da minivan, Roberto acelera de novo e cruza o olhar com o do filho. Toca a buzina, Fiorenzo balança a cabeça e continua a carregar o carro. Roberto observa a cena pelo retrovisor por alguns segundos e, em seguida, volta a atenção para o volante.

Porque retornou à estrada, o momento é delicado. O asfalto está cheio de buracos devido ao peso dos caminhões, que passam um atrás do outro, rápidos como tiros. Ao lado do acostamento, há uma sequência de cruzes, flores secas e laços de fitas, contam-se às centenas os gatos que morrem ali anualmente. Não precisam sequer atravessar a estrada para morrer: são sugados diretamente dos parapeitos das janelas pelos caminhões em disparada.

— Rapazes, despeçam-se do Mikhail.

E depois é a vez do Emanuele, e depois do Martin.

Até que à frente do carro de apoio resta apenas Mirko, o Campeãozinho do Molise.

Faz uma curva para a direita da via espremida entre casas vazias, lojas que mudam de nome uma vez por mês e barracões abandonados. Até uma imobiliária colou um cartaz escrito ALUGA-SE na própria vitrine. Mais adiante, vê o antigo almoxarifado onde agora funciona o Centro de Informações para Jovens. Do lado de fora, um grupo de velhos busca o sol.

— Dá um ataque agora, Mirko, vamos dar um presentinho aos torcedores!

Mirko se levanta imediatamente sobre os pedais, abaixa a cabeça e, em uma suave progressão, vai dos vinte aos quarenta por hora sem se alterar. Roberto nunca vai deixar de se surpreender.

O carro de apoio começa a buzinar, os velhos se viram e veem o Campeãozinho se aproximando. Dispondo-se em fila sobre a calçada, levantam os braços:

— Vai, Campeãozinho! Vai, vai, vai, continua assim, acaba com eles! Mete no rabo deles! Aí, vai, vai!

Iscas vivas

O campeão passa e passa o carro de apoio de Roberto. Os velhos olham para os dois até desaparecerem atrás do posto de gasolina.

Depois, se sentam novamente junto às mesas que trouxeram para fora por causa do sol. Trocam duas ou três palavras sobre o Campeãozinho e a corrida de amanhã, mas logo retomam o papo que haviam interrompido. Porque hoje escutam uma grande história, e Divo chegou ao momento mais emocionante.

— E aquele merda, o que disse?

— Falou que cuidássemos das nossas vidas, que voltássemos para casa.

— Que absurdo, não dá para acreditar. Eles vêm para cá querendo mandar.

— É, mas eu falei: *Não, meu caro, esta é a nossa vida, esta é a nossa casa.*

— Isso mesmo! Deus do céu! E ele?

— E ele quis se fazer de esperto, pegou um alicate gigante e nos mostrou, como dizendo que ia jogar na nossa cabeça. Mas quando percebeu que éramos muitos...

— SIM – EU – O – BALDATO – E – O – REPETTI – ESTÁVAMOS – TAMBÉM — disse o Mazinga, todo cheio de si. Hoje veste um casaco de moletom alaranjado de capuz, com uma prancha de skate desenhada no peito.

— Éramos quatro contra um, então eu falei: *Lembre-se de uma coisa, meu caro, pode ser que você consiga matar um de nós, mas ainda assim vão sobrar outros três, portanto é melhor pensar bem. Nós vamos acabar com você e te jogar no canal. Você não tem nem documento, ninguém vai te reconhecer. Vai ter o mesmo fim de um soldado desconhecido.*

— Bravíssimo!

— Mas o que tem a ver o soldado desconhecido com essa história? — diz Baldato, que é um militar transferido de Caltanissetta trinta anos atrás.

— E o que ele fez?

— Àquela altura ele veio correndo em minha direção, com o alicate na mão. Mas eu me mantive na posição, firme sobre as pernas. Quando era jovem, pratiquei um pouco de boxe, não sou um qualquer. Então, me pus em guarda enquanto os três avançaram por trás. E o eslavo não era bobo, não. Quando viu que não convinha dar uma de esperto para cima de nós, ele pulou para o outro lado da rua e fugiu correndo como uma lebre.

— Muito bem! Como uma ratazana de esgoto!

— PENA – QUE – A – POLÍCIA – NÃO – PASSOU.

— Ah, a polícia... O que você queria que a polícia fizesse? Ia dar boa-noite e cair fora.

— É verdade. Os policiais sequer os param, param a nós, porque assim não correm perigo. Já me deram uma multa de cinquenta euros porque o farol da minha Vespa estava quebrado. E durante o dia, acreditam? Enquanto isso os estrangeiros trazem drogas e doenças e querem bancar os patrões.

— É – ASSIM – MESMO – E – NINGUÉM – NUNCA – PENSA – EM – NÓS.

— Verdade — diz Baldato. — Eles nos abandonaram.

— Sim, rapazes, mas nós não estamos sozinhos — diz Divo. — Nós somos muitos.

Baldato, sério, concorda com a cabeça. — E estamos com muita raiva.

— E temos razão.

— E – MUITO – TEMPO – LIVRE.

Os velhos se fitam, quietos, a energia que invade seus corpos brilha por trás das cataratas e das lentes escuras dos óculos. Quem está de boné o tira, apertam-se as mãos e se abraçam, dando tapinhas nas costas. Depois Baldato enche o peito, não respirava tão profundamente há anos, e começa a pronunciar as sílabas com clareza: — I-tá-lia! I-tá-lia! I-tá-lia!

— Senhores, senhores! O que está acontecendo? — Tiziana sai correndo do escritório. Deixou pela metade uma frase da reportagem que está escrevendo sobre as condições de exploração dos trabalhadores jovens na Itália. Na verdade, tratava-se da primeiríssima frase e ela estava plantada ali há uma hora, mas todos sabemos que o ponto de partida é muito importante e que, uma vez descoberto, o texto flui com naturalidade.

— Senhores, vou repetir pela milésima vez. Isto aqui era para ser um Centro de Informações para Jovens, por mim tudo bem que vocês venham, mas na teoria não deveria ser assim. Portanto, eu lhes peço encarecidamente que pelo menos não façam muito barulho. Pode ser?

Os velhos olham para ela, levam de novo os bonés à cabeça e trocam olhares entre si. Agora já nem precisam falar, estão mentalmente conectados.

— Nós estávamos apenas cantando *Itália Itália*, minha jovem.

— Eu sei, mas se vocês se metem a gritar pela rua tenho certeza de que alguém vai...

— Estamos na nossa cidade, filha.

— Eu sei, eu também estou, mas e daí?

— SIM – MAS – NÓS – SOMOS – ITALIANOS – E – IDOSOS.

— Exato — afirma Divo. — Isso quer dizer que estamos aqui, e que chegamos antes de todo mundo.

— Tudo bem, senhores, mas agora não entendo o que isso tem a ver, não...

Os velhos, porém, já não a escutam mais. Dão-lhe as costas todos juntos e saem na direção da rua.

A rua deles, as casas deles, a cidade deles. A vida deles.

PontedeRock

Chegou a hora. Puta que pariu, chegou a hora. O festival começou, está lotado de gente e falta pouco para a nossa vez. Puta que pariu, chegou a hora!

Disseram que era para esperar atrás do palco e para não se afastar, mas quem há de se mexer? Não existe outro lugar no universo onde eu mais gostaria de estar.

Quer dizer, nós realmente chegamos com um pouquinho de antecedência. Tínhamos medo de algum imprevisto na viagem, tipo um pneu furado ou um tsunami que levasse embora tudo da Marina de Pisa até aqui, ou então que ratos gigantescos nascidos na água venenosa do canal devastassem a província. Mas nada disso aconteceu e já faz quatro horas que esperamos atrás do palco. Ou melhor, quando chegamos não havia nem palco, ainda estava sendo montado.

Mas agora são oito horas e a primeira banda está quase terminando. Dez grupos, um atrás do outro, quatro músicas cada um, e nós somos os próximos. Vamos tocar ainda com um pouco de luz. Eu preferia a escuridão total, é mais cenográfico, mas pode ser assim mesmo, não tem problema. Somos uma máquina de guerra, uma bomba jogada no meio da multidão, e uma bomba quando explode faz estrago de qualquer jeito, esteja escuro ou não.

Iscas vivas

Para entender que não estamos de brincadeira, basta dar uma olhada. Todos de calças de couro, correntes cruzadas no peito, rebites de várias formas nos cintos, nas pulseiras e até em volta do pescoço. Sem falar nos coturnos, cabelos soltos ao vento, camisetas das bandas históricas que mais nos influenciaram (menos Giuliano, que obviamente está sem camisa).

Somos magníficos, poderosos, estamos prontos para devastar Pontedera.

Todos, exceto o Antonio.

Ele está fora de sintonia. Apenas um cinto de rebites, fino como os que as mulheres usam, nenhuma corrente, e aqueles cabelos nem longos nem curtos, penteados com gel. COM GEL! Se tirassem uma foto nossa neste momento, íamos parecer a banda mais foda do mundo ao lado de um desconhecido que pede informação para chegar até a boate.

Enquanto isso, a banda no palco começa a última música. Tocam reggae (só podia...), mas nenhum deles tem cabelo rasta e, à primeira vista, eu diria que nem fumam um baseado. Aposto que quatro dos cinco aprenderam a tocar na paróquia e no domingo de manhã arranham um violãozinho na missa. Eles fecham com um cover (surpresa!) do Bob Marley, *No Woman No Cry*. Como a regra é cantar na nossa língua, a letra vira *Não, mulher, não chore*, mas, em minha modesta opinião, não faltam razões para chorar. Mesmo assim, o público aplaude, alguns gritam "do caralho" e outros "muito bom, cara", talvez para alguém da banda, talvez para o Bob Marley.

Mas isso não interessa, nós viemos para destruir tudo, Bob Marley, os domingos na igreja e os ouvidos dessa gente que por acaso veio aqui e, sem saber, nasceu com a bunda virada para a lua. Como aqueles que em uma noite de 1969 saíram para beber uma cerveja e viram o Black Sabbath no pub, ou como outros que viviam ao lado da garagem de Ron McGovney e, do jardim de casa, ouviam o Metallica, que começava a mudar o mundo. Esse pessoal em Pontedera não sabe, mas um dia poderá dizer: *Eu estive no primeiro show do Metal Devastation.*

— Oh, yeah, yeah, vamos relaxar, homem. No fim, tudo vai dar certo, paz para todos, somos todos amigos, oh, yeah! — A última música desses coroinhas jamaicanos segue repetitiva, sempre igual, inútil como toda música sincopada.

Espero que termine o quanto antes, mas, pensando melhor, talvez seja bom que demore mais um pouco. Bem agora sinto uma coisa estranha na barriga, como um milhão de formigas que rodam e rodam, depois sobem do estômago, obstruem minha garganta, saem pela boca e cobrem meu rosto com uma espécie de ardor congelante.

Mas tudo bem, é a tensão brincando comigo, quando chegar o momento, ela vai se transformar em adrenalina. Pelo menos é isso o que dizem nas entrevistas.

— Pessoal — diz Stefanino. — Vou dar um pulo no banheiro –, com uma voz de pintinho que morre lentamente em um inverno gélido.

— De novo? Vai logo que é a nossa vez.

Faz um movimento com a cabeça de cima para baixo, devagar, depois se afasta com um passo meio incerto na direção dos banheiros químicos.

A música termina, o público aplaude. Não chegam a esfolar as mãos, mas se ouvem aplausos, o grupo agradece, se despede e sai do palco. Cruzamos com eles na escadinha de ferro. Têm os rostos vermelhos e estão um pouco confusos, nos fitam com um sorriso idiota. Olham o couro, os rebites, os apliques e as camisetas. É isso aí, olhem bem para nós, talvez seja a única oportunidade para aprenderem como uma banda séria se veste.

Iscas vivas

— Rapazes, é a vez de vocês, estão prontos? — pergunta o técnico atrás da mesa de som. Respondo que sim sem pensar, ele me faz sinal de ok. — Já está tudo regulado, vocês entram, conectam os cabos e pronto.

Tem seus quarenta anos, simpatizei com ele de cara. Poucos, mas longos, cabelos, amarrados para trás com um elástico. A barriga, o cavanhaque no queixo duplo, uma camiseta do Rainbow e certamente uma história escolar idêntica à nossa, o sonho de vencer na vida com a música e os colegas tirando sarro. Ele não conseguiu vencer na vida com a música, mas podia ter sido pior. É o técnico de som da prefeitura de Pontedera, então, dá para dizer que, em um certo sentido, vive de música. Ganha pouco, mas deve ser daqueles que economizam, e com certeza não tem nada, tipo uma mulher, que possa dar despesas.

A mesa de som fica atrás de um toldo de madeira compensada que a esconde do público, logo depois vêm o palco e as luzes coloridas e, ai, meu Deus, um mar de gente esperando para nos ver tocar. Todas as escolas de Pontedera, todos os jovens da região e, especialmente, toda a minha classe e, ainda mais especialmente, Ludovica Betti, que é a garota dos recordes: a mais bonita do colégio e a mais filha da puta do mundo.

E agora, diante de todos esses olhos, vai ter início o nosso momento. Na escola, temos de nos esconder atrás das carteiras e passar o intervalo no canto do corredor, perto do banheiro. Mas agora chega, hoje é o nosso dia, é a hora de subir no palco e deixar essa gente de boca aberta, é a hora de subir ao céu como estrelas definitivas do rock.

Nesse meio-tempo, Stefanino volta do banheiro. Chega à escada de ferro e sobe com a cabeça baixa. Demora um pouco, se agarra na grade com uma das mãos e mantém a outra sobre a perna. Ergue os olhos em nossa direção, está branco feito papel, tem o olhar fixo e sua. Parece um daqueles caras que tentam escalar o Everest e morrem no caminho.

— Sté, tudo bem? — Não responde. — Está pronto?

Diz que sim com a cabeça, um movimento penoso. Giuliano tenta acomodar o baixo em seus braços e ele, por ora, o segura. Bem, acho que estamos prontos.

O público atrás do toldo nos chama. Um monte de vozes que se sobrepõem umas às outras, a todo instante alguém grita que quer música, outros gritam o nome de uma colega de sala seguido da palavra *vadia*. Fantástico.

Olho para o meu amigo técnico no console. — Nós estamos prontos.

Giuliano arregala os olhos e levanta as baquetas como se fossem cassetetes.

— Perfeito. Ah, rapazes, vocês são o... — O técnico procura em uma folha de papel colada à mesa. — Vocês são o Metal Devastation, certo?

Meu peito se estufa, todos dizemos que sim. Ele faz um risco na folha, ergue a cabeça. — Muito bom, um nome de respeito. Agora, acabem com eles.

É claro, meu amigo, pode apostar.

— *Come on!* — berro, e estamos no palco.

As pessoas, as luzes, olhos e mais olhos que nos observam lá de baixo. Sonhei com isso tantas vezes que preciso me certificar se não estou de pijama, deitado e com um fio de baba seca na bochecha. Mas, não, estou acordado e cheio de energia e pronto para enlouquecer essa gente. Ouço um leve aplauso. O aplauso verdadeiro vamos ter de conquistar.

Giuliano se senta à bateria, Antonio e Stefanino conectam os pedais, eu pego o microfone. Mantenho o braço direito no bolso por um instante. Daqui a pouco eu tiro, não tenho vergonha nenhuma de não ter uma das mãos, sou feito de metal e não há nada que possa me ferir. Mas, por enquanto, assim me sinto mais seguro.

E recomeço a respirar. Uma vez, duas, o público me fita e alguém assobia e alguém grita, esperam. Mais que tudo, eles nos esperam. Penso nisso, e de repente uma carga de energia se acumula em minha garganta e se espalha por todo o meu corpo como uma chibatada. Apanho o microfone e grito:

— Olá, Pontedera!

A voz ecoa entre as casas populares e os galpões no entorno do terreno. Mas ninguém responde. Ouço uns dois ou três yeah dispersos, mas são dois ou três amigos nossos que também são metaleiros, portanto não vale.

— Pessoal, chega dessas musiquinhas, estão prontos para uma descarga de metal?

Ainda silêncio.

— Vocês estão prontos para devastar a cidade?

— ...

— Nós somos o Metal Devastation e viemos aqui para demolir este lugar! Vocês estão prontos para um ataque de heavy metal?

— ...

— Eu disse... — (respiro, aperto os olhos e grito com todo o fôlego) — ... estão prontos para um ataque de heavy metal?!

E finalmente o silêncio se quebra. Irrompe uma voz que se transforma em duas, cinco, seis vozes, que se fundem em uma coisa só, única e total, erguida ao céu por todos os presentes.

Gritam NÃO!

Como não?! Engulo a saliva, embora não tenha uma gota. Viro-me para os companheiros da banda. Giuliano ainda está com os braços levantados e as baquetas à meia altura, como alguém de mãos ao alto para a polícia. Stefanino é um fantasma trêmulo e o baixo parece maior que ele. Antonio arruma os cabelos e olha para o lado, sem nenhuma expressão, como alguém passando aqui por acaso.

Eu me viro novamente para o público, que parou de gritar NÃO. Agora já grita FORA.

— FO-RA, FO-RA, FO-RA.

E destaca as sílabas com um mar de punhos que se agitam no ritmo. Mais e mais.

— FO-RA, FO-RA, FO-RA.
— FO-RA, FO-RA, FO-RA.

Antonio desconecta o cabo da guitarra e sai. Giuliano afrouxa os braços sobre os quadris.

— FO-RA, FO-RA, FO-RA.

Recoloco o microfone na haste e recuo um passo. Afundo ainda mais o pulso direito no bolso. Não posso acreditar. Vocês não sabem nada, vocês não valem nada, vocês não merecem porra nenhuma.

Afasto-me mais um pouco, mas vejo o Giuliano sair de trás da bateria, pegar o microfone e se aproximar das pessoas.

— Vocês são uns filhos da puta — diz. Mas tranquilo, sem raiva, como se informasse que há um carro estacionado em local proibido. Tipo um anúncio de serviço.

O grito do público não aumenta de volume somente porque gritar mais é impossível. Mas se mistura a arremessos de moedas, punhados de terra, isqueiros, garrafas de plástico e outras coisas que não entendo.

Não entendo nada.

Frajola

O teto é branco e, no canto, tem uma mancha de umidade que não parece com nada, não parece com um animal ou com a Madonna ou com nenhum outro personagem famoso, é apenas uma mancha de umidade sem forma que vejo todas as manhãs desde que nasci, por isso dá para dizer que, para mim, tem a típica forma de uma mancha de umidade.

Sim, é isso mesmo, voltei para o meu quarto. Precisava muito de uma cama de verdade e de uma casa de verdade, ao menos por hoje. Qual o problema? É domingo, tem uma corrida em Montelupo e a casa vai ficar vazia até o final da noite.

O verão chegou fora de época, furioso e muito antes do previsto. As ruas ardem e os campos também, os canais fazem espuma e fedem a cogumelo podre. E Muglione está vazia.

Quem conseguiu deu uma escapada para passar o dia na praia, isto é, três horas em uma fila de carros, uma horinha espremido em uma faixa de areia e mais três horas de fila para voltar. Ficaram apenas os velhos, que buscam a sombra e esperam, e eu.

Que não tenho vontade nenhuma de fazer nada. Olho para o teto e continuo deitado com as persianas fechadas e o silêncio lá fora que compete com o silêncio daqui de dentro, porque nem liguei a música. Hoje é um dia negro, de escuridão total, o verão e o sol estão fora de lugar.

Ontem à noite, o retorno de Pontedera foi um pesadelo. As viagens de volta são normalmente mais curtas, mas aquela não terminava nunca. Não sabíamos o que dizer, então ficamos quietos, não ligamos o som, não nos olhamos.

E hoje não nos falamos. Não sei o que eles estão fazendo, mas imagino que estejam em casa como eu. Em um momento desses não faz sentido ir para nenhum lugar, não faz sentido nem mesmo ficar de pé. Temos apenas de ficar na cama com as janelas fechadas e os olhos fixos lá em cima, na esperança de que o teto nos diga o que fazer.

Ok, algo não deu certo ontem à noite, mas o quê? Talvez eu tenha errado ao começar com a pergunta: *Vocês estão prontos para uma descarga de metal?* Afinal, uma banda séria não fala nada, não se apresenta, uma banda séria chega e começa a tocar, e nós devíamos ter feito isso. Era chegar e começar a dar porrada, o público ia receber toda aquela descarga de potência e, depois de umas duas ou três músicas, estaria em nossas mãos.

Mas não foi o que aconteceu, eu perguntei se estavam prontos, eu lhes dei a possibilidade de escolher. E o que você quer que escolha uma galera que ouve baladinha romântica no carro? Esses daí não sabem o que querem, não têm ideia e, portanto, nós devíamos dar a eles o que quiséssemos sem perguntar. No final, iam dizer: *Obrigado, obrigado, vocês mudaram nossas vidas.* Se ainda lhes restasse algum fôlego.

Sim, é isso, foi esse o nosso erro, esse é o problema. Ou pelo menos espero que seja. Mas hoje não tenho certeza de nada. Não sei nem quando vamos tocar de novo. E *se* vamos tocar. Talvez seja melhor deixar passar uns dias e pensar um pouco. Ou talvez seja o caso de nos encontrarmos logo na garagem e tocar pra caralho e destruir tudo e entender que o festival foi apenas um pequeno acidente de percurso.

Não sei, não sei. Nos filmes, o protagonista pede conselhos a alguém em uma situação complicada como esta. Mas, na realidade, não existe uma única pessoa que dê conselhos decentes ou que se importe minimamente com os seus problemas, então cada um se vira como pode.

Eu, por exemplo, inventei o método do superconselho, e juro que funciona. É uma técnica que me ocorreu por acaso na primeira vez, mas foi superútil e, desde aquele dia, eu sempre recorro a ela.

Mas hoje não posso usá-la porque não há ninguém por aí, e para o superconselho preciso de gente na rua. Além disso, hoje é mesmo um dia de merda e não tenho vontade de fazer nada.

A única coisa positiva é que meu quarto está praticamente intacto. O Campeãozinho do caralho o roubou de mim, mas, pelo menos, não se pôs a revolucionar o ambiente. Os pôsteres continuam em seus lugares, os CDs estão em ordem alfabética segundo o nome da banda, até as folhas com as anotações para ontem à noite estão em cima do teclado do computador.

Levanto-me e agarro a papelada com uma espécie de tapa, quero rasgar e depois queimar tudo, morro de vergonha só de olhar, não quero ler nem uma palavra. Pego a primeira folha e vejo escrito na última linha VAMOS ARREBENTAR!, em letras vermelhas gigantes. Fui eu que escrevi, porque acreditava nisso pra caramba. Que idiota, que idiota!

Pego todas essas folhas desgraçadas e começo a amassá-las. Mas, embaixo da minha mão, ao lado do teclado e de umas revistas, eu vejo o gato. O gato Frajola.

E por um segundo fico assim, petrificado, com uma bola de papel nas mãos.

O Frajola nada mais é que um copo com o desenho do Frajola na parte externa.

Um pouco de ar fica preso nos meus pulmões, os olhos fixos naquela coisa de vidro meio cheia de refrigerante de laranja. Deixo o papel cair, pego o copo, cheiro seu conteúdo. Não, não é refrigerante, é suco de laranja. Imagine se o Campeãozinho pode tomar bebida com gás.

Mas o que importa não é o suco, é o copo. *Aquele* copo. Eu transpiro. Meu coração dispara. Eu tinha guardado no móvel, bem no fundo, porque nunca abrimos aquele móvel e era praticamente como perdê-lo para sempre.

No entanto, agora está aqui, ao lado do computador.

O Campeãozinho de merda o pegou, não posso acreditar, fez de propósito. Mas como soube do copo? Fora eu, ninguém sabe, e eu faço todo o esforço para esquecê-lo. É mais ou menos como se o Campeãozinho me dissesse: *Não, meu caro Fiorenzo, você não pode tirar isso da cabeça, olhe aqui o seu lindo copinho...*

Porque o copo do Frajola tem ligação com a mamãe. Mas não em um sentido afetivo, porque ela me presenteou ou porque fosse seu copo preferido. Não, ele tem ligação exatamente com a morte da minha mãe. E, de um certo modo, talvez, poderia até... se bem que não, não, é uma bobagem, é claro que não podia, não pode... mas, enfim, talvez, bom, de um certo modo, quem sabe, esse copo tem a ver com o fato de a minha mãe não estar mais aqui.

Mas só um pouco. Na verdade, pouquíssimo. Aliás, não tem nada, nada a ver, eu disse uma tremenda bobagem, mas que loucura me veio à cabeça hoje, apaga tudo, apaga...

Que dia de merda.

A segunda-feira do noticiário local

É segunda de manhã, são 8h45, você paga ao jornaleiro e lhe diz: *Boa semana*. Ele responde sim com a cabeça, apenas isso. Ele é um daqueles que gostam de um papo furado, contam piadas e, às vezes, fazem até imitações do Mike Bongiorno e do Berlusconi. Mas, você, ele nem cumprimenta. Um outro mistério dessa cidade impossível, onde na banca as revistas mais vendidas são *Javali International, Rally Più, Galinha-d'Água, que Paixão, Carpa para Todos, Armas e Tiro, Caça Ecológica, Facas*.

Mas hoje é segunda de manhã, começa uma semana novinha em folha e você decidiu que é o momento de mudar de marcha. Chega de negatividade, chega de pessimismo. Maio começou, mas já parece verão, e você só quer sorrir, ficar bem e dar outra oportunidade a essa fase estranha da sua vida. Começa a partir de agora, que você já pegou os jornais, vai para o Centro e será um lindo dia. No mínimo, será melhor que ontem.

Ontem, no fim das contas, você acabou concordando e foi à praia com Raffaella, Pavel e seu amigo Nick (Nikolaj). Você não sabia que ele também iria, do contrário não teria aceitado o convite. Ou talvez sim, contanto que não ficasse sozinha na cidade vazia e com todo o tempo do mundo para sentar na frente do computador e tentar escrever aquela reportagem-denúncia, ou outro post para o blog, na esperança de que seu homem da Califórnia finalmente encontrasse coragem para se revelar.

Não, muito melhor ir à praia. A Versilia. Um domingo na praia como nos filmes dos anos cinquenta. Ainda que os trechos de praia gratuita sejam recobertos de poeira e guimbas de cigarro, ainda que não haja nem um milímetro livre e o espaço entre você e o homenzinho peludo ali ao lado seja tão pequeno que, toda vez que ele se vira, se apresentam todas as condições para um abuso sexual.

E do outro lado se postava Nikolaj, que de vez em quando perguntava: *Tudo bom com você, Tiziana?* Como dizendo que, se o sujeito a importunasse, ele estava pronto para enchê-lo de porrada.

Mas você continuava lendo de cabeça baixa, contando que Nikolaj se rendesse e fosse ao encontro de Raffaella e Pavel, concentrados em um jogo de frescobol no meio da multidão.

Você tem de admitir que Raffaella, à sua maneira, é maravilhosa. Primeiro dia de praia, redonda e branca como uma muçarela de búfala, ela veste um biquíni vermelho minúsculo que você não colocaria nem depois de seis mil horas de academia e com uma meia enfiada na cabeça. Ela, no entanto, está ali, pulando, correndo e jogando frescobol na faixa de areia molhada, rindo como uma louca nas poucas vezes em que Pavel a deixa marcar um ponto.

Você voltou os olhos para o livro e percebeu que agora Nikolaj está à sua esquerda, o homenzinho peludo à sua direita e dois carinhas tatuados à sua frente. Um deles passa protetor solar na barriga. Eles se viram e olham, se viram e olham, olham você inteira, menos o seu rosto.

E sempre que isso acontece você acha estranho. Sim, ok, você deu uma olhada no espelho antes de sair e não achou que estivesse tão mal de maiô. *Não tão mal* é um elogio enorme quando você diz para si mesma. E assim que você tirou a roupa na praia, Raffaella levou as mãos à cabeça e disse: *Meu Deus, Tiziana, você parece uma modelo, como é que consegue, eu te odeio... Não, brincadeira, eu adoro você, mas eu te odeio só um pouquinho.*

E Pavel pensava a mesma coisa, lá do seu jeito: *Que gostosa! Ô, Nick, depois que você dormir com ela, vai ficar me devendo essa, hein?*

Nikolaj enterrou os olhos na areia e não disse nada, apenas uma espécie de sim com a cabeça.

Mas é bom que Pavel não confie muito nessa dívida, porque a coisa está fora de questão. Ele não é feio, pode-se até dizer que é bonito. Um pedaço de mau caminho, diria Raffaella. Ele tem a sua idade, só que, diferente de muitos italianos, quando você o olha, vê um homem. Um homem, feio ou bonito, não importa, mas um homem: cara de homem, mãos de homem, pele de homem. Vai saber por que alguns italianos da sua idade, tipo aqueles que iam à escola com você, hoje, passados tantos anos, ainda não são homens. Eram meninos e depois envelheceram, mas nunca se tornaram homens. E você não diz isso em sentido figurado, ou com moralismo, ou coisas do gênero. Diz isso do ponto de vista físico mesmo. Eles não têm o perfil, nem os traços, nem os nervos de um homem. Continuaram sendo meninos, mas perderam os cabelos, incharam, têm rugas. Parecem jovens de dezesseis anos que foram submetidos a um ano e meio de trabalho escravo, continuamente castigados pela chuva, pelo sol e pelo vento.

Nikolaj não é desse jeito, portanto, ponto para ele, mas, ainda assim, não tem a mínima chance. Não por maldade ou sabe-se lá por quê, mas você não entende as suas amigas que ficam com qualquer um por não arranjarem nada melhor.

Enfim, ficar sozinha não é ruim. Quer dizer, pode-se até ficar mal sozinha, mas em um relacionamento errado é duas vezes pior, e, para você, se conformar é a maior tristeza do mundo.

Enquanto caminha, os jornais exalam aquele cheiro característico de papel e tinta de que você tanto gosta. Sim, hoje bem que podia começar uma bela semana. E até caminhar com quatro jornais debaixo do braço faz você se sentir bem. Você comprou *Il Tirreno* e *La Nazione* para o Centro e *Il Corriere* e o *La Repubblica* para você.

Os jornais locais deveriam servir para os anúncios de trabalho, mas, na verdade, são os velhos que os leem, ávidos por notícias da região. Notícias policiais, polêmicas da cidade, necrológios. Segunda-feira é o dia preferido, porque eles encontram todo o relato das tragédias do sábado à noite, com as fotos dos acidentes e a descrição das merdas que os jovens fazem antes de finalmente se esfacelar contra um poste.

A caminhada ao sol de hoje parece já ter trazido um vigor novo, você sorri, o bom de uma cidade pequena é que é possível se deslocar a pé sem muitos problemas. Basta sobreviver à travessia da estrada que leva a Florença e, depois, fica tudo tranquilo.

Você chega pontualmente como sempre, o Centro abre às nove e todos os dias os velhos já esperam do lado de fora há um bom tempo. Mas há algo estranho no ar esta manhã. Estão todos reunidos e leem o jornal. Compraram por conta própria, gastaram dinheiro! Milagre.

Seu Divo está com o *La Nazione* nas mãos e lê, todos os outros o rodeiam boquiabertos, do jeito que fazem os velhos quando prestam muita atenção no que escutam, como se abrir a boca melhorasse a audição.

Iscas vivas

— ... Momentos de hesitação... não, desculpem, de excitação... em que demonstraram o caráter e... e a fibra que possuem.

Você aproveita para entrar rápido, a cabeça baixa. Ninguém cumprimenta, ninguém olha. Apesar do sol deslumbrante, você tem de acender a luz porque este lugar antes era um almoxarifado e não há janelas. Você se senta e começa a folhear as notícias.

O problema é que ouve o burburinho lá fora, os comentários, e fica curiosa. O que há de tão interessante no *La Nazione*?

Você pega o jornal e vai ao noticiário local. Não encontra nada de mais. Polêmicas referentes aos comerciantes chineses, que levam à falência os italianos, uma senhora que ganhou um prêmio por reciclar o lixo, uma notinha sobre um festival de escolas em Pontedera.

Você mesma pensou em organizar um show aqui em Muglione, para que as bandas da cidade tocassem e para aproximá-las do Centro de Informações para Jovens. Mas a prefeitura disse que o volume alto perturba a vizinhança.

PONTEDERA. Realizou-se sábado à noite a primeira edição do Pontede-Rock Festival, evento que reuniu os melhores grupos musicais das escolas de Pisa para uma noite de música e diversão. Nove bandas participaram do espetáculo, às quais desejamos que subam a palcos cada vez mais prestigiosos, talvez até àquele do festival de San Remo. É um desejo que...

Você continua folheando. Propagandas de liquidações, saldões, promoções. Depois, as páginas do esporte local, inúmeras e repletas de tabelas e classificações absurdas, nomes de pessoas e lugares jamais ouvidos. Tem até uma foto do Mirko, seu aluno de inglês que nunca aprende nada.

Uma página inteira dedicada a ele.

Colonna domina o Troféu Bertolaccini

O Campeãozinho da UC de Muglione cruza sozinho a linha de chegada

MONTELUPO. Outro feito épico do jovem talento Mirko Colonna, que conquistou ontem o décimo terceiro prêmio da temporada com uma facilidade assombrosa. No terceiro quarto do percurso, quando os melhores enfrentavam o morro de San Vito e davam as primeiras arrancadas, Colonna assumiu a ponta e impôs um ritmo excepcional à prova. Apenas sete atletas tentaram permanecer em seu vácuo, o que, porém, se mostrou um erro. O ritmo imposto pelo campeão do Molise os colocou fora de giro, e já no cume do morro os sete navegavam dois minutos atrás dele. A descida curta e o vento contrário deveriam favorecer os perseguidores, mas o grupo não soube manter a colaboração necessária e o campeão não deu sinais de ceder, cruzando a linha de chegada com três minutos e meio de vantagem sobre o segundo colocado, o excelente Cenceschi da Sigmaflex, primeiro colocado entre os humanos, conquistando, assim, o vigésimo segundo Troféu Ettore Bertolaccini, o sétimo Memorial Franco Beschi, a quinta Copa Heróis de Montelupo. O evento alcançou grande sucesso graças à impecável organização do grupo espor...

Você para de ler. Mais que o texto, o que impressiona é a foto de Mirko. Um monte de gente ao redor, todos homens entre cinquenta e sessenta anos com os braços erguidos, e ele, com o capacete meio torto sobre os cabelos anelados e a cabeça inclinada para o lado, o olhar cansado de um jovenzinho, que fita o leitor fazendo bico e dizendo: *Por favor, me leva para casa?*

Iscas vivas

Você se arrepende de ter dito que não poderia ajudá-lo com as outras matérias. No fundo, o que você tem para fazer? Escrever a reportagem sobre a sua experiência como trabalhadora temporária? Esperar que o americano se decida a mandar uma mensagem? Chamar a ambulância para o próximo velho que tiver um colapso?

Fecha o jornal, vai até as mesas e o coloca ali para os velhos que quiserem dar uma olhada. Talvez fosse a corrida de Mirko o que tanto lhes interessava, quem sabe. Quando já está voltando para a sua mesa, vê a matéria, bem ali na primeira página.

Bando de romenos foge em ação corajosa de idosos

MUGLIONE. Quando as pequenas cidades perdem a tranquilidade, quando andar pelas ruas se torna algo perigoso e as instituições não são capazes de garantir a segurança, eis que as pessoas honestas dizem basta e arregaçam as mangas. Foi isso o que aconteceu algumas noites atrás em Muglione, onde quatro habitantes da "terceira idade", que voltavam de uma agradável noite passada na companhia dos amigos, não perderam a oportunidade de mostrar sua coragem e frustraram um roubo organizado por um grupo de criminosos do Leste Europeu. (*Continua na página 8*)

Você folheia o jornal, chega ao ponto certo, meia página somente para essa notícia. Tem inclusive uma foto do seu Divo, do Baldato e de outros dois, os rostos sérios e o dedo apontando para baixo. A legenda explica: OS GUARDIÕES DE MUGLIONE INDICAM O LUGAR EXATO ONDE ENFRENTARAM OS CRIMINOSOS.

O superconselho

Segunda de manhã. Acordo depois de uma série de sonhos estranhíssimos, mas posso dizer que finalmente me habituei a dormir no meio de milhões de minhocas inquietas. Não é uma vida de estrela, mas é assim.

E tenho de voltar à escola, mas, para dizer a verdade, acho que não é o caso. Todos os nossos colegas de sala estavam no show, e se eles já tiram onda sem ter motivo, imagine agora com todo esse material novo que nós entregamos de bandeja.

Não, hoje não é o melhor dia para voltar à escola, mas é perfeito para sair e testar o superconselho. E agora posso explicar o que é isso.

O superconselho é um método perfeito para situações como essa, quando estou cheio de pensamentos e gostaria de ter o conselho de uma pessoa que prezo. Como não conheço uma pessoa desse tipo, confio nas palavras casuais das pessoas que circulam por aí.

Frases que ouço na rua, nunca dirigidas a mim, trechos roubados de conversas, de telefonemas, tudo serve. Basta captar essas falas sem parar para ouvir, não vale escutar toda a conversa e depois selecionar as passagens mais adequadas. Tem de ser tipo uma rede jogada na água às cegas, que depois você retira e vê o que pegou.

Aí você tem de separar e tirar o que for inútil, unir as peças uma por uma, e juro que se a coisa for feita com cuidado, no final, todas as frases se conectam e surge um conselho que pode funcionar.

Então, hoje de manhã eu ando por Muglione, e assim que encontrar um fulano passo ao seu lado rapidinho, como alguém que vai a algum lugar fazer alguma coisa. Mas eu não sei aonde ir e muito menos o que fazer. É por isso que passo perto dessas pessoas, esperando que me ajudem de alguma maneira.

Estes são os trechos de conversa que recolhi:

1) *A xicrinha é melhor que a xícara* (frase de um menino de cinco anos, na padaria com a mãe, que é repetida ao infinito: *A xicrinha é melhor que a xícara – A xicrinha é melhor que a xícara – A xicrinha é melhor que a xícara...*).

2) *Se você disser isso de novo, eu vou te bater* (mãe ao filho de cinco anos).

3) *Eu gosto mais molhada, mais suculenta. O pão já é seco, se a carne também for seca é um horror* (Mario da banca falando com um guarda).

4) *Vamos que é tarde, vamos* (mulher filipina entre vinte e cinquenta anos, puxando um cachorrinho pela coleira).

5) *Se você for bonzinho, não consegue nada. Nós ficamos assistindo a tudo como uns idiotas e eles meteram nos nossos traseiros, só que agora chega!* (o senhor que antes consertava televisores a um grupo de velhos, em frente ao Centro de Informações para Jovens).

Pois é, essa foi a pescaria de hoje, é nela que tenho de trabalhar...

Eu me encontro em uma situação de merda: vivo no quartinho das iscas, faço o exame de maturidade dentro de um mês e meio e talvez seja reprovado, minha alegria é uma banda que, na única vez que subiu no palco, o público não deixou sequer começar a tocar, tenho um pai que me manda para fora de casa para poder dar abrigo a um menino maldito do Molise e a minha reação furiosa é ajudar esse menino nas tarefas de casa.

Como vou montar essas frases recolhidas ao acaso para extrair delas um bom conselho?

Vejamos... *A xicrinha é melhor que a xícara*, ok, o que quer dizer? Será que as xícaras de café são os pequenos prazeres de cada dia, que, por sua vez, são melhores que o sucesso estrondoso, que é falso e arruína a nossa vida? Ou será que a xicrinha é o Campeãozinho maldito, que é melhor do que eu, que sou uma xícara enorme e inútil, digna de se jogar fora?

E como tenho de me comportar, devo ser seco, duro, impiedoso? O mundo ao meu redor já é seco e duro, como o pão do sanduíche de carne, e, então, eu, que sou a carne, tenho de ser molhado e suculento? Ou, então, tenho de ir embora e ponto, como o cachorrinho da mulher filipina, porque já é tarde e por esses lados já não há mais nada para mim, e...

Não, acho que hoje o superconselho não está funcionando. É culpa minha, estou muito agitado e por isso erro em algumas partes. Do jeito que o estou montando me aconselha qualquer coisa, me diz tudo e nada ao mesmo tempo, igual às pessoas de verdade, que, quando você pede um conselho, como não estão nem aí, dizem a primeira coisa que lhes vem à cabeça.

Não, hoje não funciona, já percebi. Então, vou fazer assim, não vou montar porra nenhuma, nadinha de nada. Vou pegar somente a última coisa que ouvi e vou direto com ela: *Se você for bonzinho, não consegue nada. Nós ficamos assistindo a tudo como uns idiotas e eles meteram nos nossos traseiros, só que agora chega!*

É isso, agora chega. Aqueles velhos do Centro de Informações para Jovens sabem de tudo, percebi logo pela forma como se olhavam. Essa gente não brinca, e eu também não. Agora chega, caralho. Se não, todos se aproveitam. A partir de hoje, não brinco mais, e sinto muito por aqueles que cruzarem o meu caminho.

O primeiro é o Campeãozinho do Molise, que vem à loja às duas horas.

Mas por ele eu não sinto muito porra nenhuma.

A chuva no pinheiral

São duas da tarde. Aliás, duas horas e três minutos, e o Campeãozinho está atrasado. É claro que por enquanto pode ser apenas uma questão de relógios diferentes, talvez o seu marque duas e esse aqui da loja, três minutos a mais, mas eu estou aqui e me baseio no que vejo, e eu nesta história das aulas sou o professor e o chefe, sendo assim, a minha hora é a oficial. O Campeãozinho está me dando um motivo a mais para ser impiedoso.

Tenho de admitir que estou agitado, um pouco. Aliás, nada de um pouco, estou agitado e ponto. Faz cinco meses que ouço falar desse traste do Molise: todos o cumprimentam, lhe agradecem e o abraçam, e eu sou o único que nunca falou com ele. Meu pai praticamente não fala de outra coisa, igual aos clientes aqui da loja, os jornais, as pessoas na rua. Todos falam do Campeãozinho e da grande chance da nossa cidade.

Porque em Muglione não nasceram, não viveram, sequer passaram por acaso, figuras importantes. Não temos nem águas termais, nem capelinhas milagrosas, nenhum tesouro histórico e nenhum recurso que não soubemos explorar. Em Muglione não há nada, tirando os canais, a estrada que leva a Florença e o campo com uma única plantação de galhos secos. E nós, claro, nós. Por isso o Campeãozinho é um presente dos céus após tantos anos de amarguras e humilhações frente às outras cidadezinhas da planície.

Perignano, a cidade dos móveis; Casciana, a estância termal; Palaia, onde brotam do subterrâneo vestígios arqueológicos a perder de vista. E Peccioli. Peccioli é a inimiga número um. Houve uma época em que era um buraco negro pior do que Muglione, depois inventaram aquele incinerador supermoderno e se transformou em Hollywood. Teatros, festivais, vips, nada de impostos ou notas fiscais. E Muglione ficou só olhando.

É por isso que a história do supercampeão de ciclismo faz esses idiotas sonharem tanto. Agora o nome de Muglione pode ser lido nas páginas esportivas dos jornais da região, e quanto mais cresce o Campeãozinho, mais cresce a fama da cidade. Não podemos deixá-lo escapar, precisamos construir uma sociedade esportiva adequada toda vez que ele mudar de categoria, subindo, subindo, até chegar ao ciclismo profissional, à Volta da Itália, à Volta da França.

Muglione campeã do mundo!, ouvi o senhor Bindi dizer uma vez enquanto levantava a porta do açougue. E o pior é que não falava com ninguém, estava ali sozinho, levantando a porta. *Muglione campeã do mun...*

Mas eis que o futuro campeão do mundo chegou.

Está parado na entrada. O cartaz diz FECHADO e, por isso, ele não abre, cobre os olhos com as mãos e olha para dentro. Faço sinal para que entre, mas ele não sabe o que fazer.

— É só empurrar a porta!

Ele a estuda, espia de novo para dentro, nada.

— Empurra!

Finalmente estica a mão e a porta se abre. A campainha faz *dlin* e o assusta. Depois, entra. A porta se fecha e estamos a sós, eu e ele. Silêncio.

— Cinco minutos de atraso. Nada mal para começar — digo.

Preparo o braço direito para o aperto de mão, e não consigo evitar uma risada satânica. Porque o aperto de mão é o momento mais embaraçoso do mundo quando um dos dois não tem uma das mãos. O outro sorri tranquilo e estende o braço, não sente o aperto e, então, olha para baixo para ver o que houve e vê que não há mão alguma para apertar. Não sabe o que fazer, o que pode fazer? A sua mão já está ali, estendida e pronta, não pode abaixá-la, seria muito embaraçoso: a única coisa a fazer é continuar com a mão estendida no vazio e esperar que um buraco se abra no chão o quanto antes.

Enfim, uma situação delicada, mas que, para ser evitada, basta estender rapidamente a mão esquerda, como eu faço, e pegar logo a mão direita de quem cumprimenta. Na hora, a pessoa não entende nada, mas aperta de todo jeito e o problema está resolvido.

Porém, dessa vez, com o Campeãozinho, não quero resolver nada. Ao contrário. Já o vejo dando um passo à frente, estendendo o braço e ficando assim, petrificado à minha frente.

— Prazer — digo, e me debruço no balcão. — Prazer.

E ele nada, se adianta um pouco, mas mantém os braços para trás.

— Prazer, me chamo Fiorenzo. — E mexo o braço, mas ainda o mantenho escondido. Não sei mais o que fazer. O problema é que ele não faz nada, esboça uma meia inclinação da cabeça, com os olhos baixos, e permanece assim. Filho da puta.

— Vai, senta. — Volto a me sentar atrás do balcão. Lá no canto tem um banquinho, em frente às bolsas para as varas de pescar. Segundos depois, ele vê o banco, vai até lá e se senta.

— Mas não aí, traz para cá! Vai, rápido, que não tenho tempo a perder.

Puxa o banquinho, arrastando-o pelo chão, o rangido faz meus dentes doerem.

— Então, soube que você está mal em todas as matérias na escola, certo?

Ele balança a cabeça muito atento, não abre a boca.

— Ei, você é mudo? Perguntei se é isso mesmo.

— Sim, Senhor – diz. Chamou-me de *Senhor*. Com uma voz de passarinho que caiu do ninho e se viu no chão, rodeado de cães, gatos e máquinas de cortar grama.

— Já vou avisando que não vou poder ensinar nem matemática nem ciências. Tenho horror disso.

— Com essas matérias não tenho problemas, Senhor.

— Como assim?

— Os professores são meus torcedores, eu deixo os exercícios em branco e mesmo assim eles me dão 6.

— Ah, tá. Ótimo. Bom para você, menino. Bom para você.

Mas que nojo. Cidade de merda. Um professor manda a honestidade para o inferno só porque um sujeito corre muito de bicicleta. Como os guardas de trânsito, que, desde que o Campeãozinho maldito chegou, não dão mais nenhuma multa para o meu pai. Antes tudo era excesso de velocidade, avanço de sinal vermelho, estacionamento em área proibida. Agora é só dizer que está indo pegar uma coisa para o Mirko e a rua não tem mais leis.

— E o professor de italiano?

— É uma professora, Senhor. Ela não.

— Não gosta de ciclismo?

— Ela diz que o esporte é o ópio do povo.

Iscas vivas

Enquanto fala, o Campeãozinho cruza os dedos e respira mal, quase não consegue se equilibrar no banco. Sempre fugi dele como o diabo foge da cruz, e nunca o vi assim de perto. Tem a pele branca com umas manchas avermelhadas, a cabeça enorme cheia de cachos escuros, que parecem um carpete velho, olhos pequenos, nariz comprido e pontudo, e uma boca minúscula, meio deslocada para a direita do focinho. Quer dizer, à parte o fato de que eu o odeio e que estou falando do meu inimigo número um... Meu Deus, que horroroso!

Continuo a observá-lo e ele joga os olhos no chão. Acomoda de novo a bunda no banco, carrega um saquinho de plástico pendurado no braço que parece serrar a sua pele.

— O que tem aí dentro?
— Onde?
— No saquinho.
— Ah, o livro.
— Não trouxe caderno e caneta?
— Sim, trouxe o livro, o caderno e a caneta.
— Então pega logo, o que está esperando? Rápido!

Demora um minuto para conseguir tirar o saquinho do braço, a caneta cai no chão, tenta pegá-la e quase cai do banco. É mesmo um demônio: qualquer um que o visse desse jeito, cairia feito um patinho. Mas eu não, eu sei que é tudo encenação, encenação de primeira, mas só encenação. Esse aí é o mesmo filho da puta que me roubou o pai e me pôs para fora de casa, o mesmo filho da puta que desenterrou o copo do Frajola e o esfregou na minha cara em um dos piores dias da minha vida. Mas a mim você não engana, seu desgraçado, pode enganar todos os outros, mas a mim, não.

— Então, menino, qual é o seu ponto fraco?
— ...
— Vai, no que você está pior? Gramática, poesia...

— Redação.

— Ah, tá, redação é importante. Nisso daí eu sou muito bom, mas não vou poder explicar grande coisa. É questão de talento, ou você nasce com ele ou não. E lição?

— Desculpe, o quê?

— Lição de casa para amanhã, para os próximos dias, tem alguma?

— Sim, "A chuva no pinheiral".

— Hum, sei. Escuta aqui, eu vou ter que perguntar tudo? Então, hoje vamos fazer isso. O poema "A chuva no pinheiral". Do grande Gabriele D'Annunzio – digo. – Que merda.

E os olhos do Campeãozinho saltam sobre os meus, depois vasculham a loja. Está apavorado. Como se D'Annunzio estivesse aqui, escolhendo uma ração para peixes-gato, e pudesse nos ouvir.

— Bom, e então? Vai, abre na página, consegue achar ou não? Vamos rápido porque é um horror de poesia. Não sei por que mandam vocês estudarem essa porcaria.

Que bobagem "A chuva no pinheiral". Meu plano era ensinar uma série de coisas absurdas e escandalosas ao Campeãozinho, assim ele repetiria tudo na escola, a professora ficaria furiosa e adeus, nona série. Mas, considerando a maravilha de poesia, não vou precisar inventar nada. É só dizer o que eu penso.

— Então, o que você sabe do poema? Sabe alguma coisa ou porra nenhuma?

O Campeãozinho, pela primeira vez, torce a boca esboçando um sorriso.

— Do que está rindo?

— Nada, me desculpe.

— E então, do que está rindo?

— O Senhor me fez rir.

— Está rindo de mim?

— Não, essa coisa, *porra nenhuma*. É uma frase legal.

— Isso é uma *expressão*. *É uma bela expressão* — respondo, e repito na minha cabeça: *cuidado para ele não te enrolar, cuidado para ele não te enrolar...* — Mas, então, o que você sabe da "Chuva no pinheiral"?

— Que é um poema.

— Ah, não me diga! E daí? Fala do quê?

— De um homem em um bosque com uma mulher.

— E o que acontece?

— Chove.

— Sim, chove. E a chuva faz uma espécie de música no bosque, certo?

— Certo... Acho.

— *Acho?* O que é que não está certo?

— Tipo, se está chovendo o que é que eles vão fazer no bosque?

— Para começar, não é bosque, é um bosque de pinheiros, um pinheiral. E, depois, pode ser que eles tenham ido antes que o tempo começasse a fechar. D'Annunzio tinha mania de ficar passeando pelado pelos bosques.

— Pelado?

— Sim, ela também estava pelada. Você está pensando o quê?!

— Mas... e se as pessoas vissem?

— E daí? D'Annunzio era um tarado, fazia orgias. Você sabe o que é orgia?

— Não exatamente.

— É um monte de gente junto fazendo sexo.

O retardado não fala nada, fica sério, com os olhos esbugalhados, tão escancarados que posso ver o seu cérebro. E o seu cérebro agora está repleto de gente agarrada, que sua e se agita e sei lá mais o quê.

Falar de sexo com um sujeito que sabe menos do que eu é algo que me acontece poucas vezes, faz até me sentir bem.

— Mas eu posso falar essa coisa das orgias para a professora?

— Você está brincando?! Você *deve* falar.

— É que eu tenho um pouco de vergonha.

— Vergonha de quê, se é verdade?! E depois, você tem de falar de qualquer jeito, porque essa é a história da "Chuva no pinheiral", ele e ela vão lá para fazer sexo, mas começa a chover e ela quer voltar para casa, então ele tem uma sacada da música da chuva, e os animaizinhos felizes, e que ela é uma ninfa sagrada, assim ele espera que ela dê de qualquer jeito.

— Uma ninfa?

— Sim, as ninfas eram deusas que habitavam os bosques. Mas você não sabe nada?! E ele não fala que ela é uma ninfa de graça, quer dizer, indiretamente ele diz que ela é uma ninfomaníaca, entendeu?

— Mais ou menos.

— Deixa pra lá, o importante é que você fale essas coisas para a professora. Não precisa de mais nada.

O Campeãozinho diz que sim com a cabeça, depois pega a caneta e escreve NINFOMANÍACA na folha em branco. Relê, pela sua expressão parece que nem foi ele quem escreveu.

— A professora nunca disse essas coisas.

— Mas ela não sabe nada! Os professores do fundamental são uns merdas, queriam dar aula no ensino médio e não conseguiram. E os do ensino médio são a mesma coisa, queriam dar aula na universidade. É toda uma cadeia de infelizes, e depois quem é que se fode?

O Campeãozinho me olha, ergue um dedo do livro e indica para o próprio peito.

— Muito bem, você entendeu. Se responder isso quando perguntarem, vai mostrar que aprofundou o assunto sozinho e tirar uma nota alta, entendeu? E se você não acredita, experimenta ler um trecho qualquer. Vai, escolhe um.

— Leio?

— Sim.

— Aqui?

— Dá na mesma.

— Pode ser aqui?

— Sim, porra, lê!

— Chove nos mirtos divinos, nas giestas fulgentes de brotos... contidos, nos zimbros nutridos de... bagas? Bagas olentes, chove em nossos rostos silvanos, chove em nossas mãos desnudas... em nossas vestes... vestes ligeiras, nas frescas ideias que a alma alu...

— Pronto, chega. Entendeu?

— Um pouco.

— Um pouco quanto?

— Acho que nada, Senhor.

— Pois é. Na sua opinião, ele é um cara que fala coisas normais? Não, ele é um cara que está tentando passar um xaveco em uma mulher, entendeu?

— Sim. Mas...

— Mas o quê?

— Não, nada, desculpe.

— Não, diga, estou curioso.

— É que aqui diz que eles estavam vestidos.

— E daí?

— Mas não estavam nus?

— É, tá bem, mas eram vestes ligeiras, tipo um véu, uma canga de praia transparente. Se você vê uma mulher nua, só com um véu por cima, não parece que ela está nua do mesmo jeito?

— Parece.

– E você não ia se virar para olhar?

– Acho que sim.

– Então, está vendo? Vê se pensa antes de dizer as coisas.

– Sim...

– Pronto, é isso.

E ninguém diz mais nada. Ele desenha uma flecha ao lado dos versos que leu, escreve PASSAR UM XAVECO, depois me olha. Eu não sei mais o que dizer. Apenas o silêncio e um carro que passa de vez em quando lá fora. Disse para ele vir às duas porque às três e meia abro a loja. São duas e quinze e para mim já chega.

– Vai embora, acho que por hoje está bom, não?

Ele me olha, não diz nada, mas aquele biquinho não é um sim. De fato, ele acabou de chegar, mas não sei mais o que dizer. Além disso, já fiz o que me interessava, se lhe perguntarem alguma coisa, está ferrado. Para mim, isso basta.

– Então, pode ir embora, a gente se vê. – Cruzo os braços, observando-o com seriedade.

Ele fecha o livro, põe o caderno em cima. – Mas, Senhor...

– *Mas* o quê?

– É que eu... o meu problema é a redação, Senhor.

– E daí?

– Eu tenho uma para entregar depois de amanhã.

– E quer fazer isso agora? Não vamos exagerar, né. Hoje estudamos poesia, a redação fazemos depois.

– Mas eu já fiz.

– E então que diabo você quer?

– Talvez pudesse ler e corrigir algum...

– Agora não tenho tempo. Faz o seguinte: deixa aqui que eu leio quando der, ok?

Iscas vivas

O frangote puxa duas folhas de dentro do livro de italiano e as entrega para mim. — Obrigado — diz em seguida.

E se despede com uma careta entortando a boca, se vira, demora um pouco para entender onde fica a saída, apesar de estar de frente para ela. E devo admitir que como ator é bom pra caramba, porque ao vê-lo desse jeito você acredita mesmo que é o idiota mais idiota do planeta.

Em vez de ir embora, ele se vira mais uma vez. — Senhor...

— O que mais você quer?

— Eu... eu tenho todas as redações do ano aqui.

— Ah, e eu com isso?

— Para o Senhor ler.

— E para que eu vou ler?

— Bom, se quer me ajudar, bom, talvez assim seja mais fácil.

— Fácil o caralho, eu não posso ficar lendo os seus pensamentozinhos, eu tenho muito o que fazer. Que ideia é essa?

— Não sei, eu... realmente, eu pensei que o Senhor podia me ajudar.

— Escuta, uma coisa é uma aula de vez em quando, mas ficar lendo todas as suas bobagens, pode esquecer.

— ...

— Bom, então agora vai embora, anda, pedala.

O Campeãozinho responde sim com a cabeça e seu rosto se entristece, muito mais do que antes. Parece até menorzinho, quase corcunda, e não é que por natureza seja exatamente maravilhoso. Bom, pode ser que eu esteja com um pouco de pena, mas só um pouquinho.

— Anda, deixa em cima da prateleira.

— O quê, Senhor?

— As redações, ora. O que quer deixar, o saco? Anda, deixa aí e some logo.

Dessa vez, se move rápido, pega as redações e as deixa ali. Quer dizer, rápido... Digamos normal, humano, é que já estava me habituando à sua lentidão.

É um maço de folhas bem grosso, todas soltas e amarrotadas.

Abre a porta, está quase saindo.

— Escuta aqui — digo para ele. — E o copo do Frajola?

Porque esse daí não me engana. Pergunto assim, à queima-roupa, e fico bem atento à sua reação: o menor movimento de seu rosto pode me ajudar a entender o que ele sabe dessa história. Porque ele não me engana.

Mas o imbecil não se altera.

— Desculpe, como?

— Você tem um copo no quarto.

— Tenho.

— Um copo do Frajola.

— Acho que sim.

— Pois é, por quê?

— Por que o quê, Senhor?

— Por que você usa o copo?

— Não sei, tenho sede de vez em quando.

— Não diga, mas como é que você conseguiu aquele copo?

— Peguei na cozinha.

— Sim, mas ele estava no móvel, bem no fundo, e há mil copos lá dentro, por que pegou bem aquele?

— Porque...

— Por quê?

— Porque eu gosto do Frajola, Senhor.

Iscas vivas

E me olha com uma cara que parece de mentira. Sem a menor expressão. Igual a um desenho malfeito de um rosto. Eu também tento dar reset, ficar indiferente, imóvel. Dois nadas se enfrentando.

— Fique sabendo, menino, que você não me engana. Entendeu?
— ...
— Entendeu?
— Eu não... quer dizer, não sei em que senti...
— Entendeu? Diga-me apenas que entendeu.
— Mas eu não enten...
— Apenas diz que entendeu e vai tomar no cu.

Ele me olha, olha os molinetes cromados no expositor, olha de novo para mim.

— Entendi.
— Muito bem, então, agora cai fora daqui.

Bom ler vc

Hoje é um daqueles dias em que você está contente e deprimida ao mesmo tempo. As duas coisas misturadas e despejadas em cima da mesma estranha tarde.

Mas a culpa não é sua, são os acontecimentos que, quando dão as caras, se divertem em aparecer todos juntos. Uma semana passa vazia, depois, de repente, tudo se agita por algumas horas e, aí, de novo, se instala a imobilidade. Sua vida é mais ou menos assim, dias repletos de um nada absoluto e momentos de fogo, nada e fogo, nada e fogo. Uma guerra de trincheiras.

Hoje você estudou inglês com o pequeno campeão do Molise e, no final da aula, perguntou se ele queria que o ajudasse com alguma outra matéria, que você estava disponível.

Ele, porém, disse: *Não, obrigado*. Encontrou um professor de italiano. Disse bem assim: *um professor*. Disse que queria ir também hoje à aula, mas o professor não podia, então você o convenceu a estudarem juntos Gabriele D'Annunzio, porque amanhã a professora marcou uma prova oral.

E ele começou a falar naquele tom de quem aprendeu tudo de memória, o olhar entediado de quem repete as coisas mais óbvias do mundo:

— D'Annunzio era um maníaco sexual que ficava andando por aí pelado e fazia orgias com homens e mulheres, escreveu muitos poemas, mas o mais famoso é "A chuva no pinheiral", em que ele vai a um bosque com uma mulher para fazer sexo, mas, quando estão lá, começa a chover e, então, ela quer ir embora, mas ele a convence a ficar com uma conversa de que a chuva faz uma música maravilhosa e que ela é uma ninfomaníaca, e eles tiram os véus bem fininhos que estão vestindo e fazem sexo.

Tudo de uma vez, sem respirar, igual a você quando estava no primeiro ano elementar e a professora fez com que cada aluno decorasse um minidiscurso para a visita do prefeito à escola. Meu nome é Tiziana Cosci, nasci em 6 de novembro de 1977 e vivo em Muglione. Na verdade, *Meunomeétizianacoscinasciem6denovembrode1977evivoemmuglione.*

O tom de Mirko era o mesmo que o seu daquela vez, a diferença é que, se o prefeito o ouvisse, chamaria imediatamente os assistentes sociais e a polícia. E se, por acaso, a professora de italiano o escutar, é reprovação certa.

— Mirko, mas essas coisas... onde você arrumou tudo isso?
— Que coisas?
— Isso que você acabou de dizer.
— É D'Annunzio, você não conhece?
— Mas o que é isso?! Quem falou para você?
— O meu professor de italiano.
— Mas é tudo absurdo, não é...
— Eu sei, são coisas que os professores não ensinam na escola porque não têm vontade.
— Isso também foi o seu professor que disse?

Mirko respondeu que sim, depois olhou para você sem nenhuma expressão no rosto, fechou o livro de inglês e se levantou.

Você pediu o telefone desse professor, mas ele não sabe. Você perguntou onde ele mora e ele disse que você pode encontrá-lo na Magic Pesca, então o jeito foi ligar para lá.

Atendeu a secretária eletrônica. Mas quem é que ainda usa uma secretária eletrônica? E, além do mais, não dá para entender nada, é impossível ouvir a mensagem, abafada pela entrada imprevista de um heavy metal pesadíssimo: "*Olá, somos a... não podemos... deixem um...*" Você consegue intuir somente isso, entre um ruidoso som de guitarra e a voz de alguém que grita como se estivessem lhe arrancando o couro "*see you in heeeeeeeellllllll... Bip*".

— Oi, bom-dia, meu nome é Tiziana Cosci e estou ligando do Centro de Informações para Jovens. Queria falar com Fiorenzo Marelli e tenho certa urgência. O telefone do meu escritório é...

Em seguida, você se despediu de Mirko, aquele retardado do Mirko, que, antes de sair, deu uma pancada sem querer na vibropoltrona em teste, arrebentou o saquinho de plástico e deixou cair os livros. Você lhe deu outra sacolinha e tchau.

E na sala se instalou o silêncio, um silêncio absoluto. Ainda mais agora, depois que os velhos resolveram se amontoar na calçada, o lugar se assemelha, de modo inquietante, ao almoxarifado que era antes. E que talvez volte a ser, se continuar assim.

Você mexe o mouse e o computador acorda, o monitor se acende. Na cabeça, no entanto, você só tem a imagem de D'Annunzio pelado, correndo em um bosque e chamando uma mulher de ninfomaníaca.

Vai à página do seu blog, chegou um novo comentário. Você não escreveu nada hoje e nem ontem. E os seus três comentaristas fixos já deram sua contribuição.

E, de fato, esse comentário foi escrito por um USUÁRIO ANÔNIMO, já que é alguém que não quis assinar. Chegou às dez da manhã. Um horário insólito, em que ninguém envia nada, mas que, calculando o fuso horário da Califórnia, se transforma em uma da manhã. À uma hora da madrugada, ele estava ali, lendo e pensando em você. E dessa vez escreveu.

Você clica em cima e lê sem respirar.

Tiziana, bom ler vc. Um beijo.

Assim, breve e sincero, um pouco sintético demais, com aquela abreviação "vc", mas é lindo.

Normalmente, você não suporta erros nem abreviações. Uma vez você conheceu um amigo de uma amiga por quem até podia se interessar, mas a primeira mensagem que ele enviou dizia *Qro t dizer q vc é d+*. Um pouquinho d-, não é? E o pior é que o cara devia ter uns quarenta anos. O que ele estava pensando, que escrever abreviado o deixava mais jovem? Não, só ainda mais idiota. Você e a sua amiga o rebatizaram de Qd+, como os pozinhos para fazer suco que são pura química, e não pensou mais nele.

Mas esse *bom ler vc* é outra história, não é descaso ou pose, mas talvez o medo de errar de um estrangeiro que, provavelmente, para escrever faz um grande esforço.

Você relê, sorri. Repete em voz baixa, no vazio do almoxarifado.

— Bom ler vc. Um beijo.

Sorri.

Línguas na tumba

Em quatro anos com a secretária eletrônica, essa é a primeira vez que alguém deixa uma mensagem. E coincide com a primeira vez que uma mulher telefona.

E a notícia é boa. Lá no Centro de Informações para Jovens de Muglione querem falar comigo, e sabem meu nome e sobrenome. Fantástico. Com certeza, alguém estava no festival em Pontedera, assistiu à vergonhosa reação daquele público idiota e pressentiu que o Metal Devastation é coisa séria. Vão organizar um festival aqui na cidade? Ou estão pensando em fazer um show exclusivo da nossa banda? Será que perceberam que se desejam erguer o nome de Muglione precisam investir em nós, uma banda excepcional que, por um erro do destino, nasceu aqui em vez de em Los Angeles?

Claro, se quisermos ser pessimistas, podem estar me procurando por causa da história dos gatos. Pode ser que na última vez que os levei ao Centro de Informações para Jovens tenham me reconhecido e agora querem me ferrar. Mas não acredito nisso, não. Primeiro, porque estava escuro. Segundo, porque todo mundo deixa os gatos naquele terreno. Terceiro, porque o Metal Devastation é do caralho: mais cedo ou mais tarde alguém ia perceber.

Iscas vivas

* * *

Para chegar ao Centro é rápido, três ruas e já estou lá. A cada cruzamento, encontro um velho sozinho na esquina, com exceção da última, onde encontro dois. Os mesmos velhos que vejo desde que nasci, mas não tenho ideia de como se chamam ou do que fazem na vida. E, mais que tudo, não tenho ideia do que estão fazendo agora nas esquinas, eretos, com as mãos no bolso, e observando quem passa.

Cada um tem um bloquinho, uma caneta e uma pochete verde, na qual se vê desenhado um alce, um cervo ou um animal do tipo. E quando chego ao Centro de Informações para Jovens, diante da entrada vejo outros três, todos empochetados. Um deles é, mais uma vez, aquele senhor que consertava as TVs, e um outro é o Mazinga. Mas ele finge não me conhecer, então imagine se eu vou cumprimentá-lo. Passo na frente deles e abro um sorriso enorme como dizendo: *Não estou nem aí para vocês, vão para o inferno.* E depois, entro.

Fico cego por um instante. Meu Deus, que escuridão. Lá fora o sol brilha, e aqui dentro parece noite. Não tem nem uma janela e o cheiro de umidade me dá vontade de tossir. É diferente do quartinho das iscas, mas a impressão de estar em uma tumba é a mesma.

— Bom-dia — ouço. Voz de mulher. Linda voz.

Três mesas redondas, uns dois jornais e alguns pôsteres da Toscana, uma poltrona azul gigante e uma mesa de escritório mais afastada, com uma pessoa sentada.

— Posso ajudar em alguma coisa?

— Acho que sim, foram vocês que me ligaram, eu sou o vocalista do Metal Devastation.

— Desculpe, como?

Ahhh. Não é por causa do grupo. Caralho, não é por causa do grupo. É pelos gatos. Ainda posso fugir, acho. Mas não há provas contra mim, nem uma única pista, não podem me culpar.

— Foram vocês que telefonaram — digo. — Uma tal de Tiziana.

— Sim, sou eu. E você é...

— Fiorenzo Marelli. Canto em uma banda, já tocamos em um festival e...

— Ah, você é o professor de italiano do Mirko — ela me diz. Se me desse uma cacetada na têmpora ia doer menos. A essa altura, era melhor que falasse dos gatos. Eu não tenho nada a ver com aquela merdinha seca, o que querem de mim?

Nesse meio-tempo, meus olhos se acostumam com a escuridão. A mulher sentada atrás da mesa tem cabelos pretos bem longos e uma camiseta azul sem nada escrito. É bonita. A beleza é algo que noto, mas logo deleto, afinal, o que muda para mim se ela é bonita ou não? A possibilidade de levá-la para a cama é menor que zero, tudo o que me resta é olhar bem para depois pensar nela sozinho de noite. Mas para isso existem os filmes pornôs, que são muito mais práticos. Portanto, miss Centro de Informações para Jovens, você é bonita, todos sabemos disso, mas eu não sou desses idiotas que fazem qualquer coisa por uma gostosa, ok?

— Olhe — diz ela —, eu chamei você aqui porque a situação é séria.

— Séria?

— Sim. Talvez você não tenha percebido, mas estamos falando de um garotinho menor de idade com uma evidente dificuldade de aprendizagem.

— Eu percebi, sim. Na minha opinião, ele não é nem normal.

— Não vamos exagerar. Mas é claro que não tem uma mente muito rápida.

Iscas vivas

Eu me sento. Mantenho o pulso direito dentro do bolso.

Vista de perto, essa mulher é ainda mais gostosa. Mas não é dessas que desejam ser supergostosas e, então, se arrumam e se produzem tanto que, no final, ficam até antipáticas. Ela é bonita e ponto, e talvez nem saiba disso. Mas eu sei, com certeza.

E debaixo da camiseta azul se escondem dois peitos grandes e duros. Se eu me concentrar, é capaz de conseguir entrever a forma dos mamilos... Bom, acho que esta noite vou mesmo ter de me lembrar dela, de repente, aqui nesse escritório, onde ela me chamou para uma conversinha tipo essa e, no final, vai dizer que me portei mal e que vai me castigar, e aí ela se levanta e está com uma espécie de camisola, uma meia-calça arrastão e sapatos de salto alto, e me diz: *Mas antes me castiga você, vai, me maltrata...*

— É, você tem razão — digo usando um pedacinho de cérebro. — A situação é séria porque o garoto é demente. Precisa de um psicopedagogo, de uma escola para retardados.

— Não, o que você está dizendo?! A situação é séria, mas por sua culpa.

Minha? Tudo bem, eu já sabia, não posso nem me distrair um pouco. Qual o problema comigo?

— Escute bem, eu procurei você porque o Mirko me contou tudo o que sabe sobre D'Annunzio, ou seja, uma série de coisas escandalosas, que, segundo ele, foi você quem ensinou.

Filho da puta. Vê como é um desgraçado filho da puta? Parece tão idiota, tão inseguro, ouve tudo, repete, até toma nota, e aí você pensa: *Meu Deus, esse caiu como um idiota.* Mas as anotações que ele fez foram só para me ferrar e me meter em confusão. Filho da puta.

— Eu não disse nada de errado.

— Você disse que D'Annunzio era um tarado.

— Sim, e daí?

— E que andava sempre pelado e fazia orgias e que a sua companheira era uma ninf...

A porta atrás de mim se abre com um golpe. Viro-me e vejo os três velhos de antes, todos enfileirados.

— Minha jovem, tudo bem por aqui?

Ela se ergue rápido e diz:

— Sim, sim, mas não sabem bater na porta?

— Foi só para saber se precisava de alguma coisa – diz aquele que consertava televisores, e me olha por um segundo, todo sério. Eu sorrio tirando sarro, os velhos balançam a cabeça e saem anotando alguma coisa nos bloquinhos.

Eu e a bela estamos sozinhos de novo naquela tumba que é o Centro de Informações para Jovens, e não falamos nada por um tempo. Aproveito para observá-la bem, agora que está de pé. Perfil, coxas, bunda. O mapeamento para esta noite está completo.

Você se levantou por instinto, mas agora que está de pé não sabe o que fazer. Ajeita a sandália apenas para ganhar tempo e se senta de novo. A invasão surpresa dos velhos fez seu coração subir à garganta. Espera que não tenham ouvido nada. Você aqui dentro no escuro, sozinha com um rapaz que tem a metade da sua idade, pronunciando as palavras *tarado, orgias, ninfomaníaca*.

Você se acomoda na cadeira e tenta retomar o fio da meada.

— Bom, enfim, você disse para ele que "A chuva no pinheiral" é a história de um sujeito que quer fazer amor com uma mulher?

— Sim, acho que sim. E, além de tudo, está correto.

— Pois eu não concordo e, de toda forma, não é esse o ponto. O ponto é que você disse isso para um garotinho menor de idade, que não sabe nada dessas coisas.

— Então é minha culpa se ele é retardado? Ele tem quinze anos, tem gente que com essa idade vende heroína.

Iscas vivas

— Esse não é o nosso problema, aqui...

— Sim, claro, vamos deixar de lado os problemas sérios, a sociedade está desmoronando, mas não é problema nosso, nós estamos aqui defendendo um tarado que vai para um bosque comer uma mulher!

— Peço que você fale baixo e preste muita atenção às palavras que usa. Eu gostaria, quando muito, de falar sobre um garotinho meio ingênuo e sobre uma pessoa maior de idade que lhe fala de sexo de um modo absurdo.

— Mas não tem nada de absurdo, é tudo verdade! E depois, ouça, esse garotinho não tem nada de ingênuo, vai... me poupe... Eu quero mais é que ele se dane, que se foda!... Ei, me desculpe! Escapou... Por favor, você me desculpa?

Sua vontade era dizer não. Não, caramba, o que ele quer de você, é só um rapazinho idiota que se acha esperto. Não, não pode se comportar desse jeito, não pode dar aula nem para um macaco, imagine para um menino com problemas.

Mas você não responde, e ele entende como um sim.

— Ah, menos mal, me desculpe, mas tenho dificuldade para escolher as palavras e ser formal quando falo. Acho que em inglês eu ia me sair muito melhor. Para começar, não tem essa conversa de "senhor", "senhora", todos se tratam por você e pronto. Você sabia?

— Claro que sim.

— Que bela língua o inglês, não é?

— Nisso eu concordo.

— Você fala?

— Vivi muito tempo no exterior, falo bem, sim.

— No exterior? Onde?

— Londres, Zurique, mas especialmente Berlim.

— Que doido! E de onde você é?

— Bem, mas o nosso problema é outro e...

— Tudo bem, tudo bem, mas de onde você é?

— Eu nasci aqui.

— Não! Aqui em Muglione? Quer dizer, você é de Muglione e já viajou tudo isso? Caramba, é bom saber disso, me dá esperança, sabe.

— Esperança?

— Claro, e muita. Todos os dias eu olho para os lados e penso que nasci em uma espécie de armadilha. É, tipo, as coisas de que eu gosto, aqui as pessoas nem sabem o que é, e quando observo as pessoas fico puto... fico bravo, porque elas não se interessam por nada, me dão pena. E não estou falando só dos velhos. Os velhos eu entendo um pouco, mas até os jovens da minha idade. Eles parecem robôs, caramba, como conseguem ficar tranquilos em uma desolação dessas? Não sei se você me entende, mas...

— Entendo muito bem, bem demais — diz. Há um saco plástico com fotocópias em cima da mesa, você baixa os olhos e apanha algumas para ter as mãos ocupadas.

— Mas então você fala muito bem inglês. E sabe outras línguas?

— Bom, sei, sim.

— Quais?

— Mais o alemão, depois o francês e também um pouquinho de japonês.

— Ah, não acredito! Fantástico. Pois é, juro, você me dá esperança. Sério mesmo. Bom... Prazer, Fiorenzo!

— Prazer, Tiziana. — Você larga as folhas e estende a mão. Mas ele aperta a sua mão com a mão esquerda e volta a apoiar as costas na cadeira. Estranho. Deve ser um novo aperto de mão que está na moda entre os jovens.

— Sim, prazer — você diz. — Mas eu não gostaria de esquecer o nosso problema. Olhe, Fiorenzo, se você quer ajudar o Mirko, tem de entender que essa é uma tarefa séria e delicada, e que...

— Mas, escuta, você sabe escrever em todas essas línguas?

— Eu... sim, menos em japonês, claro.

— Que ótima notícia! Porque nós temos um projeto de gravar um CD demo. Eu e a minha banda, o Metal Devastation. Somos já bem conhecidos na região, mas queremos mandar um demo para vários selos no mundo todo.

— Sim, mas agora não vamos perder de vista o problema.

— Então, um texto seria suficiente, uma carta em inglês e em alemão, qualquer coisa para explicar quem somos e o que queremos. Você poderia traduzir?

— Eu... bom, claro, mas nesse momento isso não tem nada a ver.

— Mas como não tem nada a ver?! Você está brincando?! Você pode resolver a minha vida, você não sabe a sorte que eu tive de vir aqui. E tudo por causa daquela bobagem das aulas.

— Pronto, exatamente, é esse o problema. Você tem de entender que não é uma bobagem, é uma coisa séria e delicada. A partir do momento que você ensina algo a um garotinho, assume um papel e uma imagem bem definidos, e esse papel você tem...

— Vai, por favor, chega, já entendi, quem liga para isso? Você liga? Eu acho que não, nem você. Você rodou o mundo, viu um monte de coisa, que interesse pode ter para alguém como você uma prova oral da nona série? Pelo menos me diz uma coisa séria, vai. Porque eu, quando terminar o ensino médio, também vou embora deste lixo. Posso pedir um conselho sobre o que fazer?

— Bem, claro! Este escritório deveria servir exatamente para oferecer esse tipo de informação.

— E de fato é muito útil. Eu me sinto quase um idiota por nunca ter vindo aqui.

— É, infelizmente você não é o único.

— O que quer dizer?

— Quer dizer que nunca ninguém vem aqui. — Volta os olhos para as cópias. Sem notar, você continuou a torturá-las e já estão bem amassadas. Falam de cursos para estilistas, escolas de tango, enfim, não foi um prejuízo muito grande. — Não saia espalhando, mas nunca ninguém vem aqui.

— E por quê?

— Não sei.

— Mas isso é um absurdo.

— Eu sei, mas é assim.

— Mas por quê?

— Ei, eu não sei! Quer dizer, talvez exista um motivo, mas você pode entender sozinho.

— Posso?

— Ah, pode.

O rapazinho olha para você, você olha para o rapazinho e diz que sim contorcendo a boca.

— Porque esta cidade é uma merda, certo?

— Foi você quem disse.

— Eu disse e repito, caralho! Uma cidade de merda!

Você diz que sim e sorri levemente.

— Mas escuta, Tiziana, me explica uma coisa... quer dizer, bom, um dia você pegou e foi embora e mandou este buraco para a puta que o pariu, certo?

— Bom, mais ou menos isso.

— Tá, e fez muito bem. Fantástico. Mas eu me pergunto, por que você voltou?

Você não consegue responder de imediato. Não tem uma resposta.

— Essa é uma longa história.
— Conta.
— É uma história longuíssima.
— Então, conta.
— E, para falar a verdade, nem eu sei por quê. Então, não posso falar muito.
— Entendi. E você acha que vai embora de novo?
— Como assim?
— Tipo, se você errou voltando para Muglione, pode ir embora de novo, não?
— Eu não disse que errei.
— Ah, é? Então eu digo. Você errou — conclui ele com uma risada.

Você sorri, mesmo sem querer. Depois olha para a tela do computador. Uma e vinte. Você ficou de encontrar a Raffaella à uma, porque iam entregar o sofá novo.

— Caramba, já é supertarde, eu tenho de ir. Mas, olha, espero que o mais importante da nossa conversa tenha ficado claro. Você não pode se permitir usar certas palavras em uma situação dessas, está bem, espero que tenha entendido.
— Não entendi nada. Mas gostei de falar com você.
— Ok, já é alguma coisa — você diz. Queria ficar brava, mas não consegue, não consegue sequer frear um outro sorriso. — E se não está com vontade de dar aula para o Mirko, não se preocupe, eu posso dar inclusive as aulas de italiano, tudo bem?
— Sim, sim, perfeito, porque não tenho tempo. E eu realmente odeio aquele menino.

— Mas como pode odiá-lo, se ele não consegue nem abrir um saco de plástico para tirar um caderno?!

— Não se engane. — Fiorenzo se levanta. Tem a sua altura. — Não se deixe enganar, ele é um demônio, é tudo fingimento.

— Pode ser. De toda forma, eu posso dar as aulas.

— Ok, você me tira um peso das costas. E todas aquelas redações para ler, ele queria que eu...

— Que redações?

— As redações que ele escreveu.

— Ele entregou para você as redações?!

— Entregou, por quê?

— Ele não deixa ninguém ler. Às vezes, não entrega nem para a professora. Tira zero, como se não tivesse feito o dever. Eu já pedi algumas vezes que ele me mostrasse, ele balança a cabeça, fica quieto e nada.

— Ah, eu nem queria, foi ele que insistiu, me deu um montão. Hoje de manhã enfiou outro monte debaixo da porta da loja. Vai saber o que tem na cabeça aquele idiota. De qualquer forma, se você quiser, eu trago.

— Não, não, não seria correto.

— E daí? Que importância pode ter? Vou trazer todas para você. Ah, pode me deixar o seu e-mail? Assim eu mando a carta para traduzir para o alemão.

— Ok, vou escrever nesse papel. Além disso, eu tenho um blog, caso interesse.

Você disse isso para ele. Assim, sem pestanejar. E por quê? Não faz sentido. Será que você quer um quarto comentarista fixo? E o que podem interessar a esse rapazinho metaleiro os seus desabafos cotidianos? Você é ridícula, Tiziana, uma idiota. Por causa da tensão e do embaraço, você deixa escapar uma risada que mais parece uma cusparada. Você não ria assim desde a época em que usava aquele aparelho com freio de burro.

— Você tem um blog? Doido, e fala do quê?

— Ah, nada, bobagens.

— De música, de cinema?

— Ah, nada de mais. Aliás, é melhor você nem ver.

— Mas como não, isso me interessa. Fala do quê?

— De coisas minhas, tipo um diário. Falo até desta cidade horrorosa.

— Ah, então eu quero ler! Anota o e-mail e também o endereço do blog.

Você diz que sim, pega uma caneta e vira uma das fotocópias para escrever no verso.

— Sabe, tem até um rapaz americano que me lê — diz.

E isso daí, por que você falou?! Você é ridícula, patética, esse rapaz vai zoar com a sua cara, vai mostrar o blog para os amigos dele, que também irão zoar com a sua cara, e com toda a razão.

E, no entanto, ele parece estar realmente interessado:

— Doido! — ele exclama. — Dos Estados Unidos? E como ele achou o blog?

— Não sei, mas visita todos os dias. Tenho um programa que mostra quem visita o blog, e ele passa diariamente.

— Que legal! E de onde ele é? Nova York, Washington...

— Não, mora na Califórnia.

— Fantástico. Los Angeles, San Francisco, tem muita banda boa nessa região.

— Sim, mas ele mora em um lugar mais tranquilo, em Mountain View.

— Onde?

— Mountain View. — Falar o nome de sua cidade dá uma sensação estranha. Será que você fica vermelha? Mas o rapazinho muda de expressão e começa a balançar a cabeça.

— Ah, tá. Não, Tiziana, então não é uma pessoa. É o servidor central do Google, a sede é em Mountain View. Todos os dias ele se conecta automaticamente aos sites do mundo inteiro para as atualizações. Quer dizer, não é uma pessoa que visita o blog, mas um computador.

Diz isso com firmeza e sorri tranquilo. E não percebe, não tem a mínima ideia, que diante dele o seu mundo, Tiziana, estala, trinca e vem abaixo pedaço por pedaço.

Como aquelas casas antigas em ruína, cheias de rachaduras e trepadeiras que crescem pelas paredes e, apesar de tudo, ficam ali, firmes, não se sabe como permanecem de pé. Até que, um dia, sopra um vento estranho e ela desmorona. E você desmorona, Tiziana. E os Estados Unidos desmoronam, o admirador estrangeiro, a idiotice de levar à frente a sua vida com uma bobagem dessas no fundo do coração.

Você está segurando as chaves do Centro e as aperta tão forte que elas começam a perfurar a carne. Você fita o rapazinho nos olhos e dá um passo na direção dele. Que sorri um pouco menos. Ele tem o braço direito no bolso, o esquerdo esticado junto ao corpo e uma camiseta em que está escrito SEPULTURA.

Você dá outro passo. Aperta as chaves na palma da mão, são de ferro, pontiagudas.

Chega a um milímetro dele, meio milímetro. Ele não sorri mais. Você não sorri.

E o beija.

Com a língua. Você enfia toda a sua língua bem no fundo da boca dele. Como nos beijos desajeitados dos pré-adolescentes, os dentes

Iscas vivas

se batem, você deixa caírem as chaves, o aperta firme na cintura e o traz para perto com força, a língua vai para a frente e para trás e gira e afunda, e ele não faz nadinha de nada, mas não importa, basta que deixe acontecer sem interromper os seus movimentos. Você percebe que ele não respira, mas você também não, o ar não existe nessa espécie de tumba, e não existe o tempo, nem os velhos lá fora, nem toda a cidadezinha ao redor, nem as pessoas tristes, que não veem a tristeza porque nasceram com ela na alma e a trocam pela vida normal e simplesmente seguem adiante, sem pensar em nada.

E agora, Tiziana, você também não pensa em nada. Fecha os olhos e o beija, não pensa em nada e o beija.

E onde não existe nada, não existe nem mesmo o certo ou o errado.

E agora, o que vai acontecer?

Como voltei para a loja, juro que não sei. A pé, nadando, se encontrei umas catacumbas misteriosas que cortam o subterrâneo de Muglione, não sei, tudo pode ser.

Desço a porta de ferro. Sinto a cabeça rodando, me apoio ao expositor das varas, tento respirar.

A loja estava fechada, meu pai foi para casa almoçar e deixou as chaves no esconderijo secreto, isto é, debaixo do vaso de flores aqui da frente. Mas para lembrar disso agora levei quinze minutos. Não sabia nem o que estava procurando, o que pretendia fazer...

Puta que pariu, que beijo. Se respirar fundo ainda consigo sentir o cheiro. Não sei do quê, não é perfume, talvez saliva, talvez alguma coisa que a mulher do Centro de Informações para Jovens passa nos lábios. Aqueles lábios. Colados em mim! Pois é isso que é um beijo. Um beijo de verdade. É algo forte, mas não saberia dizer se é bom, não sei ainda, acho que amanhã vou ter as ideias mais claras. Mas não importa, não corro o risco de esquecer, afinal, não tenho mais nada na cabeça.

Liguei para o Stefanino. Tinha de contar para alguém.

— Mas quem era?

— Uma mulher.
— Mas quem?!
— Você não conhece. Nem eu conheço.
— E quanto ela cobrou?
— Eu não paguei nada! Não era uma prostituta.
— Que doido! E o que você sentiu?
— Bom, eu não sei. A língua de outra pessoa. Mexia pra caramba.
— E você?
— Eu o quê?
— O que você fez?
— Eu, nada.
— Entendi. E vocês se encostaram?
— Claro, ela ficou toda colada em mim.
— E o que você sentiu?
— Não sei, tudo.
— Os peitos?

Stefanino me perguntou e só nessa hora é que me dei conta, foi assim mesmo, senti os peitos. E se apertavam contra o meu tórax.

— E como eram?
— Bonitos.
— E quando sentiu, como eram? Duros ou macios?

Penso um segundo. Penso dois segundos. — Acho que são duros e macios ao mesmo tempo.

— Caramba.
— É mesmo.
— Caramba, fico feliz por você. E agora?
— Agora o quê?
— Bom, é uma menina daqui?
— É.

— Bom, então, e o que vai acontecer agora?

— Não sei, como assim?

— Tudo bem, ótimo, um beijo de língua, muito legal. Mas não acabou por aí, não é?

Silêncio. Eu digo que sim com a cabeça, apesar de estar ao telefone. Dá na mesma, pois sei que o Stefanino consegue me ver de qualquer jeito. Não falamos nada durante um minuto, depois marcamos de nos ver à noite. *Ok. Tchau. Tchau.*

Stefanino tem razão, e agora, o que vai acontecer? Não sei. Não pensei nisso e não consigo pensar. Porque, definitivamente, não estou aqui. Ainda estou com a língua da mulher do Centro de Informações para Jovens girando na minha boca e na minha cabeça, e acho que as coisas continuarão assim por um bom tempo.

Tiziana, se chama Tiziana. A mulher que eu beijei. Quer dizer, na verdade, foi mais ela que me beijou, mas o sentido é o mesmo. E não foi um beijo normal, foi algo espetacular. Ok, foi o meu primeiro beijo de língua e então não posso falar muito, mas, na minha opinião, você não precisa de experiência para entender certas coisas. Por exemplo, em Hiroshima nunca tinham visto nenhuma bomba nuclear, mas, ali debaixo do cogumelo atômico, acho que todos entenderam que se tratava de coisa fora do comum.

Um beijo sensacional, com a sua língua girando e escavando, e as mãos apertando meu quadril e minhas costas. E eu consegui aquele beijo sem precisar fazer nada. O que eu podia fazer? O que eu sei fazer? Nada, dessas coisas eu não sei nada, e realmente nem a toquei, nem encostei a mão na sua cintura.

Fiquei com o braço esquerdo paralisado ao lado da perna, e o direito sempre enfiado no bolso da calça. Sim, eu podia tê-lo tirado dali, mas acho que não era o momento certo. As pessoas normalmente ficam sem graça quando descobrem que você só tem uma das mãos, e imagino que, se a descoberta acontece quando estão metendo a língua na sua boca, a coisa seja muito pior. Por isso é que mantive o braço no bolso o tempo todo, durante aquele minuto ou aquela hora em que ela escavou minha boca com a língua, e até depois, quando me empurrou para longe e respirou duas vezes, produzindo um som na garganta, com os olhos arregalados fixos na altura do meu peito, evitando meu olhar.

Ela deu um passo para trás e disse: *Desculpe*, e eu não disse nada. Ela disse: *Me perdoa*, e eu disse: *Perdoar o quê?* Ela disse: *Vai embora, por favor, vai embora*. E tinha os olhos tão arregalados que se naquele momento eu resolvesse tirar o braço do bolso, acho que podiam se escancarar mais ainda e então, com certeza, iam saltar para fora.

Eu disse para você sair daqui, vai! E dessa vez até levantou a voz. Desde então, não me lembro de mais nada, mas, de algum modo, eu vim embora.

Porque agora estou aqui. Na loja fechada. Hora do almoço. Mas eu lá quero saber de comer? Ainda tenho na boca uma língua girando.

E, na cabeça, um único pensamento.

E agora, o que vai acontecer?

Idiota, idiota, IDIOTA

Idiota. Você é uma idiota. Não há outra palavra, nem serve outra, porque essa é perfeita para definir o que você é: uma idiota. Pode ir para o computador, abrir um novo documento de texto, escolher o maior caractere que existe e escrever IDIOTA, salvando em seguida com o nome TIZIANA. Eis o quanto você é idiota.

Você saiu do Centro e encontrou a calçada, a rua, os velhos que olhavam para você como se fossem um júri com o veredito já pronto escrito na testa.

— Minha jovem, tudo bem com você? Aquele rapaz a importunou?
— E escreviam tudo nos bloquinhos.

Você não respondeu, acho que nem fechou a porta do escritório, e foi embora de cabeça baixa, sem poder acreditar no absurdo que tinha acabado de acontecer.

Aliás, não uma coisa que aconteceu, mas uma coisa que você fez. Que *você* fez. E você é uma IDIOTA.

Na frente do prédio, vê parado um furgão branco com o desenho de um inseto vestido de super-herói com o símbolo do euro no peito. O inseto pisca o olho e mostra o polegar.

Iscas vivas

Você sobe correndo as escadas. Quer se enfiar no quarto, trancar a porta com a chave, bloqueá-la com um armário para que fique bem fechada, e ficar assim por um tempo. Digamos, uma semana. O suficiente para morrer de fome e de sede.

Você põe a chave na porta, mas ela já está aberta, ouve vozes simultâneas lá dentro que se calam de repente. Raffaella e dois homens de uniforme branco. Falavam, agora cumprimentam você e ficam quietos, observando.

O sofá novo. Mas quem podia se lembrar? Claro que uma idiota como você, não. Por isso o furgão lá embaixo, com o inseto super-herói. Então, não é um inseto qualquer, é um cupim. Então... ah, deixa pra lá.

— Tiziana, menos mal que você chegou. — Raffaella está nervosa, pega o seu braço e mostra o sofá ainda desmontado ao lado da parede. — Agora fiquem quietos, vamos ver o que ela diz. Pronto, Tiziana, olha para esse sofá e me diz a primeira palavra que vem à sua cabeça.

IDIOTA. A primeira palavra que vem à sua cabeça é IDIOTA, e também a segunda, e assim por diante, em todas as posições da tabela de classificação. Só que, depois, como precisa dizer alguma coisa, você encontra uma palavra mais adequada à situação:

— Marrom?

— Que marrom o quê! Tudo bem, também é marrom, no catálogo parecia uma cor bem diferente, e esse daqui é marrom marrom.

— Moça, nós só fazemos a entrega, não faz sentido reclamar conosco.

— Entendi, então quer dizer que faz sentido um sofazinho assim? Pois bem, Tiziana, a palavra não era marrom, mas PEQUENO. Não está vendo? Ele é minúsculo! Como vamos fazer para assistir à televisão de noite? Revezamento? Turnos?

Você diz que sim com a cabeça. Tudo bem os turnos, que se dane. No final das contas, daqui a poucos dias, esse sofá vai ser todo da Raffaella. Você vai ficar no quarto até morrer de sede e de vergonha. Ou, então, a polícia vem antes te buscar porque você se aproveitou de um menor de idade.

Mas, não, o que é isso, ele não era menor de idade. Quer dizer, pelo menos uns dezoito anos ele tinha, não? E depois, estamos falando de um beijo. Se bem que não foi um beijo qualquer, você ainda sente dor na língua e no pescoço, porque se esfregou tanto no menino que até o sutiã saiu do lugar.

Você nunca tinha feito uma coisa dessas. Festas embaladas por muito álcool na Alemanha, festivais de rock na Suíça, noitadas em boates com um bando de amigas ensandecidas, mas você nunca tinha feito nada do gênero. Por que justo agora, aos trinta e dois anos, no escritório onde trabalha e com um menino?

Ele, é claro, de tão absurda que era a situação, nem se mexeu. Lógico, você o apavorou. E se for à polícia e fizer uma denúncia? Você vai presa, Tiziana, vai ver o sol nascer quadrado. Na melhor das hipóteses, você vai ser despedida, e por justa causa.

— Moça, por favor, assina aqui e nós vamos embora – diz um dos dois sujeitos.

— O quê? Eu não vou assinar nada – diz Raffaella. – E por que eu deveria assinar? Se vocês tiverem um papel dizendo: *Raffaella Ametrano acha este sofá um horror*, eu assino já. Se não, nem pensar.

— Então voltamos com ele?

— Ah, sim, rapazes, sinto muito.

— No lombo de novo...

— Sinto muito. Sinto muito, mesmo, mas não dá. Se vocês quiserem um copo d'água ou alguma outra coisa...

— Não, obrigado. — Colocam o sofá novamente nas costas e deixam escapar uns palavrões entrecortados.

E você não consegue tirar os olhos daquele minissofá marrom, que, de fato, parece um vermezinho com apoio para os braços.

Você o examina e tem impressão de que ele se despede enquanto some para sempre da sua vida. Sim, ele se despede, acena e chama você pelo nome mais apropriado.

Adeus, IDIOTA.

A Maldição

Bolsa para vara de pescar nas costas, caixinha apoiada entre as pernas e lá vou eu com a scooter canhota. Este é o clássico dia em que a única coisa a se fazer é ir pescar.

Um calor úmido e fétido, nenhum vento, nenhuma árvore ao redor, e aquele típico céu claro da planície: pegue duas ou três nuvens, misture-as com um céu limpo e aplique essa mistura esbranquiçada no horizonte, pronto, aí está o céu claro da planície de Muglione.

Chego a um lugar de que gosto, porque ali cresce vegetação aquática, umas plantas de junco e uma espécie de ninfeia sem flores. Com um pouco de imaginação, é possível até pensar em um lago ou um pântano, em vez de um canal, é só não sentir o cheiro do ar nem estender muito a visão.

Coloco no anzol dois grãos de milho e uma larva branca, como de costume. Mas agora enxergo as larvas brancas com outros olhos. Deve ser porque vivemos juntos, mas, antes de lançá-la na água, seguro a bichinha na mão e converso com ela.

— Desculpe-me, amiga, mas se não viesse pescar hoje, ia perder a cabeça. Podia até fazer alguma maluquice. Não sei o quê, mas e se eu botasse fogo na loja? Aí, em vez de morrer na água, você ia morrer no meio das chamas. Assim não é melhor?

Iscas vivas

Ela não responde. Mas se agita bastante, para cima e para baixo, e eu entendo como um sim. Lanço. Toca o fundo por um instante, pois a água é rasa, o flutuador se endireita no ponto certo e eu só preciso esperar que se mova.

Mas é bom que não vá logo para o fundo, porque quando desce rápido, quer dizer que o peixe é pequeno. Melhor se começa a andar sobre a água. Desloca-se um pouco para lá e um pouco para cá, como alguém que quer ir embora, mas está indeciso. Depois pega uma direção, dispara e afunda, e somente nesse momento você deve puxar a vara e ferrar o peixe. Aí ele vai entender que você o enganou.

Meu Deus, eu me impressiono comigo mesmo, de pescaria eu sei pra caramba.

O problema é que não sei nada de sexo, nada vezes nada. E se por acaso eu continuasse com a mulher do Centro de Informações para Jovens, não acredito que a minha habilidade com a pesca pudesse ajudar muito. Tipo, se ela se deitar e esperar que eu faça alguma coisa, e eu disser: *Olha, eu não sei como se faz para afogar o ganso, mas sei reconhecer a fisgada de uma tenca a um quilômetro de distância.*

Enfio a mão no saco das larvas brancas, pego um punhado, dou "tchauzinho" e as lanço ao redor do flutuador. Limpo minha mão nas plantas e pego de novo a vara, que apoiei por um segundo no braço direito.

No início, parecia impossível pescar com uma só mão. Além da vara e do molinete, alguns nós são tão complicados que as pessoas se enroscam até com duas mãos. No entanto, aos catorze anos, me sentei à mesa da cozinha e decidi que precisava conseguir. Comecei com o nó para amarrar o anzol, e três dias depois não tinha conseguido amarrar nem um.

A mamãe de vez em quando passava para preparar o almoço ou o jantar, me olhava, mas nunca perguntava: *Quantos você já amarrou?*. Porque a mamãe era inteligente.

Já meu pai, a única coisa que disse foi: *Não acho que a cozinha seja lugar para isso, estou me vendo com um anzol na garganta*. E a mamãe respondeu: *Não se preocupe, Roberto, se pescarmos você, logo jogamos de volta na água, tudo bem?*

Mas já passou muito tempo depois desse dia. Muito. Agora gasto trinta segundos para fazer o nó do anzol. Mantenho o fio firme com o pé, com os dedos da mão faço o arco e o seguro entre o indicador e o polegar, depois coloco ali o anzol com a ajuda da boca, então viro os dedos, puxo com o pé e com a boca de novo, e finalmente o nó está pronto. Incrível.

Mas, com o sexo, acho que é mais difícil.

Primeiro, porque não posso pedir a Tiziana que fique em cima de uma mesa por semanas até que eu aprenda. Aliás, acho que já vai ser demais se ela continuar comigo por dez segundos quando vir o meu braço direito. Porque essa história de uma só mão é uma coisa complicada, as pessoas veem e enlouquecem.

Como no filme que passou uma noite dessas na TeleRegione, um filme de terror que já vi umas mil vezes e acho que é um dos meus preferidos. O nome é *A maldição*, e o personagem é um fantasma maneta.

Um barão chamado Fengriffen se casa com uma fulana e vão morar no castelo da família, que fica perdido no meio da floresta. A região é repleta de mistérios, gente estranha que ri sem motivo, e, além de tudo, existe uma maldição ameaçando a criança que vai nascer, porque a baronesa está grávida.

A maldição teve origem em uma noite, muitos anos antes, quando o avô desse nobre se deu o direito da *jus primae noctis*, quer dizer, um camponês da sua fazenda tinha acabado de se casar, mas o velho queria ser o primeiro a comer a noiva, aí o camponês se rebela e o velho corta a mão dele com um machado em cima de um toco de madeira. E, muitos anos depois, o fantasma do camponês volta para matar as pessoas e aproveita para estuprar a baronesa na noite de núpcias.

No filme, o fantasma mata sem dó, arranca os olhos de um sujeito, arrebenta um médico a marretadas e atira uma mulher para ser devorada pelos cachorros. Contudo, o verdadeiro momento de horror, aquele já no final, quando a música aumenta de volume até as estrelas e as pessoas dizem: *Oh, não, isso não!*, é quando a baronesa pega o recém-nascido nos braços pela primeira vez, olha para ele e percebe que a criança NÃO TEM UMA DAS MÃOS!

Gritos, música no máximo, horror!

Quer dizer, morreu um monte de gente, apareceu um monte de cabeça arrancada e cadáveres com sangue na boca, e a maldição do título é essa mão a menos?

Acho um absurdo, acho uma loucura, mas acho também muito real. Só que, na realidade, no lugar do bebê estou eu, e no lugar da baronesa que grita está a Tiziana do Centro de Informações para Jovens.

E devo admitir que essa cena me dá muito medo. Medo misturado com ansiedade.

Mas aí vejo um leve círculo agitando a água. No centro, está o flutuador. Outro círculo, e mais outros dois. E, então, a mente varre esses pensamentos e vai toda para o canal. Agarro firme a vara na mão.

O flutuador roda devagar, se inclina, fica quieto assim. Anda, vai, anda...

Um pequeno movimento para a frente, bem devagar o flutuador dá a partida, acelera, o peixe está ali e exige toda a minha atenção.

Obrigado, amigo, obrigado mesmo. Você sabe que depois deixo você ir embora.

Excalibur

Esta noite saí com os rapazes, e sempre que saímos vamos ao Excalibur, um bar distante da cidade, lá onde fica a famosa região industrial que deveria lançar Muglione no mundo da produção em massa e que, no entanto, não lançou coisa alguma.

É o único lugar onde nos sentimos bem, a música não é um castigo e as pessoas não riem quando nos veem entrar. Talvez porque não tenha quase ninguém, talvez porque os poucos clientes estejam em uma situação pior do que a nossa.

Tínhamos de falar da banda e tentar compreender o fiasco de Pontedera, mas o Antonio não chegava, então contei a coisa maravilhosa que me aconteceu no Centro de Informações para Jovens. Mas não devia ter contado. Giuliano começou a falar que as mulheres são todas putas, depois chegou o dono, o Scaloppina, que também se juntou ao papo. Se algum lugar-comum sobre as mulheres ficou de fora do que dissemos, peço desculpas ao excluído, porque estavam praticamente todos lá e, àquela altura, podíamos incluí-lo também.

E, depois, falar de mulher no Excalibur é a coisa mais absurda do mundo. Nunca se viu mulher lá dentro. O bar tem duas mesas de bilhar, o fliperama e uma mesa de pebolim, nas paredes, um pôster do Bruce Springsteen, um Lancia Integrale que espirra lama em um rally, o time da Itália de 1982 e uma "modelo" de outras épocas, de shortinhos minúsculos e peito de fora, e alguém desenhou um pinto ao lado da sua boca.

Não, não é um lugar para mulheres. Uma vez, como o nosso banheiro estava ocupado, fui ao feminino, e o banheiro feminino é NOVO.

Mas a noite terminou logo. Agora é uma hora e estamos todos em casa. Quer dizer, Giuliano e Stefano na casa deles, eu aqui no meio das minhas minhocas e larvas no depósito da loja.

Antonio não apareceu. A certa hora mandou uma mensagem dizendo que ia chegar tarde e, depois, outra para dizer que ia chegar ainda mais tarde, e só.

E eu agora quero dormir. Estou quase convencido de voltar à aula amanhã. Já faz um tempão que não me veem por lá e daqui a um mês e meio tem o exame de maturidade. Estou no fio da navalha da reprovação, o exame me parece algo impossível.

Até o ano passado ia bem na escola, muito bem. Mas eram outros tempos. Estudava e estudava durante tardes inteiras, e minha mãe era sempre obrigada a ouvir tudo o que eu tinha estudado, porque se não repito o que li não aprendo. Repetia também para a sua amiga Rosanna, que é burra como uma porta, e se o que eu dizia fazia algum sentido para ela significava que eu tinha explicado perfeitamente.

Mas agora minha mãe morreu e Rosanna, quando me vê, me abraça e chora, e, francamente, não é o máximo repetir a lição para alguém chorando. Com isso não quero dizer que se agora vou mal na escola é culpa da história toda. Não. Mas, enfim, também.

Ou, então, é que simplesmente um belo dia acordei e tinha virado um bobo. Às vezes, as coisas acontecem assim, como tiros no escuro. Do nada e de repente.

Como aquele beijo de língua, e a esfregação, e a respiração dela, que era quente e tinha um cheiro não exatamente ruim, mas de respiração mesmo, que, relembrando, é a única coisa que me faz acreditar que tudo aconteceu de verdade. Se não, podia muito bem ser uma história de sacanagem contada por um amigo, que a ouviu de outro cara, que, por sua vez, a inventou.

Porém, não consigo dormir. Mudo de lado, a caminha improvisada range. Pois é, neste momento estou pensando nisso e acho impossível que qualquer outra coisa venha a acontecer depois daquele beijo. Fui um idiota em acreditar, fui um idiota em sair por aí contando, e sou um idiota porque, se for sincero, percebo que em um cantinho defeituoso da cabeça ainda estou esperando que algo aconteça.

Mudo de lado novamente. E mais uma vez. Então, decido que não faz sentido. Sento, acendo a luz e procuro algo para ler.

Pulo da cama, vou para a loja, vejo alguns catálogos de equipamentos e montes de revistas, mas já li todas. *Pescar, Pesca in, Carpa para todos...*

E em cima do balcão avisto os papéis do Campeãozinho. As redações do menino maldito.

E se eu lesse uma página? Assim, ou pego no sono ou dou umas risadas. Pego todo o monte e levo para a cama. O ruído das larvas agora é altíssimo, nunca foi tão alto. Não parecem larvas para pesca, mas cobras com chocalhos.

Devem ser umas vinte folhas de papel almaço, uma para cada redação, organizadas em ordem cronológica desde janeiro, quando chegou a Muglione. A caligrafia é legível, mas algumas palavras são em letra cursiva, outras em letra de forma, misturadas ao acaso.

Apanho a primeira redação, o enunciado pedia que ele contasse a excursão ao parque dos dinossauros de Peccioli. Se não dormir com essa, não durmo nunca mais.

Começo a leitura.

E não consigo parar até o amanhecer.

D'Annunzio Dreaming

Faz calor, muito calor, apesar da sombra, as copas dos pinheiros lá no alto cobrem o céu e murmuram quando a brisa se torna mais forte. O sol que, em intervalos, atravessava as frondes, agora desaparece, o céu está nublado e o ar muda de cheiro.

— Acho que vai chover — sussurra ela. Veste um véu cândido que ondeia sinuoso acompanhando seus passos nus.

— Não, minha querida, não tema. É apenas uma nuvem que passa e logo desaparecerá de nossas vistas. Vamos, não pare.

O murmúrio dos pinheiros se amplifica, contínuo e extenso, como um tapete sonoro logo pontilhado por toques molhados de chuva.

— Bem, meu poeta... Não o ouso contradizer, mas senti uma gota.

— Oh, são apenas pérolas enviadas pelos céus para refrescá-la, o Hermíone.

— Será como diz, poeta. Mas, por favor, não entremos mais além. Os pés descalços não foram uma grande ideia, já me espetei duas vezes.

— Não tema, minha querida. Toda a natureza canta para celebrar a sua passagem. Não ouve? Os tamarizes, os mirtos, as giestas, os zimbros, todos a saúdam.

— Ai!

— O que houve, ó divina?

— Um espinho, me espetei novamente.

— Deixe-me arrancá-lo, eu lhe suplico.

— Não, não, é melhor ir embora logo. — A jovem se detém, os cabelos macios acariciam suas costas enquanto os pingos, agora mais grossos, umedecem suas faces. O coração bate impetuoso no peito.

— Ir embora? É uma loucura. Não ouve as cigarras o que dizem?

— Não.

— Ó deusa, cantam de júbilo por vê-la aqui. Uma deusa dos bosques, uma ninfa, eis o que é.

— Eu?

— Oh, sim, uma ninfa. Desde que o Destino generoso permitiu que eu a visse pela primeira vez, não me restaram dúvidas.

— Eu sou muito grata, poeta, mas agora realmente gostaria de voltar. O chão também já está todo molhado.

— Ó minha ninfa. Os humores do mundo se dissolvem em sua homenagem e você não os aprecia? Adentremos um pouco, conheço um agradável recanto em meio às folhagens. Lá estaremos protegidos e poderemos celebrar a harmonia da natureza como apraz aos deuses...

— O poeta me lisonjeia, mas esses barulhos... Tenho medo de encontrar uma cobra, aranha, cogumelos venenosos...

— Oh, não! Não ouve a canção que vem do brejo? As rãs também querem expressar toda a...

— Rãs?! Ai, meu Deus, que nojo! Era bem melhor se tivéssemos ficado no celeiro.

— Com muito prazer, minha ninfa, mas no celeiro havia o seu marido.

Iscas vivas

— Por favor, poeta, eu suplico, me deixe ir embora. Talvez a natureza esteja nos dizendo para não fazer nenhuma besteira.

— Claro que não, a natureza está nos dizendo para ficar, para nos amarmos. O que pode saber, minha doce ninfa? Quer saber mais do que eu, que sou poeta? Venha...

Mas a doce ninfa se vira de surpresa e sai em disparada. Tropeça em algo, mas não cai, se refaz do susto e foge. D'Annunzio vai em seu encalço, consternado diante da harmonia amorosa irremediavelmente rompida.

— Não fuja, não fuja, ó bela ninfa, seu coração é um pêssego.

A ninfa não lhe dá atenção e corre.

— Seus dentes são amêndoas, divina criatura.

Também dessa vez nenhum êxito.

Então, D'Annunzio, desesperado, dá um salto e a agarra pela etérea veste, que se rasga, deixando a ninfa nua ao longo da trilha e para além do bosque, rumo ao mundo cruel de luzes e olhares indiscretos. O poeta permanece estático, nas mãos apenas um pedaço de tecido sem vida, evanescente memória da beleza que o animava. Contempla a amada que se distancia, estica o braço em sua direção, e, com o coração em alvoroço, lança o seu lamento:

— Pois então suma, sua vadia! Antes me deixa de pau duro, diz que os pinheiros a excitam e, quando chegamos aqui, fica com medo... Vai para o inferno, vagabunda!

D'Annunzio, exausto, deixa cair na lama o cândido véu e se apoia ao caule áspero de um pinheiro recoberto de água salobra, então, move o olhar para cá.

Ele se vira para você.

E a examina com aqueles olhinhos espremidos, os bigodes dobrados para cima que procuram espaço entre o narigão e a boca em forma de cu de galinha. Seus lábios se abrem, ele fala.

— Ah, como fui idiota. Ela era frígida. Devia ter tentado com você.

— Comigo?! — você pergunta, fitando-o e apontando para si mesma.

— Claro, com você. Tiziana, nome de deusa, cabelos negros como a noite e revoltos como o mar agitado por tempestades de nuvens impetuosas que...

— Mas eu...

— Ouça, querida, agora não vai dar uma de virgenzinha, você também, porque estamos carecas de saber que você é uma safada.

— Mas com que direito o senhor diz isso?! Com certeza a guerra fez mal para a sua cabeça, seu maluco!

— Ah, é? E o beijo de língua com aquele moleque, como você explica?

— Mas do que o senhor está falando?! Quem contou?

— Tenho minhas fontes.

— Tudo bem, tudo bem. Mas nem eu sei bem como aconteceu, foi um ato impensado. Nunca tinha me acontecido nada igual, não sei, mas logo disse "não" e recobrei o controle. E o senhor, com que direito julga uma mulher por um único minuto que não tem nada a ver com o resto da sua existência?

— Ok, minha querida, ok, então me explique uma coisa... Se foi um ato impensado, por que você quer ligar para ele novamente?

Você o observa. Ele sorri com aquela boquinha asquerosa. O bigode murcha, molhado, acompanhando o sorriso. É o homem mais repulsivo que você já viu.

— Mas que direito você tem de...

— Que é isso, mocinha? Diga, vamos, por que você quer ligar para ele novamente?

— Mas eu... isso não é verdade. O senhor diz o que vem à cabeça, isso está fora de questão.

— Ah, é? Tem certeza?

— Mas é mesmo muito desaforado! O que o senhor pode saber da minha vida?

— Escute, mocinha, agora você já me encheu o saco. Além do mais, está chovendo e eu vou embora. Sou um sonho, não entendeu ainda? Ou você acha que sou mesmo o D'Annunzio que vem até sua cama de noite? Você sabe como sou ocupado? Imagine se vou sair por aí, passeando por essa cidadezinha desgraçada no meio dos canais!

— Mas eu não sei, não sei...

— Sou um sonho, entendeu? E se você me perguntar o que eu sei, a resposta não é muito difícil. Sei aquilo que você também sabe. Nem mais, nem menos.

— Mas o senhor diz coisas que não são verdadeiras, eu não quero ligar para ele e não...

— Exatamente aquilo que você também sabe. Nem mais, nem menos – conclui com um gesto dramático. Aponta o nariz para o outro lado, decidido, e avança entre os pinheiros, sob a chuva, rumo às sombras do bosque.

Você o observa, abre a boca, tenta chamar, mas a voz não sai. Você faz força, se concentra, e nada.

E acorda.

Ainda está escuro, você sente falta de ar. Da janela entra o cheiro podre do canal aquecido pelo calor da noite. Mas não é isso, ao menos, não apenas isso.

Ligar de novo para o garoto, que bobagem.

Mas onde vai parar a cabeça da gente durante o sono? Vai saber. Os sonhos são sempre absurdos, você pode ver tudo e o contrário de tudo ao mesmo tempo.

Por que você iria ligar para ele? Para falar o quê? E cadê a coragem depois de pular em cima do coitado? Pois, então, deixe para lá esse sonho maluco. Pode servir para dar umas boas risadas e, pensando bem, você até que anda precisando de umas boas risadas.

Agora não dá, mas, daqui a pouco, vai se levantar, ir ao banheiro, lavar o rosto e, com certeza... É, vai dar uma boa risada no espelho e amanhã vai estar tudo certo.

Além do mais, você sempre teve horror a D'Annunzio.

A misteriosa extinção dos dinossauros

Mirko Colonna
9ª B (profª Tecla Pudda)
10 de março de 2010

Após a excursão ao parque pré-histórico de Peccioli, conte quais foram suas impressões sobre os dinossauros e exponha as várias teorias sobre as causas da extinção desses animais.

Não é justo. Não fui à excursão. Era sábado e no domingo tinha uma corrida, então eu não podia ir.

Mas não é justo. Queria tanto ver os dinossauros, tinha dito a todos que iria. É uma espécie de parque muito grande, com muitas árvores e arbustos, que nos mostra a pré-história do início até o fim. Os meninos que foram disseram que começa com uma espécie de vulcão que expele lava de verdade e termina com os homens que fazem fogo e matam um urso a pauladas. E, no meio, há muitos dinossauros gigantes, um tiranossauro, um brontossauro e outros tipos de animais que os meus colegas nem sabem porque não prestaram atenção. E eu aqui, que queria tanto ver todos eles, mas no sábado não posso.

Mas não é realmente culpa do sábado. Se vocês tivessem ido na segunda, por exemplo, ia ser igual, porque eu treino todo dia. Até na quarta, quando o resto do grupo descansa, seu Marelli me leva para dar uma voltinha atrás do carro porque diz que não faço nenhum esforço, que é quase como descansar.

De fato, a maior parte do esforço na bike é para abrir o ar, que faz resistência e segura o ciclista. Quer dizer, nós não vemos o ar, é transparente, então, pensamos que não conta nada. No entanto, o ar é muito forte, é só pedalar um pouco com a cabeça abaixada e logo você percebe: o ar, mesmo se não o vemos, é capaz de nos frear, e muito.

Isso não é uma crítica, não digo que seja coisa ruim ou um inimigo. Ao contrário, é como um amigo que diz: *Vão devagar, meninos, por que estão com pressa, aonde pensam que vão nessa correria?* Já nos treinamentos atrás do carro, o ar não conversa com você. Na frente vai o carro do seu Marelli, que parte o ar em dois, e eu passo no meio sem sentir nada. Só ouço seu Marelli, que grita: *Rápido, rápido!* e olha o velocímetro que indica 45 quilômetros por hora. Contei para os meus companheiros de equipe, mas fiz mal, não devia ter dito nada, porque o seu Marelli nunca fez esse treinamento com eles. Eles me olharam feio e foram conversar em outro lugar.

Perguntei ao seu Marelli por que treino sozinho e ele me disse que eu sou o chefe. Mas eu nunca quis isso, não gosto nem um pouco dessa história de ser chefe. Nem nas brincadeiras eu gosto, o que eu gosto mesmo é de ficar tranquilo no meu canto e só pensar em mim.

Por exemplo, quando as crianças brincam de guerra, tem sempre briga porque todos querem ser o general ou o comandante. Eu, não, eu queria ser só um soldado normal que faz o próprio trabalho e, no final da batalha, não tem que pensar em mais nada, pode cuidar da vida, tipo fumar um cigarro, manter um diário ou escrever para a namorada.

Mas eu sou muito bom na bicicleta e cabe a mim ser o chefe, e chegar sempre em primeiro, e estar sempre sozinho. Até já tentei fingir que vou devagar, mas na bike não dá para fingir muito. Nos momentos mais duros, os outros suam, respiram forte, e eu ainda me sinto fresco e tranquilo, e seu Marelli grita: *Mirko, o que você está fazendo, está dormindo? Tira esse traseiro do lugar e vai, menino!* E os meninos também dizem: *Vai*, mas, quando eu passo por eles, dizem: *Vai, seu merda*, ou *Vai tomar no cu*, ou *Vai, filho da puta*. E então eu vou.

Mas, descontando a bicicleta, eu não vou a lugar nenhum. De manhã, escola, depois, treino, que, nada, nada, me toma umas três horas, e tenho ainda de fazer os deveres, como, por exemplo, este aqui sobre a excursão ao parque dos dinossauros.

Eu gostaria de fazer as coisas normais, como todo mundo. Gostaria de sair e passear normalmente, mas quando saio um monte de gente me cumprimenta, me aplaude e me diz para vencer, mas ninguém fica comigo.

Se, por exemplo, vou à banca comprar *Bicisport* (seu Marelli diz que tenho de ler, e praticamente é mais um dever de casa), passo na frente do açougue do seu Bindi e ele me chama, aos gritos, e me obriga a entrar, então, corta um bife enorme de um pedação de boi que fica no balcão e me entrega todo ensanguentado num embrulho de papel, e não quer dinheiro, mas quer que eu coma tudo, porque me dá energia para fazer um sprint na hora certa e vencer. E eu nem gosto de carne! Mas tenho de pegar e tenho de comer, e aquele bife gigante no papel é mole e molhado e vaza tudo, e tenho de voltar correndo para casa e colocá-lo na geladeira. E eu só queria poder ficar um pouco mais pela rua, conversando com alguém ou ir tomar um sorvete, que é o que eu mais adoro.

Mas, na sorveteria, também é um outro problema, a dona não me vende porque tem ordem de só me vender sorvete na segunda à tarde, e só de fruta, e, na minha opinião, sorvete de fruta é uma coisa boba, sorvete de verdade é de chocolate, creme e nozes. E de avelã.

Na rua, então, um monte de senhores mais velhos fica controlando se estou com o pescoço descoberto, porque posso pegar um resfriado. Na pracinha, os meninos e as meninas conversam, mas eu tenho de conversar com os velhos, que ficam abotoando meu casaco, apertando minhas coxas e me dizem para voltar para casa, que senão eu me canso.

Acho que foi por isso que se extinguiram os dinossauros. Eu não fui ao parque de Peccioli, mas desconfio que se extinguiram porque todos queriam mandar e dizer aos outros o que eles deviam fazer. Então, se enfureciam e brigavam entre si, se odiavam uns aos outros, aí, quando chegou o que veio acabar com eles – um vulcão, um asteroide, o frio ou um dilúvio –, não conseguiram se organizar e morreram todos.

E agora, por causa dessa retomada do título da redação, eu não gostaria, professora, que a senhora me desse uma supernota porque, senão, os meus colegas vão me detestar. Estou até com vontade de apagar esse final. Ou talvez o mantenha, porque, afinal, são apenas as últimas quatro linhas de uma redação que não tinha nada a ver, e então eu espero não correr o risco de a senhora me dar 10.

Confio no seu bom senso, professora.

Tchau.

Avaliação:
Fez bem em confiar, caro Colonna.
Fugiu do tema; texto confuso.
Não use palavras chulas.
3

O osso assassino

Mirko Colonna
9ª B (profª Tecla Pudda)
12 de abril de 2010

Episódios de violência e criminalidade envolvendo jovens são relatados pelos jornais diariamente e podem ser vistos como um sinal de alarme para as novas gerações, desprovidas dos valores e dos exemplos morais do pós-guerra. Como os jovens de hoje podem ser educados a respeitar tais valores?

Muitos dos meus colegas me tratam mal e eu não entendo por quê. Em Ripabottoni, eu entendia, era uma coisa injusta, mas pelo menos havia um motivo: eles me odiavam porque eu tirava notas muito altas e os professores comparavam e davam notas muito baixas ao resto da classe. Os professores são pessoas pouco inteligentes e não percebem que criam problema dizendo: *Olhem o Mirko como é bom aluno*, ou então, *A prova não era tão difícil, o Mirko fez em meia hora.*
Mas aqui tenho realmente me esforçado em não me fazer odiar, caramba, vou mal em todas as matérias. Se às vezes me dão D é porque o professor é apaixonado por ciclismo e me dá 6 mesmo se não faço nada. Em italiano e em inglês, consigo ir muito mal porque

os professores são mulheres, e as mulheres não querem nem saber de bicicleta, ou, pelo menos, as mulheres que sobraram para mim.

E mulher é exatamente o assunto que me interessa agora.

Domingo, antes da corrida, enquanto conferíamos as bikes, Cristiano disse que estava cansado porque, antes de vir para a prova, uma menina tinha batido uma punheta para ele que o deixou sem energia. Apesar de me excluírem sempre, eu consegui ouvir do mesmo jeito e fiquei com vontade de perguntar quem era a garota, mas exatamente porque me excluem não pude perguntar. Mas Mikhail perguntou, e Cristiano disse que não podia contar, mas que é muito bonita, e que o pai dela é um apaixonado por ciclismo e que ela sabia o nome dele porque tinha lido no jornal.

E, desde que ouvi isso, tenho pensado muito em mulher. Porque se uma menina faz algo assim para o Cristiano Berardi, não poderia fazer para mim? Cristiano aparece no jornal só de vez em quando, no final de algum artigo. Falam de mim o tempo todo e, então, escrevem "obtendo assim a enésima medalha para a UC de Muglione, composta também por Schmidt, Loriani, Berardi...". Pois bem, se uma menina bateu uma punheta para o Cristiano, o que ela não faria comigo?

Não sei, dessas coisas não entendo nada. Mas para quem posso perguntar? Para o seu Marelli, tenho vergonha, na equipe, como já disse, eles não me consideram, e na sala, tenho poucos amigos e desconfio que eles sabem menos do que eu.

Mas um dia desses ouvi umas informações importantes quando saíamos do laboratório e voltamos para a sala de aula. Saverio Mignani estava reclamando de dor e esfregava as costas. Saverio Mignani é praticamente um homem, já tem barba, pelo no peito, e quando diz uma coisa sempre me dá a impressão de saber do que está falando. E disse que estava com dor nas costas porque tinha trepado muito.

Iscas vivas

Então, pôs um cigarro na boca. Apagado, porque na escola é proibido fumar, mas não podem chamar a atenção por causa de um cigarro apagado. Pelo menos do Saverio Mignani não chamam a atenção. Ele disse que trepou com uma menina durante cinco horas seguidas. E todo mundo ficou de boca aberta e disse que também queria muito.

Aí ele disse que não era nada fácil, que antes de tentar é preciso saber muito bem o que fazer.

Michelangelo Tazzari disse: *As mulheres têm um buraco e você tem que pôr o pinto lá dentro, o que é que há de tão complicado?*

Saverio deu um tapão atrás da cabeça dele que, mais tarde, o Tazzari ficou com vontade de vomitar. Continuou explicando que não era tão fácil, que é preciso saber como colocar o pinto no buraco porque, do contrário, se o cara não coloca direito pode até MORRER.

O cara se espeta e morre de hemorragia. Porque as mulheres têm uma espécie de agulha comprida e pontuda dentro do buraco. É um osso, mas muito fino e pontiagudo. Se você não prestar atenção em como enfia o pinto, pode se machucar, começa a perder sangue e morre.

Nossa Senhora.

E o Tazzari, outra vez, perguntou que sentido fazia, do ponto de vista físico, ter uma agulha ali dentro. E Saverio Mignani disse: *E então que sentido faz aquele buraco que os homens têm no pinto? Você tem que mirar com precisão, e o osso tem que entrar no buraquinho. Senão...*

Jesus. Nunca ouvi falar de pessoas que morrem disso. Quer dizer, já ouvi falar que na primeira vez sai sangue, mas eu tinha entendido que saía dela. Então, vai ver que sai dela porque ele deixa o sangue ali quando se espeta.

Ai, meu Deus, só de pensar sinto dor. Essas são coisas que eu queria perguntar para alguém mais velho, mais experiente e legal. Só que não conheço ninguém.

E a redação acabou.

Meu sonho é ser uma droga

Mirko Colonna
9ª B (profª Tecla Pudda)
4 de maio de 2010

Dom Gesualdo, *de Giovanni Verga, é um clássico da literatura italiana que consegue ser educativo e interessante ao mesmo tempo. Elabore uma ficha de leitura da obra e explicite os ensinamentos que dela podem ser extraídos.*

Estou com muita raiva e, ao invés de escrever, tenho vontade de partir a caneta no meio. Eu a seguro, forço sobre o papel, ouço um barulhinho, e é como se ela me dissesse: *Mas o que eu tenho a ver com isso, Mirko? É culpa minha se as pessoas são más? Estou aqui para ajudar, escrevo tudo o que você quiser, não mereço toda essa violência.*
É verdade, interrompo o gesto e a deixo em paz.
Mas ainda tenho muita raiva. Era um dia maravilhoso, o sol estava lindo e eu tinha feito um treino breve de recuperação porque depois, na quinta e na sexta, fazemos aqueles treinos longos de preparação para o domingo, quando acontece a corrida em Piacenza, que

é muuuuuuito importante. Hoje seu Marelli tinha de ficar na sede para conversar com o mecânico e preparar os pneus e as câmaras de ar e todo o resto, então fingi que ia para casa e fui para o centro. Queria dar uma volta, como os meus colegas da escola, e ver as pessoas, conversar com alguém ou, pelo menos, olhar para alguém.

Na frente da sorveteria, ao longo de toda a calçada, havia um monte de meninos e meninas da minha idade e eu resolvi parar, e olhei em volta e me senti bem, mesmo sem saber o que fazer, porque não vi nenhuma cara conhecida.

Olha só o campeão de merda! Você curte um selim no rabo, né? Seu dopado!

De vez em quando ouvia uma frase desse tipo, porque ao lado da sorveteria tem uma lan house e o pessoal que a frequenta sempre diz coisas assim.

Eu fazia de conta que não ouvia, porque quando você ouve e se vira, aí eles começam a dizer: *Que é que foi? Algum problema ou está procurando um?* Então, é melhor nem ouvir.

Mas, em um certo momento, ouvi perfeitamente uma voz que me chamava, vinha da sorveteria e era outra história.

Mirko, Mirko Colonna!

A voz de Martina Volterrani, da 9ª A. Nós fazemos ginástica com a 9ª A, e, apesar de as meninas ficarem separadas dos meninos, eu consigo sempre observá-la no começo e no final da aula, e, para mim, ela é a menina mais linda do mundo. É loura, de cabelos muito longos e olhos muito azuis, e parece uma menina mais velha, se veste como uma menina mais velha e tenho a impressão de que, debaixo da roupa, tem tudo o que as meninas mais velhas têm. E, quando fala, mexe a boca de um jeito estranho e encantador e, se falar comigo, juro que eu morro. Ainda bem que ela nunca fala comigo.

Mas agora está falando. Estava ali, em uma mesinha, com um grupo de amigas todas muito bonitas, disse meu nome e sobrenome e fez sinal para eu me aproximar de onde elas tomavam sorvete, ou melhor, frozen yogurt, que é mais leve. Martina me explicou que tinha lido sobre mim no jornal, em particular, uma matéria com foto que afirmava que, no futuro, vou ser uma estrela do esporte mundial.

Todas estavam muito impressionadas e me perguntavam como eu fazia para correr tanto de bicicleta e onde se localiza o Molise na Itália e se é verdade que lá não tem energia elétrica. Eu ia respondendo do jeito que dava, aí disse uma coisa que elas acharam engraçada, que uma das primeiras dificuldades da bicicleta é o selim, que no começo machuca, mas, depois de um certo tempo, a gente não sente mais nada. Então, uma delas disse: *Meu Deus, então, aí embaixo você não sente mais nada?* E elas se entreolharam e riram e eu também, mas ao mesmo tempo disse: *Não, não, eu sinto ainda*, e Martina, enquanto ria, colocou a mão no meu braço. A MÃO NO MEU BRAÇO, em mim! A mão era quente e minha pele ficou toda arrepiada, e eu olhei para ela por um segundo, mas ela também me olhava, então, rapidamente, virei os olhos para o outro lado.

E vi dois senhores mais velhos, vestidos com casacos militares idênticos, que vinham em nossa direção e gritavam.

— Estou dizendo que tem de ser assim, é assim!

MAS – VOCÊ – NÃO – ESTÁ – VENDO – QUE – TRONCO – CURTO – PARECE – CORCUNDA. — (Um dos dois falava com o auxílio de um aparelhinho grudado no pescoço e tinha uma voz de robô.)

— Que corcunda, coisa nenhuma! É desajeitado, mas não é corcunda.

— PARA – MIM – PARECE – DEFEITUOSO.

— Bom, isso, sim, mas é como tem de ser. Ei, você não lembra como era o Fausto Coppi? Quando pedalava era uma poesia, perfeito, mas quando descia da bicicleta parecia um aleijado, com aquelas pernas compridas e o tronco raquítico. São corpos que nasceram para estar em cima de uma bicicleta, igual ao dele, olha aí. Na bicicleta é perfeito, mas aqui na rua parece um mongoloide.

— ASSIM – SEJA – DIVO – ASSIM – SEJA – TOMARA – QUE – NÃO – SEJA – UMA – ILUSÃO.

— Não! Pode confiar. E depois, sente aqui a perna, sente o músculo.

Os dois velhos começaram a apalpar as minhas pernas, atrás, na frente, como se eu fosse um animal que eles quisessem comprar ou uma melancia.

E enquanto isso Martina ia se afastando, suas amigas se entreolhavam e soltavam umas risadinhas, e eu queria morrer. Tentei me desembaraçar dos dois velhos, mas eles me diziam para ficar calmo, apalpando minha perna, e um dizia: *Olha aqui, olha, parece uma rocha*. E o outro: *Está certo, mas quero ver em uma corrida séria*. E o outro dizia: *Não se preocupe, você vai ver no domingo em Piacenza. Mirko, domingo você vai enfiar no rabo daqueles emilianos, entendeu?*

E, a essa altura, Martina e suas amigas já tinham desaparecido, sem nem um tchauzinho. Os dois velhos continuavam brigando e listando nomes de antigos corredores, aí um deles ajeitou a gola da minha camisa, porque eu podia pegar friagem na garganta, e finalmente foram embora, ainda brigando.

E agora eu digo chega, cansei. Estou furioso. E sabe o que eu gostaria de fazer no domingo? Queria não ganhar, domingo queria ser uma droga de ciclista. Por que tudo à minha volta é uma droga e eu preciso sempre vencer e dar espetáculo?

Meu sonho era ser uma droga igual a todo mundo. Como foi uma droga esse meu passeio no centro e como são uma droga esses dois velhos malvados.

E como é uma droga também o *Dom Gesualdo*, de que tentei ler as primeiras páginas, mas, pelo amor de Deus, que saco.

Conta uma coisa que deixa você sem graça

Dizem que de manhã as ideias são mais claras. Tudo bem, o povo diz tanta bobagem, que uma a mais, uma a menos... Como aquela história de que o travesseiro é o melhor conselheiro, que basta uma noite de sono que, no dia seguinte, os seus pensamentos são menos complicados. Claro, mas e se os pensamentos são tão complicados que não conseguimos fechar os olhos?

Caminho pela estrada que leva a Florença e, de vez em quando, sinto tontura. Pode ser sono, ou o calor, ou uma mistura dos dois com a umidade e com o cheiro de óleo queimado dos escapamentos. E, a cada passo, não sei se vou desmaiar ou pegar no sono na calçada. Por sorte, todos esses caminhões gigantescos continuam voando, tiram uns finos sensacionais do meu braço e o deslocamento de ar me mantém em pé.

Não sei aonde vou. Certamente não à escola.

Hoje não consigo, já estava com a cabeça bem confusa com a história da Tiziana do Centro de Informações para Jovens e, agora, mais essa das redações do Campeãozinho.

Passei a noite lendo. Quer dizer, levei uma meia hora para ler todas e depois reli inúmeras vezes e as coloquei em ordem. A primeira coisa que me impressionou foi a caligrafia. Idêntica à minha.

Não à minha caligrafia de hoje, mas é igualzinha à letra de quando eu escrevia com a mão direita. E também o modo de se expressar é idêntico, igual, sem tirar nem pôr, impressionante.

E até as situações pessoais são as mesmas. Essa coisa de ser sozinho, aqueles merdas na escola e na lan house que só querem encher o saco. E as dificuldades com sexo e o fato de não ter ninguém para quem pedir um conselho.

Sei lá. Deve ser uma coincidência. Ou o menino maldito deu um jeito de me copiar. Ou, então, é só que cada um, no seu próprio mundo, se sente especial, único e incompreensível, mas, na verdade, no fim das contas, somos todos iguais, enfrentamos os mesmos problemas e temos necessidade das mesmas coisas.

E a professora de italiano também é a mesma que eu tinha na 9ª série. Professora Tecla Isola Pudda, aquela anã desgraçada. Nós a chamávamos de Filha da Pudda ou de Cabeça de Ninho, porque tinha o cabelo encaracolado, duro e amassado, parecendo um ninho. Quando me dava aula, a Filha da Pudda já tinha uns oitenta e sete anos e passava a aula inteira colada ao aquecedor porque sentia muito frio. Até o diário ela preenchia em cima do aquecedor, e quando chamava alguém ali pertinho, para uma prova oral, o coitado suava em bicas. E, para piorar, a professora Tecla Pudda odiava todos nós, dizia que éramos uns sem-vergonha e insensíveis. Tinha perdido um filho de dezesseis anos e desconfio que éramos sem-vergonha e insensíveis por ainda estarmos vivos.

Se o Campeãozinho tiver que tirar 6 com a Pudda para passar de ano, vou logo marcar uma passagem para ele de volta para o Molise. De avião, de trem ou de pontapé no traseiro, ele pode escolher.

* * *

Em certo sentido, eu também escolhi. Sem querer, talvez. Porque abandono esses pensamentos e me dou conta de onde cheguei, depois de caminhar tanto.

À frente do Centro de Informações para Jovens.

E como não tenho gatinhos para jogar, acho que só existe um motivo para estar aqui.

O que eu faço agora? Entro? Bato? É um escritório, é preciso bater antes de entrar?

Perguntas bobas e sem sentido, mesmo porque já entrei. E, mais uma vez, essa escuridão de tumba etrusca, com a Tiziana lá no fundo, sentada à sua mesa. Segura um livro e lê. Quer dizer, estava lendo. Agora segura o livro e fixa o olhar em mim. E eu fixo o olhar nela.

— Olá, Tiziana.

— Ah, olá... olá. — E se levanta de um salto.

Eu ajeito os cabelos, puxo-os para trás. Tento sorrir, apesar de todos os músculos do rosto insistirem no movimento oposto. Mas sou eu o chefe, sou eu quem manda aqui. E, aos poucos, eis que o sorriso vem chegando.

— Olá — cumprimento novamente.

— Olá. Olha, Fiorenzo, você fez bem em vir. Eu ia mesmo procurar você. Peço desculpas.

— De quê?

— De tudo, me desculpe.

— Mas de quê?

— De tudo. De... enfim, de tudo. Espero não ter te ofendido. Eu juro, não sei o que foi que me deu, não costumo fazer isso. Eu sei que essa é a típica conversa de safada quando faz algo típico de safada, mas juro que não sou assim. E se você se sentiu ofendido, eu entendo e peço desculpas.

— Que ofendido, nada. Não me senti ofendido de jeito nenhum.
— Ah, que bom, menos mal. — E Tiziana sorri, ou quase.
E eu também sorrio. E agora?
Silêncio.
Ficar aqui, em pé, no meio da tumba, me parece a coisa mais absurda do mundo. Da outra vez, nós trocamos saliva, esfregamos língua com língua e todo o resto com todo o resto, será possível que, agora, acabou e ela me pede desculpas e adeus, passar bem? Claro, quem eu estava achando que era? Sou um imbecil, o que é que eu vim fazer aqui? Que idiota, tenho pena de mim mesmo. E, no entanto, continuo com o braço direito no bolso da calça e o afundo lá dentro até doer. Mas preciso dizer alguma coisa logo porque o silêncio me mata.
— Sabe, eu li as redações do Mirko — digo.
— As redações? Ah, as redações. E aí, como são? Bonitas?
— Não sei. Não exatamente. São estranhas.
— Ah, é?
— É.
— ...
— ... E o blog? Você continua com...
— Não. Eu apaguei o blog. Era uma besteira.
— Ah. É, na verdade, tem aos montes por aí.
— É.
— E a maioria é uma droga.
— É, é verdade.
— Quer dizer, não quis dizer que o seu... Nem vi o seu. Ou melhor, me desculpe, eu vou ler.
— Eu apaguei.
— Ah, é. Você acabou de dizer.
— Pois é.
E até esse fio de conversa se esgota. Outro silêncio.

Aí me lembro dessa coisa, um truque que minha mãe usava quando surgia um momento de embaraço. Uma vez, ela entrou no meu quarto sem bater, mas, mesmo se tivesse batido, eu não teria ouvido, porque o volume da música estava no máximo. Estava ouvindo Megadeth e fingia estar no palco, diante de um milhão de pessoas em um festival gigantesco. De pé em cima da cama, fazia de conta que segurava um microfone, mexia a boca acompanhando a música, gesticulava para o público e balançava a cabeça, e ela me pegou assim. Quando vi, pulei da cama, abaixei o volume e fiquei, todo suado, olhando para ela. E ela ficou ainda mais envergonhada do que eu. Então, de repente, disse:

— Vai, cada um de nós conta uma coisa embaraçosa, está bem?
— Quê?!
— Uma coisa de que você tem vergonha. Você conta para mim e eu conto para você.
— Vai, mãe, para com isso, por favor.
— Vai, vamos lá. Do que você tem vergonha?
— Não, não quero, não enche.
— Vamos, diz e pronto.
— Tá bom, tá bom... Mas aí você vai embora. Tenho medo de abelha. Satisfeita?
— Ô.... Mas que vergonha!
— É vergonhoso, sim. Pensa bem, na frente de todo mundo, chega uma abelha e eu tenho de cair fora.
— É, tá bom. Um pouco, é verdade.
— Pronto. E agora você, por favor, pode ir?
— E da minha vergonha, você não quer saber?
— Não, não quero.
— Pois bem, vou contar do mesmo jeito. Ontem à noite fiz xixi na calça.
— ...

— No jantar da equipe com o seu pai. A Teresa começou a me contar uma história que tinha acontecido com uma amiga e nós começamos a rir feito loucas, e eu já não aguentava mais e falei: *Chega! Para, que senão eu faço xixi na calça.* Ela não parou e eu fiz xixi na calça.

— No restaurante?! E aí?

— E aí que eu fiquei meio assim, torcendo para ninguém ver, não sabia o que fazer. Então, senti a cadeira molhada e pedi a blusa de lã do seu pai, aquele chato, que começou a falar: *Mas o que você vai fazer com a blusa? Você não vai vestir, para que você quer a blusa?* Prendi a blusa na cintura e disse que ia ao banheiro, mas vim correndo para casa.

— Por isso que você voltou antes.

— É, não tinha outro jeito, tinha feito xixi na calça.

Um vexame, com certeza. E tenho de admitir que o embaraço de alguns segundos antes, por conta daquele show de brincadeira no meu quarto, já tinha passado um pouco.

Então, agora, com todo esse embaraço entre mim e Tiziana, o truque da minha mãe precisa funcionar. Além do mais, não tenho nenhuma ideia melhor.

— Tiziana, me diz uma coisa de que você tem vergonha.

— Quê?

— Conta uma coisa que fez você passar vergonha. Depois é a minha vez.

— Mas por quê?

— Vai, conta. Nós estamos sem graça, não?

— Bom, acho que sim, bastante.

— Então, conta uma coisa de que você tem vergonha, que deixou você sem graça, e eu vou contar também. Vai ver que nós vamos nos sentir melhor.

— Mas não me parece...

— Vai, rápido.

— Mas assim, de repente, não lembro de nada.

— Que saco! Vamos, conta uma coisa que deixa você sem graça.

— E não vale aquela coisa que nós dois sabemos, não é?

— Não, essa eu já sei, não vale. Vai!

— Tá bom. Então vou contar outra. Eu cuspi.

— Quê?!

— Hoje de manhã. Eu vinha para o Centro e entrou alguma coisa na minha boca quando eu bocejei. Não sei se foi poeira ou um inseto. Mas desceu para a minha garganta e me fez tossir. Então, eu cuspi no chão. Mas uma cuspida daquelas nojentas de velho, sabe? Quando você puxa o catarro e cospe com força no chão. Não tinha ninguém na rua, mas exatamente naquele momento, com todo o meu azar, apareceu um homem que viu tudinho. Levantei a cabeça e, por um segundo, cruzamos os nossos olhares. Eu queria morrer!

Tiziana sorri e eu rio com gosto, e encomprido um pouco a risada porque não quero mais ouvir o silêncio de antes.

— Ah, e você ri?! Eu conto para você um fato dramático e você ri.

— Ih, grande drama...

— Você está brincando... Eu toda arrumadinha, vestida para o trabalho, com a pasta debaixo do braço, bolsa, óculos, e mando ver uma supercuspida, digna de um pedreiro gripado, no meio da calçada. Que vexame!

Rio novamente. Dessa vez, ela também ri.

— Bom, agora chega. É um drama, entendeu? É uma tragédia. E você?

— Eu o quê?

— E a coisa que deixa você sem graça?

Devagar vou parando de rir, respiro fundo.

— Ah, é verdade – digo e finalmente tiro o braço do bolso. Mostro para ela. – Olha, Tiziana. Não tenho a mão direita.

Eu colocaria um gancho

É, não vou esquecer nunca mais daqueles olhos e daquele rosto.

Pensei que nunca ia esquecer o beijo de língua, as mãos em mim e o resto, mas agora não sei mais onde foi parar tudo isso. Acho que na latrina da memória, curvado atrás da porta, vomitando. Agora, na minha frente, vejo apenas os olhos de Tiziana quando lhe mostrei o braço direito sem a devida mão na extremidade.

Naquele momento pensei que ela fosse gritar, então seu rosto se contraiu em uma expressão assustadora, como nos filmes de terror, quando se descobre que a mulher mais bonita, na verdade, é um demônio, brilha um relâmpago fora da janela (porque nos filmes de terror o tempo é sempre horrível) e vemos o rosto lindo se transformando em uma careta monstruosa. Pois bem, foi mais ou menos isso o que aconteceu. E, como em um filme de terror, naquele momento saí correndo. A diferença é que Tiziana não saiu correndo atrás de mim.

Porque esta é a vida real, e na vida real a Tiziana viu meu braço sem mão e a última coisa que ela deseja é ver isso outra vez. É exatamente isso o que eu quero dizer quando falo que um filme de terror, no fundo, é menos aterrorizante do que a realidade. Mas todo mundo me diz que sou um idiota.

E quando me dizem isso, não me ofendo, porque eles têm razão, sou um idiota. O que está provado pela brilhantíssima ideia de mostrar o braço assim de repente.

Oh, Tiziana, que vergonha! Você cuspiu na rua e alguém viu? Deus do céu, que coisa horrorosa, sinto muito. Bom, meu caso não é tão sério: só tenho um pulso, sem nada nele. Olhe aqui! Divertido, não? E então, o que fazemos agora? Vamos para a cama?

É, desconfio que o plano era esse. Genial. É claro que eu mereço se a Tiziana me olhou daquele jeito. Com aqueles olhos que não consigo tirar da cabeça, nem agora enquanto caminho rápido em direção à loja, em direção ao meu quartinho de iscas vivas. Aquele é o lugar certo para mim, junto com as minhocas, não sei por que insisto em querer me misturar às pessoas.

Maneta, Cotoco, Bracinho, era assim que me chamavam aos catorze anos. Ouço todos esses nomes enquanto caminho pela rua. Mas não é que me lembre deles dentro da cabeça, não são vozes vindas do passado. Não, estão me chamando de verdade. Olho em volta e me dou conta de que estou passando em frente à lan house, na mesma calçada. É uma coisa que nunca faço porque é o mesmo que pedir para ser zoado. Os frequentadores da lan house me veem passar e parece que nem acreditam, se amontoam no beiral da porta e gritam: "Maneta, Cotoco, Bracinho!", "Você está precisando de ajuda, posso te dar uma mão?", "Vamos jogar braço de ferro?" E outras bobagens do gênero que provocam o riso só deles mesmos e de alguns organismos unicelulares.

Bom, agora chega. Já deu para perceber que hoje cada movimento que faço é um erro. É melhor voltar para a loja e me fechar lá dentro. É meio-dia, mas para mim o dia já deu o que tinha de dar.

Iscas vivas

* * *

Abro a porta e meu pai está com um cliente entretido na escolha de uns flutuadores. Ele os ergue e observa contra a luz, como se fossem transparentes e desse para ver através deles. Meu pai faz um aceno, eu faço um sinal de que vou para o quartinho das iscas. Preciso ficar sozinho, lá não tem janela, não tem luz, tem apenas o barulho das minhocas que se agitam, se confundem e se enroscam, e, neste momento, é só disso que preciso. Assim está ótimo.

Ele me diz:

— Espera, que o...

Mas não espero coisa alguma, faço que não com o dedo e voo lá para dentro. Abro a porta sanfonada e entro. E encontro sentado na minha cama improvisada o Campeãozinho.

Que leva um susto e dá um salto. Está vestido de ciclista, short, camisa da equipe, até o capacete na cabeça e as sapatilhas com os tacos.

— O que você está fazendo aqui?

— Nada, eu... Nada, Senhor.

— Você quer tomar de mim esse quartinho também?

— Não, eu não...

— Você só sabe encher o saco. Por que não está na escola?

— Saí uma hora antes porque hoje o treino é longo.

— Ah, muito bem. O Senhor precisa andar de bicicleta, então mata aula.

— Sinceramente, eu preferia ficar na escola, não gosto de sair mais cedo...

— Tá, tá. Chega de reclamação. Sempre dizendo: *Que droga essa história de bicicleta, que droga ganhar sempre, não posso conversar com as meninas, não posso tomar sorvete...* Mas, então, se é tudo uma droga, acaba com isso, não é melhor?

O Campeãozinho levanta a cabeça sob o capacete e me olha estranho, todo contente.

— Mas então o Senhor leu as redações!

— Não! Que saco! Eu não leio as porcarias das redações que você escreve. Desaparece, vai treinar e para de reclamar. Porque se você não gosta, é muito fácil parar com tudo. Quer saber como? Muito fácil. Domingo tem corrida, não tem? Pois então, é só perder. Perde hoje, perde amanhã e pode ficar tranquilo que o meu pai manda você de volta para casa rapidinho! Perde, porra, o que você quer? Perder é a coisa mais fácil do mundo!

— Mas eu não... Não sei se consigo.

— Não sabe se consegue? Mas o que você está dizendo? Você me deixa nervoso! — Sinto algo dentro de mim que cresce, mas não parece raiva. Arde de uma maneira diversa. — Você tem a sorte de poder fazer tudo o que tem vontade, seu idiota, e em vez disso, fica se lamentando. E agora me diz uma coisa... — Paro um segundo, então resolvo continuar, afinal, o dia já está perdido. Levanto o braço direito e o coloco na frente dos seus olhos. — E aí, Campeão, você que se lamenta tanto, diz aí, o que você faria se fosse como eu?

— Eu?

— É, você. O que você faria?

— Eu, Senhor, eu colocaria um gancho.

Juro que foi o que ele disse, e sério. No entanto, não consigo lhe dar um murro no nariz. Vai ver que é porque é menor de idade. Ou porque essa ideia de colocar um gancho eu também já tive. A primeira vez que falei sobre o assunto, logo depois do acidente, perguntei assim mesmo: *Mas, pelo menos, posso colocar um gancho?* E os médicos riram, um pouco.

Iscas vivas

Abaixo o braço, me afasto.

— Some, moleque, hoje estou puto, só faltava você.

— Sinto muito que o seu dia não seja lá grande coisa.

— Some. E ganhe ou perca ou faça o que bem entender, eu não estou nem aí.

O menino deixa duas folhas em cima da cama, pega a mochila e se dirige para a porta.

— Senhor, estou deixando mais duas redações que acabei de escrever.

— Já disse que não leio as suas redações. Como tenho de falar para você entender? *Não-leiooooooooo!*

Ainda estou gritando e ele sai correndo, puxa a porta sanfonada e desaparece.

E eu fico sozinho. No escuro, no meio das iscas vivas.

Quero passar o resto do dia aqui dentro. Com as larvas e minhocas, com todas essas caixas de papelão, com as redações do Campeãozinho.

E, com o olhar que Tiziana me lançou, que não vou esquecer nunca mais.

Pesca-Conforto Ultra Fish

O sr. Mariani está escolhendo flutuadores há uns vinte minutos pelo menos. Observa-os contra a luz como se pudesse enxergar lá dentro se vão trazer sorte ou não. Roberto lê o jornal e espera.

Enquanto isso, Fiorenzo chegou e foi voando para o quartinho das iscas, encontrou Mirko ali sentado e se ouviram uns gritos. Mais tarde, Mirko saiu se equilibrando em cima das sapatilhas de ciclismo.

— Mirko, me espere na rua, daqui a pouco já vamos — disse Roberto. Mariani cumprimentou o Campeãozinho e retomou seu estudo dos flutuadores.

É a primeira vez que vem à loja e, provavelmente, nunca foi pescar. E se a intuição de Roberto ainda funciona, Mariani não tem nenhuma intenção de começar agora.

— Pronto, vou levar estes dois — diz por fim, e escolheu dois flutuadores completamente diferentes um do outro, tanto no peso quanto na forma. Paga. Então, joga fora um pouco de conversa, como se quisesse apenas preencher o tempo necessário para receber o troco.

— É, não tem dúvida, a pesca é uma paixão. Não é mesmo, Roberto?

— Ah, sim.

— Claro, eu não sou um superespecialista, mas gosto muito. Mas você sabe qual é a minha paixão número um, não?

— O ciclismo.

— Isso mesmo, o ciclismo. Claro, sou apenas um amador, mas não sou de todo mau. Na primavera passada, consegui até uma colocação na prova de Monte Balbano, você sabia?

— Não, não sabia. Parabéns!

— É, e acompanho todas as provas dos profissionais. Sei todas as corridas de que você participou, acredita? E quando você chegou em quarto na Copa Bernocchi... sei até dizer qual foi o pódio.

— Que memória, Mariani, que memória.

— É, tudo paixão. E sabe quem tem uma paixão igual à minha? O meu Massimiliano. Meu Deus, ele vive para a bicicleta. E acompanha as corridas dos profissionais, não perde nenhuma. Posso dizer que já conhece bem o mundo do ciclismo profissional.

— Isso é ótimo. Correr sem assistir à corrida dos grandes é como...

— Como nadar fora da água! Eu sei, eu sei, você disse para os meninos no início do ano e eu guardei porque é uma frase muito boa. E eu confio no Massimiliano, ele tem paixão, tem garra. Tem só dezesseis anos, mas é maduro. E quer se tornar profissional. E eu estou do lado dele para o que der e vier.

— Que bom. E nós estamos tentando transformá-lo em um profissional. — Roberto responde economizando as palavras, o que é estranho quando se trata de falar de ciclismo. O fato é que já entendeu aonde Mariani quer chegar.

— Claro, neste ano ele não está ganhando nada. No infantil, era outra coisa, mas as categorias mudam, não adianta reclamar.

E, depois, com esse Campeãozinho que você arrumou... Nossa Senhora, como ele voa, Roberto, onde você arranjou um menino assim?

— É, o Mirko é muito bom. Mas o Massimiliano também é muito bom, vamos deixar que ele cresça.

— É, é verdade, ele ainda tem tanto para crescer. E exatamente por isso, eu gostaria de poder ajudá-lo nesse crescimento... Quer dizer, nós conhecemos o meio, não? Não somos inexperientes, não é, Roberto? E estamos prontos a fazer tudo o que for preciso. E, aqui entre nós, pergunto: o que é preciso?

Roberto arruma as caixas de flutuadores, não responde, não levanta os olhos do balcão.

— Roberto, de homem para homem, o que é preciso?

— Pernas, Mariani, pernas.

— Sim, claro, e o que mais?

— Pulmões e cabeça.

— Vai, Roberto, não brinque comigo, você me entendeu.

— Não, acho que não.

— Oh, por favor, vamos esquecer as histórias da carochinha. Esse Campeãozinho é bom, é um fenômeno, não tenho dúvidas, mas não venha me dizer que você lhe dá só pão e água. Por favor, você cuida dele muito bem, e está certo. Eu disse que já sei como funciona, é assim mesmo. Mas será que Massimiliano não poderia receber os mesmos cuidados? Repito, eu não quero criar problemas, assino tudo que tiver de assinar, se você me indicar um médico que possa lhe dar... os cuidados adequados, eu vou correndo.

Roberto fecha as caixas, que fazem clic, e as guarda devagar na gaveta debaixo do balcão.

— Mariani, ouça bem uma coisa. E se eu mandar você tomar no cu, você também vai correndo?

Iscas vivas

O senhor Mariani fica ali, com os dois flutuadores na mão, faz força para não desmanchar o sorriso no rosto.

— Não, Roberto, espere aí, você me entendeu mal. Só estou perguntando se você pode dar um pouco mais de atenção ao meu filho. Você conhece os médicos, pode me colocar em contato com um deles, não precisa fazer mais nada, eu levo o menino para as provas e...

— Mariani, cai fora, por favor.

Mariani não sorri mais, devolve os flutuadores ao balcão.

— Roberto, quer saber de uma coisa? Você perdeu um torcedor.

— Tudo bem.

— E também um corredor. Vou levar o meu filho para a MabiTech. Eles, sim, vão saber valorizá-lo. Depois, quero ver como você vai ficar quando ele for campeão.

O senhor Mariani se encaminha para a saída, abre a porta e dá um passo para a rua. Mas se vira novamente porque ainda sobrou muito veneno em sua boca e ele tem de botar para fora.

— E um dia ainda vão pegar esse seu Campeãozinho, pode esperar. Mais cedo ou mais tarde, vão pegar, e não vai adiantar você dizer que não sabia de nada, que é uma surpresa. Ninguém vai acreditar, Roberto, ninguém. Você era uma merda de corredor e hoje é uma merda de diretor esportivo!

Um Pesca-Conforto Ultra Fish, com todos os acessórios, é o sonho de qualquer pescador amante do conforto e da organização. Seu simples nome já é capaz de provocar orgasmos nos entusiastas do esporte. Trata-se de uma poltrona estofada e revestida de couro, com quatro pés de aço adaptáveis a toda e qualquer superfície e com uma estrutura também em aço, que abriga uma infinidade de gavetas e gavetinhas, permitindo ao pescador dividir o equipamento por tipos.

É tão caro que Roberto nunca teve coragem de colocá-lo em exposição na loja, prefere mantê-lo atrás do balcão. Pesa tanto que duas pessoas tiveram de levá-lo ali para trás.

Mas, de repente, ficou leve como uma borboleta e agora voa livre, atravessando a loja, do balcão até a porta. O senhor Mariani vê essa coisa meio couro, meio aço girando no ar, e a cada giro as gavetas são lançadas como bombas de um avião bombardeiro e devastam uma prateleira, um expositor de molinetes, uma montanha de ração, e, enquanto isso, o voo do Pesca-Conforto prossegue, certeiro, com o objetivo de aterrissar em seus dentes. Mas Mariani consegue escapar para o lado de fora e fechar a porta. Um segundo depois, a porta não existe mais. Explode, um golpe surdo, e se estilhaça em mil pedaços.

Fiorenzo vem correndo do quarto das iscas e vê o sujeito careca na calçada, dando pulinhos e sacudindo a roupa para se livrar dos quilos de cacos, como se tratasse de abelhas assassinas.

— Eu vou te processar! Você é doido, Marelli, um desgraçado! Você é um drogado! Você se drogava quando corria e continua se drogando! Vou te processar! — O sujeito grita, agita as mãos no ar e se debate, até sair do enquadramento.

E na moldura da porta, ou da ex-porta, aparece agora a cabeça do Mirko, ainda com o capacete na cabeça, que espia para dentro com cautela.

— Seu Roberto — diz baixinho. — Desculpe, mas acho que a porta explodiu.

Mas ninguém lhe agradece pela informação.

Atrás dele, os carros continuam passando pela estrada. Sem o vidro, todo o barulho e o mau cheiro entram na loja.

Fiorenzo olha para o pai atrás do balcão. Ele responde com um olhar sereno, apoia a cabeça em uma das mãos.

— Mas... O que...

Iscas vivas

— Fiorenzo, você não devia estar na escola?
— Sim... Não... Mas o que aconteceu?
— O Pesca-Conforto Ultra Fish.
— E como ele foi parar...
— Caiu da minha mão.
— Caiu da sua mão e chegou até...
— É.
— Até a porta?
— E a porta quebrou.
— E agora precisa comprar outra.
— É.
— Custa caro pra caramba, pai.
— É verdade, mas o importante é que ninguém se machucou.

O truque dos irmãozinhos

— Não, Tiziana, você é louca. Põe isso na sua cabeça, você é doida.
— O olhar dela era estranho, tinha algo de estranho.
— Mas que estranho coisa nenhuma. É só uma pobre velhinha solitária querendo um gatinho para ter companhia. — Raffaella conversa e dirige, enquanto escreve um SMS. Os olhos na rua, em você, no celular.
— Não. Ela era estranha e tinha um olhar maldoso.
No banco de trás, o choro dos gatinhos na caixa de papelão não cessa. MIA-UUUUU.
— E agora o que vamos fazer com esses aí? Tiziana, não sabemos mais onde colocar tanto gato. Uma pobre velha faz o favor de pegar um e você arranca o bichinho das mãos dela?!
— Já falei, ela estava com umas ideias estranhas.
— Mas que ideias estranhas?!
— Não ria, mas eu acho que ela queria comer o gatinho.
Raffaella se vira assustada e olha para você. Por um segundo permanece assim, depois cai na risada.
O carro da frente já está parado há um bom tempo, Raffaella aperta forte a buzina, mas então percebe que o sinal está vermelho. Faz um sinal de desculpas e continua a chamar você de doida.

— E por que ela comeria um gato?

— A crise está difícil para todos, Raffaella.

— Para com isso, quem come gato por aí?

— Muita gente, muita gente. A gente não, mas os velhos... Comeram gato durante a guerra, não é tão estranho para eles. A minha avó me contou que no tempo da guerra comia gato e ouriço, e uma vez encontrou um alemão morto e...

— E comeu o alemão também?!

— Não, tonta, ele usava um cinto de couro. Eles ferveram o cinto e, quando ficou molinho, o comeram.

— Argh! Que nojo!

— Pois é. Imagine se aquela lá não pode comer um gatinho pequeno e macio.

— Mas ela queria um gato para ter companhia.

— Claro. E você não estranhou como ela reagiu ao truque dos irmãozinhos?

O truque dos irmãozinhos é um clássico para quem é experiente na arte do "desabandonamento" de gatos: quando você encontra uma pessoa que quer um gato, assim que ela escolhe um, você lhe mostra outro, meio parecido, e diz que são irmãozinhos muito próximos, que a mãe morreu atropelada por um bêbado, e que você os encontrou ao lado da mãe morta, miando, desesperados. Às vezes, a pessoa fica com dó e acaba levando os dois.

Raffaella contou a história dos irmãozinhos à velha e ela logo disse que levaria os dois, e que, se houvesse um terceiro irmão, queria também. Talvez, se tivessem oferecido, ela levasse a caixa toda.

— E você acha que ela ia comer todos eles?

— Acho que sim. Quem sabe não ia convidar uns amigos para jantar? Ou colocava os bichinhos no freezer.

— Você não está bem, Tiziana. Procure um médico porque você não está bem.

— Que conversa é essa?! Você é que não olhou nos olhos da velha e...

— Tiziana, vou dizer mais uma vez: você tem de aprender a confiar nas pessoas. Pelo menos um pouco.

— Eu confio nas pessoas.

— Sem dúvida, claro que sim. É aberta e confia em todos.

— É isso mesmo. Por quê? Como você me vê? Não me vê assim?

— De jeito nenhum.

— Então, como você me vê? Diz.

— Sei lá. Quer dizer, eu já disse, como uma louca. E vamos dar logo os gatinhos para a coitada da velha. Ela viu os bichinhos e gostou deles. Tiziana, imagine quanto ela deve ser sozinha. Ela até já se viu com os gatinhos pela casa, brincando alegres.

— Não sei, não.

— Vamos, Tiziana, vamos dar para a velhinha.

— Não sei, Raffa.

— Mas eu sei. E também para aquele menino metaleiro... Dá para ele também, vai.

Ela fala e olha para você, você olha para ela, e as duas caem na risada.

— Sua tonta!

— Você que é tonta.

— Tonta é você.

— Você que é tonta, Tiziana. Eu dava para ele rapidinho. Você gosta dele!

— Mas do que você está falando?! Não gosto coisa nenhuma.

— Estou falando que você gosta dele. Ou pelo menos não desgosta.

— Mas ele tem dezenove anos.

— Como você sabe? Vai ver ele tem vinte e um e aparenta menos.

— Não, não, dezenove.

— Ele falou?

— Não. Bem, eu estava na internet e... ele está terminando o ensino médio. Você está entendendo? Ele ainda está no colégio.

— E você está entendendo que procurou por ele na internet? E ainda tem coragem de dizer que não está interessada?

— Mas foi por curiosidade. Nunca sei o que fazer no Centro.

Os gatos no banco traseiro continuam choramingando. MIA-UUUUU, MIA-UUUUU. É um lamento eterno e agudo, que penetra até as profundezas do cérebro.

— E depois, o que é que tem se ele tem dezenove anos? Se um cara da nossa idade sai com uma menina de dezenove, ele é o máximo. E nós? Nós não podemos? Estamos na Idade Média por acaso?

— Eu sei, mas sempre gostei de homens mais maduros, sou fascinada pela...

— Maduros? Sabe o que o Pavel me disse ontem à noite? *Raffaella, hoje não posso fazer amor porque comi frango com pimentão. Se eu me mexer muito, passo mal.* Está entendendo? Presta bem atenção no homem maduro de que você gosta tanto. E olha que o Pavel é bem assanhado, se você pegar um na média, aí, sim, que a coisa fica feia. Muito, mas muito feia.

— Eu sei, mas não é só a idade.

— Tiziana, não vai me dizer que você ainda pensa naquele Luca, pelo amor de Deus. Não me diga isso porque eu fico furiosa. O que um homem tem de fazer para você entender que ele é um idiota completo?

— Que Luca, que nada. Imagina.

— E então o que é? É a mão? Bom, se você me disser que é por causa da mão, posso até compreender. Mas, sei lá, você nem viu direito. Vai ver nem é tão terrível. Dá uma olhadinha melhor, vai. Sai com ele, passem uma noite juntos e aí você decide. Você não precisa dar para ele na primeira noite...

— Não, mas eu não...

— Agora, se você se sentir mesmo na obrigação, então dá. Afinal, uma trepadinha não faz mal a ninguém, não é?

E vocês riem mais uma vez. Por um tempo. Então, devagar, a risada emudece e se transforma em um sorriso. Estão quase chegando em casa.

— Não sei, Raffa. Não acho que...

E os gatinhos lá atrás insistem com o choro. MIA-UUUU, MIA-UUUU, MIA-UUUU.

— Tiziana, por favor, não aguento mais. Vamos voltar e dar essa alegria para a velha, vai.

— Mas, na minha opinião...

— Ela não vai comer, não, Tiziana. Pode acreditar, isso nem passa pela cabeça dela. Só está querendo um pouco de companhia, não suporta mais a solidão. Isso é normal, sabia?

Não, você não sabia. O que quer dizer normal, o que é normal, você é normal?

— Vai, Tiziana. Vamos voltar?

Você não responde, morde o lábio, aperta os olhos no painel com o adesivo do Ricky Martin colado ali no século passado. O carro freia, Raffaella olha para você, depois olha para a rua e novamente para você.

Que, enquanto fala, bufa:

— Tá bom, tá bom, mas já sei como vai acabar...

— Aí, querida! – diz Raffaella.

O câmbio arranha quando ela engata a ré.

Notícias Italianas

Pier Francesco Lamantino escreve no *Notícias Italianas*.
    Decidiu que seria jornalista aos dezesseis anos, em uma manhã de novembro, quando receberam no colégio um cara que era enviado especial naqueles lugares esquecidos do mundo: Mianmar, Laos, Camboja... Pier Francesco engolia todos aqueles nomes fantásticos e pensava: *Eu também, eu também...* E, de fato, quando terminou o ensino médio, optou por ciências sociais e começou a escrever também, mas sobre política local, cozinha local, festas locais, e tudo de graça para jornais locais. Então, graças a um golpe de sorte, se tornou colaborador do *Notícias Italianas*. E sua mãe tem muito orgulho dele.
    Hoje está por aqui para entrevistar Teresa Murolo, a mulher de Navacchio que há quinze anos mantém relações com um extraterrestre. Uma matéria de primeira página. Os dois se encontram apenas de madrugada, até se casaram em um rito espacial, e toda noite fazem sexo, na casa dela em Navacchio ou em Montecatini, na clínica psiquiátrica em que ela às vezes se recolhe.
    Entretanto, meia hora antes da entrevista, dona Teresa telefonou para ele toda agitada, dizendo centenas de coisas sem lógica sobre o fim do mundo e sobre os extraterrestres que estão chegando para

levá-la embora. Depois, desligou o celular e agora ninguém mais sabe onde ela foi parar.

Adeus primeira página, adeus matéria, adeus tudo.

Mas, enquanto voltava para casa e, em sua cabeça, se amontoavam pilhas de xingamentos àquela cretina da senhora Murolo, Pier Francesco viu diversas placas indicando uma direção que lhe parecia familiar, sem que ele soubesse por quê: Muglione, Muglione... Nunca tinha ouvido falar na sua vida, mas... É isso! Sim, ele já tinha ouvido, alguns dias antes, tinha lido no *La Nazione*. Tratava-se de uma ronda de idosos. Pensou que em tempos de vacas magras podia bem ser uma ideia, e vaca mais magra do que esta de hoje de manhã... Então, ligou para a redação, propôs a ronda de Muglione e eles responderam: *O que você quiser, mas tem de ser para hoje. E tem de ter sustância.*

Pier Francesco ligou para o fotógrafo e pediu que ele corresse para Muglione. O fotógrafo disse: *E onde fica essa porra de Muglione?*. Mas ele tinha GPS e logo estava lá. E eles entrevistaram os Guardiões e, assim, o dia foi salvo.

Uma hora depois, os Guardiões acenam para os carros que partem. O fotógrafo se debruça na janela e tira a última foto. Divo olha para a objetiva com o rosto sério e duro. Então, os velhos ficam sozinhos e, finalmente, podem brigar.

— Ô, Repetti, mas que diabos você disse para ele! — reclama Baldato.

— Ah, ele continuava perguntando, vocês ficaram quietos e...

— E – ENTÃO – VOCÊ – SOLTOU – UMA – BESTEIRA.

— Mas ele continuava insistindo... "Vocês não têm um problema de verdade por aqui? Uma coisa séria, algo que dá medo quando vocês fazem a ronda de noite?"... Nós não podíamos ficar quietos. Quando eu trabalhava no cemitério, sempre passava por lá o Monciatti, o jornalista do *Tirreno*, querendo saber se eu tinha alguma história estranha para contar. Cenas de parentes desesperados, coisas assim. E ele dizia que notícia é igual a chuchu refogado, sem pimenta não tem gosto de nada.

— E – O – QUE – TEM – A – VER – O – CHUCHU – COM – ISSO?

— Claro que tem a ver – diz o Divo. – Repetti fez muito bem, sem um pouquinho de pimenta, nada de matéria no jornal. Vocês não querem um artigo no *Notícias Italianas*? Eu quero. Nós podíamos ter inventado algo mais divertido do que um bando de jovens que espancam os aposentados, mas antes isso do que nada...

Ele fala e todos ficam mudos por um segundo. Então, recomeça Baldato, agora mais calmo.

— É, e para falar a verdade, os jovens de hoje realmente dão medo. Estamos perdidos. No outro dia, na praça, teve a comemoração para os mortos da Primeira Guerra. O hino ia começar e uns rapazes que passavam assobiaram e soltaram vaias.

— TUDO – BEM – MAS – DAÍ – A – ESPANCAR – IDOSOS...

— Mazinga, se alguém é capaz de ofender o hino do próprio país, é capaz de tudo.

— Tem razão. Quando saio de casa, não tenho mais tranquilidade – acrescenta Repetti.

— Nos dias de hoje, nem eu. Antes era diferente.

— BOM – ISSO – É – VERDADE – ANTES – ERA – MUITO – DIFERENTE.

Os Guardiões não dizem mais nada, apenas se examinam e balançam a cabeça, uns mais convencidos, outros menos.

Dois dias depois, o novo número de *Notícias Italianas* varre qualquer sombra de dúvida. Os Guardiões são quatro magníficos gigantes que dominam a primeira página. Eretos, braços cruzados, altíssimos, orgulhosos, verdadeiros guardiões isentos de qualquer espécie de medo.

Terror entre os aposentados

Quatro corajosos vovôs contra quadrilha agressora de idosos

MUGLIONE (PISA) – Uma adorável localidade no coração da Toscana, fora das rotas do grande turismo, mas não por isso menos adorável. Uma pequena praça, uma pequena igreja, uma pequena prefeitura. Mas os problemas que afligem Muglione, como todos os vilarejos de nossa esplêndida península, não são certamente pequenos.

Eis o motivo que levou quatro valorosos "vovôs", idade média superior aos setenta anos, a formar o grupo dos Guardiões de Muglione, um grupo de voluntários que pretende tornar mais difícil a vida dos malfeitores. "Eles pensam que estão no Velho Oeste", diz, aguerrido, Divo Nocentini, "mas agora terão de prestar contas aos xerifes".

Outro guardião, Salvatore Baldato, de origem siciliana e uma vida inteira dedicada ao exército, explica que "as horas noturnas são as mais perigosas, e nós fazemos a ronda de Muglione nesse horário, das 19 horas até quase as 23 horas".

"Houve uma época em que havia muitos drogados", relata Nazareno Repetti, "e esse era um problema sério. Mas hoje praticamente todos estão mortos". Donato Mazzanti, que fala graças a uma laringe eletrônica, completa: "Na praça da prefeitura, havia uma árvore coberta de seringas espetadas no tronco. Uma coisa terrível." Mas os corajosos anciãos resistem um pouco em nos contar tudo. Na cidadezinha não se registram muitos crimes, apenas alguns furtos e acidentes automobilísticos causados por excesso de álcool. Qual seria, então, o real problema de Muglione? Contra o quê lutam tão bravamente os Guardiões?

Por fim, as defesas cedem e eles nos confessam à meia-voz a sinistra verdade: "Em Muglione, nós, os idosos, temos medo. Existe gente maldosa que nos odeia, gente jovem e má."

Uma realidade assustadora: neste pequeno vilarejo da acolhedora Toscana, age uma verdadeira quadrilha de facínoras, um grupo composto por rapazes perdidos que compensam suas frustrações agredindo os aposentados. "Ofensas e ameaças estão na ordem do dia. Quando atravessamos a rua, ou esperamos na fila do correio ou fazemos compras. Houve um tempo em que os jovens eram poucos em Muglione e diminuíam cada vez mais. Nós, velhos, podíamos esperar um belo futuro. Mas ultimamente chegaram os estrangeiros, que são tantos e quase todos jovens, e a situação piorou muito. Algumas noites atrás, um rapaz estrangeiro queria nos bater com um alicate de aço enorme. Hoje em dia somos perseguidos."

Um cenário que pode parecer absurdo, mas a história nos ensina que é dolorosamente possível: a perseguição dos judeus na Alemanha começou de modo idêntico. Um período socioeconômico conturbado como o da atualidade, massas de desorientados que não sabiam como viver e que, por fim, descontaram o próprio mal-estar sobre os frágeis e indefesos. Então, foi a vez dos judeus, agora é a vez dos aposentados. E quais serão as culpas atribuídas aos idosos por esses jovens malfeitores sem moral? Serão culpados por viverem muito tempo? Serão culpados por ocuparem as moradias populares? Que outras ideias absurdas atravessarão esses cérebros ofuscados pelas drogas e pela falta de valores?

Uma coisa é certa: a situação nacional não é diferente da situação do pequeno vilarejo da região de Pisa e esta onda de intolerância pode vir a se estender por todo o território mais rápido do que se imagina. Nenhum italiano de cabelos brancos pode dormir tranquilo.

Eis por que deveríamos todos seguir o exemplo destes quatro grisalhos gladiadores que decidiram fazer algo antes que seja tarde demais. Eis por que deveríamos todos nos tornar, no fundo do nosso coração, os Guardiões de Muglione. (*Pier Francesco Lamantino*)

Um colchãozinho para as carpas

Meu estômago dói. Faz uma semana que me alimento só de sanduíches frios da máquina do posto de gasolina. Todo dia eu dizia: *Quando me fizerem mal, eu paro*, e agora vou ter de parar.

Estou precisando de um fogãozinho de duas bocas, daqueles que se usam nos acampamentos ou em situações emergenciais. E a minha é, sem dúvida, uma situação emergencial, provocada por uma calamidade, e um fogãozinho de mesa seria muito útil.

Posso colocá-lo no quartinho, assim preparo o que bem entender. Sou um cozinheiro razoável, minha mãe me ensinou a cozinhar quando era criança. Ela dizia que um homem precisa saber preparar o próprio jantar, senão se casa com a primeira idiota que aparecer só para não morrer de fome.

E estou pensando nessas coisas porque são três e meia da tarde, acabei de me curvar para levantar a porta de ferro da loja e senti um gosto ácido de molho rosé na boca. Então, disse: *Chega de sanduíche de máquina, tenho de arrumar um fogão de camping*. E, por enquanto, hoje à noite vou jantar n'O Faisão.

Mas, agora, a primeira coisa a fazer é varrer a calçada. No lugar da porta de vidro, prendemos um papelão com fita adesiva grossa, mas

Iscas vivas

ainda sentimos os cacos nas solas dos sapatos. Vou até o quartinho, pego a vassoura e, quando volto, encontro Giuliano e Stefanino.

Já esperava por eles. Disseram que tinham tido uma ideia genial para a banda e queriam me explicar tudo pessoalmente. Antonio, porém, não veio. Desde aquela noite em Pontedera não aparece. Mau sinal.

— Meu Deus, aqui dentro é um forno — diz Giuliano. — Como vocês aguentam ficar aí com toda essa roupa? — Porque ele, obviamente, de peito nu, veste apenas o macacão jeans.

Stefano está segurando um envelope, que me entrega sem olhar, como se fosse uma multa, e, ainda sem olhar, diz que é do Caccola.

Caccola é o professor de italiano, é bem jovem e quer ser tratado por "você", por uma questão de paridade e igualdade. Nós explicamos para ele que, de toda forma, ele continua sentado à mesa na frente da sala, dando provas e distribuindo notas, portanto, não estamos nem aí para o "você" e preferimos o "senhor", mas o Caccola começou um papo sobre as distâncias institucionais e as figuras opressivas e, então, para fazer com que ele se calasse, passamos a tratá-lo por "você".

Abro o envelope e dentro encontro um bilhete.

Fiorenzo,

Você está cheio de faltas, o que não é nada bom. O exame de maturidade já está quase chegando, volte a frequentar as aulas.

Não falta nada para você. Só tem uma das mãos, mas e daí?

Pense bem, se não visse os outros, sentiria necessidade de ter duas mãos? Não, seria normal ter apenas uma, assim como nós, que temos duas e não queremos ter três. Você me entende?

Portanto, por favor, volte para a escola e não complique sua vida. Lembre-se de que não lhe falta nada, você é normal como todos nós.

Até breve,

prof. Augusto

Pego o papel e o amasso com a única mão que tenho, miro a caixa onde guardamos o pão seco para a ração e faço cesta.

Está certo, não me falta nada, sou normal como todos... Sou tão normal que não posso ter um motivo normal para ficar em casa. Briga com o pai, uma banda que arrebenta, questões de sexo com uma mulher. Não, o meu problema deve ser obrigatoriamente a mão. O que aconteceu? A outra está caindo, ou quero me matricular em uma escola para manetas, ou, depois de cinco anos, abaixei os olhos pela primeira vez e me dei conta de que os outros têm duas mãos, uma a mais do que eu?

Pobre Caccola, sempre nos dizendo: *Meninos, sei como vocês se sentem, entendo vocês...* E, no entanto, nunca entende porra nenhuma.

— O que está dizendo o bilhete? — pergunta Giuliano.

— As bobagens de costume. Além do mais, vocês já leram.

Stefanino arregala os olhos e vira para o outro lado. Giuliano, por sua vez, faz um som com a garganta que pode tanto ser uma risada quanto um arroto.

— É, é verdade — diz, então esfrega a mão na barriga descoberta e começa a passear pela loja, com a tatuagem gigante que escurece suas costas.

Ele a fez depois de um sonho de uma noite em que estava com febre, e podia bem ser uma galinha carbonizada ou um peixe cabeludo, mas Giuliano afirma que é um pterodáctilo que cospe fogo.

Enquanto ele se move pela loja, o pterodáctilo sobe e desce, tremulando junto com toda aquela banha, e realmente parece algo vivo. Agonizante, mas vivo.

— Escuta aqui — digo —, você não era aquele que fazia de tudo para pegar a mulherada? Desconfio que sem camisa você não pega nada.

— Você é bobo, cara? A mulherada fica doida com essas coisas. É coisa de macho. Elas já estão de saco cheio de todos esses veados que tratam da pele, usam condicionador e fazem as unhas. Esses caras na cama não são de nada, ficam falando de horóscopo e creme para o rosto. As mulheres não aguentam mais isso.

— E então elas se jogam em cima dos toscos?

— É isso aí, Fiorenzino, exatamente isso. Por exemplo, aquela velha que pulou em cima de você, como se explica?

— Ela não é uma velha.

— Tudo bem, mas eu falo para você como se explica. Faz anos que sai com esses gays de meia-idade como ela, cheios de conversa, que se vangloriam do trabalho e levam para jantar nos restaurantes caros. Mas, no final das contas, na cama, não rola nada. Então, ela, desesperada, disse: *Bom, vamos tentar agarrar um menininho, vamos ver o que acontece.*

— Ah, quer dizer, então, que se ela visse antes você, assim, sem camisa...

— Claro que ia me agarrar. Ia perceber rapidinho que com o bonitão aqui não tem conversa. Eu sou quente, estou pronto para tudo, pego a mulher pelos quadris, coloco de cabeça para baixo e marco o ritmo como um martelo... *tum, tum, tum.*

Giuliano apoia uma das mãos nas costas e, com a outra, segura a mulher imaginária à sua frente. E a cada *tum* dispara um golpe com os quadris que faz dançar toda a sua gordura em volta da cintura.

— *Tum, tum, tum...* — Sempre mais rápido e com o rosto sério, sua e parece acreditar mesmo. — *Tum, tum, tum...* Ai, safada, *tum tum t...*

De repente, para, congela o movimento pela metade, nessa posição de ataque e com os olhos fixos na entrada. Eu também me viro, mas uma parte do meu cérebro já sabe quem vou encontrar ali assistindo à cena.

Claro que é a Tiziana.

Porque, tenho certeza, ela nunca viria me procurar, mas se, por algum motivo absurdo resolvesse aparecer, teria de ser no pior momento. E pior do que este realmente não pode existir.

— Olá — diz Giuliano todo sério. Ele endireita o corpo, relaxa os braços e abaixa os olhos para o chão.

— Olá — diz Tiziana. — Estou incomodando?

Não sei há quanto tempo chegou, mas desconfio que não muito. Senão, certamente teria escapado.

Ao invés disso, entra. Usa um vestido leve e sem mangas, e debaixo dos braços se vê uma faixa de pele, que é a parte mais alta da cintura, mas, de algum modo, pode ser considerado o início dos seios. E tudo me parece maravilhoso, porque é uma pele morena e lisa e, com certeza, perfumada. Mas, ao mesmo tempo, acho a situação meio desconfortável porque não estou vendo tudo isso sozinho, ali estão também Stefanino e aquele porco do Giuliano, que, claro, tem o olhar fixo naquela direção. E então sinto um pouco de raiva, fico nervoso, acho até que estou com ciúme. É isso: com ciúme. De uma mulher que, um dia, me deu um beijo por engano e, agora, veio me dizer que sou um aleijado nojento e que não quer me ver nunca mais.

Para me sentir um pouco menos idiota, tento dizer algo.

— Oi. — Não é muito, mas é um começo.

— Oi — ela diz. — Vocês me desculpem, acho que interrompi alguma coisa.

— Não, não, que é isso? Eles já estavam indo embora.

Stefanino concorda com a cabeça e caminha em direção à porta, mas Giuliano não se move.

— Bom... para falar a verdade, ainda não, faltava falar daquela ideia genial...

— Viu? Desculpe, interrompi algo, sinto muito. Passo outra hora.

— Não, Tiziana, de verdade, não precisa se preocupar. Eles vão dar uma volta e depois conversamos.

Mas Giuliano nem me ouve. Continua a olhar para a Tiziana, depois para mim, para a Tiziana, para mim... E finalmente compreende.

Iscas vivas

Arregala os olhos, tampa a boca com a mão, aponta para ela, aponta para mim... Praticamente encarnou um mímico, tem até aquela expressão boba dos mímicos naqueles espetáculos horrorosos.

— Vai, Giuliano, vamos indo — diz Stefanino, segurando-o pelo braço. Giuliano caminha, mas sem tirar os olhos de nós dois. Tropeça na saída, se vira mais uma vez e, então, os dois somem, sem se despedir.

E ficamos sozinhos ela e eu na loja. Nós e o silêncio, muito silêncio.

— Oi — digo novamente. Funcionou antes, não vejo por que mudar.

— Oi. Sinto muito, de verdade, se vim em uma hora...

— Não, não! Era só o papo de sempre.

— Nem tinha certeza se estava fazendo bem em vir aqui, você podia estar trabalhando.

— Que se dane o trabalho, você fez bem, você... é.

E outro silêncio.

Tiziana me olha e não fala. Meu braço direito está apoiado no balcão e, em um reflexo automático, tenho vontade de puxá-lo, mas acabo decidindo deixá-lo ali.

— Desculpe — digo.

— Desculpar o quê?

— Não sei. A última vez que nos vimos. E também este lugar. Não é o máximo, convenhamos.

— Imagine, ao contrário, é interessantíssimo. Tem um monte de coisa que nunca vi na minha vida.

— Por exemplo?

— Por exemplo, aquilo ali. O que é?

— Qual, isto?

— Não, aquele em cima. Parece um minissaco de dormir.

— Ah, é um colchãozinho para carpa.

— Um...?!

— Colchãozinho para carpa.

— Você está tirando sarro da minha cara.

— Não, é sério. Olha, funciona assim. Você abre, enche e, quando pescar uma carpa, você a coloca deitada aqui. Está vendo como é macio? Assim, ela não se machuca nas pedras e ramos secos do chão.

— Não, você está tirando sarro da minha cara.

— Não! Juro.

— Mas não faz sentido se depois você vai matar a carpa.

— E quem é que vai matar a carpa? Primeiro, você tira o anzol da boca da carpa, dá um banho nela, para evitar um choque térmico, então pega o colchãozinho com a carpa em cima e o coloca na água, pega a carpa e a mergulha novamente, assim ela começa a respirar. Mas você não pode deixá-la ir porque ela ainda está cansada do combate. Você tem de segurar a carpa na água, fazendo um movimento para a frente e para trás, devagar. E assim que ela se oxigenar bastante, vai embora.

Com o braço, faço o gesto ondulado do peixe que foge. Com o braço bom.

— Você tem certeza de que não está tirando sarro da minha cara?

— Já disse que não, juro.

— Mas eu pensava que os pescadores comessem os peixes.

— Mas quem é que vai comer uma carpa?! Estou falando de um animal que vive no lodo de um canal podre, fedorento, cheio de adubo das plantações e infestado de sapos e ratos. Você tem vontade de comer um troço desses assado? Nesse caso, você pode acompanhar o delicioso prato com um bom copo de água de esgoto e a refeição está completa!

Tiziana ri, e eu também deixo escapar uma risada.

— Que nojo! — ela diz e põe a língua para fora. — Bleaaah!

— Bleaaah digo eu.

Tudo corre muito bem.

Dei muitos passos depois daquele "oi" do início e me sinto leve. Tiziana não veio até aqui para me dizer que fui um filho da puta por fingir que tinha duas mãos, não está nem chateada comigo, eu acho, e rimos juntos e falamos coisas inteligentes e engraçadas e tudo vai indo às mil maravilhas.

Até que chega o Mazinga.

— Ô – FIORENZINO! – grita a todo o volume.

Hoje veste uma jaquetinha prateada que parece de plástico e calças brancas com o gancho quase no joelho. Chega ao balcão e me dá um tapinha no pescoço, porque agora, que não está com os seus amigos, voltou a ser o Mazinga de sempre. No entanto, eu preferia a versão fria e distante do Mazinga: *Bom-dia, vou levar isto, quanto lhe devo, obrigado e até logo.*

— OH – INCOMODO? – E olha para mim e para Tiziana. Com um sorriso idiota no rosto.

— Não, não – ela responde. – Bom-dia, senhor...

— DONATO – MAZZANTI – PRAZER – EM... – MEU – DEUS – MINHA – FILHA – MAS – É – VOCÊ – FORA – DO – BAR – QUASE – NÃO – RECONHEÇO.

— Não é um bar, é um escritório, mas tudo bem. Bom-dia.

— VOCÊ – VIU – QUE – ESTAMOS – NO – JORNAL?

— Como é? Quem?

— NÓS! – NO – NOTÍCIAS – ITALIANAS – NA – PRIMEIRA – PÁGINA – DEPOIS – LEVO – PARA – VOCÊ – LÁ – NO – BAR – ASSIM – PODE – VER...

— Seu Donato, do que o senhor está precisando? – pergunto. – Senão, daqui a pouco as tainhas somem todas.

— SIM – SIM – É – VERDADE – PRECISO – DE – UM – POUCO – DE – RAÇÃO.

Ele diz essa palavra e eu tremo. Ração. Eu torcia por alguma coisa menos truculenta, mas de que adianta torcer? Os pescadores mais velhos viram um mundo impiedoso e sangrento, não pescam para relaxar. Relaxam nos dias normais e, quando vão pescar, buscam violência.

Pergunto que tipo de ração ele prefere. Preciso perguntar, não tenho saída.

— QUEIJO – OU – MILHO – DÁ – NA – MESMA – SÓ – PRECISA – TER – MUITO – SANGUE – DE – SARDINHA – E – SARDINHA – EM – PEDAÇOS – E – SANGUE – DE – BOI – SE – VOCÊ – TIVER.

Olho Tiziana por um segundo, mas é o suficiente para compreender que o colchãozinho para as carpas já é uma recordação distante, perdida em um passado doce e suave que já não existe mais.

— Nós temos uma ração nova – digo. – À base de fruta. Morango, xarope de framboesa.

— COM – XAROPE – DE – FRAMBOESA – EU – LAVO – O – SACO – OH – MINHA – FILHA – DESCULPE.

Tiziana sorri e seu Donato continua:

— VAI – FIORENZO – QUE – ESTOU – COM – PRESSA – SE – VOCÊ – QUER – ATRAIR – OS – PEIXES – NÃO – TEM – NADA – MELHOR – DO – QUE – SANGUE – PODRE.

Ele se interrompe um momento e se dirige a Tiziana.

— SABE – FILHA – MODESTAMENTE – DA – ÚLTIMA – VEZ – PEGUEI – TANTA – TAINHA – QUE – PRECISEI – DE – UM – CARRINHO – DE – MÃO – PARA – CARREGAR – NÃO – SABIA – PARA – QUEM – DAR – AÍ – ENCONTREI – O – GINO – QUE – TEM – UNS – PORCOS – E – PORCO

— COME – DE – TUDO... – MAS – SE – DA – PRÓXIMA – VEZ – VOCÊ – QUISER...

Lembro ao Mazinga novamente que está ficando tarde.

— VOCÊ – TEM – RAZÃO – É – MUITO – TARDE... – SERÁ – QUE – EU – NÃO – POSSO – PREPARAR – AQUI – A – RAÇÃO? – ASSIM – É – MAIS – RÁPIDO – VOU – PEGAR – O – BALDE – ENQUANTO – VOCÊ – PEGA – O – SANGUE.

Seu Donato olha para Tiziana, faz uma espécie de reverência e sai correndo.

Ela se vira para mim, me olha e eu olho para ela. Espero que ela comece a vomitar no chão, que me denuncie à polícia, sei lá. Mas não, ela cai na risada.

— Fiorenzo, vou indo. Não quero estar aqui quando começar o massacre.

— É, acho melhor.

— E preciso mesmo abrir o Centro. Ou o bar, nem lembro mais.

— Tudo bem, que diferença faz? Você abre e pronto, o que tiver de acontecer, acontece.

— É, é verdade... Tchau.

— Tchau – respondo. Mas Tiziana não vai. Continua olhando para mim e para a rua. Quem sabe se eu me debruçar no balcão ela me dá outro beijo? Na dúvida, estico o pescoço em sua direção.

Mas ela recomeça a falar.

— Pois bem, eu vim aqui para dizer uma coisa. Quer dizer, várias coisas, para falar a verdade. Porque da outra vez não... Bom, assim de repente, não tive tempo de...

— OI – CHEGUEI! – grita Mazinga da porta. Carrega um balde e também um saquinho de plástico cheio de algo que pinga no chão.

Tiziana me olha e com um pé voltado para a porta já começa a fugir.

— Podemos conversar outra hora, se você quiser.
— Eu quero. Fecho às sete e meia, e você?
— Ah, mas já hoje à noite?
— É, se der para você, sim.
— Está bem, eu... está bem, pode ser às oito?
— Claro, claro – respondo. – Às oito... Pode ser na frente da rotisseria O Faisão? Você conhece aquele delivery que tem umas mesinhas? É logo depois do posto de gasolina, tem um cartaz luminoso redondo com o desenho de um faisão, sabe onde é?
— Sim, sim, claro que sim... Então, às oito e... Tchau.
— Tchau! – E agito a mão como uma criancinha idiota. Não preciso de um espelho para saber que a minha expressão é de um verdadeiro idiota, eu sinto a expressão no rosto.

Tiziana vai embora e eu a observo se afastando suave e macia pelo ar, cheia de curvas na luz, uma leve pluma ao vento. Enquanto as batidas surdas no fundo do balde me informam que seu Donato começou a esmagar os pedaços de sardinha.

E eu fico aqui com ele, com o sangue de boi, o queijo fedorento e as histórias de quilos e quilos de tainhas grandes e fortes como um bacalhau, que se você não lhes der uma paulada na cabeça continuam pulando até o dia seguinte.

E enquanto isso me pergunto: e eu e a Tiziana, o que vamos fazer hoje à noite? Vamos nos encontrar assim, na correria, porque ela quer me explicar uma coisa e, então, cada um por si, ou é uma espécie de encontro? E o que ela quer me contar, o que devo fazer, e se a noite continuar, aonde eu a levo?

E, mais que tudo, eu realmente disse para nos encontrarmos na frente d'O Faisão?

A loja que pingava sangue

— É gostosa demais, é inacreditável, não dá para entender, eu não... eu não...

Os dois voltaram há meia hora e há meia hora Giuliano repete essa mesma ladainha. Stefanino diz que ele começou assim que saíram e não parou mais.

— Parece uma atriz pornô. Não, não, uma atriz fina, de filmes sérios, que decide, de um momento para outro, fazer um filme pornô. Já caiu a ficha, Fiorenzo? Já caiu a ficha? E você aí como se não tivesse acontecido nada, como se fosse tudo normal. Então, presta atenção: não é nada normal, seu bobo, não...

— Eu sei, já entendi, já entendi.

— Mas ouve só, Stefano, ele diz que *entendeu*. Parece até que está falando de escola, porra. Você não merece uma mulher assim, cara, não merece.

— Tá bom, tá bom, mas vocês vão me contar ou não essa ideia genial? — Olho para o Stefanino. — Conta você.

Stefanino hesita um segundo, observa Giuliano, então tenta:

— Sabe aquela história dos velhos que apareceram no jornal?

— Porra, Stefanino! — grita Giuliano. — Não está vendo que você já começa errado? Como você quer contar alguma coisa? Por que você sempre enrola tanto?

— Queria só introduzir o assunto...

— É, mas introduziu mal, muito mal. Precisa começar do começo. — Ele se vira para mim e continua: — Sabe aquela história dos velhos que apareceram no jornal? Aquela ronda que eles organizaram? Fiorenzo, eles já apareceram até no *Notícias Italianas*, na primeira página.

— Ouvi falar.

— Com foto e tudo, uma foto enorme na primeira página! Eles se chamam de Guardiões de Muglione, um nome horrível, aliás. Primeiro, saiu uma matéria no *La Nazione* e agora essa aí. Quanto tempo você acha que vai levar para a TV chamar os velhos? Enfim, está rolando muita publicidade. E um dos motivos é que eles afirmam que o inimigo número um deles é uma gangue que agride aposentados. Um grupo de jovens, tipo nazistas, que não suporta a velharada.

— Mas aqui em Muglione?

— É! Percebeu a conversa mole? O fato é que na cidade todo mundo levou a sério. E estão morrendo de medo. Minha avó está apavorada até para ir ao supermercado.

— Bom, entendi — digo —, mas cadê a ideia genial?

— A ideia genial é simples. Simples e genial. Como a história está na boca de todos, mesmo nacionalmente falando, acho que nós deveríamos tirar algum proveito. E quando digo "nós", quero dizer o Metal Devastation.

— Você está dizendo que temos de entrar para os Guardiões?

— Que Guardiões, que nada! Eles são velhos. Mas podemos nos tornar os *inimigos* dos Guardiões, entendeu?

— Não, acho que não.

Iscas vivas

— Pensa bem, esses idiotas lutam contra um bando que pretende exterminar os velhos, mas esse bando, na verdade, não existe. Ou seja, está faltando alguma coisa na cena, tem um vazio que nós podemos preencher!

— Enfim, nós vamos exterminar os velhos?

— Não, não temos de fazer rigorosamente nada. O importante é criar suspeita, desconfiança a nosso respeito... Por exemplo, escrever uma frase em um muro, tipo MORTE A TODOS OS VELHOS, e assinamos algo como MD, ou então Metal D. que é mais claro. Enfim, vamos construindo pistas que conduzam à banda, assim todo mundo vai falar de nós.

— Quer dizer, todo mundo vai falar que nós odiamos os velhos.

— Vai falar da banda, porra! E, de uma hora para outra, todos vão nos conhecer. Já imaginou a TV? Vão falar de Muglione, uma cidadezinha tranquila onde, porém, vem agindo uma quadrilha perigosa que agride os idosos. E, na mesma cidadezinha, existe uma banda da pesada e boa pra caralho. Seria ela a quadrilha agressora dos aposentados? Talvez não, talvez sim... Eles vêm nos entrevistar e nós respondemos com meias palavras, que não temos nenhum comentário a fazer, mas sempre com aquela pose meio estranha, sabe, suspeita, meio nazista... E depois, vai, nós tocamos heavy metal, temos cabelo comprido, para as pessoas normais somos monstros.

— Os nazistas não têm cabelo comprido — digo.

— Eu sei, Fiorenzo, eu sei, você sabe, mas essa gente aí não sabe nada, essa gente aí não sabe porra nenhuma.

Olho para Giuliano, olho para Stefanino. Tenho de admitir que hoje não falam só por falar.

— E então, o que vamos fazer?

— Vamos colocar mãos à obra, já! Hoje à noite, temos de providenciar uma linda pichação antivelhos em um muro.

— Mas hoje à noite eu não posso — digo.

— Ih, já está começando bem... E aonde é que você vai?

— Tenho umas coisas para fazer, aqui para a loja, umas coisas que... para a...

— Que se dane a loja! Isto é muito importante e temos de começar já!

— Mas logo eu me libero. Acho que depois do jantar... Assim que eu terminar, ligo para vocês.

— Certo — concorda Giuliano. — Enquanto isso, nós compramos o spray.

— Vermelho ou preto? — pergunta Stefano.

— Vermelho. Bom, preto é mais nazista, mas vermelho lembra sangue — responde Giuliano.

— Falando de sangue — digo eu —, não seria melhor usar sangue de verdade?

— Tem razão, também pensei nisso, mas a família do Stefano é cheia da grana, se a gente fizer a pele dele, vão fazer a nossa no tribunal.

Mas o sacrifício do Stefano não é necessário, esta loja pinga sangue.

Salada de arroz

Então, Tiziana, tem ideia de como vão indo as coisas?

Pois bem, o velho chegou à loja, interrompeu a conversa com aquela história da ração e do sangue e fez um grande favor para você. Sim, um favor, mas não porque deu a chance de você sair correndo. Ao contrário, deu um motivo para vocês se reencontrarem hoje à noite.

Porque você estava naquela loja fedorenta conversando com um menino que é mais jovem que o irmão caçula da Raffaella e, por alguma razão absurda, esperava poder vê-lo novamente. E hoje à noite você vai vê-lo novamente, o que a deixa feliz. Ainda que você não saiba.

Mas é lógico que sabe. De fato, a palavra IDIOTA agora dança na sua cabeça mais do que o normal. E a sensação só piorou com o fato de que agora está esperando na frente de um delivery de comida pronta chamado rotisseria O Faisão e três caipiras, um após o outro, já vieram perguntar se você precisava de alguma coisa, se está esperando alguém, se você é italiana.

Que os homens são todos uns babacas – e neste lugar deve haver uma seleção especial dos mais babacas do mundo –, não restam dúvidas, mas, certamente, você não pode querer chegar aqui vestida desse jeito e ser deixada em paz. Culpa da Raffaella, que fez você colocar o vestido de florzinha, tão justo, e as sandálias de salto. Você se olhou no espelho e se sentiu idiota e com os quadris muito largos e se odiou por ter esses braços.

Mas, ao mesmo tempo, também entendeu que o vestido cai bem em você. Bem demais para um lugar cheio de homens, que passam em carros de rally, conversando uns com os outros pelas janelas, e de vez em quando saem cantando pneu, fazem pegas na estrada e, depois, voltam em meio a aplausos. E os seus pés também estão doendo por causa das sandálias apertadas. Você vai até o muro baixo que circunda a praça da frente, é de um cimento áspero e cheio de pedrinhas. Estende um lencinho de papel em cima e se senta.

Quando a vi apoiada ao murinho no canto da praça, entendi que burrada tinha feito dizendo que podíamos nos encontrar aqui, na rotisseria O Faisão. Bom, para falar a verdade, já tinha entendido, mas agora tive certeza absoluta.

Vou em sua direção, enquanto o barulho do motor de um Ford Focus vem ao meu encontro e faz minha barriga vibrar. O carro tem um spoiler gigante atrás, umas chamas desenhadas nas laterais e no para-brisa a frase COVARDE É QUEM DESISTE. Eu o observo com o canto dos olhos, porém, mais que tudo, observo Tiziana lá na frente, que não tem mesmo nada a ver com essa vizinhança.

Caminho até ela, sem tirar o braço direito do bolso da calça, admito. Mas tenho um motivo. Quando fico muito tenso, ou quando o tempo está muito úmido, sinto dor na mão. Umas fisgadas, como cãibras, nos dedos e coceira na palma. Isso mesmo, na mão que não tenho mais.

Iscas vivas

Acontece, chama-se síndrome do membro fantasma. Uma vez, no hospital, conheci uma velha que, quando era criança, foi atingida no pé por um fragmento de vidro de uma mina. Já velha, com problemas de circulação, teve a perna amputada, mas, às vezes, de noite, ainda não dormia por causa da dor provocada por aquele caco. Foi ela quem me contou, juro. É, realmente nosso corpo é muito estranho.

— Oi – digo.

— Oi – ela diz.

Tiziana usa um perfume delicioso e um vestido lindo. Acho que seria estúpido comentar sobre o perfume, então guardo para mim.

— Seu vestido é lindo – digo.

— Obrigada. Lindo exatamente não é, comprei na feira da praça e paguei quinze euros, mas é bonitinho, sim. Também gosto da sua camiseta.

Agradeço. Antes de vir para cá, passei em casa, ou na minha ex-casa, para vestir algo decente. Dessa vez, meu pai estava, mais precisamente na cozinha, preparando o jantar, algo que nunca vi na vida. No meu quarto, o Campeãozinho desgraçado escrevia sentado na cama. Ele disse que tinha mais uma redação pronta e eu respondi "que se dane". Ele disse que eu tinha razão sobre a história das corridas, perguntei que história, ele balançou a cabeça e repetiu que eu tinha razão. Vesti a camiseta do Social Distortion e vim para cá. Para essa vergonha de rotisseria.

— Desculpe pelo lugar – digo. – Sou um idiota, mas como tinha colocado na cabeça que esta noite vinha jantar aqui, quando combinamos a hora, não tive outra ideia.

— Você gosta muito de comida pronta?

— Não. Quer dizer, sim. E em casa não tenho fogão e não aguento mais comer sanduíche.

— Como assim, não tem fogão? E sua mãe, como cozinha?

— Não, eu não...

— Ó meu Deus, me perdoe! Mas a sua mãe... quer dizer, você... Por favor, me diga que você mora sozinho.

— Sim, moro sozinho.

— Ufa... — Tiziana sorri e recomeça a respirar. — Menos mal, por um segundo pensei que sua mãe tinha morr... que eu tinha dado um fora terrível.

— Bom, na verdade, ela morreu. Mas, além disso, eu moro mesmo sozinho.

Tiziana fica congelada.

— Meu Deus, me desculpe, me perdoe...

— Não é nada. Além do mais, sei cozinhar muito bem, sabia? Não preciso de...

— Acredito, mas me desculpe mesmo assim.

— Não tem problema, não é culpa sua. De toda forma, o problema é que em casa não tenho fogão, por isso queria comer aqui ou levar algo pronto.

— Entendi. — Tiziana arruma uma mecha de cabelo que insiste em cair em seu rosto. Tenta prendê-la atrás da orelha e eu gostaria de lhe dizer para deixar disso, que ela fica uma graça com o cabelo caído no rosto. Mas é bobagem. Quando vejo um filme em que um cara diz uma coisa do gênero para uma menina, primeiro vomito, depois mudo de canal. Então não digo porra nenhuma.

— Você vai jantar aqui hoje?

— Eu... é, pode ser. E você?

— Não sei, acho que em casa.

— É, eu também não sei. Para falar a verdade, Tiziana, não entendi se íamos jantar juntos.

Iscas vivas

Eu disse. E tinha de dizer, caralho, não é nenhum absurdo. Quando duas pessoas marcam de se encontrar às oito da noite, não é estranho imaginar que elas jantem juntas, não?

E, de fato, Tiziana também não tinha entendido e, na dúvida, pediu que a menina com quem divide o apartamento guardasse um pouco da salada de arroz.

— Humm, salada de arroz é uma delícia — digo, já que é um dos meus pratos preferidos. Ela concorda comigo e começamos a falar mal dos pedantes que acham esse tipo de comida um horror, dessa gente que gosta de alta gastronomia e de vinhos finos.

— Esses caras são uns coitados — digo. — Toda essa conversa de menu degustação, pratos finos, tanta coisa complicada... A vida já é tão complicada, que pelo menos a comida seja simples, não? Um dia vão querer nos ensinar até a ir ao banheiro.

Tiziana ri. Todas as vezes que temo ter falado demais ela ri.

— Concordo, concordo. Já saí com uns caras que tinham obsessão por trufas, por azeites especiais de certa região e vinho com retrogosto tânico ou sei lá o quê. Cansei!

— Que idiotas — comento, rindo, enquanto Tiziana fala, mas dentro de mim sinto um buraco enorme que se abre. Tiziana saiu com *uns caras*. Uns caras? E quantos são *uns* caras? Dois, três, cinquenta? Um ônibus lotado de homens que a levaram para jantar por todos os restaurantes da Toscana? E quem sabe se no meio deles algum exagerado não a levou a um restaurante finíssimo de peixe em Cannes ou de ostras em Mônaco? Imagine se ela não deu para esse aí no final da noite, ainda que só uma rapidinha.

Sei que é absurdo, que até outro dia não sabia da existência de Tiziana, nem ela da minha, mas sinto algo que me machuca por dentro, que fica repetindo *uns caras, uns caras*, e me faz enxergar esses homens sofisticados, cheios da grana, experientes nas cantadas, bem aqui, na pracinha da rotisseria O Faisão, bem diante de mim, um infeliz vestido com a camiseta do Social Distortion.

— Essa gente nem considera a salada de arroz como alimento — ela diz.

— É, eles não sabem nada. Pois eu acho um dos melhores pratos do mundo, principalmente se tiver cogumelo. A sua amiga põe cogumelo?

Tiziana me olha e diz que sim duas vezes, então, olha para longe. Olha sobre os meus ombros, mas para bem longe. Ou, quem sabe, não olha para lugar algum, é apenas uma pose enquanto a cabeça trabalha, tipo o reloginho que aparece no computador quando leva tempo para baixar alguma coisa e avisa "salvando".

Então, se vira, morde o lábio inferior e prende a mecha atrás da orelha.

— Fiorenzo, você quer vir à minha casa comer salada de arroz?

Juro que foi o que ela disse.

A terrível noite do demônio

Entramos na casa da Tiziana e ela me diz a mesma coisa que eu havia dito quando entrou na loja.

— Desculpe-me pelo lugar, e também pelo cheiro.

— Mas que é isso, é o cheiro do canal. Eu gosto porque me lembra a pesca.

Sorrio, olho ao redor e talvez até consiga fingir que me interessei pelos móveis, pelas cortinas e pela iluminação do cômodo, mas na verdade a única coisa que me importa é que a moça que mora com a Tiziana não está. Estamos sozinhos ela e eu, isto é, somos um homem e uma mulher sozinhos em uma casa, e não somos amigos, não somos parentes, não somos colegas de lugar nenhum. Somos um homem e uma mulher e, na minha opinião, temos um único motivo para estarmos aqui.

— Bom, vou pegar a salada de arroz.

Tiziana corre para a geladeira e se curva em direção a uma prateleira mais baixa, eu de trás a olho todinha e consigo vislumbrar perfeitamente suas formas através do vestido de flores. Continuo observando até que ela se ergue outra vez com a travessa nas mãos. Coloca-a sobre a mesa e pega dois pratos da pia.

— Está muito gelada — diz. — Acho que é melhor esperar um pouco antes de comer.

— Tudo bem, mas salada de arroz tem de ser gelada, não?

— Sim, mas está *muito* gelada. É arroz congelado.

— Taí, dá até uma invenção, picolé de arroz — falei. E falei uma bobagem. Picolé de arroz, mas que porra é essa? Não foi nem uma piada, só palavras jogadas ao acaso. E depois, é melhor nem falar de gelo, porque a atmosfera por aqui já dá arrepio.

— O que me diz, colocamos no forno um pouquinho?

— Não sei. Eu comeria assim mesmo.

Mas Tiziana já abriu e acendeu o forno para colocar a travessa de arroz.

E, para colocar a travessa lá dentro, ela se curva mais uma vez, a bunda e as costas se espremem no vestido e eu aqui, a apenas um passo dela, se esticar a mão, consigo tocá-la. E quanto mais eu olho, mais aquelas partes de seu corpo me dizem: *E então, não está vendo? O que vai fazer, você vem ou não?*

Eu as escuto e gostaria tanto de responder: *Já estou chegando*, fechar os olhos, mergulhar ali e fazer de tudo. Mas não sei fazer nada, não sei nem por onde começar.

Porque não é fácil. Como é que se faz para saltar da vida normal para o sexo? Como deixamos de ser apenas duas pessoas em pé, vestidas e penteadas, com coisas normais para fazer (comer arroz, conversar), para nos transformar em dois corpos nus que suam, se esfregam, se penetram, dizem palavrões e se encharcam mutuamente? Deve haver alguma coisa no meio, não sei, uma fase de transição.

Nas músicas, por exemplo, nunca se passa da estrofe direto para o refrão. Não faria sentido, é preciso ter um crescendo que nos pegue e nos jogue lá em cima, e depois deixe o refrão seguir tranquilo. Esse crescendo se chama *bridge*, que quer dizer "ponte", porque é uma ponte que liga o mundo normal das estrofes ao paraíso do refrão, onde a música é mais alta e intensa e vai grudar na sua cabeça por muito tempo.

E aqui, no entanto, com a Tiziana inclinada sobre o forno para esquentar o arroz gelado, onde é que fica a minha ponte? Não a vejo, não a sinto, será que ela não existe? Talvez seja como nos grupos mais geniais, tipo o Black Sabbath e o Motörhead. Eles não estão nem aí para as etapas, não seguem regras e fazem músicas do caralho que vão direto ao ponto sem ponte e sem meios-termos. E, então, também eu vou direto pelo meu caminho, sim, eu sou o vocalista do Metal Devastation e ninguém pode me parar!

É por isso que me jogo sobre a Tiziana curvada em cima do forno, e mesmo com uma só mão apalpo tudo o que tenho que apalpar, pego os peitos e aperto as suas costas e me esfrego na sua bunda e levanto seu vestido e abaixo minha calça jeans e a mordo forte no pescoço. Ela se ergue de golpe e fica rígida, tenta me fazer parar e grita, mas depois de um instante é como se fosse outra pessoa. Pega fogo e me agarra pela cintura e se espreme contra mim e diz: *Assim, vai, assim,* segura a minha mão e a passa por todo o seu corpo, nos seios, nas coxas e ali no meio onde é quente e úmido. E Tiziana geme e treme e diz: *Ai, meu Deus, quem é você, assim vai me enlouquecer, aqueles babacas da minha idade são uns veados impotentes, ai, meu Deus, assim, ai, já não me aguento em pé, vai, assim, assim...*

Mas não é isso o que acontece. Não faço nada disso, nos sentamos e comemos a salada de arroz.

Porque não é fácil. E porque sou um imbecil.

— Infelizmente não tem muito — ela me diz.

— Como? Não, não, está ótimo. E está muito bom.

— Sim, mas é pouco, me desculpa. Mas nós podemos inventar alguma outra coisa depois, não?

Não ergo os olhos, não tenho coragem, apenas respondo que sim com a cabeça e olho fixo para o prato. *Podemos inventar alguma outra coisa depois*, ela diz. Sim, como não, vai esperando.

Nesse meio-tempo um SMS do Giuliano explode no silêncio da sala.

Estamos prontos, e você? Enquanto isso vamos para o Excalibur. Você está com aquela gostosa? (20h58)

Enfio o celular no bolso. Sim, estou com aquela gostosa, mas tudo o que vou comer hoje é meio prato de salada de arroz.

Sou um retardado, o vocalista do Metal Devastation é um otário que faz nas calças de medo das mulheres. Sou a vergonha de toda uma tradição de vocalistas pegadores, tipo Vince Neil e David Coverdale, gente que levava três mulheres de uma só vez para o camarim, lambuzava todas as três e depois as mandava para casa com um chute no traseiro e uma camiseta da banda.

E eu aqui, nesta situação perfeita, sem ser capaz de fazer porra nenhuma. Então é claro que o clima é frio para caramba, mastigamos o arroz em meio a um bloco de silêncio misturado às garfadas que arranham o prato, e por fim Tiziana começa a falar de coisas que não têm nada a ver com sexo.

— Bom, eu... eu queria pedir desculpas pela história da mão.
— ...
— O outro dia, no Centro, tudo aconteceu tão de repente que naquele momento eu não... enfim, fiquei um pouco surpresa. E depois você fugiu e...
— Não fugi, eu fui embora.
— Sim, tá, mas eu queria dizer que não tem problema. Quer dizer, naquele instante eu estranhei, mas depois de um segundo já tinha passado. Só que você não me deu tempo de...

— Eu sei. O problema é que dei muito tempo para muita gente, e não adiantou nada.

— Eu imagino, sim, me desculpa. Mas, escuta, posso saber como aconteceu? Se não incomodar. Do contrário, apaga tudo e falamos de outra coisa.

— Não tem problema. Foi um acidente com uns rojões.

— Caramba! No final do ano?

— Não, em julho. Eu tinha catorze anos.

— Meu Deus, Fiorenzo, sinto muito. Faz sentido eu dizer que sinto muito?

— Acho que não, mas um monte de gente diz.

— É verdade, me desculpe também por isso.

— Não, não é nada. Aliás, obrigado. É muito pior quando me dizem, *Eu entendo*. Isso, sim, me deixa puto. *Eu entendo*... mas entende o quê, caramba? Uma vez minha... uma amiga minha me disse isso, e eu respondi que ela não entendia coisa nenhuma, pensava que entendia, mas esse é o tipo de coisa que, se você não experimentar, não tem jeito de entender. E aí você sabe o que ela fez? Pegou uma gaze, enfaixou a mão e passou um dia inteiro com uma só mão.

— Que loucura! Tem atitude essa sua amiga. E depois ela entendeu melhor?

— Acho que um pouco, sim. Mas muita gente não tem nem ideia. Às vezes me perguntam até se eu nasci desse jeito.

— Não é possível, que idiotas. Mas tem gente que nasce desse jeito?

— Não sei, nunca ouvi falar. Quer dizer, uma vez, sim, mas em um filme de terror. Um bebê que nascia sem uma das mãos, por causa de uma maldição que...

— Eu vi! Eu vi! Passou uma noite dessas! Tinha um castelo, uma espécie de castelo, e um camponês meio louco que...

— O nome do filme é *A Maldição* — interrompo, me posiciono ereto na cadeira e começo a falar em tom professoral, porque agora entramos em um campo onde posso dar aula para todo mundo. — É um filme inglês de uma produtora que se chama...

— É da Amicus! — Me esfrega Tiziana na cara. — Sim, dava para ver pela luz, pela cenografia.

— Então você conhece os filmes da Amicus? — Na vida real nunca tinha visto alguém que conhecesse a Amicus, fora eu e o Giuliano.

— Sim, mas são muito góticos para o meu gosto. Prefiro aqueles ambientados no presente, de preferência no campo. Terror na cidade não faz sentido. Precisa ter as árvores, a névoa e as corujas fazendo *uh-uh*, do contrário, não funciona.

Tiziana fala e eu não consigo acreditar, juro que penso estar escutando a mim mesmo. Estou cem por cento de acordo, faço que sim com a cabeça a cada coisa que ela diz, cada vez mais forte, cada vez mais forte, ao ponto de me arriscar a quebrar uma vértebra. Mas foda-se.

— E esse da outra noite se chama *A Maldição*?

— Sim — respondo. — Com Peter Cushing. Não é muito reconhecido, mas eu gosto muito. Talvez porque me identifique com a história do fulano sem mão. — E juro que, sem pensar, ergo o braço direito, que escondia debaixo da mesa, e o deixo à vista.

Tiziana olha, mas só por um instante, como quem olha um braço normal que termina em uma extremidade normal. Depois, volta-se para os meus olhos e se interessa apenas por nossa conversa.

— Sei do que você está falando — ela diz. — Existem filmes que são objetivamente espetaculares. *A noite dos mortos-vivos*, *Halloween*, o primeiro *A hora do pesadelo*, *Sexta-feira 13*. E depois tem outros que são importantes por motivos pessoais. Eu os chamo de clássicos pessoais.

Continuo dizendo que sim com a cabeça. Amanhã meu pescoço vai doer, mas tudo bem.

— Então o seu clássico pessoal é *A Maldição* — diz. — Agora adivinha o meu.

Penso um pouco, mas não é fácil. Que título combina com Tiziana? Filme italiano ou americano? Inglês? Aqueles filmes velhíssimos e chatíssimos com Bela Lugosi ou aqueles da época de ouro dos anos setenta? Preciso de ajuda.

— Dá pelo menos uma dica. Vampiros, bruxas, zumbis, múmias?

— Ah, não dá para encaixar em uma categoria específica.

— Ok, é algo especial, tipo um...

— É *A terrível noite do demônio*. Pronto, falei, de todo jeito você não ia adivinhar mesmo.

— Você que pensa! — grito. — Você que pensa! — Mas Tiziana tem razão. Filha da puta, *A terrível noite do demônio* eu nem sequer vi. Só sei que é com a Erika Blanc. Pô, pelo menos isso eu posso dizer: — É com a Erika Blanc, não é?

— Isso. O título original é *La plus long nuit du diable*, dirigido por Jean Brismée, Bélgica, 1971, mas na realidade é uma coprodução belgo-italiana e saiu em 1973.

— Caramba, você sabe tudo.

— Bom, é o meu clássico pessoal. E você pode me fazer um grande favor, Fiorenzo?

— Sim...

— Pode me perguntar por que é o meu clássico pessoal, por favor?

— Claro, e eu ia mesmo perguntar. Por que é o seu clássico pessoal?

— Então, primeiro motivo... — Tiziana sorri e levanta o olhar para o teto, endireita as costas, se ajeita na cadeira. Começa a lista de motivos, e faz a conta com os dedos, como as crianças. — Então, primeira coisa: começa com um flashback nazista. Segunda coisa: a trilha sonora é fantástica. Terceira: a Erika Blanc tem um vestido de plástico preto incrível que ela fez sozinha. Quarta: a própria Erika Blanc. Quinta...

— Sabe que eu nunca vi? — digo.

E Tiziana fica parada com os dedos contando cinco. — O quê? — Me olha como se eu dissesse que nunca fui a uma balada ou que nunca beijei uma menina, as duas coisas bem verdadeiras. — Nunca viu? Mas não é possível, você é louco!

Eu digo que é possível, sim, mas a essa altura já quero ver o quanto antes. E então ela diz que precisamos ver juntos. Juro, ela diz isso mesmo, *juntos*. E diz mais: — Eu tenho o DVD, vem no meu quarto que eu mostro.

No quarto dela.

Depois dessas três palavras tudo muda. Quer dizer, talvez não tudo, mas é claro que ouvi-la dizer *no meu quarto*, de noite, nós dois a sós, e com uma voz que talvez fosse mais profunda quando as pronunciou, me deu um baque. Porque nos quartos tem sempre um monte de móveis, enfeites e objetos extravagantes, mas, sobretudo, tem a cama. E se Tiziana me levar para lá não sei o que acontece.

Mas desconfio que nem ela sabe. Ela disse para irmos ao seu quarto e, de um momento para o outro, não falamos mais nada, não nos olhamos, finjo ter vontade de tossir só para quebrar o gelo.

Enquanto isso, recebo outra mensagem no celular, e outra mais: já são três e todas do Giuliano. Tiziana me diz: — Puxa, quanta gente procurando você. — Dou de ombros e a sigo, chegamos ao seu quarto.

Há um monte de livros e revistas empacotados, sobre as prateleiras, sobre os móveis e no chão, pilhas de jornais e caderninhos e folhas esparsas e dois pôsteres em preto e branco nas paredes. Um é a foto de uma criança que segura duas garrafas enormes de vinho, o outro é um edifício que não sei o que significa, mas está no meio de outros edifícios que parecem arranha-céus.

Mas é claro que todo esse panorama não poderia ser menos interessante. A única coisa que me captura a atenção é a cama, logo ali, confortável, menor que uma cama de casal, maior que uma cama de solteiro.

Tiziana pega o DVD e o entrega para mim. Na capa está Erika Blanc gritando, e atrás se vê um castelo com a torre e o título do filme em vermelho. E é óbvio que tampouco o DVD me interessa naquele momento.

— Olha dentro — me diz. — Tem o pôster original, é muito louco.

Tento abrir a caixa do DVD, que, no entanto, está muito dura. Seguro no peito com o braço direito, enquanto a mão trabalha e, normalmente, não demoro mais que um segundo. Mas agora até respirar me parece uma coisa complicada, então preciso de mais tempo. Além do mais, Tiziana está aqui na minha frente, me olha e, a certa altura, faz menção de ajudar, mas por sorte se contém. Tento abrir a caixa com toda a minha força, mas a porcaria não cede, parece uma ostra ou uma caixa-forte (apesar de eu nunca ter visto nenhuma das duas ao vivo), e então faço mais força, seguro a respiração e puxo, puxo e aperto, e por fim a desgraçada escorrega e, puta que pariu, cai no chão. E, claro, assim que toca no chão, ela se abre, o DVD pula para fora e desaparece como uma flecha embaixo da cama.

— Eu compro outro para você! — grito.

— Que exagero, comprar o quê?

— Deve estar arranhado, eu sou um idiota.

— Mas, imagina, isso acontece.

— Sim, mas acontece porque eu sou um idiota. Não é por causa da mão, sabe, eu abro esses DVDs todos os dias, juro, não é por isso. É que estou agitado. Estou aqui com você e...

Em seguida paro de falar. Não consigo nem olhar para ela, sinto uma vergonha monumental. Quero sumir, aliás, agora eu vou fugir. Sou jovem, estou em forma, se fugir, ela não me pega nunca mais.

Tiziana procura onde caiu o DVD, que naturalmente foi parar no canto mais recôndito do Universo. Ela sobe no colchão, se deita de bruços e estica o braço entre o criado-mudo e a parede, buscando-o às cegas. E desse jeito ela fica ainda mais sensacional. A saia do vestido sobe devagar, e vejo as coxas nuas até o ponto em que elas terminam e o maravilhoso resto começa... O conjunto todo da cena me diz: *Fiorenzo, me come agora, me come, ou então você vai morrer virgem.* Mas eu fico quieto, imóvel, olhando para ela, de cabeça baixa e com a caixa do DVD na mão, sabe-se lá o que diria Giuliano se me visse assim. Acho que a coisa é tão absurda que até o Stefanino iria me mandar tomar no cu.

Mas o que eu posso fazer? Tiziana está ali, se esticando na cama, mexendo os quadris, e se alonga ao máximo, mas no intuito de salvar o seu filme preferido, que eu acabei de lançar no buraco mais fundo do universo, porque não sou capaz nem de abrir uma merda de caixinha. Com que coragem vou me atirar em cima dela e fazê-la minha?

Depois de um minuto gigantesco, Tiziana consegue recuperar o DVD e fica de pé, vermelha e suada, e me olha como se tivesse concluído uma maratona. Eu entrego a caixa com o braço tão tenso que pareço um paraplégico. — Desculpa — é o que digo.

— De quê? — Ela olha para mim, olha de um jeito um pouco mais estranho, depois diz: — Quer saber, Fiorenzo, também vou fazer aquela coisa.

— Que coisa?

— A coisa da mão. Vou enfaixar a minha mão, igual a sua amiga.
— Mas por quê?
— Não sei, mas eu quero.
— Não, deixa pra lá, isso é muito incômodo e...
— Escuta, se a sua amiga conseguiu fazer, eu também consigo.
— Mas olha que com uma só mão não dá para fazer nada.
— Tudo bem, por um dia não vou conseguir abrir os DVDs, e daí?
— Mas o DVD não tem a ver com a mão, eu juro! Sabia que você achava que era por causa disso, eu sabia! — Começo a rir depois de falar, porque Tiziana aponta para mim com o indicador e não para de rir. Está tirando onda comigo. E eu gosto. Gosto inclusive de como ela ri.
— Acho que tenho até uma dessas faixas em casa — diz. — Não sei onde, mas tenho.
— Deixa de bobagem, não faz isso.
— Que saco, já falei que vou fazer, ponto final. Além do mais, amanhã é domingo, o dia perfeito. Domingo é o dia da gaze.
— Como quiser. Mas eu prefiro chamar de dia da mão fantasma, soa melhor.
— Tudo bem, o dia da mão fantasma. Fica até mais engraçado. — Me olha sem parar de sorrir.
— Bom, se você fica feliz — digo. Na realidade, eu também estou feliz, e muito. Muito.

Tão feliz que nem me incomodo quando logo em seguida ouço uns golpes metálicos na entrada do prédio, a porta da casa se abre e entra a moça que mora com Tiziana.

Está chorando e se agarra a Tiziana, que não sei como não cai para trás com toda aquela gordura em cima. Sua amiga chora baixo, solta gritinhos e pronuncia palavras aos pedaços, Tiziana fala comigo com o rosto apoiado sobre o ombro gordo e sua voz é um sussurro, me pede desculpas e diz que não sabe o que fazer e... Eu sorrio e, com o dedo girando no ar, digo que nos encontramos outra hora.

Saio e fecho a porta atrás de mim, e ao ruído da fechadura o choro da amiga explode desesperado.

Eu, ao contrário, estou feliz. Ok, não consegui fazer nada mais do que papel de idiota, mas essa história de a Tiziana querer fazer a prova da mão fantasma me faz sentir recarregado e feliz, tenho vontade de descer as escadas aos pulos.

E como sempre acontece quando estou muito bem, circula no meu cérebro *The Boys Are Back in Town*, do Thin Lizzy. Chego à rua e canto a música até o final.

> *The jukebox in the corner blasting out my favourite song*
> *The nights are getting warmer, it won't be long*
> *Won't, be long till summer comes*
> *Now that the boys are here again.**

Canto com as mãos no bolso, enquanto caminho rápido, e olho ao redor sorrindo, apesar de não passar ninguém para ver o meu sorriso.

Depois o celular toca outra vez, aliás, duas vezes. Já são quatro mensagens, todas por ler.

Sim, porque a melhor parte já foi, mas esta noite ainda não acabou.

---

* O *jukebox* no canto cospe a minha música preferida/ As noites estão mais quentes, não falta tanto/ Não falta tanto para a chegada do verão/ Agora que os rapazes estão aqui de novo. (N. T.)

O fim do ouriço

Faz vinte e cinco minutos que caminho, meus pés doem, tenho fome e sede e essa merda dos Correios não chega nunca.
Estou indo para lá por causa das mensagens. Três do Giuliano.

> A gente vai embora do Excalibur. Tem um torneio de pebolim e estamos de saco cheio. (21h16)

> Estamos no carro. Vai responder ou não? Você tá com aquela gostosa? Não acredito. (21h17)

> Vamos para os Correios. Stefanino disse que não acredita que você vai comer porque você é um veado. (22h34)

E uma do Stefanino:

> É mentira que eu disse isso. Foi o Giuliano, juro. (22h35)

Só respondo agora. Desço a rua que margeia o Gym Center Club e aperto as teclas do celular sem olhar. Um minuto depois, a resposta.

> Estamos nos Correios. Vem correndo! (23h15)

Ando mais rápido, sorrio sozinho. Esta noite estou feliz e uma caminhada noturna me parece uma ótima ideia. Não restam dúvidas, se você observa um lugar de noite, consegue entendê-lo mais, as coisas no escuro são mais distinguíveis. Olho para as casas repousando desajeitadas sobre a planície, para as ruas remendadas por causa das obras subterrâneas e para as caçambas de lixo, que foram acorrentadas ao chão depois daquele verão de dois anos atrás, quando estava na moda roubá-las e subir ao topo da colina do Javali para se atirar encosta abaixo na corrida das caçambas.

É um esporte que, contando assim, pode até parecer engraçado, mas, ao vivo, juro que é emocionante. Ficava cheio de corredores e um público enorme. Depois teve a morte trágica de Mario Gavazzi, chamado de Raio, e agora as caçambas de lixo em Muglione ficam acorrentadas no chão.

E hoje à noite passo por elas e tenho vontade de rir, afinal, uma cidadezinha onde é preciso prender as caçambas de lixo no chão, de toda forma, é um lugar interessante de se viver. Enfim, esta noite Muglione é um pouco menos nojenta que o normal. Esta noite é uma noite especial.

Estou feliz pelo encontro, por todas as coisas que dissemos, mas principalmente achei fantástica essa história da faixa, que Tiziana tenha ouvido a história da minha amiga e que agora também queira enfaixar a mão.

Aliás, continuo dizendo amiga, mas é mentira. Quem fez a prova da faixa, na verdade, foi a minha mãe. Mas achei que era algo sem graça para contar, e, além do mais, com a diferença de idade entre mim e a Tiziana, não ia ser legal ouvi-la dizer: *Quero fazer como a sua mãe.*

***

Nos Correios não encontro ninguém. É uma casinha cinza, com formato de caixa de papelão, e se tivesse alguém aqui, teria visto logo. Mas não há nadinha de nada.

Quer dizer, espera, ali no canto, próximo à entrada, tem uma mancha escura, que começa no muro e se estende até o chão, sobre a calçada e a rua. Fica bem debaixo do lampião e brilha, se mexe, parece uma coisa viva que se arrasta devagar.

Aproximo-me, e tenho de admitir que a imagem me impressiona. Talvez pela escuridão, talvez porque a mancha seja uma enorme poça vermelha com cheiro de sangue, e lá no meio vejo uma coisa esférica e espinhosa, toda ensanguentada, que não entendo o que é, mas que com certeza está morta.

Sei que aqueles idiotas do Giuliano e do Stefano passaram por aqui com o sangue para o projeto da quadrilha antiaposentados, mas essa porcaria, ainda assim, me dá um pouco de medo. Talvez a ronda noturna os tenha encontrado enquanto escreviam no muro e tenha feito justiça. Ou então a verdadeira quadrilha antiaposentados os surpreendeu e, mesmo eles não sendo velhos nem aposentados, deu cabo dos dois.

E o que é essa bola vermelha e cheia de sangue ali no meio? Curvo-me um pouco para ver melhor, me ajoelho com cuidado para não tocar o sangue, depois noto uma sombra enorme se erguendo atrás de mim, me cobrindo totalmente, bem como toda a parede dos Correios.

Fico imóvel do jeito que estou, de joelhos, cubro a cabeça com os braços apesar de não saber por quê. Sei apenas que não quero morrer, não agora que existe a Tiziana. Ao menos me deem uma semana, uma só, juro que é suficiente. Mas agora não, agora, não...

— Agora, não! — grito.

— Porra, por que você está gritando! — diz Giuliano. Levanto a cabeça, me viro e ele e Stefanino me olham de cima, em pé. — O que foi, ficou com medo?

— Não, medo, não, mas não ouvi vocês chegando.

— Está vendo, bobão? — diz para o Stefanino. — Até ele se borrou, viu como funciona?

— Eu sei, sabia que ia funcionar, eu disse de cara que até eu fiquei com medo.

— Mas você não conta, você tem medo de tudo, caralho. Mas o bom é que funciona! E dá para ler bem a escrita?

— Que escrita? — pergunto, enquanto me levanto.

— Mas como que escrita, aquela ali, porra. Do lado do sangue, ali.

Chego mais perto da parede e vejo uma coisa feita com uma caneta hidrográfica preta, pequena e trêmula. Diz:

VELHO, RECEBA A SUA ÚLTIMA APOSENTADORIA E MORRA.
FALANGE PELO REJUVENESCIMENTO NACIONAL.

                                                          METAL D.

— Então, gostou?

— Mmmh, não sei. Quer dizer, não soa tão nazista, parece coisa de estádio.

— Que é isso, é perfeito. Estamos nos Correios, muita gente recebe a aposentadoria nos Correios...

— Ok, ok. Mas não dá para ver nada. Vocês não iam escrever com sangue?

Iscas vivas

— Sim, meu senhor, e nós tentamos, mas não dá! Pinga tudo e não dá para entender nada, você faz um V e logo vira um borrão. Menos mal que eu tinha uma caneta hidrográfica no carro, e resolvemos deixar o sangue aí, tipo uma poça de sangue. Acho que o efeito é bom.

— Entendi. E o que é essa coisa redonda ali no meio?

— Qual?

— Aquilo redondo ali no meio.

— Ah, é um ouriço.

— O quê? Vocês mataram um ouriço?

— Não, idiota, ele estava morto na rua. Saímos do Excalibur e alguém tinha atropelado o bicho. Já estava morto, achei que era um desperdício não usar.

Não digo nada, continuo observando a poça de sangue que suja a parede e a calçada, e enxergo uma coisa redonda ali no meio que parece a verdadeira origem de todo aquele vermelho espirrado ao redor: uma bexiga nojenta de sangue. Dá até para ficar com pena do ouriço ou pensar que é triste usá-lo desse jeito, depois que um apaixonado por rally o esmagou, sabendo que com o tempo os ouriços vão desaparecer da face da Terra porque estamos acabando com todos eles em ritmo industrial. Mas, enfim, também é verdade que às vezes os ouriços são bem retardados, ficam ali na margem da estrada e nos veem chegar, esperam o momento exato que passamos e vuup!, atravessam.

E então é normal que terminem na calçada dos Correios, no meio de uma poça de sangue de boi, ameaçando de morte os aposentados.

O direito à bengala

— Ai, Jesus, Maria e José. — diz Repetti, já pela décima vez.

Normalmente diz apenas *Jesus*, ou *Maria*, mas nesta manhã a coisa está feia, e seu estômago, prestes a sair pela boca diante da cena horrível.

— Quanta gente ruim há no mundo! — Divo tenta encontrar um tom mais calmo e frio, mas essa porcaria na parede dos Correios também o abalou.

A noite passada estava muito úmida e os Guardiões decidiram adiar a primeira ronda de verdade. Não tinha sido uma decisão de preguiçosos, mas, caso tivessem insistido na missão, corriam o sério risco de passar uma semana na cama tomando Voltaren. E então, hoje pela manhã, se esforçariam em remediar a ausência com uma caminhada logo ao nascer do sol, armados de celulares e bloquinhos para anotar a menor coisa suspeita.

Porém, ontem à noite, foi desencadeado o horror.

— Mas por que fazer isso? — diz Repetti. — Os ouriços são tão simpáticos.

— SÃO – UNS – DOCES – diz Mazinga.

— Escuta, Repetti, agora chega de conversa — diz Baldato. — Você veio com essa história de um grupo que quer acabar com os aposentados, e agora está claro que não falou por acaso. Vamos lá, conte o que você sabe.

— Não, rapazes, juro que falei por falar! Anteontem à noite eu estava assistindo TV, era tarde, mas não estava dormindo. Tinha comido um refogadinho de pimentão, que eu nunca consigo digerir.

— EU – TAMBÉM – NÃO.

— Pois é, então, na televisão falavam desses grupos malucos que existem na Rússia. Uns jovens que odeiam os imigrantes e outros povos, e que são muito, muito maus. Eles matam, cortam a cabeça, tiram fotos enquanto degolam as vítimas. Depois, graças a Deus, consegui dormir, mas não muito bem, porque sonhei com aqueles rostos me olhando e rindo e vindo para cima de mim. No dia seguinte, fiquei o tempo todo com isso na cabeça, e quando o jornalista perguntou sobre os perigos que existiam em Muglione, pronto, logo me veio à cabeça de novo. Foi isso. Juro.

Os Guardiões pensam um pouco. A história de Repetti faz sentido. Todos conhecem os efeitos nocivos do pimentão. E pensavam também conhecer o vilarejo em que vivem, mas, diante dessa explosão de sangue, já não sabem mais nem o que pensar da própria terra.

— Rapazes, eu repito — diz Baldato. — Precisamos nos equipar de qualquer jeito. Imaginem se estivéssemos na rua ontem à noite e déssemos de cara com esses daí. O que íamos fazer com os bloquinhos? Anotar as facadas que nos davam?

— EU – TENHO – UMA – ESCOPETA – QUE – USO – PARA – CAÇAR – POMBOS.

— Ô, Mazinga, fique quieto! — repreende Divo. — Podem esquecer as armas, rapazes, senão seremos nós a morrer como os pombos.

— Sim, Divo, concordo — diz Baldato —, na verdade, não pretendia utilizar fuzis ou pistolas, mas, enfim, deve haver um meio-termo entre um fuzil e um bloquinho, não? Eu, por exemplo, com uma bengala me sentiria mais tranquilo. Não é exatamente uma arma, pode-se dizer que nos ajuda a caminhar. Somos velhos, usamos bengalas, qual o problema?

Baldato diz isso e agita no ar uma bengala imaginária, projeta a mandíbula para a frente e sorri de um jeito que não lembra em nada o vovô bonzinho que, às vezes, dá dez euros de presente para o neto. Esse vovô, quando muito, dá uma bengalada na cabeça e é só.

O que sabem os campeões?

Domingo, 9h30. Rottofreno (Piacenza).

A corrida de hoje é realmente importante, Roberto levou Mirko para outra região a fim de ver se ele suporta o estresse e para divulgar seu nome fora da Toscana. Mesmo com tudo regulado e sob controle, Roberto não deixa de dar uma última olhada nas bicicletas. Não é que não confie no mecânico ou coisa do tipo, é apenas uma desculpa para estar ali entre os quadros, os aros das rodas e o cheiro de borracha dos pneus.

Às vezes, aparece um fanático de meia-idade que se aproveita dessas situações, se aproxima com uma foto de quando Roberto corria e pede um autógrafo, depois, a coloca em um envelope transparente e vai embora. Hoje isso ainda não aconteceu, mas em outras ocasiões, sim.

O encontro estava marcado para as cinco horas diante da sede, ele estava no carro de apoio, Sírio dirigia o furgão dos rapazes e, infelizmente, também havia um pai que queria se juntar a eles de qualquer jeito. Mas as regras de Roberto são claras: *Nada de pais na comitiva*. O sujeito reclamou um pouco, mas não muito, deu marcha a ré e adeus.

Os pais são realmente o que há de pior, Roberto viu de tudo com o passar dos anos: pais que levam um alto-falante para insultar os filhos, que os deixam sem janta no caso de derrota, que ficam sem falar com os meninos por uma semana se eles fazem uma corrida ruim.

Seu pai também era assim. Seu pai, que se chamava Arturo, dirigia um caminhão e gaguejava, e todos tiravam sarro dele e o chamavam de Metralha. Um homem tímido que não conseguia sequer olhar as pessoas nos olhos e, quando caçoavam, não respondia, porque, com o problema da gagueira, certamente levaria meia hora para responder e ririam ainda mais. Por isso ficava sempre de cabeça baixa e engolia seco o dia inteiro, apenas esperando o momento de voltar para casa e para seus entes queridos. E de desabafar em cima deles.

Uma vez, Roberto tinha oito anos e já estava prontinho para ir a uma corrida da categoria infantil em Livorno. Naquela competição, estava presente um fotógrafo do jornal *La Nazione*, que ficou louco por ele e não parava de tirar fotos suas. Roberto estufava o peito, abraçava o guidom da bicicleta bem apertado, se colocava em posição e olhava para a frente todo sério com cara de mau. O fotógrafo se agachava para tirar uma bela foto de baixo e Roberto se virava apenas para ver se ele ainda o fotografava e, de fato, sim, continuava fotografando, e... De repente, uma pancada por trás, bem na nuca, que o fez cair no chão junto com dois meninos, derrubados depois dele por efeito dominó. Olhou para cima, e contra o céu, lá no alto, viu seu pai que o fitava. *Mas qu-que me-merda você es-es-está f-f-faz-z-z-endo, s-s-seu i-i-idiota! Se con-con-centra... pre-pre-pressta aten-aten-atenção que-que-que vai começar a co-co-corrida!*

Não, os pais são um perigo, os pais sempre querem mandar e por isso devem ficar longe das corridas. Nas corridas, os rapazes devem obedecer apenas a Roberto.

Iscas vivas

Porque se tem uma coisa que Roberto sabe na vida é como vencer uma corrida de bicicleta. Na sua carreira não tinha um sprint veloz, nem a potência pura, mas, como escreveu à *Bicisport*, em um número especial sobre os gregários dos anos oitenta e noventa: *Roberto Marelli, chamado de Barman, nunca venceu uma corrida, mas deu inúmeras de presente.*

E, ao fim da carreira, os gregários como ele são aqueles que se tornam os melhores diretores esportivos. As pessoas acreditam que quanto mais corridas você venceu, mais corridas vai ensinar os meninos a vencer, o que é bobagem. É como ir a uma aula de pintura do Van Gogh, o que você quer que o Van Gogh ensine? Ele vai botar um pincel na sua mão, uma tela na sua frente e dizer: *Vamos, faça uma obra-prima.*

Não surpreende se nenhum grande campeão da história do ciclismo tenha se tornado um grande técnico. Ao longo de uma subida bem íngreme, Federico Bahamontes aconselharia simplesmente que você ficasse de pé sobre os pedais e deixasse todos para trás. Em um percurso de várias subidas curtas, sob vento e chuva, o plano de Eddy Merckx seria apertar bem o guidom, bombar os pedais e ultrapassar sozinho a linha de chegada. Os grandes não podem dar conselhos para ninguém porque não sabem o que é uma corrida, eles estão lá em cima, no topo, e à frente têm apenas a chegada e a vitória, não conhecem o inferno empoeirado que deixam para trás.

Roberto, ao contrário, conhece muito bem. Sabe qual é a sensação quando as pernas pesam como chumbo, sabe que uma crise de fome pode fazer você morrer de frio sob o sol escaldante de agosto, conhece a satisfação de um gregário que esgota as energias na metade de uma etapa com sete montanhas para escalar e, mesmo assim, alcança a linha de chegada. Uma hora depois dos primeiros, quando o público já foi embora, mas ainda na competição e pronto para ajudar seu capitão por mais um dia. Porque uma corrida é muitas corridas ao mesmo tempo, e cada corredor tem um objetivo a atingir. Cada um tem seu jeito de ser grande.

Mas a sua terra nunca entendeu isso. Assim que se tornou profissional, fizeram festa em Muglione, mas durou pouco. Tinham, sim, um conterrâneo que corria, mas que não vencia nunca, nem um Grande Prêmio Cidade de Camaiore, nem uma etapa da Volta da Sardenha. Essa história do corredor de Muglione, mais do que um orgulho, começava a parecer uma brincadeira de mau gosto.

Mas agora tem o Mirko, que ganha sempre, e todos sabem que se Mirko corre pela UC de Muglione é por mérito de Roberto, que o descobriu em um lugarejo enfiado no cu do mundo e consegue sempre levá-lo ao triunfo.

Tudo bem, não é difícil, para o Mirko é só dizer: *Quando quiser, dispara e ganha*, mas isso porque ainda estamos no Juvenil, uma categoria em que, para vencer, basta ser o mais forte. Mas trata-se apenas do ponto de partida, logo chegarão os Juniores e os Sub-23, e então os conselhos técnicos de Roberto serão fundamentais. Porque, quando o menino cresce, o regulamento permite a comunicação via rádio com o carro de apoio, de modo que o técnico pode lhe dizer o que fazer em cada momento da prova e vencer junto com ele. As pernas do Campeãozinho, a mente do Barman. Quem poderá derrotá-los? Ninguém, nem mesmo quando houver o grande salto para o mundo dos profissionais, as grandes equipes, a Volta da Itália, a Volta da França.

Muito menos hoje, no décimo sétimo Troféu Prefeitura de Rottofreno. Que começa daqui a pouco e tem um monte de concorrentes, mas um único campeão. Roberto já sabe seu nome, e, como ele, qualquer um que entenda um pouquinho de bicicleta ou tenha um mínimo de bom senso.

E no entanto...

Que moral você tem para falar alguma coisa

Domingo, meio-dia. Ou melhor, quase meio-dia e meia. E se tem algo que você detesta é acordar tarde. Hoje, aliás, é mais do que tarde, é praticamente *à tarde*.

E, o que é pior, você nem conseguiu descansar. Dormiu com a Raffaella, que não queria ficar sozinha, e assim que você conseguia mergulhar no sono ela pescava você e puxava para a superfície com um gemido, um soluço, uma meia palavra.

Pavel disse que gosta de outra, uma menina que trabalha na Esselunga junto com ele. Ainda não rolou nada, mas logo vai rolar.

Consolar uma amiga durante uma noite inteira é difícil, e ainda mais quando você não sabe o que dizer, porque tem de guardar para si tudo o que pensa de verdade.

Que se dane aquele idiota, você devia estar feliz por ele cair fora. Aliás, você devia ter sido esperta para mandá-lo embora antes. Fica aí chorando, dizendo que não vai nunca mais sair da cama, e no entanto devia pular de alegria e ir a pé até o santuário de Montenero acender uma vela a Nossa Senhora pela graça concedida.

Mas essas são exatamente as coisas que você não pode dizer a Raffaella. Primeiro, porque ela não quer ouvir, segundo, porque essas opiniões lúcidas, duras e sensatas você podia dar antes, mas agora que moral você tem para falar alguma coisa?

Agora você é uma mulher que traz para casa um rapazinho treze anos mais novo, e até se sente bem com ele, e desde quando voltou para essa porcaria de cidade foi a primeira vez que teve uma conversa interessante. Por um segundo, chegou a desejar que... quer dizer, não chegou a desejar, você é muito impiedosa consigo mesma. Não é que tenha desejado, isso não, mas quando estavam no quarto e você se deitou para procurar o DVD debaixo da cama, por um segundo, você considerou aquela situação, ele ali em pé e você na cama, e se ele pulasse em cima de você não seria a coisa mais imprevisível do mundo.

Porque, uma vez, em Berlim, depois de uma festa, você pegou o elevador com o irmão de uma amiga, disse para ele que até que gostava do clima da cidade e ele pulou em cima de você. Bom, digamos que ontem à noite, no seu quarto, isso teria sido algo menos imprevisível e, pensando bem, talvez não tivesse terminado como daquela vez, com um chute no saco.

Mas você não tem certeza, nem quer ter, e depois chegou Raffaella com a sua tragédia e interrompeu tudo, portanto, não faz sentido pensar nisso.

Faz sentido apenas se concentrar no que está fazendo agora, porque há vinte minutos você está tentando enfaixar a mão direita e não consegue.

E por que está fazendo isso, Tiziana, qual o sentido? Você faz por você ou faz por ele? E se faz por ele, faz porque tem pena ou porque gosta dele? E no final desse experimento, o que vai fazer, ligar para ele? Tudo bem, você não tem o número do celular, mas, se tivesse, o que faria? E o que teria feito ontem à noite se Raffaella não voltasse?

Fica quieta e deixa pra lá, vamos. E enfaixa essa mão porque já está tarde. Enfaixa bem apertado.

Coisa de caminhoneiro

Hoje eu podia pegar uma puta.

Na estrada para Florença, você encontra um monte delas. Ao sair de Muglione, há tanta circulação nos acostamentos que parece até alguma obra.

Tantas vezes passei por ali e pensei em abordar uma puta, especialmente depois que o Giuliano experimentou um dia desses e me disse: *Uma loucura, Fiorenzo, uma loucura.* Mas ainda não me decidi, e esta noite podia bem ser a noite certa. Assim, se rolar com a Tiziana, ao menos não será a minha primeiríssima experiência.

Agora são quatro horas e o sol brilha forte, mas tenho certeza de que se pegar a scooter e for até a estrada, vou encontrar várias delas, e isso realmente me impressiona. Todo mundo imagina as prostitutas à luz da lua, no entanto, elas estão a postos a qualquer hora de todos os dias do ano... Do que se conclui que o movimento dos clientes é constante.

Mas quem é o maluco que resolve ir atrás de uma puta às nove horas de uma fria manhã de janeiro? Ou na hora do almoço de um agosto abafado? Talvez os caminhoneiros, porque quando se pensa em algo tosco ou incrível, se pensa logo que é coisa de caminhoneiro.

Quando vemos, por exemplo, uma ducha no banheiro de um posto de beira de estrada, a pergunta que não quer calar é: quem é o maluco que consegue tomar banho em um lugar como esse? E a resposta é sempre a mesma: os caminhoneiros.

Mas eu, que não sou caminhoneiro, posso pegar uma puta? Não sei, acho que não. Quer dizer, morro de vergonha e, depois, tenho medo que seja uma daquelas coisas que você faz uma vez e não consegue mais largar, até a ruína.

Não, não, é melhor ficar aqui na loja e ensaiar as músicas, porque hoje às seis vamos nos encontrar na casa do Stefanino. Finalmente o Metal Devastation vai voltar a tocar depois do maldito festival.

Geralmente ensaiamos às nove, mas Antonio disse que tem um compromisso, e então às seis está ótimo. O importante é tocar pra caralho e botar pra correr o fantasma horroroso que ainda me perturba a mente e grita FO-RA, FO-RA, com a voz daquelas pessoas. Porque aquilo aconteceu sábado passado e hoje é domingo, portanto, faz uma semana, temos de enterrar essa história de uma vez por todas e seguir em frente. Hoje vamos tocar de novo, hoje não quero pensar em nada de ruim.

E tenho de admitir que não é tão difícil porque desde que acordei só consigo pensar na Tiziana.

Pois é, sei que essa frase soa terrivelmente melosa e, para falar a verdade, enquanto a pronuncio já sinto ânsia de vômito e muita vergonha porque, mesmo depois de tantos discos e tantas músicas que me explicaram como funciona o mundo, estou caindo nessa feito um babaca. Há anos que meus ídolos me dizem que somos *Velozes demais para o amor* e que *O amor é para idiotas*, no entanto, olha eu aqui pensando nela e no fato de que, hoje, se não falou só por falar, Tiziana deve estar passando o domingo com uma única mão.

Iscas vivas

Bem que podia telefonar para ela, mas não sei seu número. Porque esqueci de perguntar. Porque sou idiota. E acho que é por isso que me sento na cama e começo a ler a nova redação do Campeãozinho. Porque assim me lembro de que existe no mundo alguém mais idiota do que eu.

Encontrei a folha de papel almaço hoje de manhã enfiada debaixo da porta de ferro da loja. Mas como posso explicar para esse tonto que as suas redações não me interessam? Toda vez eu falo, toda vez ele me dá mais algumas e toda vez eu leio. Um círculo perfeito.

Mirko Colonna
9ª B (profª Tecla Pudda)
10 de março de 2010

O esplêndido soneto de Petrarca "O rouxinol, que tão suave chora" é uma obra-prima incrivelmente atual. Que ensinamentos poderia transmitir à sociedade contemporânea, destituída de qualquer valor moral e cívico?

Em relação àquela conversa sobre perder as corridas, gostaria de dizer que concordo com o Senhor. Já até tentei e sei que o Senhor acha que perder é a coisa mais fácil do mundo, mas tenho de lhe confessar que para mim não é. Porque quando eu perco tantas outras pessoas perdem comigo e eu me sinto mal por elas, mais por elas do que por mim. Mas uma vez eu tentei.

Em março, era a minha quinta competição oficial e eu já tinha vencido as outras quatro. Os meus companheiros de equipe começaram a dizer que eu era um fominha, que tinha acabado com a equipe e que os seus pais tinham dito que eu tomava remédio para correr mais rápido que todos. E aí eu decidi que era melhor fazer como na escola e não ser sempre o número um, então, naquele dia eu não queria vencer.

E realmente fiquei tranquilo no pelotão o tempo todo, a 5 quilômetros da chegada tinha um trecho estreito com uma curva fechada e um cara da Laticínios Antigo Burgo, que se chamava Tenerani, ganhou alguns segundos em relação aos outros em uma fuga.

Eu logo entendi que precisávamos alcançá-lo o quanto antes, senão íamos conseguir encontrá-lo só depois da linha de chegada. Mas, como eu queria perder, fiquei no pelotão. Faltavam 4 quilômetros, 3, 2, e eu já imaginava o seu Roberto furioso e gritando que somos uns imbecis. No último quilômetro, desistimos de fazer de conta que estávamos na briga, afinal, Tenerani já tinha vencido e podia desfilar tranquilo até o fim da prova.

Eu não o vi naquele momento, mas me contaram que a um certo ponto estava muito contente, pedalava e, de vez em quando, olhava para trás e não via ninguém, e então exultava, mas, na última curva, o pai dele estava ali, a postos, esperando com um balde cheio de água achando que Tenerani ia adorar uma boa refrescada e, então, espera o filho na margem da pista e, quando ele passa, grita ÁGUA! e vira em cima dele todo o balde. Tenerani perde os óculos e o equilíbrio, e é obrigado a frear brusco com o freio da frente e a roda trava e a bike voa contra o muro de uma casa e se arrebenta.

Alguns segundos depois, nós passamos e vemos uma confusão de gente no percurso e Tenerani caído no chão, e então a corrida praticamente recomeça. Todos disparam, cada um por sua conta, e também eu tenho vontade de pedalar com força e já estou na frente, e mais duas pedaladas e já me desliguei do pelotão, e olho em volta e já venci a prova graças à fuga que fiz sozinho. Mas juro que não foi de propósito, dessa vez eu queria perder e, na verdade, estava quase perdendo, mas se venci foi culpa daquele pai imbecil do Tenerani.

Iscas vivas

Mas o Senhor disse bem no outro dia, perder é uma ótima ideia e poderia resolver meus problemas. Portanto, no próximo domingo, vou perder em Piacenza. É a primeira vez que corro fora da Toscana, o seu Roberto ontem à noite nem dormiu de tensão, fez um esquema das táticas e me obriga a estudá-las a cada segundo, mas no próximo domingo eu vou perder. O Senhor tinha razão e eu agradeço muito por isso.

E, se me permitir, quero lhe dedicar esta derrota.

Os pequenos amigos dos filósofos

Você vira a página, está na 176 e começou a ler o romance depois do almoço.

Você nunca leu tantas páginas em uma única tarde, continuando nesse ritmo vai terminar o livro pela hora do jantar. Se você realmente tivesse apenas uma das mãos, seria a maior leitora do planeta.

Na marra, já que não consegue fazer mais nada. Para preparar o almoço levou uma hora, queimou dois dedos e, por fim, comeu um pouco de arroz com um molhinho de tomate. Depois, tentou lavar os pratos, mas acabou se rendendo, tentou arrumar a cama, mas acabou se rendendo, e então você se deitou e está lendo. E já chegou à página 176.

Sem falar das coisas que fazemos no banheiro, quase todas impossíveis. Ainda bem que hoje está em casa e pode ficar assim, de short e com a camiseta larga da Universidade de Heidelberg, e não precisa se preocupar com nada.

Nem com Raffaella, que está trancafiada no quarto, em depressão profunda, e é praticamente como se não estivesse em casa. Você foi até o quarto dela, onde faz um calor infernal, por causa das janelas fechadas, e ela está com a cabeça enfiada no travesseiro e emite uma série de sons estranhos. Você perguntou se ela queria comer alguma coisa e ela disse não, se queria uma revista e ela disse não, se queria ligar a TV e outra vez não. Ela nem se virou para responder, não viu a mão enfaixada e não perguntou nada.

Muito melhor assim. Você já tinha preparado uma história de uma picada de abelha ou então de uma faca que escapou enquanto você cortava o tomate. Raffaella estuda enfermagem e qualquer coisa ligada a um ferimento podia ser suspeita, mas você não encontrou nenhuma desculpa melhor. Afinal, por que alguém enfaixaria a mão sem um ferimento ou uma contusão?

É, por quê? Nessa longa tarde você teve muito tempo para se fazer essa pergunta. Por que você está fazendo isso? Por você, sim, só por você. Você simplesmente gosta de compreender as coisas, de saber do que está falando. Você é uma pessoa curiosa, se é possível compreender melhor um assunto qualquer, por que se negar a isso? Você está tentando viver por um dia com uma única mão, mas podia muito bem ser um pé, um olho, é uma mera curiosidade, que amanhã permitirá que você aprecie a sorte tão banal de ter duas mãos.

Mas, então, por que essa vontade de telefonar para Fiorenzo e contar tudo, e dar risada de como conseguiu fazer arroz? Você podia perguntar como ele se vira no banheiro. Como é que você consegue fazer a barba, Fiorenzo?

Se é que ele faz a barba, porque pode ser que nem tenha barba ainda. Talvez seja um rapazinho imberbe, daqueles que enlouqueciam os filósofos gregos, que os cortejavam e os levavam para a cama.

Mas você não é uma filósofa grega, você é uma jovem italiana de 2010, uma mulher de trinta e dois anos que passa um domingo em casa com a mão enfaixada sem motivo e tem vontade de telefonar para um menino para saber se ele tem barba ou não.

Mas, antes de mais nada, você é uma idiota.

Idiota. Idiota.

E a sua sorte é que você não tem o telefone dele.

Você vira mais uma página, ainda que não tenha entendido nada das últimas que leu. O livro escorrega da sua mão, cai da cama, se fecha, você perdeu a página.

É, você se perdeu.

A chaga do rock italiano

Antonio chegou atrasado, mas com exceção do Giuliano, que resmungou uns dois ou três palavrões, ninguém se irritou: já era uma bela surpresa ele ter vindo. Enquanto o esperávamos, falamos da escrita antivelhos no muro dos Correios e de como não houve nenhuma reação. Nenhuma mesmo, zero vezes zero. Talvez porque ainda tenhamos de esperar até amanhã pelos jornais, ou então porque pegamos muito leve e temos de pegar mais pesado, ou quem sabe... Depois chegou o Antonio e paramos de falar.

Não perguntamos por que ele sumiu durante uma semana, não interessa, só queremos saber da composição nova, fizemos a letra e os acordes na semana passada, hoje começamos a ensaiar juntos.

Mas é óbvio que ele está olhando para a música pela primeira vez neste momento, na nossa frente. Giuliano dá as quatro batidas e começa, queremos tocar a música inteira com um monte de contrastes e mudanças de tempo e, por que não?, com um bom solo, mas Antonio não tem a mínima ideia do que está acontecendo.

— Para, para, para — diz. — Rapazes, não estou gostando nada disso.

Por um segundo o silêncio impera na garagem. O silêncio e o chiado dos amplificadores aguardando o som.

— Como diz isso se ainda nem tocamos?

— Sim, mas deu para ver de cara, só pelos acordes.

— Mas que merda você está falando, essa música é do caralho — diz Giuliano.

— Do caralho pra você, eu não gosto. É sempre a mesma coisa, começa em alta velocidade e vem uma parada depois do segundo coro. Sei lá, isso não me convence.

— Mas vamos tentar pelo menos uma vez — digo. — Depois podemos mudar e...

— Mas não é questão de mudar, é questão de jogar fora. Eu não gosto, não posso dizer que não gosto? Não, porque aqui parece que quem decide sempre são vocês dois, e o Stefanino concorda, e ninguém está nem aí para o que eu penso.

— Mas do que você está falando? Eu ia ficar feliz se você tivesse alguma coisa para sugerir. Mas você nunca sugere nada.

— Ah, não? Ah, não? Pois então sugiro agora jogar essa música fora, pode ser? Afinal, não é só a música, a letra também é horrível.

Antonio está louco, a letra foi escrita por mim e fala de uma cidade medieval onde, uma noite, as mulheres se transformam em bruxas ninfomaníacas e saem à procura dos homens em suas camas e fazem sexo até eles morrerem de infarto. A faixa se chama *Witches and Bitches*.

— Já disse isso mais de mil vezes, rapazes, vocês não podem escrever letras que falam de mulher e de sexo. Vocês não sabem nada do assunto, dá vontade de rir. E eu não quero que as pessoas riam de nós. Vocês têm de escrever sobre coisas que vocês conhecem, entenderam?

— Ok, entendi — responde Giuliano. — Então vou escrever uma letra sobre um guitarrista filho da puta. — E se levanta da bateria. — Escuta aqui, você já encheu o meu saco. Ou você chega atrasado ou não chega, e, quando vem, nunca está satisfeito com nada. *Essa música é muito pesada e essa outra é muito rápida, eu não uso roupa com rebites, as camisetas não são confortáveis, prefiro as camisas...* Você tem certeza de que ainda está na nossa sintonia? Tem certeza de que ainda segura a onda de ficar no Metal Devastation, ou será que não é melhor arrumar outra banda?

Giuliano faz a pergunta e olha para ele, assim como eu e o Stefanino. Antonio apoia os papéis com a música que temos de ensaiar, sorri, mas é um sorriso em que ninguém acredita, ele em primeiro lugar.

— Moçada, já tenho outra banda.

Silêncio. As caixas que chiam, os olhares que se procuram no meio do nada. O que ele disse? Foi isso mesmo? Não, não é possível.

E continua falando: — Pensava em tocar nas duas, mas são gêneros muito diferentes, não consigo.

— E que estilo você toca na outra banda? — pergunto. Mas não sei se quero saber. Porque espero uma porcaria gigantesca, estou pronto para o pior do pior. E como sempre acontece quando se está preparado para o pior, a desgraçada da realidade se diverte em nos mostrar que sempre consegue ir um passo além.

— Tocamos rock italiano — me responde.

Rock italiano. A combinação de palavras mais horripilante do universo. Porque o rock é algo extraordinário, é a razão número um para que eu me levante todas as manhãs, e "italiano" por si só é um adjetivo que não tira nem acrescenta nada. Mas colocados juntos, "rock" e "italiano", se transformam em algo terrível, que só de pensar sinto como se me afogasse em um poço de estrume.

Rock italiano. As mesmas musiquinhas bobas que Gianni Morandi cantava, as mesmas estruturas e as letras de costume, mas com as guitarras um pouquinho mais fortes, um casaco de couro no lugar do casaco normal, e pronto, a Itália está cheia desses falsos roqueiros. E os caras enlouquecem por uns velhos caquéticos que sobem no palco sem nada para dizer, com o único objetivo de levar adiante a grande enganação que é o rock italiano, contribuindo, ano após ano, com mais material nojento para a chaga mais purulenta deste país: o Festival de Sanremo.

— Rock italiano, é? — diz Giuliano, sem conseguir mexer os músculos do rosto. — Muito bem, meus parabéns. E o que vocês tocam, cover do Ligabue? Cover do Grignani? Hein?

— Sim, mas não só.

— Isso me dá vontade de vomitar, agora vou vomitar de verdade.

— Eu não tô nem aí. Nós também tocamos um monte de músicas próprias. E, mais que tudo, vocês sabem o que a nossa banda faz? Toca em vários lugares. Sim, porque nós somos requisitados para tocar e as pessoas vêm nos ouvir, um monte de gente legal e bonita, e eu adoro isso. Vocês, não, vocês gostam de causar repulsa a todos e de serem enxotados antes mesmo de começar. Gosto é gosto.

Enquanto ele fala, devo admitir que dói em um algum lugar entre o peito e o baço.

Por sorte, Giuliano é um guerreiro e, apesar de não saber o que dizer, abre um desfile de palavrões. Antonio responde e eu também entro na briga. O único que fica quieto é o Stefanino, obviamente, mas não é que precisássemos de mais uma voz. A garagem treme com os gritos, palavras horríveis, obscenidades e pragas sem chance de volta. Não faz sentido registrá-las aqui porque toda hora se repetem e se sobrepõem umas às outras.

Iscas vivas

É mais simples dizer que o Metal Devastation está sem guitarrista.

Um fuzil sem munição, um carro sem roda, um Natal sem presentes. Pronto, é isso o que somos agora: uma banda sem guitarra.

Antonio foi embora da garagem e também do grupo, enquanto nós ficamos ali como três idiotas, nos olhando e inventando motivos para dizer que, no final, foi muito melhor assim. Nenhum deles parecia aceitável e nos sentíamos uns verdadeiros desgraçados.

É por isso que o gesto de Stefanino foi como uma bênção.

Abriu o estojo do baixo e puxou um envelope. No envelope, havia dinheiro, muito dinheiro, e deu tudo para nós dois. E devo dizer que dois mil euros por cabeça são um ótimo remédio para combater o mal-estar.

Ajudam a pensar em outra coisa. Por exemplo, dá vontade de perguntar de onde vem toda essa maravilha. Sim, é verdade, ele ganha bem com as fotomontagens para os casais tarados, mas nos dar uma soma dessas de presente, toda de uma vez, já é outra história. E, de fato, Stefano tem uma história para contar, mas ele só a revela um pouco depois, quando Giuliano vai embora e ficamos a sós.

— Uma noite dessas, eu estava ao computador, precisava trabalhar, mas não estava a fim. — Stefano fala enquanto olha os e-mails: cento e setenta e seis apenas hoje. — Então eu disse tudo bem, depois trabalho, e comecei a ler as notícias. Li que o papa disse uma coisa horrorosa sobre os homossexuais. Praticamente afirmou que eles são uns doentes. Já pensou?

— Mas doentes do quê?

— Não sei. Acho que de homossexualidade.

— Ah.

— Quer dizer, ele prega a bondade, a igualdade, e logo depois diz uma coisa dessas...

— Sim, mas não entendo o que isso tem a ver com o dinheiro. Você processou o papa?

— Não. Mas fiquei com vontade de fazer uma fotomontagem. Tive essa ideia, coloquei uma imagem do papa como se fosse um santo, com os passarinhos em torno dele e uma auréola, e, do lado, uma foto dele mau, de noite, tipo um vampiro com os dentes do Drácula. E embaixo escrevi Dr. Jekyll e Mr. Papa. Gostou?

— É, enfim...

— Não é engraçado?

— Não muito.

— Eu achei incrível.

— Achou mal, Stefano.

— Que pena. Mas fiz mesmo assim. E, olha, deu muito trabalho. Porque não achei em lugar nenhum uma foto do papa bonzinho. Então eu mesmo fiz uma. Peguei uma foto normal, em que ele está com aquele sorriso diabólico de sempre, sabe, e dei uma boa retocada. No fim, ficou parecendo um homem bondoso e gentil, coloquei do lado a outra foto em versão vampiro e enviei para um site de humor, que publicou.

— E o site deu para você todo esse dinheiro?

— Não. No dia seguinte me escreveu um cara de Roma. Um fotógrafo. Ele trabalha com imagens do papa, suvenires, coisas do tipo. Viu por acaso o meu trabalho e disse que era excepcional. Diz que há anos tentam tirar uma foto em que ele pareça bom, mas nunca ninguém conseguiu. Mesmo retocando é impossível, porque quanto mais você retoca mais ele parece malvado. E, de fato, desde que esse papa está aí não se vendem mais santinhos e suvenires como antes, as pessoas olham e não querem, é um setor em que muita gente pode acabar na rua, sem emprego. Enfim, o fotógrafo viu a foto do papa bonzinho e me perguntou como eu fiz, aí me ofereceu cinco mil euros se eu a mandasse em alta resolução.

— Puta que pariu, cinco mil euros por uma foto?

— Sim, e está perguntando se posso retocar outras. Ele me manda as fotos ao natural, e eu as faço parecerem boas.

— E são cinco mil euros por foto?

— Não, quero que me paguem uma porcentagem sobre os produtos que fizerem.

— E isso convém para você?

— Santinhos do papa, canetas do papa, relógios de parede, bandejas de café, pratos, calendários, aventais, ímãs, barômetros...

— Ok, ok, vale a pena. Mas certamente não vale a pena dividir o dinheiro comigo e com o Giuliano. Qual é o sentido?

Stefano me olha e depois responde como se eu tivesse perguntado a coisa mais óbvia do mundo: — Bom, somos amigos. — Ergue os ombros e sorri.

É verdade, somos amigos. Aliás, somos mais que amigos: nós somos uma banda. E hoje à noite posso dizer também que somos ricos. E tenho vontade de dizer isso a todos, a esta cidadezinha de merda e ao mundo inteiro.

Bom, na verdade, tenho vontade de contar isso a apenas uma pessoa. Será que ela está em casa? Será que vou incomodar se passar por lá agora? Será que já está deitada? Não, porra, são oito e meia, tudo bem que é mais velha do que eu, mas também não é nenhuma velha gagá que entra em coma depois do telejornal da noite.

Além do mais, não estou nem aí, quero ir até lá e vou. Os ricos não inventam problemas, os ricos não perguntam se estão atrapalhando. Nós, ricos, fazemos tudo que queremos fazer.

Mela-cueca

— Oi, é o Fiorenzo.

Silêncio. E logo: — Oi, Fiorenzo, oi. — É a voz da Tiziana, mas soa muito metálico no interfone e poderia muito bem ser a do Mazinga, ou a de um robô assassino que fez uma chacina no apartamento e agora me deixa subir para me matar também. Se bem que em nenhum momento me mandou subir.

— Estava passando aqui e... se estiver incomodando, vou embora.

— Não, não está incomodando.

— Ah, tá, menos mal. É... Posso subir?

Não responde de imediato. Demora mais ou menos uma hora, uma hora e meia, ainda que o relógio conte apenas dez segundos. Mas o que sabe um relógio? Por fim: — Sim, sobe, vou abrir a porta — e a porta se abre com um ruído.

Subo os degraus de dois em dois, estou cheio de energia, cheio de força, sou um jovem rico que passa para pegar uma bela garota em casa e a leva para passear de surpresa e vai lhe oferecer o que ela quiser, exatamente porque é rico e pode fazer isso.

Iscas vivas

Mas chego ao corredor e vejo um homem sair da porta de Tiziana. É muito grande e deve ter a sua idade, me olha e sorri com um sorriso que não me agrada nem um pouco. Fico parado com o pé no último degrau e meu coração bate forte no peito, tentando abrir uma passagem e pular para fora. Eu o compreendo, se neste momento conseguisse mover as pernas, acho que eu também escaparia.

— Você é jovem amigo da Tiziana, sim? — me diz com aquele sorriso cada vez mais largo.

— Sim, por quê? Algum problema?

A gorducha que mora com Tiziana também sai pela porta. Hoje não está chorando, ao contrário, está toda eufórica, salta nos braços do sujeito, que cambaleia, mas a sustenta, e assim começam a descer as escadas. Enquanto passam, ele me dá uma piscadinha e um tapinha na cabeça, mas tudo bem. Sou um homem que morreu por um minuto e depois voltou à vida. Sou praticamente imortal, nada pode me ferir.

Entro na casa e digo oi, mesmo sem ver Tiziana. Sua voz me responde que está vindo, digo que sim com a cabeça e respiro. O cheiro do canal nunca foi tão bom.

— Estou incomodando? — pergunto na porta de seu quarto.

— Não. Mas é que eu não imaginava que você...

— Mas olha que se estiver atrapalhando vou embora, hein.

— Não, não está, não. Mas já vou avisando, não sou doida por visitas surpresa...

— Ah, tá. Olha que, se você quiser, vou embora — e digo com sinceridade, até com uma ponta de raiva: escuta aqui, gata, para sumir não levo um segundo. Tenho dois mil euros no bolso e, se der vontade, vou até a estrada, pego duas prostitutas, peço o serviço completo e deixo você aí com os seus preciosos afazeres, ok?

Mas a porta se abre e Tiziana aparece com uma camiseta dos Talking Heads tão justa e curta que me arrependo de ter pensado essas coisas, até de sempre ter falado supermal dos Talking Heads.

E depois, ela vestiu a camiseta de um jeito estranho, de um lado ficou mais alta e deixou o outro lado do quadril descoberto. E próximo a esse outro lado, vejo sua mão toda enfaixada.

Aponto a mão.

— Não acredito, você fez isso mesmo!

Ela sorri: — É o dia da mão fantasma, não é?

— Sim, é, mas não... E como vai?

— Mal. Não consigo fazer nada. Demorei dez minutos para vestir a camiseta. Aliás, você me dá uma ajuda, por favor?

Tiziana levanta o braço e se aproxima com o lado descoberto pela camiseta. Estico a mão, tento pegar o tecido com dois dedos e puxá-lo para baixo. O indicador, porém, resvala na sua pele, que é lisa e quente e mais outras tantas qualidades que não têm nome, mas atravessam os meus dedos e chegam desconhecidas até meu cérebro.

— É bonita essa camiseta — digo.

— É? Obrigada, você gosta dos Talking Heads?

— Não, mas gosto da camiseta.

— Menos mal. Mesmo porque, depois desse trabalho danado, não tirava de jeito nenhum. E fico mal só de pensar que preciso preparar algo para o jantar...

Como de costume, a mecha de cabelos cai na frente dos seus olhos, Tiziana move a mão direita para tirá-la, mas depois para no meio do caminho e a afasta com a esquerda.

— E eu, realmente, não passei aqui por acaso — digo. — Sinto muito se peguei você de surpresa, mas estou aqui para resolver seu problema. Vamos jantar fora?

— ...

— Vamos, assim você não precisa cozinhar.

— Sim, mas eu não...

— Relaxa, não vamos ao Faisão. Você escolhe um restaurante bom, requintado. Pode ser fora de Muglione. Quer dizer, se o restaurante for de classe, tem que necessariamente ser fora de Muglione.

— Fiorenzo, obrigada, mas já tinha resolvido que ia ficar em casa esta noite e...

— Ah, vamos, estou convidando, hoje estou rico e você tem que aproveitar.

— Ah, é?

— Sim, estava ensaiando com a banda e acabei de receber dois mil euros.

— A banda de metal? Vocês ganham?

— Sim, às vezes, quando fazemos shows — respondo e a fito direto nos olhos. Porque para mim não é uma mentira, tem frases que, quando são ditas, soam realmente muito bem, e é uma pena deixá-las presas na boca. Se verdadeiras ou falsas, não importa. Elas soam muito bem e, portanto, há de se pronunciá-las.

— Fico feliz por você, Fiorenzo. Mas esta noite, realmente...

— Bom, Tiziana, não vou insistir, mas acho que seria legal, sabe. Vamos comer e aí você me conta como foi o dia da mão fantasma, que tal?

Sei que estou insistindo, e não suporto as pessoas que insistem. Mas cada vez que digo para irmos jantar tenho a impressão de que Tiziana finalmente vai dizer que aceita, e então continuo. Ainda que ela não aceite nunca.

Vai ver que é uma dessas pessoas que gostam de ficar trancafiadas em casa aos domingos, sem fazer nada. Trabalham a semana inteira de cabeça baixa e, para se motivarem, pensam que logo será domingo, depois o domingo chega e elas não fazem nada. Que tristeza.

E então, se as coisas entre nós dois forem adiante, corro o risco de ser sugado por essa espiral deprimente. Passamos o domingo em casa assistindo ao programa da tarde e dizemos coisas do tipo "puxa, mas esse cara é um artista completo", depois coloco no GP de Fórmula 1 e durmo com o ronco dos carros que giram e giram em círculos, acordo que já é noite e desço para buscar uma pizza meia calabresa meia muçarela, subo e comemos sem falar nada.

Pois é, eis o perigo que corro, o perigo de uma vida de horror. Portanto, tenho de ficar bem atento. Será que não seria melhor se Tiziana me dissesse agora que não quer sair porque — é a minha suspeita — sente vergonha de mim? Vou sofrer por uns dias, mas pelo menos estarei a salvo desse tédio e continuarei sendo um roqueiro, um sujeito que trata a vida a pontapés. É isso, aliás, agora sou eu que vou dizer que não tenho tempo para jantar. Chamo meus amigos, vamos para o Excalibur e tomamos umas cervejas, seguidas de um monte de arrotos, e beleza.

— E se comprarmos uma pizza para comer aqui, você topa? — propõe Tiziana.

E eu respondo sem pestanejar: — Perfeito! — digo quase gritando. — Maravilha, assim está ótimo!

Então fica claro que, sozinho, não tenho mais salvação, que, para não acabar mal, preciso esperar que Tiziana me mande para o inferno. Sozinho, sou feito um peixe na frigideira, um filhote de passarinho debaixo da tempestade. Sozinho, já estou frito.

E agora estamos aqui, depois do jantar, encalhados na mesa.

Muitas coisas aconteceram. Comprei duas pizzas gigantes, duas garrafas de vinho branco gelado e um pote de sorvete de dois quilos. Tiziana repetia que era um desperdício, mas não importa, um homem rico não dá bola para certas coisas.

Além do mais, do vinho nós quase demos cabo. Para falar a verdade, tenho vontade de rir por qualquer coisa que eu ou ela venhamos a dizer, ou mesmo se não falamos nada. Olho para o sorvete que sobrou e rio, olho para as calças enormes da Raffaella apoiadas em uma cadeira e rio, olho Tiziana nos olhos e rio, e ela também ri. Enfim, nós dois rimos.

E relembramos a cena de quando entramos na sorveteria, um sem mão, a outra com a mão enfaixada, e, já que ela segurava as pizzas, eu, as garrafas de vinho, pedi que colocassem o sorvete em um saco plástico e o pendurei no pescoço. E relembramos a cara que o sorveteiro fez. E o saquinho que balançava no meu peito como um sino. E aí, sim, começamos a rir de verdade.

Pode ser por causa do dinheiro que caiu do céu, ou da camiseta apertadinha de Tiziana, ou do vinho que se agita no meu estômago enquanto dou risada, mas eu, Fiorenzo Marelli, vocalista do Metal Devastation, começo a sentir uma coisa.

Aquela coisa. Aquela que até agora só vi na TV e nas histórias dos meus amigos azarados ou na música lenta que tem em todo disco de hard rock, normalmente a oitava faixa. As guitarras ficam acústicas e a voz quente, e a letra fala dele que observa a menina que dorme, ou que acaricia os cabelos dela, ou que recorda os dias em que estavam juntos e dos olhos dela que pareciam um céu estrelado pronto para oferecer muitas emoções. Enfim, composições super-românticas que na gíria se chamam de mela-cueca e são do agrado principalmente das mulheres, porque o único assunto é aquele lá, aquele sentimento feminino que agora, por incrível que pareça, também sei o que é.

E não quero dar nome a isso porque sinto medo. Muito medo mesmo. Não tem nada a ver com o medo daquelas músicas sobre zumbis ou sobre o holocausto nuclear que arrasa todo o planeta e sobram apenas baratas e capivaras. O que sinto é uma coisa que realmente me dá medo, porque é um perigo real. Vi vários amigos terminarem mal por causa disso. Eu olhava para eles, completamente tontos e apaixonados, e pensava: *Como o cara pode ser tão ridículo para chegar a esse ponto?* Mas agora olho para Tiziana e me sinto tão danado quanto eles.

Não, não, eu disse NÃO. Sou o vocalista do Metal Devastation, tocamos heavy metal, somos do caralho, e se um dia conseguirmos gravar um CD, pode ter certeza de que não vamos fazer nenhuma música romântica. Não, nós faremos um disco inteiro bem pesado, e na oitava faixa vamos colocar uma música ainda mais pauleira. Por isso, neste momento, preciso fugir, e rápido, preciso me salvar antes que seja tarde.

Ou será que já é tarde demais?

Sinto o desespero preso na garganta, olho para Tiziana e Tiziana está maravilhosa, e percebo que não vou conseguir ir embora assim, sem mais nem menos. E de repente percebo a única coisa que posso fazer. A única via de salvação.

Pular em cima dela.

Sim, é isso, vou pular em cima dela. E se por acaso ela aceitar, viva! Se, ao contrário, ela não quiser, se gritar e disser que sou nojento e me mandar embora, viva do mesmo jeito: estarei salvo do perigo da imbecilização, volto para os meus amigos e retomo minha vida normal e metaleira e barco para a frente. Sim, vou sair ganhando de qualquer jeito, não tenho como perder, não tenho.

Fico em pé e me aproximo de Tiziana, que me olha com um ponto de interrogação no rosto. Que daqui a pouco será de exclamação e, logo depois, não sei, porque provavelmente já estarei longe, tudo acabado.

Está sentada, eu a um passo. Curvo-me de repente e me lanço naquilo que, na minha opinião, é um beijo. Ponho a língua para fora antes mesmo de chegar à sua boca. Sinto o frescor do ar, o sal de sua pele, a delicadeza dos lábios de Tiziana.

    Que por um segundo não faz nada. Está seca e dura e tenta dizer alguma coisa, mas sua boca está muito ocupada. Então ela coloca as mãos no meu peito tentando me afastar, mas não tem força para um empurrão, e eu digo: *Tudo bem, daqui a pouco já vou embora, mas pelo menos vou fazer este beijo durar o máximo que puder.* Mexo a língua de todo jeito, mas mexo, e aperto todos os peitos que encontro pela frente. Pareço um sujeito que está em um avião e o avião começa a cair, então ele se atira em cima da moça ao lado porque pensa: *Vou morrer, mas até lá vou aproveitar cada segundo.* E até o avião se estatelar, vou continuar beijando Tiziana.

    Só que esse avião não cai nunca. Um buraco no ar, um pouco de turbulência, mas já está de novo ganhando altitude. Continuo a segurá-la com a mão e ela também apoia a mão esquerda na minha cintura, me aperta e me puxa para ela, se levanta, e, colados, atravessamos toda a sala às cegas. Estamos quase caindo, mas, sabe-se lá como, nos mantemos em pé, roçamos a parede, entramos pela porta do quarto e, quando finalmente caímos, caímos de propósito, enfeitiçados, sentimos o vazio ao redor e *bum*, estamos na cama.

Meu Deus.

De cara, os fogos de artifício

Bem, vamos tentar entender alguma coisa.

Estamos na cama com a luz apagada, e pela janela entra somente a luz do poste, que é amarela e fraca. À minha frente, tenho o rosto de Tiziana colado ao meu, porque o beijo continua desde a cozinha ininterrupto, enquanto minha mão viaja sem rumo pelo seu corpo e, de vez em quando, encontra uma região privilegiada porque por um instante as bocas se separam e Tiziana respira de forma estranha e forte, depois seus lábios voltam para mim.

Meu coração bate tão rápido que meus cabelos se arrepiam, estou suado e trêmulo, aperto Tiziana com o braço direito e, com a mão esquerda, continuo viajando sobre sua pele lisa, nas curvas e dobras entre uma parte e outra. E, enquanto isso, não tenho nada na cabeça, tudo jogado fora a fim de dar espaço a um só pensamento frenético que gira no vazio, como um disco quebrado: *Estou transando estou transando estou transando...* Não é um pensamento muito sofisticado, mas é cem por cento verdadeiro.

A um certo momento paramos de nos beijar e percebo que aquele capítulo está concluído, temos de inventar outra coisa. Bem agora que eu começava a ficar à vontade. Tiziana pronuncia meias palavras, não entendo nada e talvez não tenha nada para entender. Volta e meia sai de seus lábios um *Eu... eu...*, mas não termina a frase. Apenas *Eu... eu...* e beijos no pescoço, no peito e no umbigo, e, enquanto me beija, Tiziana desce, desce, embaixo das calças e da cueca, onde a agitação é total e já está tudo pronto para detonar os fogos de artifício. Tudo bem que eles são bonitos, poderosos, mas ao mesmo tempo são o fim da festa, portanto quero adiá-los ao máximo.

Calças e cueca já se foram, sinto uma coisa leve e quente embaixo do umbigo. Gosto, gosto muito, aliás, gosto demais, então, para ganhar tempo, faço como todos e começo a pensar nas coisas mais terríveis do universo.

Planto os olhos no teto, em uma discreta fenda no reboco, e penso nos insetos nojentos que poderiam passar por ali e cair em cima de mim. Centopeias gigantes, aranhas peludas e escorpiões cheios de veneno que se arrastam pelo meu corpo para escolher o melhor ponto para começar a me matar. E aquele calor úmido que sinto lá embaixo, quase entre as pernas, não é a boca macia de Tiziana, não, é o rastejar de uma lesma negra e viscosa, que acabou de sair do crânio podre de um cadáver que está debaixo da cama e se prepara para ressuscitar, devorar o meu cérebro e...

Mas não há muito a fazer, essa lesma que rasteja é fantástica, passeia ao redor dos lugares certos e passa sobre as melhores partes, e desconfio que se passar mais uma vez, só mais umazinha, não vou aguentar. Então salto igual a uma mola e afasto a cabeça de Tiziana.

— O que foi? — ela me pergunta, a voz e o olhar tão sensuais que bastariam para me fazer chegar aos finalmentes...

— Vou meter dentro — respondo. É absurdo, eu sei, mas sinto que a festa está acabando, acabou de começar e já está acabando, e eu quero fazer um pouco de sexo de verdade antes que seja tarde demais.

— Mas... Espera um pouco.

— Não, não, já.

Tiziana continua me olhando com aqueles olhos e aquela expressão. Não entendo se são bons ou ruins, mas querer entender agora é muito pretensioso, é como pedir um café debaixo de um bombardeio de napalm: um monte de gente em volta, gritando e fugindo, com a pele que derrete e pedaços de corpo que caem no chão, e eu ali sentado a uma mesinha, entre as chamas, peço: *E aí, cadê o café?*

— Fiorenzo, você precisa de alguma coisa...? — me pergunta Tiziana.

— Não, não, estou bem, obrigado. — E só depois entendo que se referia à camisinha. E, obviamente, não tenho nenhuma. Idiota como sou, imagine se pensei no preservativo.

— Mas você não tem nenhum aqui em casa? — pergunto, e não sei o que esperar. Porque se Tiziana disser *Não* vai ser ruim, mas se disser *Sim, claro que tenho*, abrir uma gaveta e pegar uma caixa cheia de preservativos, bom, também não sei se vou gostar.

Ela se levanta e fica me olhando de cima, as mãos caídas ao longo do corpo, e juro que fico em pânico só de vê-la assim na minha frente, nua na penumbra. Tenho uma mulher dessa categoria totalmente nua na minha frente e eu talvez esteja agora quase para fazer amor com ela, ou alguma coisa do tipo. É possível? Faz sentido? Será um sinal do fim do mundo, como diz o Giuliano?

Ela percebe que a observo e, então, se encolhe levemente e se cobre um pouco com os braços.

— Raffaella tem — diz. Eu digo: — Ótimo. — Ela, entretanto, não se mexe, olha para a porta, me olha.

— Você pode vir comigo?

— Onde?

— Lá. Sozinha eu não... Bom, prefiro que você venha.

Não sei, não entendi, mas tudo bem, fico em pé e a acompanho até o quarto de Raffaella, que estranhamente cheira a pão e está cheio de vidros de conservas de... Ah, deixa pra lá, estamos nus, encontramos as camisinhas e voltamos logo para o quarto de Tiziana, estou pouco me lixando para o resto.

Ela me entrega uma em sua linda embalagem quadrada e brilhante. Ia pegá-la com a mão direita, mas mudou de ideia e pegou com a esquerda. E somente agora me dou conta que Tiziana por todo esse tempo continuou a usar apenas uma das mãos. Durante todos aqueles beijos e apertos, ela manteve quieta a mão direita, não se esqueceu do trato da mão fantasma. Que mulher.

E agora está sentada na cama, me olhando, enquanto tento abrir a embalagem, mas definitivamente não é possível. Se na frente dela não consegui abrir uma caixa de DVD, imagina o que vou arrumar com essa coisa lisa e escorregadia que foge para todo lado.

Tento com os dentes, mas até assim escorrega, uma, duas, três vezes. Aí fico com raiva, aperto com uma mordida bem forte e finalmente rasgo a embalagem. Na língua, sabor de balão de aniversário e óleo, mordi forte demais e a camisinha também rasgou.

— Merda, que idiota — digo. Mas Tiziana já pegou outra e me dá. Fico me perguntando quanto falta para que esta mulher espetacular sentada ao meu lado diga: *Mas o que é que você está fazendo? Some daqui, seu tonto!* A quantas cenas deprimentes uma mulher tem de assistir antes de entender que fez a escolha errada?

Pego a embalagem, examino, Tiziana estica a mão esquerda e tentamos tirar o preservativo juntos, cada um puxando com a mão disponível. Eu puxo daqui, ela de lá, o negócio se dobra, faz um barulhinho, mas não cede. Já não aguento mais.

— Tiziana, eu imploro, usa as duas mãos para abrir essa camisinha do caralho!

Tiziana me olha por um instante, eu enfio um dedo entre seu pulso e a faixa e puxo, a atadura afrouxa e ela termina de tirá-la. Observa a mão rapidamente, mexe os dedos como se fossem um presente de Deus, pega o preservativo e o desembala em um segundo. Entrega-o para mim e sorri, eu também sorrio, porque tudo o que quero na vida agora é esse pedacinho de borracha livre e desimpedido para fazer o seu trabalho.

Mas, agora que o seguro aqui, na palma da mão, oleoso, chato e enrolado, eu olho para ele e ele olha para mim e ri, com uma risada emborrachada e superescorregadia, como se dissesse: *Agora quero ver o que você vai inventar.*

Giro-o entre os dedos e o examino por todos os ângulos. Colocar um preservativo deve ser difícil mesmo, mas tentar colocá-lo pela primeira vez com uma só mão, no escuro e com uma mulher linda e nua esperando, é não ter nenhum amor-próprio.

Apoio-o na ponta, tento mantê-lo em equilíbrio e puxo para baixo. Mas ele não me obedece e continua assim, me aperta e só, até me machuca um pouco. Tento desenrolá-lo, mas ele não cede quase nada, escorrega para o lado, tento recolocá-lo em cima, e suo, suo, suo. E penso: *Vai, Fiorenzo, anda, você sabe colocar no anzol uma minhoca americana, que é muito mais escorregadia, se mexe sem parar, e se você não ficar atento, arranca seu dedo a mordidas. Agora você vai se complicar por causa de um pedaço de borracha enrolado?* Insisto, mas ele não cede. Concorda com os meus movimentos, mas só finge que obedece, brinca, continua me fazendo de bobo. Escorrega e cai na cama, pego de novo, escorrega outra vez.

E, então, Tiziana se adianta em sua direção.

– Posso?

Não olho para ela, continuo fitando lá embaixo, me sinto igual a quando era criança e não conseguia amarrar o cadarço do tênis e a mamãe tinha de me ajudar, senão perdia o ônibus da escola.

Respondo que sim com a cabeça. Ela se abaixa e apoia o queixo na minha perna, sinto na pele sua respiração. Pega o preservativo e o apoia na ponta, então começa a trabalhar com as duas mãos para puxá-lo para baixo, bem para baixo. Mas o maldito não quer saber e luta, agarra na pele para resistir e só cede um milímetro por vez. As mãos de Tiziana insistem em fazê-lo deslizar, puxando-o com um ritmo regular de cima para baixo, de cima para baixo, de cima para baixo...

E, sem que eu perceba, o prefeito da cidade grita *Fogo!*, os técnicos acendem o detonador e todas as cabeças se voltam para o céu: começam os fogos de artifício.

Da minha boca sai um *Aaaaaaahhh* gutural, sinto uma mordida no estômago, *bum bum bum* e fim de festa. Restam apenas o lixo e as garrafas quebradas na rua, e minha barriga toda melada. E...

... E então minha cabeça, na tentativa de me permitir sobreviver, ignora por completo, sem nenhum registro, os dois minutos que se seguem. De verdade, não sei o que aconteceu naqueles momentos, mas acho que ficamos assim, constrangedoramente quietos e em silêncio. Porém, logo recolhi minhas roupas, sei disso porque estou com elas aqui na mão, e a primeira coisa de que me lembro é que perguntei a Tiziana se podia usar o banheiro. Por algum motivo assustador, perguntei embaraçado: — Você se incomoda se eu usar o seu banheiro?

E de fato estou aqui, no banheiro, de frente para o espelho. Se fosse o meu, cuspiria na minha cara. Penso em Tiziana ali, do outro lado, em como deve estar se sentindo, e sei que o pior ainda não passou. O momento mais embaraçoso vai ser quando sair e nos encararmos. O que vou dizer, o que ela vai me dizer, o que vamos fazer?

Abro a janela para tomar um pouco de ar, olho para baixo e vejo um terraço que dá para outro bem ao lado e um tubo de escoamento distante da parede, facílimo de descer. Quem sabe...

Visto as calças e já estou do lado de fora da janela, uso o braço direito para me pendurar no tubo e com a mão esquerda me agarro em qualquer coisa, a parede me arranha os pés descalços, mas é perfeito como antiderrapante. A certa altura, porém, o tubo faz um *crac* suspeito e se afasta mais da parede. Paro de respirar. Pronto, agora caio e morro, aliás, seria o mais lógico. Afinal, se não consigo desenrolar um pedaço de borracha na cama, vou conseguir descer de um apartamento por um cano enferrujado?

Não, claro que não. Morrer faz muito mais sentido.

No entanto, desafiando qualquer lógica, eu consigo, chego a meio metro do chão e pulo. Os pedregulhos nos pés descalços causam uma dor do cão, mas digamos que é quase justo. Como aqueles sujeitos que andam em cima de brasas ou se dão chicotadas para pagar os pecados. Eu, por minha vez, caminho em pedras e cacos de vidro, e não me lamento, porque sei que não mereço nada melhor.

Tanto é que começo a andar rápido e bato os pés de propósito para sentir mais dor, cada passo é uma pontada que sobe até o cérebro, mas me sinto bem, me sinto ótimo, tenho quase vontade de rir.

Subo na scooter, dou a partida, estou sem camisa e o ar agora está fresco, aliás, gelado, mas inclusive isso é justo: depois de suas perversas ações, ele caminhou sobre cacos de vidro e padeceu de frio ao longo do trajeto que o conduzia a casa, cumprindo, assim, a sua pena.

Evidentemente, minha pena ainda está longe de ser cumprida, porque é meia-noite e estou gelado e exausto, chego e quero apenas me jogar na cama e desligar os neurônios. Mas, em frente à porta de ferro, encontro uma coisa amarela e fofa, esquecida na calçada, tipo um pacote, um encerado ou um monte de lixo.

Mas não, é o Campeãozinho.

Tiziana no espelho

Você ficou assim, com a mão apoiada no lavabo e os olhos fixos na janela. Que está aberta, a cortina dança com a brisa. Igual aos desenhos animados, quando alguém foge.

De fato, toda a situação poderia ser um desenho animado, mas você se olha no espelho e pensa que nenhuma criança deveria assistir a um desenho desse tipo.

Despenteada, inchada, com a costumeira mecha de cabelo caída no rosto.

Idiota.

Se você se chamou de idiota por causa daquele beijo no Centro, o que dizer agora? Você se olha no espelho e não sabe. Está branca, com olheiras. Tem mil anos. A mão direita ainda está vermelha por causa da faixa, que você tinha apertado muito. Existe algo que você seja capaz de fazer bem, Tiziana? Se existe, você não sabe. Não sabe nada.

Nem mesmo o que tinha na cabeça quando pegou um rapazinho imberbe, o jogou na sua cama e começou a lhe arrancar a roupa. E não era um daqueles jovens machos, como aqueles de que fala

Raffaella: *Os rapazes de hoje aos dezesseis anos fazem orgias e sabem mais do que eu e você juntas.*

Não, na sua cama havia uma criança que não tinha a mínima ideia do que fazer. Você entendeu isso com as mãos e com a boca, ele não parava de tremer, e você não tem desculpas do tipo já estava ali mesmo e ficou meio doida. Não, ele deu um milhão de oportunidades para você esfriar tudo e parar com a história. Mas você continuou.

Isso está errado, Fiorenzo, chega, me desculpa, a culpa é minha, por favor, vai embora. Era tão fácil dizer, mas você não disse. Nem quando viu que ele não sabia pôr uma camisinha. Não, àquela altura, ao invés de dar um basta, você quis ajudar, e depois o grito que ele deu, e aquele chafariz... Então, finalmente, você voltou à realidade. Ao mundo de Tiziana Cosci e ao que Tiziana Cosci acabou de fazer.

Talvez a notícia se espalhe e termine na boca de toda a cidade e você seja apontada na rua, demitida do Centro de Informações para Jovens e até vire assunto de uma bombástica notícia de jornal.

Só que o mais louco é que, no meio de toda essa confusão, sua única preocupação de verdade é saber onde está Fiorenzo agora, e por que fugiu pela janela em vez de voltar para o quarto.

Fugiu igual a um menino quando faz uma travessura e fica com medo da mãe. Uma reação estúpida, de criança. Mas ele está plenamente justificado, afinal, ele *é* uma criança.

Mas e você?

A vitória da derrota

— Ei, acorda!

Eu sacudo o idiota, mas ele continua dormindo. Tem o peito na soleira da loja e as pernas na calçada, só ele sabe como consegue dormir. Abre um olho e me vê, depois o fecha outra vez. Chamo de novo.

— Anda, acorda!
— Bom-dia, Senhor.
— Bom-dia, uma ova, agora é meia-noite.
— Ah, tá, desculpe. Tudo bem com o Senhor?
— Que diabos está fazendo aqui a essa hora?
— Eu consegui, o Senhor viu? Eu me saí bem. — Mirko se senta. A soleira de mármore amassou seus cabelos, que agora parecem um pedaço de carpete encaracolado em forma de cubo. Está mais feio que de costume, se é que é possível. — Na corrida de hoje, o Senhor não viu?

— Não, não estou nem aí para as corridas. E o que você fez, venceu de novo? Que novidade... Viva o Campeãozinho!

— Não, fiz como o Senhor disse. Perdi.
— Ah, é?

— Sim! E muito. Devo ter ficado em... não sei, vigésimo, vigésimo quinto...

— Muito bom, caramba, é sério?

Ele se levanta, sorri, diz que sim cada vez mais enfático e começa a saltitar de emoção.

— O Senhor tinha razão. Não é difícil perder. Fiquei tranquilo com o grupo, aí um grupinho disparou e claro que eu precisava me enfiar ali de algum jeito, e então foi difícil segurar, porque era só dar duas pedaladas e eu alcançava. Mas disse para mim mesmo: *Não, Mirko, se concentra, para de pedalar, você consegue...* E, no final, consegui!

Está realmente empolgado, está me contando a melhor corrida de sua vida. Uma emoção assim eu senti aos catorze anos, em uma das últimas corridas, antes daquela tarde no canal com a bomba, a mão e todo o resto. Tinha chegado em terceiro e subido ao pódio, foi a melhor colocação que consegui e me sentia um campeão do mundo. No final, o papai me disse: *Está vendo, Fiorenzo, o que foi que eu disse? Você não deve se preocupar se não ganhar logo, você é um talento natural, vai desabrochar no momento certo.* E então perguntei se aquele era o momento em que eu começava a desabrochar. Ele me olhou fixo por um instante, com um sorriso que não desaparecia mais, e disse: *Acho que sim, Fiorenzo, sinceramente acho que sim.*

Depois aconteceu o que aconteceu. Mas aquele foi um grande dia.

— Desculpe-me, Senhor, posso perguntar por que está sem camisa?

— Não, não pode.

— Certo, me desculpe. Perguntei porque o Senhor normalmente usa camisetas muito bonitas, e eu também gostaria de ter umas assim. Se possível, com caveiras, gosto delas porque estão sempre rindo.

— Tá, mas escuta, o que está fazendo aqui a essa hora?

— Sei que é tarde, me desculpe, Senhor. Sei que esta aqui é sua casa e...

— Bom, na verdade a minha casa é onde você está morando, seu retardado.

— Sim, é verdade, desculpe. Mas não podia ficar lá hoje. O seu Roberto está muito bravo e estranho. Falava umas coisas muito feias, gritava e quebrava tudo.

— E o que ele disse? Ele não bateu em você, né?

— Não, não, nem as coisas feias ele falou para mim. Dizia para si mesmo, para o mundo, e para umas pessoas que eu não conheço. E também para a sua esposa.

A mamãe. Desde que morreu, nunca mais ouvi meu pai falar dela, e agora quem me conta isso é esse idiota do Campeãozinho.

— Mas o que estava dizendo, estava ofendendo a minha mãe?

— Não, não, ela não. Dizia um monte de palavrões, xingava Deus, Nossa Senhora, um monte de gente, mas a esposa, não. Para falar a verdade, ele conversava com ela.

— Conversava?

— Sim, Senhor, ele falava: *O que devo fazer agora, o que devo fazer?* E, na minha opinião, se me permite, Senhor... — O Campeãozinho, antes de terminar a frase, observa ao redor para se certificar de que estamos sós, ainda que ali em volta haja apenas o habitual deserto de Muglione depois do jantar. Até cobre a boca e me sussurra no ouvido: — Em minha opinião, Senhor, o seu Roberto bebeu um pouquinho...

Loucura. Meu pai não bebe. Meu pai não come nem bombom de licor. Uma vez, em um batizado, ele comeu dois Mon Chéri e ficou tontinho.

— Escuta aqui, a corrida de hoje era importante?

O Campeãozinho arregala os olhos e me responde todo orgulhoso: — Claro que sim, Senhor, superimportantíssima, foi minha primeira corrida fora da região!

— Ah, tá. E você perdeu.

— Sim, Senhor. Não foi fácil, mas consegui. Graças ao Senhor.

Concordo, não muito convencido. Olho seu sorriso idiota, infindável, depois vejo meu reflexo na vitrine da loja. Está escuro, mas consigo me enxergar, e penso em algo que não tem nada a ver com esse assunto. Incrivelmente, um segundo depois, Mirko diz a mesma coisa em que estou pensando.

— Senhor, sabia que sem camisa é mais fácil ver que só tem uma das mãos?

Sério, o mesmo pensamento, as mesmas palavras.

— Claro que sei, estúpido, e vê se fica na sua. Não vem dar uma de esperto só porque perdeu uma corrida.

Continuo me examinando na vitrine e penso que foi assim que Tiziana me viu há pouco no seu quarto. Um monstro, o desenho de um homem malfeito, inacabado, e mesmo assim ela me deu uma chance. Chance que joguei no lixo. Por sorte, não havia muita luz. Por sorte, o apartamento fica no primeiro andar.

E por sorte vem chegando pela rua uma minivan preta com uma caveira desenhada na porta. Para em frente à loja e lá dentro mãos amigas me cumprimentam, por um instante posso pensar em outra coisa.

— Pô, onde você estava? — diz Giuliano enquanto sai do carro. Stefanino me cumprimenta e cumprimenta também o Mirko, que responde com uma leve inclinação.

Giuliano me mostra o polegar para cima: — Você sem camisa também? Beleza, já está virando moda!

Digo que sim, pois é o jeito mais fácil e rápido de fazer as coisas fluírem. E a essa altura da noite o que mais quero é que as coisas corram de forma simples e tranquila, sem obstáculos. Ainda que dentro da minivan eu veja uma figura branca e imóvel sentada atrás, e alguma coisa me diga que, nesta noite, a tranquilidade não faz parte do programa.

– E que porra é esse menino?

– Eu me chamo Mirko, Senhores, boa-noite.

– Meu Deus, como você é feio. Espera, você não é aquele retardado que anda de bicicleta?

– Sim, Senhor, boa-noite.

– *Sim, Senhor, boa-noite...* quem você acha que é, o Pequeno Lord? – Giuliano ri e dá um tapa no pescoço de Stefanino. – Ô Stefanino, esse aqui é mais infeliz que você!

Eu rio e até o Stefanino ri. O Campeãozinho também ri, concordando.

– Mas o que vamos fazer com esse monstrinho? Não podemos levá-lo junto...

– Por quê? Aonde vamos? – pergunto.

– Fazer nosso trabalho contra os velhos, não? Não podemos parar de... – Giuliano se interrompe e olha para Mirko. – Vai, menino, some uns cinco minutos que precisamos tratar de um assunto sério. Vai lá para a esquina, olha lá, vai rápido.

Mirko se encolhe dentro da jaqueta, nos observa por um segundo, depois se afasta até o canto do prédio. Chega à esquina e fica parado feito um pino de boliche amarelo.

– Mais para lá, vai mais para lá, vira a esquina – diz Giuliano.

E, por incrível que pareça, Stefanino também ergue a mão fazendo sinal para que se afaste e grita: – Nós dissemos mais para lá, seu imbecil! – Então volta a nos apontar dois olhos enfurecidos como nunca vi.

Giuliano começa a explicar: – Então, gente, vocês acharam que eu ia torrar os dois mil euros, não é? Pois saibam que não. Quer dizer, só um pouco, mas também fui a Bientina, ao teatro onde trabalha a minha tia, e olhem o que peguei.

Abre a porta da minivan e tira de dentro aquele sujeito pálido sentado no banco de trás. Mas não é um homem de verdade, é um boneco grande como uma pessoa, que bate no teto e agarra na porta do carro, fazendo Giuliano praguejar. É feito de tecido e estofado, mas a cabeça é de plástico. Tem uma peruca branca penteada, uma pochete na cintura e óculos.

O que aconteceu depois me parece óbvio. Abri a porta de ferro e o Campeãozinho entrou pelo buraco no vidro estilhaçado. Vesti um agasalho e pulei no carro com Giuliano e Stefano rumo à estrada da colina do Javali. Lá pegamos uma estradinha que começa asfaltada e depois é só de terra, e por fim chegamos ao portão do cemitério municipal de Muglione.

Estava tudo escuro e havia uma espécie de névoa baixa que fedia a canal. As únicas luzes ao redor eram aquelas dos túmulos, e sob a névoa pareciam formas arredondadas e vivas que tremiam no ar, tais quais almas perdidas na noite.

Pegamos o boneco e o penduramos no portão com um laço em volta do pescoço. Devo admitir que, quando nos afastamos e o observamos desse jeito, enforcado na névoa, com as luzes e os túmulos atrás, senti algo estranho na barriga.

Mesmo porque minha mãe está exatamente nesse cemitério, em uma área mais interna, ao pé de um muro onde começam as capelas das famílias importantes. E me senti um pouco mal porque achei que

Iscas vivas

a estava ofendendo. Mas isso é bobagem, foi só me lembrar por um segundo do seu jeito para me dar conta de que ela teria gostado pra caramba dessa história.

Foi ela quem me contagiou com essa mania de filme de terror, ela gostava mais do que eu e Tiziana juntos. Esses filmes eram transmitidos sempre muito tarde, e eu era bem pequeno, mas ficava assistindo no sofá junto com ela, enquanto ouvíamos o ronco do papai que vinha do quarto.

O filme começava e nós assistíamos a tudo bem coladinhos debaixo do cobertor, sem nunca abrir a boca. Alguns filmes, principalmente aqueles dos anos setenta que passavam de noite nos canais regionais, têm umas cenas exageradas de terror e monstros, mas também de sexo explícito, orgias, mulheres lésbicas que decidem transar em uma cripta antes de serem mortas pelo fantasma de um barão lobisomem.

E, quando era hora dessas cenas, a mamãe tinha uma técnica para não me deixar ver: me mandava buscar um bombom para ela na cozinha. Por exemplo, se na tela aparecia uma freira andando pelo corredor de um convento e se ouviam alguns relâmpagos, a freira abria uma porta e via outra freira meio nua se debatendo e pronunciando coisas estranhas em latim e... Aí a mamãe me mandava pegar o bombom.

Eu reclamava, mas ela torcia a boca e dizia: *Estou morrendo de fome, vou desmaiar...* E então eu ia, pegava o bombom e voltava correndo, mas a cena já era outra, já estava de dia e tudo parecia tranquilo. Quanto mais cenas pesadas tivesse, mais vezes eu tinha de ir buscar bombons. Uma vez eu disse que ia trazer a caixa inteira e ela disse: *Não, só um, porque senão passo mal.* Na realidade, daria para medir o peso dos filmes que vi com ela pelo número de bombons que pegava durante a transmissão. *Frankenstein e o monstro do inferno*: nenhum bombom.

A noite do terror cego: cinco bombons. *Violência contra uma virgem na terra dos mortos-vivos*: essa noite eu gastei o piso do corredor e a mamãe quase arrumou um diabetes.

Enfim, pois é, é isso. Conto essa história porque, a meu ver, a mamãe teria adorado a ideia do boneco enforcado na frente do cemitério, à noite e com névoa, portanto, não tenho de ficar criando caso. Ao contrário, enquanto eu acabava de arrumar o laço, me deu vontade de rir. Ria junto com ela, se é que é verdade essa história de que os mortos veem aquilo que fazemos. Em seguida, debaixo do boneco, colamos um pedaço de papelão com um escrito vermelho, olhamos para o conjunto da obra e nos cumprimentamos, entramos na minivan e fomos embora.

De manhã, o primeiro que chegar ao cemitério vai encontrar um espantalho enforcado no portão e um escrito em vermelho que diz:

ESTA NOITE CHEGARÁ A NOITE
E O CEMITÉRIO SERÁ A VOSSA CASA.
FALANGE PELO REJUVENESCIMENTO NACIONAL

METAL D.

Volto à loja. Entro. Mirko adormeceu em cima da cadeira com a cabeça apoiada na madeira do balcão. Tento acordá-lo, mas parece de mentira como o espantalho.

E começo a pensar em meu pai. Será que destruiu tudo em casa? Espero que não tenha tocado no meu quarto. Seria muito mesquinho, mas olho para esse menino horroroso e retardado e penso que o papai o deixou ir dormir na rua, sozinho, à meia-noite, então não posso me surpreender com nada.

Iscas vivas

Pego dois dos colchõezinhos para as carpas, assopro para enchê-los, paro um minuto porque minha cabeça começa a rodar, jogo-os no chão do quartinho, próximo à minha cama. Não que eu o queira por perto, mas não há mais espaço. Cubro com a toalha de banho que pego no banheiro e, na base da porrada, coloco o espantalho ciclista de pé, o escolto até o quartinho e o faço deitar ali, enquanto continua dormindo com a cabeça.

Ele é sortudo. Eu nem tento dormir. Aconteceram muitas coisas que terão uma série de consequências que não sei quais serão e o que vou fazer. Só sei que esta noite não durmo. Sento na cama e começo a folhear a última *Carpa para todos*.

— O Senhor é contra os velhos? — A voz de Mirko está empastada e trêmula. Parece a voz do fantasma de um periquito.

— Dorme — digo.

— Eu ouvi que... que vocês queriam fazer uma coisa contra os idosos... Eu ouvi mal?

— Sim. Dorme.

— Senhor, tem um cheiro estranho, o que...

— São as minhocas. Dorme.

— Tem também um barulhinho estranho.

— São as minhocas. Qualquer pergunta que vier à sua mente, a resposta é *são as minhocas*, tá bom? Dorme.

— Ok, Senhor. Desculpe-me, boa-noite.

Alguns segundos de silêncio. E em seguida:

— Ah, me desculpe, Senhor, mais cedo veio a moça do Centro de Informações Para Jovens. Procurava pelo Senhor.

É sério, falou assim, e eu paro de respirar para ouvir bem a continuação.

O Campeãozinho maldito começa a roncar.

Pescaria sem isca

— Pegou alguma coisa? — pergunto.

Meu pai balança a cabeça sem tirar os olhos do flutuador. Vê-lo aqui no canal pescando é muito estranho. Foi ele que me ensinou, quando eu tinha cinco anos, mas desde aquela época não o vi mais com uma vara de pesca na mão. Em uma situação normal, eu nunca teria vindo procurá-lo aqui, o que me trouxe foi uma pista.

Acordei de manhã (no fim das contas, acabei dormindo algumas horas), encontrei o Campeãozinho estendido no chão e levei um susto. Segundos depois, me lembrei mais ou menos de tudo. Levantei e preparei leite com biscoitos para mim e para ele, leite frio, porque ainda não arranjei o fogãozinho de duas bocas, e o mandei para a escola. Ele não queria ir e dizia: *Por favor, Senhor, hoje não quero, acho que não estou bem, não me obrigue a ir.*

Expliquei que suas notas eram ridículas e que em junho virão os exames finais, que precisava pelo menos mostrar interesse e não faltar às aulas. Um sábio conselho que seria conveniente também para mim, só que ele eu pude pegar e jogar na rua à força, coisa que não consigo fazer comigo mesmo. Sendo assim, em vez de ir à aula, fui ver o que estava acontecendo em casa.

Iscas vivas

A porta e a janela estavam escancaradas, embora o carro do meu pai não estivesse na garagem. Chamei e não havia ninguém, somente a minha velha casa vazia e quieta, mas devastada por um demônio enfurecido: a mesa da cozinha partida em duas e enfiada na janela da sala de visitas, a TV destruída no tapete, o sofá arrebentado e abandonado no corredor, logo antes da porta daquilo que uma vez foi o banheiro.

Meu quarto, no entanto, estava intacto, tudo exatamente como eu havia deixado. A única coisa estranha era o armário com o material de pesca que estava aberto – aberto e vazio.

E então me veio essa ideia absurda de que meu pai podia ter ido pescar pela primeira vez depois de quinze anos. Peguei a scooter e vim procurá-lo ao longo dos canais. Rodei por todos os lugares bons, ou seja, as curvas, os pontos mais largos e os encontros entre dois cursos d'água. Mas nada.

Depois, por acaso, quando tentava equilibrar a scooter na estrada de terra que margeia o aterro sanitário de Muglione, vi o carro do meu pai bem lá embaixo nos campos. É fácil notar uma station wagon amarela coberta de escritos gigantes no meio de uma esplanada cinzenta e amarronzada, sem árvores nem arbustos.

Pois bem, agora estou aqui na margem, ao lado do meu pai, na verdade, um pouco atrás dele, em um dos pontos mais pobres e inadequados onde alguém pode decidir pescar. A água é rasa e coberta de lama, e do aterro chega esse mau cheiro constante de plástico quente e coisas muito mortas.

Mas meu pai ignora tudo. Está ali, encurvado, com o queixo apoiado na mão e a vara em uma forquilha de madeira, fixando apenas o flutuador.

– Há quanto tempo você está aqui?

— Umas três horas.

— Pescou alguma coisa? — Minha fala é entrecortada porque o cheiro do lixo entra em minha garganta cada vez que inspiro.

— Não, nada.

— Nem um pequeno, nada?

— Não. Melhor assim. Senão dá muito trabalho, tem de tirar o peixe e sujar as mãos.

— Então, o que veio fazer?

— Só respirar. Minha cabeça está explodindo. Bebi demais.

— Você bebeu?

— Bebi. Deitei e tudo ficou rodando, o teto, as paredes, os móveis. Rodavam, rodavam, rodavam e eu fiquei nervoso. Levantei e tive a impressão de estar em uma jaula, precisava de ar e aí vim para cá.

Para de falar. Pega a vara e, com um movimento mínimo da ponta, desloca em alguns centímetros o flutuador, para mexer a isca lá embaixo e deixar os peixes curiosos, se é que algum sem rumo resolve passar por aqui. E quando recomeça a falar, sua voz é bem diferente. Vem da garganta, do estômago, talvez daquela confusão retorcida que é o intestino.

— Perdeu, Fiorenzo. Perdeu de forma ridícula. Deu pena.

— Quem, do que você está falando? — pergunto, porque fico sem graça de mostrar que já sei de tudo. Não sei por quê, mas fico sem graça.

— Ontem era a primeira prova fora da Toscana. Em Piacenza. Corrida fácil, percurso favorável, mais fácil que tirar doce de criança. Mas perdeu.

— Ih, acontece, não dá para vencer sempre.

— Claro que dá! Aliás, tem que dar. Tem que vencer todas as corridas que der, e ele podia ter vencido. É esse o ponto... Não é que ele tenha perdido: ele *não quis* vencer. Esse é o problema.

Iscas vivas

Depois se curva para a frente e aperta os olhos para enxergar melhor o flutuador, que deve ter se movido, mas não percebi. Os gestos, os tempos, a atenção, tudo indica que meu pai é um grande pescador. Por que não vem pescar há quinze anos só ele sabe. Aliás, pode ser que nem ele saiba.

— Você tinha que ver os jornais de hoje... "O supercampeão não é tão super", "Acabou o combustível do míssil de Muglione", "Técnico Marelli erra a tática e afunda com sua nave"... É normal, essa gente não entende porra nenhuma de ciclismo, mas se alguém tivesse visto a corrida teria visto que Mirko não pedalava, não tinha vontade de ganhar. E isso é mil vezes pior.

— Mas por que é pior? Do meu ponto de vista é melhor, quer dizer que o físico está bem...

— Para de falar bobagem. É pior, Fiorenzo, muito pior, porque se a perna não funciona, basta treinar e pronto. Mas se é a cabeça que não funciona, então fodeu. E no caso dele, é a cabeça que não ajuda. Eu disse: *Tudo bem, dessa vez você quis dar uma de louco, mas semana que vem você vai ter de arrasar.* E sabe o que ele me respondeu? Disse que não, que não vai vencer nem na próxima semana, que não quer vencer nunca mais. E então eu enlouqueci, gritei e passei dos limites, admito. Mas o que podia fazer? Não é culpa minha.

— Você também acabou com a casa.

— É, um pouco.

— Pelo menos você tem ideia de onde ele está?

— Mirko?

— É, o seu Campeãozinho.

— Sei, sim, está lá com você, não? Óbvio.

— Não, para mim não é nada óbvio, aliás, exatamente o contrário.

— Que é isso? É óbvio ululante.

— Não, de jeito nenhum, é a coisa mais absurda do mundo, é...
— Escuta, ele está com você ou não?
— Está.
— Então, viu? É óbvio, ponto.

Esmago nos dentes as últimas palavras que pretendia dizer, por um instante ninguém fala. Ouve-se apenas o ruído baixo e contínuo do aterro, uns animaizinhos desconhecidos que abrem caminho em meio ao mato seco e aos arbustos, meu pai que retoma o fôlego.

— Com o que você está pescando? – pergunto.
— O quê?
— Perguntei com o que está pescando, com que isca.
— Nenhuma.
— Como assim, o que quer dizer "nenhuma"?
— Trouxe o anzol e pronto, não basta?
— Claro que não – levanto a voz –, não basta mesmo! O que você quer pegar sem isca?

E então, pela primeira vez desde que cheguei ao canal, meu pai deixa de fitar o flutuador e se vira de repente. Fixa os olhos em mim e são duas bolas vermelhas e brilhantes que giram sem rumo nas órbitas.

— Escuta aqui, que merda você acha que pode pescar se tiver uma isca?
— ...
— Porra nenhuma! Você acha que isca faz diferença, você acha mesmo? Você já tem dezoito anos, Fiorenzo, dezoito – diz. Tenho dezenove, mas nem sonho em fazer qualquer correção. – E até hoje acredita em uma bobagem dessas? A isca pode ser importante em um lugar onde você tenha alguma possibilidade, e aí você tenta jogar com ela. O problema é que aqui não tem nada, entendeu? Nada de nada. Você está aqui a vida inteira esperando, esperando, de vez

Iscas vivas

em quando percebe uma movimentação estranha, um sinal diferente, e aí você fica atento e diz: *Pronto, chegou a hora, agora é a minha vez*, mas na verdade é um alarme falso e tudo continua como antes, e você continua o mesmo idiota de quando nasceu neste buraco maldito. Aqui não há nada para pescar, Fiorenzo, e não há nada para esperar. Você tem dezoito anos, quando vai entender isso?

Fala e me fita com aqueles olhos vermelhos e enlouquecidos. Em seguida, sente algo como um puxão e volta a atenção para o flutuador, coloca uma das mãos na vara e se prepara para uma fisgada. Mas nada se mexe. O flutuador continua ali, meio deitado na superfície inerte. Eu também observo e penso no anzol debaixo d'água, livre, fininho e dourado, que espera alguma coisa neste lodo de cenário.

Um pombo por engano

Fui burro ao mandar Mirko para a escola. Ontem à noite Tiziana passou pela loja me procurando, queria me encontrar, mas deu de cara com ele, e a uma hora daquelas ninguém bate à porta de ninguém por acaso ou por coisas sem importância. O que ela queria? Estava nervosa, puta, deixou algum recado para mim?

Vai saber. O menino está na escola, até as duas não posso perguntar nada. Mas não vou esperar, quero saber tudo já, vou direto à fonte. Mesmo porque o Centro de Informações para Jovens fica no caminho, voltando do canal, necessariamente passo em frente. Quer dizer, não necessariamente, mas, enfim, decidi que vou até lá.

Do lado de fora, na calçada, não há ninguém, nem os velhos. A porta está aberta, mas bato, como sempre faço. Silêncio. Entro e sou envolvido pela escuridão sepulcral de costume.

— Oi. — É a voz de Tiziana. Está em um canto, sentada em uma poltrona vibratória como aquelas vendidas na TV, levanta de um salto e, no escuro, não sei se sorri. Primeiro acho que sim, depois, acho que não. Não sei.

— Oi, Tiziana. Eu... Oi.

Iscas vivas

O bom é que na escuridão é difícil olhar nos olhos, e tudo me parece um pouco menos embaraçoso. Quase como falar ao telefone.

Mas o embaraço cresce com a pergunta que ela dispara à queima-roupa.

– Escuta, por que você fugiu ontem à noite?

– ...

– E não me diga que não fugiu. Além de tudo, você podia ter se machucado.

– Eu sei, é verdade, mas naquele momento me pareceu o melhor a fazer.

– O melhor para quem?

– Para mim, não sei, mas também para você, eu acho.

– Já sou grande o suficiente para saber o que é melhor para mim.

– Sim, não queria dizer que você não... Bom, pensando bem, sei lá, mas naquele momento não pensei em nada. Fui um idiota.

– Foi muito idiota mesmo – diz.

Mas não está brava comigo. Não muito, pelo menos. Vai até sua mesa de trabalho, abre a gaveta e pega uma coisa de plástico, que me oferece. É o DVD de *A terrível noite do demônio*, aquele que anteontem à noite quase consegui quebrar.

– Assiste e me diz o que achou.

– Obrigado. Vou assistir e devolver logo.

– Tá. Ah, e presta atenção na trilha sonora, no vestido da Erika Blanc e...

– Tá, Tiziana, mas por que não assistimos juntos? Assim você me mostra todas essas coisas, senão pode ser que eu não preste atenção...

Digo isso porque me parece a coisa mais óbvia do mundo. Mas talvez esteja falando do meu mundo, porque Tiziana torce a boca e me olha de um jeito estranho.

— Sim, mas... Mas você pode assistir sozinho, não...

— Anda, vai, você vai fazer alguma coisa hoje à noite? Passo na sua casa e assistimos.

— Não, Fiorenzo, essa noite tenho de terminar umas coisas e não...

— Tá, então amanhã à noite. Anda, fica com o DVD, aí assistimos juntos.

— Também não sei se vou estar aqui amanhã, pode ser que...

— Então quarta, para mim quarta também está bom. Ou quinta, ou sexta, ou...

— Escuta, Fiorenzo, à parte os compromissos, não sei se é o caso.

— O caso de quê?

— De nos vermos de novo.

Falou assim, e me dá um soco fortíssimo na boca do estômago. Bom, não me deu um de verdade, ou talvez sim, mas tão rápido que nem vi. Mas a dor que sinto é bem essa. Espalha-se por todo o peito, sobe à garganta, roda pelo corpo inteiro, machucando o que encontra pela frente.

— Fiorenzo... Não sei, tem muita coisa que preciso entender, preciso de tempo.

— Mas o que você tem de entender?

— Infelizmente, muitas coisas, coisas demais. Talvez para você seja mais fácil, mas eu...

— Por que para mim é mais fácil? Para mim não é fácil coisa nenhuma, não tem nada fácil para mim!

— Tá, tudo bem, dá para ver que reagimos de modo diferente, o que você quer que eu diga? Estou enxergando um monte de problemas e não posso fazer de conta que eles não existem. Tenho de tentar resolver; do contrário, a situação vai ficar realmente...

— Da próxima vez vou segurar mais tempo, eu juro! — digo. Não sei por quê, não queria, mas de qualquer forma já disse e pronto. — Da próxima vou segurar mais tempo.

Tiziana me olha como se eu fosse um pombo doente que entrou por engano pela janela e agora tenta voltar para fora, mas vai quebrando todos os vasos da sala.

— Mas o que isso tem a ver? — me diz. — Fiorenzo, que diabos isso tem a ver com...

— Escuta, funciona assim: na primeira vez, o homem segura pouco tempo, na segunda, continua segurando pouco, só que mais um pouquinho, a terceira já é melhor. É tudo treino. É só você me treinar um pouco.

Tiziana não responde, e desconfio que seja quase melhor. Move o olhar e balança a cabeça, se senta, liga o computador. No fundo, está no seu escritório, e em teoria devia estar trabalhando. Esse é um modo muito gentil de fazer minha ficha cair.

— Tiziana, ouve, prometo que já vou embora. Mas é que eu... Bom, ontem à noite você passou na loja, eu não entendi. Quer dizer, o que você queria? Você foi lá à meia-noite para me dar um DVD?

Ela abaixa os olhos sobre sua mesa de trabalho, procura algo em uma pasta azul, tira de dentro um papel e o coloca próximo ao monitor.

— Não, Fiorenzo. Fui lá porque queria conversar com você, porque você fugiu pela janela e eu fiquei sem entender nada. Mas, para dizer a verdade, não sei o que queria dizer para você, não sabia nem ontem à noite. E não sei se vou saber nos próximos dias. Mas preciso pensar, e pensar muito bem. Não sou uma dessas safadas que gostam de deixar os outros na corda bamba, não sou dessas que jogam, e gostaria que você soubesse disso, Fiorenzo. Você acredita em mim?

Ergue os olhos do monitor, mas com a cabeça à altura da tela e aquele olhar vindo de baixo, atravessando os cabelos, me causa uma impressão tão poderosa que não faz o menor sentido perguntar se acredito ou não, porque neste momento eu poderia acreditar em qualquer coisa. Abdução por extraterrestres, múmias astecas, gravações secretas do Led Zeppelin tocando junto com o Abba. Neste momento, posso engolir tudo.

— Fiorenzo, se estou falando que preciso pensar não é uma desculpa para ganhar tempo, nem quer dizer que estou me divertindo enrolando você. Estou falando que preciso pensar pelo simples motivo que preciso pensar. Acredita em mim?

— Eu... bom, acredito.

— Ótimo, isso para mim é importante. E já que estamos nesse assunto, essa história de segurar... Enfim, isso não tem nada a ver. Nada a ver, entendeu?

— ...

— Essas coisas acontecem. Não sou idiota, não é esse o problema.

— Tá bom, mas então qual é o problema?

— Não sei, Fiorenzo, não sei. São muitos, todos juntos e enrolados. E quanto mais arrumamos confusão, mais eles se enrolam, e eu queria tentar desfazer esse nó. Então acho melhor eu e você darmos um tempo — diz. E para de me olhar.

Clica duas vezes em alguma coisa, o computador começa a trabalhar e Tiziana junto com ele. O barulho do cooler é como um vento morno e envolvente que sopra na direção da porta, cada vez mais forte, e me põe para fora. Para fora do Centro de Informações para Jovens, para fora de tudo o que há de belo, com um DVD na mão a que vou ter de assistir completamente só.

Tiranossauro

Sensacional. Mirko Colonna descobriu hoje uma coisa incrível, uma coisa que nunca havia imaginado. Mais ou menos como se tivesse ido ao supermercado, escavado entre os congelados para encontrar um picolé e, em vez disso, tivesse descoberto a cidade perdida de Atlântida.

Sim, hoje Mirko descobriu uma coisa dessa envergadura. Aliás, está descobrindo bem agora, enquanto sua e empunha forte o guidom nesta subida assassina. Descobriu que gosta de vencer, de pedalar rápido e deixar para trás tudo e todos, decidiu que a partir de hoje não vai perder nunca mais.

Balança a cabeça positivamente todo cheio de si, abaixa os olhos até as pernas e pela primeira vez se dá conta dos músculos impressionantes que nasceram em suas coxas. Estão infladas e duríssimas, nem parecem mais suas pernas, de fato, elas empurram e empurram, mas Mirko não sente o esforço. Volta o olhar para a rua, se ergue sobre os pedais e corta outra curva íngreme e bem fechada. E o que importa se de lá de cima vier um carro ou um caminhão a toda a velocidade? Mirko é um míssil lançado rumo ao topo, nada pode detê-lo.

Hoje de manhã, porém, ele ainda não sabia disso, hoje de manhã era apenas mais um que havia perdido uma corrida e não queria ir à escola. Só acabou indo porque, do contrário, Fiorenzo o punha na rua com um chute na bunda.

Como de costume, chegou de bicicleta e, como de costume, amarrou-a com a corrente na calçada. Mas nesta manhã havia algo diferente: estava sem a mochila com os livros, não escovava os dentes há dias e tinha passado a noite em meio a bilhões de minhocas que se esfregavam no escuro. Mas, principalmente, nesta manhã, todos estavam reunidos na frente da escola para observá-lo.

Estavam quietos e o examinavam, depois um colega começou a rir, outro aplaudiu e aí desabou o temporal de *Idiota*, *Vai cagar* e *Você é um frouxo*, e todos foram para cima dele dizendo que era um desgraçado, que os anabolizantes tinham acabado e que devia ir tomar no cu lá na sua casa.

Com muito prazer, estava quase respondendo Mirko, e naquele momento era o que realmente pensava em fazer. Mas não tinha vontade nenhuma de responder a ninguém, nem ninguém queria ouvi-lo. Só queriam berrar os piores insultos em seu ouvido e dar uns tapinhas em sua cabeça, enquanto ele avançava pedindo licença até a entrada da escola. De vez em quando, sentia umas gotinhas no rosto, mas não deviam ser cusparadas de verdade, apenas perdigotos no meio de toda aquela gritaria.

Por fim, conseguiu chegar à escada, atravessou a porta de entrada e o cheiro de borracha do piso o fez sentir-se a salvo. Só que o corredor à frente estava cheio de meninos menores, que já estavam dentro da escola, mas faziam questão de maltratá-lo como os de fora, os de fora que, então, começavam a entrar e não tinham a menor vontade de ceder o turno. Os insultos e os tapinhas redobraram, o eco nas paredes da entrada os multiplicava e os lançava novamente, de todas as direções, como uma chuva de meteoritos, e aí Mirko não aguentou mais. O que ele tinha feito de errado? Em vez de chamá-lo de *Idiota* e *Drogado* e de fazer o gesto da seringa no braço, por que não lhe explicam o que fez de errado? Virou-se de repente para o portão, abaixou a cabeça, mergulhou contra o muro de gente e de algum modo conseguiu passar. Viu-se de novo do lado de fora, desceu correndo a escada rumo à bicicleta — a sua bicicleta —, soltou o cadeado e pulou em cima dela, voando. Quando a multidão chegou ao portão para ver se ainda conseguia jogar algo em cima dele, Mirko Colonna já desaparecia como um tiro no final da rua.

Pedalava forte, cada vez mais forte, sempre mais distante dos gritos, das risadas, da saliva venenosa. O que ele tinha feito de errado? Perdeu, tudo bem, mas todo mundo perde, ele não pode perder nem uma vez? Não, não pode, ele é um campeão, e as pessoas massacram um campeão que perde. Porque perder significa que você não é um deus, significa que você é um verme, que você é igual a eles.

E Mirko não é igual a ninguém, ele não sabe se isso é bom ou ruim, mas é fato.

Empurra os pedais, se curva sobre o quadro da bicicleta para correr no limite, chega ao final da rua e se joga na rotatória gigante antes do centro. Queria voltar à loja de pesca, se enfiar de novo na cama ou contar tudo para Fiorenzo, mas agora Mirko não pode parar de pedalar. Sente uma raiva absurda que incha seus músculos e pulmões e não para de crescer, se não desabafar, alguma coisa em seu corpo pode explodir e ele morre. Vai pensando e pedala, olha para as coxas e pedala, e enquanto isso já faz a rotatória pela quinta vez. Cada vez mais rápido, como um carrossel enlouquecido, os pneus começam a deslizar no asfalto, e se continuar assim daqui a pouco, vai cair na curva e vão encontrá-lo todo quebrado no telhado de algum galpão industrial aqui perto. Então aponta a primeira saída que encontra, é estreita e não indica a direção, e esse lhe parece o lugar certo para onde ir. Curva para aquele lado e se lança, sem se importar com o tráfego ou com as buzinas que soam atrás dele.

Em dez segundos Mirko já está no meio do nada, apenas o canal ao longo da pista, montinhos esparsos de terra preta e, ao longe, em frente, um enorme dente escuro e careado que é a Colina de San Cataldo, também chamada de Pequeno Stelvio. Houve época em que, na colina, havia jazidas de alguma coisa – ainda existem placas na estrada –, mas essa coisa deve ter acabado, porque agora, ao San Cataldo, vão apenas caçadores sem licença, pessoas para transar e, no domingo, ciclistas amadores que se desafiam e depois vomitam por causa do esforço. E agora é Mirko Colonna que vai naquela direção, que quer pular no pescoço da subida e dilacerá-la viva.

Força os pedais e coloca a mão no controle entre as pernas para passar a marcha mais pesada que houver. Essa bicicleta tem seis mil anos, pesa como um portão de ferro e tem o câmbio lá embaixo, preso no quadro. O seu Roberto corria com ela quando tinha a sua idade, deu para ele usar como bicicleta de passeio porque, segundo suas palavras, se Mirko se acostumar com ela, quando montar na sua bicicleta de verdade, toda de carbono, vai pensar que está voando. Ele diz que Bartali fazia igual, treinava nas subidas com uma mochila cheia de tijolos nas costas, assim, nas corridas – sem tijolos nas costas –, subia como uma pluma.

Bartali era um homem que correu mil anos atrás, depois parou e no final morreu, mas as pessoas daqui dizem que ele nunca desceu da bicicleta. O povo o chamava de Homem de Ferro, porque nunca sentia frio nem calor, e não sabia o que era fome ou sede. Bartali dava umas arrancadas tão malucas que, às vezes, quando o segundo lugar chegava, ele já tinha tomado banho e acompanhava a corrida de roupão. Mirko disputou algumas corridas na província de Florença em que havia torcedores com cartazes onde se lia BARTALI, VENÇA PARA NÓS e, algumas vezes, quando já estava sozinho e se encaminhava para uma vitória tranquila, pensava que Bartali podia surgir do nada, atropelando-o com um impulso devastador. E talvez, quem sabe, isso realmente pudesse ter acontecido até o dia de hoje. Mas a partir deste momento, não. Mirko sente muito pelo senhor Bartali, mas de hoje em diante não tem para mais ninguém.

E finalmente chegam as primeiras curvas fechadas do San Cataldo, que de cara já arrebentam as pernas. Mirko troca de marcha, passa uma enorme curva e vê dois ciclistas amadores, ofegantes, que ziguezagueiam no meio da estrada. E então acontece outra coisa nova e estranha, que, no entanto, seu Roberto lhe recorda desde sempre: *Quando vir os adversários em dificuldade, é porque chegou sua vez, Mirko. Você tem de ser como o tubarão que fareja o sangue. Você tem de sentir fome, sua boca tem de encher de água, entendeu?*

Não, até então não tinha entendido, mas agora sim, porra, agora sim. Sente as pernas fritarem, exibe um sorriso todo torto na cara, fixa os olhos nas presas e chega de repente para cima delas, fica um segundo lado a lado para aproveitar o momento, depois se ergue sobre os pedais e parte como uma rajada que os deixa pregados ao asfalto.

Uma vez eu e o Gianni subimos o San Cataldo e, de repente, passou por nós Mirko Colonna em pessoa, vestido normal, em uma bicicleta normal, vão contar um dia esses dois, só para aparecer. *É sério, corria como uma moto.*

Sim, é isso, como uma moto. Porque as pessoas pensam que a diferença entre uma bicicleta e uma moto é que a bicicleta não tem motor, mas agora Mirko vê que é tudo bobagem: a bicicleta tem, sim, um motor, que é você mesmo. O seu coração, que manda o sangue circular pelas veias, as pernas, que giram rápido, a corrente, que dança entre o pinhão e a coroa, os sopros dos raios que rodam ligeiros no ar. Tantos movimentos plenos e circulares que se encontram e se misturam e, no fim das contas, se transformam em uma coisa só, forte, veloz e silenciosa. O motor mais fantástico que existe.

Mirko continua forçando os pedais com a mesma potência de quando saiu da escola, mas a gasolina que o move agora é outra. Antes era pura raiva, cada pedalada era um chute na cabeça daqueles babacas. Agora, porém, é uma força totalmente nova, que não se importa com o que aconteceu. Agora não está mais fugindo de nada, agora corre rumo a um objetivo.

Sua, cospe, enxuga os olhos com o dorso da mão, vê o cume do monte que se aproxima, mas também sente o fôlego que encurta, os pulmões queimam e o coração soa forte nos tímpanos para bater à porta do cérebro e avisar: *Ei, idiota, para tudo agora porque senão isso vai acabar mal...* Sim, desse jeito, pela primeira vez na sua vida, Mirko Colonna sente que está dando tudo de si. Depois de tantos treinos duríssimos e corridas importantes, aqui, sozinho em uma subida sem linhas de chegada com placas publicitárias e júris de carro, finalmente Mirko Colonna está vencendo.

Porque até agora nunca tinha vencido, até agora tinha apenas chegado em primeiro. Agora, porém, ele triunfa, e quer continuar sempre assim, quer destruir todos os recordes e ler seu nome escrito à tinta nas ruas do mundo inteiro. Também quer ter um apelido, um bem foda, como aqueles dos supercampeões. Como Canibal, El Diablo, Pirata. Mas ele gostaria é de ser chamado de Tiranossauro.

Ergue-se mais uma vez sobre os pedais, sua e ri, cospe e ri. O cérebro, os músculos e cada pedacinho de seu corpo lhe dizem: *Por favor, chega, por que você nos trata assim?* E então ele imprime um ritmo ainda mais forte, para mostrar a eles quem manda. Quer chegar ao cume do San Cataldo e ver se lá de cima Muglione é um pouco menos feia, mas vai olhá-la apenas por um segundo e sem pôr os pés no chão, porque, assim que chegar ao topo, o Tiranossauro vai emplacar a marcha longa e mergulhar de novo na descida todo colado ao guidom, rumo a outra planície e a outra montanha no horizonte, e assim por diante, sem parar nunca.

É isso, fantástico, uma corrida sem fim. Uma vez Mirko leu que os homens primitivos no início eram nômades, ficavam sempre indo de cá para lá, depois aprenderam a cultivar a terra e então pararam em um lugar e não saíram mais dali. E ele não sabe se é verdade ou se é uma dessas bobagens que se leem nos livros, mas uma coisa é certa: se em vez da agricultura o homem primitivo tivesse inventado a bicicleta, teria pulado em cima dela, com a clava a tiracolo, e teria atravessado, correndo, toda a história do mundo, sem parar nunca.

Como um passarinho na feira

Fiquei um tempinho olhando o teto escuro, na companhia das minhocas que praticamente já viraram minhas amigas. Não exatamente amigas, mas, digamos, aqueles conhecidos que, apesar de você não ser louco por eles, precisa suportar sempre por perto, e, portanto, em um certo sentido, posso afirmar que as minhocas se tornaram minhas parentas.

Ouço-as se debaterem e se esfregarem umas nas outras em suas caixas, todas tentando se deslocar do fundo para a superfície. Aquelas que conseguem chegar em cima descobrem que não dá para ir além e deixam de insistir, as outras montam sobre as primeiras, que rapidinho vão parar de novo embaixo, onde esquecem que lá no alto não tinha nada e, então, recomeçam a luta para chegar ao topo outra vez.

Penso nas minhocas frenéticas aqui em volta, no escuro, e com elas, em minha cabeça, rodam as palavras de Tiziana, tantos pensamentos ligados às suas palavras e tantos sem nada a ver com elas, cada vez mais curtos e absurdos, mais parecidos aos sonhos na beira do rio, que sempre toma meu cérebro e o carrega junto com a água até o reino do sono.

Iscas vivas

O repouso vespertino é coisa de velhos que, na teoria, me dá uma tristeza danada, mas hoje uma hora de sono depois do almoço me parece uma ideia quase genial. Até porque ultimamente tenho dormido em média três horas por noite, e algumas burradas que cometi podiam bem ser culpa do sono. Claro, não é que eu seja um idiota, o problema é que não durmo. Sim, é isso, claro.

Às três, no entanto, antes de abrir a loja, tenho de dar um pulo na farmácia para comprar duas caixas de camisinhas. Se quiser colocá-las rápido e de forma correta quando chegar a hora h, preciso treinar um bocado em casa, sozinho. Na próxima vez, Tiziana vai me encontrar pronto, ágil, profissional, minha mão tem de ser mais veloz e o amigo entre as pernas um pouco menos.

Quer dizer, se houver uma próxima vez. Porque não tenho nenhuma certeza quanto ao que Tiziana falou no Centro. Aliás, pode até ser que tenha me dispensado, mas foi tão delicada que nem percebi. Como minha avó Ines, que sabia aplicar injeção e toda Muglione a chamava porque nem se percebia quando ela enfiava a agulha no traseiro. Mas se Tiziana realmente não quiser me ver de novo, vou sofrer muito, e nesse sentido não se parece muito com minha avó.

O que é bom em muitos aspectos, diga-se.

— Se... or... indo... — São os primeiros sons que ouço, os pedacinhos mais duros que grudam na minha cabeça e, bem lentamente, abrem caminho para palavras inteiras. — Senhor, me desculpe, está dormindo? — E uma coisa bate em meu braço.

Abro os olhos e não vejo nada, depois noto que há alguém aos pés da cama dobrável.

— Mas o que você quer?
— Está dormindo, Senhor?
— Agora não, idiota, mas antes estava.

— Sinto muito, mas preciso contar uma coisa incrível.

— Não pode contar depois?

— Mas é que é superincrível.

— Que merda. — E tento voltar ao mundo na base dos bocejos. O Campeãozinho levanta a cabeça cheia de cachos e me fita todo emocionado. Está coberto de manchas de barro, córregos de suor seco no pescoço.

— Senhor, hoje entendi uma coisa.

— Ah, que bom, que grande notícia, vamos avisar os jornais.

— Sim, pode ser, mas depois. Primeiro gostaria de contar para o Senhor. — E endireita as costas. — Bom, hoje de manhã fui à escola, o Senhor se lembra?

— Mais ou menos.

— Bom, eu não queria ir, e seria bom não ir, porque estava todo mundo no pátio esperando para me humilhar. Parecia uma festa, Senhor, toda a escola me esperando ali fora, e quando cheguei começaram a gritar e a fazer gestos feios para mim, com os dedos, com os braços e até com...

— Sim, tá, desembucha logo.

— Ah, desculpe, Senhor, também não gosto quando as pessoas divagam. Por exemplo, contando piada, às vezes a piada é boa, mas a pessoa que conta enrola tanto que, no final, não dá vontade de rir, porque nunca chega o...

— Fala logo, porra.

— Desculpe, desculpe. Bom, os meus colegas caçoavam de mim, gritavam que sou um inútil, um merda, que fui motivo de chacota na minha primeira corrida séria, e também me falavam coisas do tipo: *Dessa vez não te deram a bomba certa, hein?*

— Retardados. E você?

— Eu abaixei a cabeça para não ver ninguém e entrei.

— Mesmo assim você entrou?

— Sim, Senhor, mas depois fugi.

— Ah, aí, sim, você fez bem.

— Verdade, Senhor? Também acho, e fui para o cume do San Cataldo.

— Caramba, você quando foge não brinca, não, hein?

— É, mas não queria ir até lá, eu fui indo e cheguei. — O Campeãozinho me fita com aqueles olhos confusos, consigo vê-los, pequenos e escuros na penumbra. — E enquanto ia subindo, ouvia todos aqueles gritos na minha cabeça, mas sentia também um arrepio muito forte que tomava conta do meu corpo e me enchia de energia. Fiquei com vontade de apertar os punhos e também os dentes, e minhas pernas estavam quase explodindo. E ali entendi uma coisa incrível, Senhor: que não gosto nada de perder. Senhor, eu gosto de vencer! — E seu rosto demonstra ter feito uma descoberta desconcertante.

— Vai se foder, porra, todo mundo gosta de ganhar.

— Ah, o Senhor já sabia? Eu não, juro. Mas é que até ontem eu nunca tinha perdido, então não podia saber muito sobre o assunto. O Senhor já perdeu tantas vezes que...

— Vai tomar no cu, filho da puta.

— Oh, desculpe, Senhor, não disse por maldade, pensei que fosse uma coisa positiva.

— De que jeito podia ser positiva?

— De nenhum jeito, desculpe, errei. Perdão, mas não consigo raciocinar muito bem hoje, ainda estou um pouco perturbado com a minha descoberta.

E me olha com aqueles olhos, não consigo mais mandá-lo para o inferno. Olhos de passarinho vendido nas feiras, cercado pela multidão, barulho de fogos de artifício e as criancinhas com algodão-doce que gritam, choram e fazem confusão, e os velhos que colam o nariz na gaiola e espirram, e o passarinho ali, entre os fios de metal, saltando na bandeja, sem via de fuga, olhando para você com aqueles dois pontinhos pretos em cima do bico que dizem: *Por favor, me compra, me coloca em um saquinho e me leva para a sua casa. Pode ser que eu não resista até amanhã, talvez eu morra no caminho, mas, por favor, me leva para longe daqui.*

— Então, tá — digo. — Você descobriu que não gosta de perder, e daí?

— E daí que a partir de hoje chega. Não vou perder mais. Quer dizer, uma vez ou outra pode ser que aconteça, mas não quero, se perder não vou ficar contente. Não vejo a hora que chegue a próxima corrida, Senhor. Quero entender qual é a sensação de vencer.

— Você está tirando onda com a minha cara? Já venceu um milhão de vezes.

— Não, Senhor, me desculpe, mas até agora nunca venci. Não me pergunte como, mas é isso mesmo.

Estava quase perguntando, congelo a língua. Mas não sei mais o que dizer. É absurdo que tenha mudado de ideia no decorrer de meio dia, mas ainda mais absurdo é que, até ontem, eu podia fazer de tudo para sabotá-lo (bom, um pouco eu fiz) e, agora que me diz que quer vencer, a coisa não fede nem cheira. Aliás, ele pode me contar qualquer bobagem, eu escuto e fico contente. Talvez pelo meu pai, que, do contrário, vai virar um bêbado e morrer de cirrose no lugar mais fedorento do canal. Talvez pela glória de Muglione, que estava perdendo também esse trem rumo à fama. Talvez, sei lá, porque esteja contente, e nem um pouco a fim de saber muito mais que isso.

— E... Senhor, já que está acordado, posso perguntar uma coisa?

— Pode, mas rápido.

— Por que vocês odeiam os velhos?

Fico quieto, o observo, mantém sempre aquela expressão idiota.
– Quê?

– Ontem à noite, vocês estavam falando de uma gangue antivelhos, o Senhor e seus amigos, e...

– Não, não, eu disse que você entendeu mal, falamos por falar.

– Mas tinha aquele boneco enorme no carro, o que vocês fizeram com ele?

– Não interessa.

– Interessa, sim, e muito.

– Que saco. Era um brinquedo para o sobrinho do Giuliano, ele comprou de aniversário.

O Campeãozinho balança a cabeça, fica um segundo em silêncio, abaixa os olhos e fala mais baixo.

– Senhor, não quero que fique nervoso, mas vocês falavam de levar para o cemitério.

– ...

– Desculpe, eu não tinha intenção de ouvir, mas seu amigo Giuliano tem a voz muito alta.

– Tudo bem, nós colocamos o boneco no cemitério. Próximo ao cemitério. Tem uma coisa... Uma espécie de caçamba de lixo onde você pode pôr roupas para os pobres... E brinquedos também... Não, mentira, não é nada disso, nós colocamos o boneco no cemitério porque estávamos a fim, tá bom? Satisfeito?

Mirko arruma os pedaços de sua cama e se deita. – Não, Senhor, ainda não estou satisfeito.

– Ah, não? E o que mais você quer saber, caralho? Qual é o problema?

– Nenhum. Mas, olha, eu também disse que não tinha motivo para usar o copo do Frajola, e acho que nós dois mentimos. – E o bastardo se vira para o outro lado.

— Eu sabia! Eu sabia, porra! — Agora sou eu que levanto de repente e sento na cama de armar. — Você sabe tudo sobre o copo. Fala o que você sabe, fala!

— Desculpe, Senhor, mas prefiro não falar.

— Diz logo o que você sabe ou arrebento sua cara, desgraçado!

— Não, Senhor, por favor, não.

— Então diz o que você sabe.

— Vamos fazer assim. Eu conto por que uso o copo do Frajola e o Senhor conta do boneco e da gangue contra os velhos.

Olho para ele, enxergo apenas as costas secas e retas ali no chão, que termina na cabeça cheia de cachos parecida com uma bola de sujeira amontoada debaixo da cama.

— Tá certo. Mas começa você, porque não confio.

— Tudo bem, eu começo, Senhor, porque eu confio. — Vira-se na minha direção, um segundo e já está sentado. Agora estamos frente a frente, agora chega de palhaçadas.

— Bem, Senhor, eu conto o que tenho para contar, mas não quero que fique irritado...

— Depende do que vai me contar, vamos.

— Já digo logo que gosto do seu pai. Quer dizer, não tanto quanto gosto do Senhor, mas, enfim, gosto dele. Só que gosto mais do Senhor.

— Ok, já entendi, mas agora fala do copo e chega de bobagens.

— Sim, está certo. É o seguinte: o seu pai faz uma coisa, que não é de propósito, mas faz tantas vezes que me incomoda. Eu não sou uma pessoa difícil, na minha casa somos quatro irmãos e dois são mais velhos que eu, eles fazem de tudo à mesa. Mas o seu Roberto me incomoda muito quando comemos e ele fala, explica o que devo fazer nas corridas, como vamos treinar no dia seguinte, mas sempre fala com a boca cheia e dá para ver tudo sendo mastigado lá dentro.

Iscas vivas

E quando bebe é a mesma coisa, engole a água e fala, depois põe o copo na mesa, e eu vejo os restos de comida boiando, vejo aquilo e me dá vontade de vomitar.

Durante a história toda fiz que sim com a cabeça. Não consigo entender o que tem a ver essa mania do meu pai com o copo do Frajola, mas vejamos no que vai dar.

— Bom, então às vezes sinto nojo de beber mesmo em um copo limpo, porque imagino que o seu Roberto usou e que ali dentro tinha aqueles restos de comida boiando. Aí, um dia, procurei no armário e vi lá no fundo o copo do Frajola. Tinha certeza de que ele nunca tinha usado, então peguei e decidi que só ia usar aquele, e levo para o quarto de noite, só por segurança. É por isso que o copo está no meu quarto, Senhor.

Que, na realidade, é o meu quarto, mas dessa vez não digo nada. Porque não estou convencido de que a história acabou, ainda que pareça que sim.

— Então é isso? É por isso que você usa o copo?

— Sim, Senhor. Por quê?

— É verdade ou é outra bobagem?

— Não, eu juro, juro. — Cruza os indicadores em cima dos lábios e os beija. Algo que eu também fazia quando era pequeno. Agora, com um indicador só, fica difícil.

— E você não podia ter me contado isso antes?

— Eu... Eu tinha medo de que o Senhor se ofendesse se eu contasse que seu pai bebe desse jeito.

— Mas que se foda o meu pai, até agora você não entendeu que não estou nem aí para ele?

— Tá certo, Senhor, desculpe. É que, bom... Não parece, então não sei como me comportar.

— Como não parece?! Como não parece que estou pouco me fodendo para ele?

— É, não parece.

— Mas que merda você sabe? Você é uma criança, veio do cu do mundo e quer saber das minhas coisas mais do que eu mesmo? Pois fique sabendo que estou pouco me fodendo para o meu pai, pouco...

— Eu acredito, Senhor, acredito. Repito, não parece, mas se o Senhor diz, é claro que é verdade. Peço desculpas. E me desculpe se interrompo, mas estou muito curioso para ouvir a história dos velhos e daquele boneco gigante. Desculpe.

— Desculpa o caralho! Você está espertinho demais para o meu gosto. Não vou contar nada.

Mirko abaixa a cabeça, me olha por baixo dos cachos e volta a ter aquele olhar de passarinho de feira.

— Que pena, Senhor. Lamento muito, porque a história me interessava — diz.

E agora sei exatamente qual pássaro ele me lembra: o bengalim. O menor de todos. Eles são tão pequenos que são amontoados naquelas gaiolas minúsculas e, em tão grande número, que em toda feira algum acaba morto. Há sempre dois ou três quietos no poleiro mais baixo, com a cabecinha encolhida no peito e uma espécie de tremor no corpo. Sabe-se lá onde os jogam quando morrem. Talvez sirvam de alimento para outros animais. O fato é que agora eu tenho um aqui na minha frente, ou talvez seja simplesmente um ator incrível, um filho da puta da pior espécie, mas olho para ele e não consigo me irritar, ao contrário, acontece essa coisa maluca de a minha língua se soltar e as palavras brigarem para sair.

E assim desando a contar toda a história do boneco no cemitério e até do ouriço e da falsa quadrilha contra os aposentados. E quando o assunto se esgota não paro, estou embalado, respiro e continuo

Iscas vivas

falando de coisas que não têm muito a ver, depois de outras que não têm nada a ver e que não conto para ninguém.

Há palavras que ficam lá dentro, coladas ao fundo da barriga, presas por toda uma vida sem sair nunca. Mas são ligadas entre si por uma espécie de corda, e se por acaso uma delas se solta e escapa pela boca, as outras vêm atrás em efeito cascata.

Mamãe querida

Das mil maneiras que você podia inventar para se punir, ir à casa dos seus pais é a mais cruel. Sobretudo hoje que seu pai saiu e você e sua mãe estão a sós, sentadas à mesa da cozinha.

A casa é grande – quatro quartos, duas suítes e uma espaçosa sala de visitas –, mas sua mãe não sai nunca e fica somente na cozinha. É o único lugar onde, mesmo quando não trabalha, *poderia* trabalhar. E aí se sente menos culpada.

É quase o mesmo que você fazia na universidade quando se aproximava a data de uma prova. Você estudava das sete da manhã até uma da tarde, fazia uma horinha de intervalo para o almoço e depois dava outro gás até as oito. Depois do jantar não estudava mais porque já não tinha cabeça, mas se alguém a convidasse para ir ao cinema você dizia que não, porque tudo bem não estudar depois do jantar, mas se saísse ficava com a consciência pesada.

Sim, é mais ou menos a mesma coisa que sua mãe faz. E toda vez que você descobre mais um ponto em comum com ela, seu coração dispara angustiado.

– Está sempre na rua – diz. – Vai a todas as feiras, quando não tem feira vai a uma festa regional ou a uma corrida de bicicleta. Desde que não esteja aqui, para ele está tudo bem.

Iscas vivas

— Tá, mãe, mas é o trabalho dele, que, aliás, ele faz muito bem. Olha só para esta casa...

— Isso é verdade, mas já podia ter se aposentado. Nós temos algum dinheiro guardado, podia parar de trabalhar.

— Dá para ver que ele ainda tem vontade de trabalhar.

— Sei, eu sei muito bem do que ele ainda tem vontade. Deixa pra lá. — E não acrescenta mais nada, apenas dois sons que parecem a respiração de um mergulhador quando volta à superfície. *Huh huh*. Concorda consigo mesma, aprovando a ladainha que continua em sua cabeça.

Sua mãe é só osso, rugas e cabelos grisalhos colados ao topo da cabeça, tal qual uma única pipoca gigante, a pele do rosto é uma crosta tão dura que provavelmente se estilhaçaria na altura dos ossos da face, se ela abrisse um sorriso. Mas esse risco não existe, já que a última vez que sua mãe riu foi em uma noite de sábado de setembro de 1990.

Era seu aniversário de treze anos e você se lembra perfeitamente, estava passando na TV o programa do Gigi Sabani e sua mãe devia estar mesmo empolgada naquela noite, porque em certo momento o apresentador colocou uns óculos enormes, iguais aos do Mike Bongiorno, e pegou a claquete, igual à do Mike Bongiorno, e todo mundo sabia, até você que tinha treze anos, o que ele estava a ponto de gritar igual ao Mike Bongiorno com o braço levantado. Então, quando Sabani ergueu o braço, levou o microfone à boca e gritou: *Alegriaaaaa*, sua mãe explodiu em uma longa gargalhada, como você nunca tinha visto antes. Você e seu pai se entreolharam confusos diante desse evento astronômico único, que, de fato, desde aquela noite de sábado de 1990 nunca mais se repetiu.

Mas agora, de repente, um pensamento tenebroso aperta sua garganta: à época da histórica risada da mamãe, Fiorenzo ainda não tinha nascido. Você já tinha treze anos e uma bela coleção de fitas de música, seu livro preferido era *O diário de Anne Frank*, e você se sentia quase uma estúpida por ser a única da turma que ainda não tinha ficado com alguém. E Fiorenzo ainda nem existia. Meu Deus, meu Deus...

— Sabe o que o seu querido papai quer fazer agora? — Sua mãe arranca você dos seus pensamentos com aquela voz anasalada, mas dessa vez lhe faz um enorme favor. — Quer trabalhar à noite também. Diz que em Montecatini há casas noturnas e as pessoas vão e depois saem com fome, e que dá para vender um monte de sanduíches. Mas sei muito bem o que dá para fazer por aqueles lados.

— Por quê? O que tem lá? — você pergunta, mesmo sabendo a resposta.

— Você sabe muito bem, Tiziana. O que tem em Montecatini?

— Não sei. As águas termais?

— Não.

— O hipódromo?

— Não se faça de boba. Em Montecatini está cheio de prostitutas. E seu pai que ir lá à noite, entendeu? Lá está cheio dessas prostitutas russas que arruínam os pais de família. Você esqueceu como terminou o marido da Caterina? E o marido da Balducci? Agora está em Cuba, porque perdeu a cabeça por uma mulher que trabalhava em uma boate.

— Sim, mas o papai não vai para a boate, ele fica no furgão, vendendo os sanduíches.

— Dá na mesma, muda o quê? Essas piranhas dão em cima de todos, que importância tem onde ele fica? Mas você, como sempre, vive nas nuvens, para você todo mundo é bonzinho e simpático, não é? Depois, quando leva uma rasteira, fica mal e vem chorar aqui em casa.

Você estava quase rebatendo, mas consegue se controlar. É bem melhor terminar o assunto. Já errou ao vir aqui, pelo menos tente não cair no bate-boca de costume. Sua mãe leva um segundo para desfilar na sua frente trinta anos de episódios e cenas de episódios que ela se lembra como bem entende e os cospe, claros e cristalinos, na sua cara, e, no final, você se sente como se tivesse tomado um banho de ácido muriático.

Raffaella tinha razão. *O que é que você vai fazer na casa da sua mãe? Se até seu pai está sempre na rua para não ter de ouvir aquela conversa mole, o que é que você vai fazer lá?*

Simples assim. Se para sua mãe tudo é difícil e errado antes mesmo de começar, para Raffaella qualquer situação é fácil.

Tanto é que quando você contou de ontem à noite, sobre você e Fiorenzo no seu quarto e a história do preservativo, Raffaella riu. Chamou você de piranha e riu. Perguntou como era a situação do rapaz lá embaixo. Você também riu um pouco e disse que não era nada mal. Ela perguntou se da próxima vez vocês vão conseguir que a coisa dure pelo menos um minuto, e você respondeu que não sabe se haverá uma próxima vez, ela chamou você de cretina e riu de todas as suas dúvidas, depois ia mudar de assunto, mas ficou quieta olhando para você, tão tensa e angustiada, e começou a rir de novo.

Mas Raffaella é assim, outro dia queria morrer porque Pavel tinha decidido dar em cima de uma colega, mas depois ele voltou com um buquê de rosas vermelhas. Mesmo sendo óbvio que a tal colega não quis mais saber dele e que ele só voltou para não ficar chupando o dedo, Raffaella o abraçou e beijou e, de uma tristeza infinita, passou para um estado de alegria incontrolável. Você não sabe se ela é idiota ou se simplesmente não quer ver o que não lhe agrada, mas a verdade é que Raffaella é feliz. Isso é certo.

E você é feliz? Não. Você é menos idiota que ela? Não. Então..

— Assim é fácil, muito fácil... — diz sua mãe. Ela cospe a palavra "fácil" como um caroço amargo mordido por engano no meio da fruta doce. — Sempre rodando com o furgão, um dia lá, outro cá. Domingo eu também ia para Assis com o pessoal da igreja, era uma excursão, só precisava pagar vinte euros. Tinha até almoço incluído.

— E aí?

— E aí, nada. Não fui.

— Por quê?

— *Por quê? Por quê?* — Ela imita sua expressão com a boca torta e uma voz de retardada. Você odeia quando ela faz isso, nessas horas você a odeia de verdade.

Você resiste à vontade de pegar um dos pratos limpíssimos e brilhantes ali na frente e de destroçá-lo nos dentes da velha. Respira fundo e diz: — Estou perguntando, mamãe, por que você não foi para Assis, se tinha vontade de ir?

— Simplesmente, Tiziana, porque eu não podia. Era domingo, quem ia dar comida para o seu paizinho, você? Você não estava aqui, você nunca está. E você tem que ouvir como ele reclama se não gosta da comida nas poucas vezes que vem para casa. E quer saber mais? Naquele dia ele nem comeu em casa, foi para Pistoia ver uma corrida e não quis nem saber.

Sua mãe para de torturar os talheres e os arruma na gaveta, separando garfos, facas e colheres. Todos virados para cima, as facas com as lâminas viradas para a direita. Às vezes ela se parece tanto com a típica mãe de sessenta anos e intestino preguiçoso que você acha até que é de mentira. Mas infelizmente ela é de verdade, está aqui e é a sua mãe.

— Bom, mas se ele não estava, você podia ter ido a Assis.

— Claro, como não, no último minuto. Eles sempre guardam um lugar no ônibus para você, que está sempre com a cabeça na lua, né, Tiziana?

— Você perguntou se ainda tinha lugar?

— Não, não perguntei, mas não tinha. Além do mais, com que cara eu ia aparecer mudando de ideia no último instante, quando já tinha dito que não ia? O que eles iam pensar?

Não responde, não diz mais nada. Sua mãe está de costas arrumando a gaveta e você se levanta, pega a bolsa e sai da cozinha. Ela deve estar pensando que você vai para a sala ou ao banheiro, mas você sai. Para o jardim e depois para a rua, entra no carro, gira a chave e some. Sem se despedir nem nada.

A única vantagem de falar com uma pessoa que considera você estúpida, inadequada e até pouco normal, é que não precisa se preocupar em deixar uma boa impressão quando vai embora.

Dispensa-se (muito) boa aparência

Yeeeeeeeeeeeeeaaaaaaahhh!

A bateria termina com um inferno de rufos nas duas caixas, o baixo martela ao redor e minha voz sobe bem lá em cima, altíssima e agressiva. Meu Deus, que final, sinto medo de mim mesmo, somos uma banda fantástica que ensaia uma música pela primeira vez e a leva até o fim com uma potência incrível.

No começo, a composição se chamava *Cannibal Apocalypse*, mas agora virou *Killer of Old People*. Sempre na tentativa de aproximar nosso nome de algum suspeito, embora eu aposte que não estejamos conseguindo. Nenhuma linha, nenhuma palavra sobre o ouriço nos Correios, nada sobre o boneco idoso pendurado no cemitério. Será possível que ninguém liga? Todos falando da ronda de velhos em alerta contra a quadrilha antiaposentados, aí, quando a quadrilha dá as caras, não se importam.

Todos, menos o Campeãozinho, que está interessado até demais nessa história. Fez tantas perguntas que desconfiei que quisesse nos denunciar à polícia. Então disse a ele que, se nos denunciasse, ia quebrar a cara dele na porrada, e ele perguntou a quem podia nos denunciar, eu disse: *À polícia*, e ele disse que não tinha nem pensado.

Melhor para você, eu disse, *melhor para você*. Agora devo estar mais frágil do que de costume, a história da Tiziana deve estar me amolecendo demais, mas o fato é que, neste caso, acredito no Campeãozinho.

Ele se interessou pela quadrilha antiaposentados porque é realmente interessante, é um absurdo que não interesse ao *Tirreno* e ao *La Nazione*. Eles estão lotados de anúncios de feiras regionais, colunas sobre comidas típicas da Toscana e artigos venenosos sobre o Mirko e meu pai, comentam que é fácil dizer Pequeno Campeão, mas, na hora h, esse campeão nos fez parecer idiotas em terra estrangeira. E nem uma linha sobre a quadrilha.

Será que estamos com pressa? O boneco de ontem à noite não poderia estar nos jornais de hoje, pode ser que apareça na primeira página amanhã, então temos de esperar. É só questão de tempo, e se há uma coisa que temos aqui em Muglione é tempo.

Por isso, hoje à noite vamos ficar quietinhos tocando na garagem, apesar de que escrevemos no cemitério que esta seria a noite do massacre. Não adianta ir com muita sede ao pote, vamos esperar para ver.

Mas não é que ficamos parados nesse meio-tempo. Giuliano pegou uma boa grana com o Stefano, foi a Florença, a uma loja que faz roupas para espetáculos históricos, e trouxe três uniformes sensacionais para o Metal Devastation. Umas capas pretas de cetim, brilhantes e com capuz, e um machado vermelho desenhado no peito. De hoje em diante vamos tocar vestidos assim. Pois é, entramos na categoria superinteressante das bandas mascaradas, uma ideia tão genial que nem sei como não pensamos nisso antes.

E mais, amanhã à noite vamos começar a andar com essas capas pela cidade. Experimentei a roupa no banheirinho da loja e me assustei comigo mesmo. Então imaginem o efeito que vai causar de noite, escuridão total com a névoa de sempre e a luz amarela de um poste iluminando três figuras encapuzadas e negras com um machado no peito... É provável que o primeiro que nos vir tenha um ataque do coração, mas, se sobreviver, vai contar para a cidade inteira, aí o nome do Metal Devastation vai finalmente se cravar na mente de todos.

E se depois dessa história das roupas ninguém suspeitar de nós, então não sei o que fazer. Vamos ter de esperar na igreja o dia do idoso e subir no altar gritando *Morte aos velhos* diante de toda Muglione. Sem dizer que o dia do idoso ainda vai demorar um bocado.

Além do mais, Tiziana ia ficar sabendo rapidinho, já que ela vive entre os velhos, lá no Centro de Informações para Jovens. Se ela já não quer ficar com um pobre menino sem uma das mãos que não segura o orgasmo por mais de um segundo, acho que o fato de militar em uma seita secreta dedicada ao extermínio dos aposentados não melhoraria muito a minha situação. Se bem que ela suporta menos os velhos do que eu, então pode ser que... Bom, não sei, não sei nada. Não sei nem quando vou ver Tiziana de novo, *se é* que vou vê-la.

Quer dizer, na realidade vou vê-la amanhã, porque tenho um plano. Só não sei se ela vai ficar feliz em me ver. Meu plano é perfeito, porque tudo bem que nós somos o Metal Devastation e arrebentamos o mundo mesmo sem guitarrista, mas amanhã vamos divulgar um anúncio para arrumar um. Nos bares, nas lojas, nas paradas de ônibus e até no colégio, onde depois do festival nós viramos piada, mas vão todos para o inferno, não estamos nem aí.

E posso colocar um anúncio inclusive no Centro de Informações para Jovens... *Desculpa, Tiziana, eu não queria vir aqui, mas é que precisamos urgentemente de um guitarrista, se você não quiser, não precisamos nem conversar, me dá um segundo para colar esse cartaz e eu sumo, tudo bem? A propósito, como você está, o que fez hoje, vai fazer alguma coisa esta noite?*

Um plano perfeito.

Iscas vivas

E um anúncio perfeito também:

BANDA DE HEAVY METAL SUPEREQUIPADA PROCURA GUITARRISTA, DE 18 A 21 ANOS, DISPONÍVEL PARA VIAGENS, INCLUSIVE INTERNACIONAIS, COM BOA TÉCNICA, MAS, PRINCIPALMENTE, SÉRIO E CHEIO DE ENERGIA.
DISPENSAM-SE CURIOSOS E (MUITO) BOA APARÊNCIA.

Mas por hoje estamos bem assim, nós três sozinhos. Ensaiando, suando e fazendo um som cada vez mais pesado, não estamos nem aí para o que acontece lá fora.
OS VELHOS PODEM DORMIR TRANQUILOS ESTA NOITE.

A escura noite das bengalas

Escuro. Não, mais que escuro, escuridão profunda, noite sem lua e com algumas estrelas decrépitas, débeis como as luzinhas trêmulas dos túmulos atrás do portão. A névoa se arrasta no chão e espalha-se lentamente em meio aos arbustos, carregando consigo o cheiro de flores velhas do cemitério até aqui, atrás do salgueiro, única árvore da região e único lugar onde é possível se esconder.

Estar envolvido pela mesma névoa que passou entre as lápides e as fotos dos defuntos faz com que se sintam estranhos, e por algum tempo ficaram ouvindo os ruídos que cruzavam a grama e sabe-se lá de onde vinham. Mas depois de meia hora de silêncios e arrepios, o vinho surtiu efeito, e agora os quatro Guardiões estão bem soltinhos.

— E daí se é moda? Estão peladas, porra, peladas. E se amanhã a moda for homem andar na rua com o pinto de fora como na África, vocês vão aderir? — diz Baldato, os outros dizem que não. — Isso é coisa de vadia. Se está na moda andar com a bunda de fora, quer dizer que está na moda ser vadia.

Iscas vivas

Do ponto de vista físico, essa história de fazer ronda à noite vai matá-los de dor, mas moralmente falando os faz sentir jovens. Jovens guerrilheiros, escondidos, à espreita, prontos para a emboscada.

Tudo começou hoje de manhã, quando o filho de Repetti acordou e decidiu ir caçar javalis. Trabalha como zelador do cemitério de Muglione, mas às vezes acorda com a mão coçando e precisa necessariamente ir dar uns tiros, do contrário não sabe o que pode acontecer. Não importa se a temporada de caça já terminou, não importa se é preciso abrir o cemitério. Avisa seu pai e vai. E então o velho Repetti se encarrega de abrir o cemitério, como fez por quarenta anos, antes de deixar o serviço para o filho.

Esta manhã já estava fazendo a ronda matinal com os Guardiões, no fim do percurso perguntou aos outros se o acompanhavam, e assim foram todos ao cemitério. E a visão daquele morto, enforcado e imóvel no ar, na contraluz do final da estrada de terra, fez parar seus corações por um segundo.

E, quando perceberam que era um boneco, o medo só aumentou. O boneco de um velho com os cabelos brancos, enforcado diante do cemitério, dependurado sobre aquela ameaça escrita em letras vermelhas:

ESTA NOITE CHEGARÁ A NOITE
E O CEMITÉRIO SERÁ A VOSSA CASA.
FALANGE PELO REJUVENESCIMENTO NACIONAL

METAL D.

– NAZISTAS – DE – MERDA – disse Mazinga, tocando o boneco com um graveto. – OH – TEM – ATÉ – UMA – POCHETE – IGUAL – À – NOSSA.

— Pessoal, eu tinha inventado tudo — disse Repetti. — Juro por Deus.

— SIM – MAS – ESSES – CARAS – EXISTEM – DE – VERDADE.

— Sim, existem — disse Baldato —, mas por pouco tempo. Porque vamos acabar com eles esta noite.

— ...

— Rapazes, temos duas escolhas: ou vamos atrás deles ou esses desgraçados vêm nos pegar. A mensagem é clara. Esta noite. Aqui. Então, depois do jantar voltamos aqui e preparamos uma bela cilada, de acordo?

Divo pensou um pouco. Ontem iam encontrar um jornalista interessado em fazer um especial sobre os Guardiões. Ele queria uma foto de cada um e Divo passou a noite escolhendo aquela em que tinha saído melhor. Mas depois o jornalista ligou novamente, precisava ir atrás de outras notícias, e tudo precisou ser adiado para não se sabe quando. Uma enfermeira de Verona ficou grávida do próprio filho, um cão abandonado em Biella chegou a San Giovanni Rotondo e agora dorme ao lado do museu do padre Pio. Todos os dias acontecem fatos frescos e sensacionais, e os Guardiões naturalmente vão sendo jogados para segundo plano. A menos que inventem alguma coisa nova. Alguma coisa grande.

— Pode contar comigo. — Divo estende a mão a Baldato e Mazinga diz que sim com a cabeça. Repetti preferia não aceitar, mas, àquela altura, não podia mais se esquivar.

Durante todo o dia pensaram em qual seria o melhor lugar para se esconder, e agora estão aqui no escuro, atrás do salgueiro, estudando o cemitério.

Porque agora é noite. Mais que isso, é a noite *em que chegará a noite*.

Caralho.

Iscas vivas

* * *

— E se forem muitos? — pergunta Repetti.

— Se forem muitos, ficamos escondidos, é claro, tiramos umas fotos e levamos para a polícia. — Divo ergue a máquina fotográfica, uma daquelas velhas, de filme. — Se forem muitos, fotos. Se forem poucos, bengaladas.

Todos concordam, mas Repetti, mais que qualquer coisa, treme. Treme e sua. Passou quarenta anos de sua vida naquele cemitério, mais tempo do que vários mortos que estão enterrados. Comeu, assistiu à televisão e foi ao banheiro um milhão de vezes ali. Mas à noite o cemitério se transforma em algo totalmente distinto. Ele sabe e não consegue relaxar.

Já os outros continuam engolindo o vinho e conversam como se estivessem no bar.

— PASSA – O – QUEIJO – diz Mazinga, que é logo repreendido porque seu grasnado metálico é muito alto, retumba na escuridão da esplanada e dá um pouco de medo.

Mas, quando o silêncio volta, é logo varrido para longe por um barulho distante e estalado de passos sobre os seixos. Passos regulares e lentos, lentíssimos, ao longe, mas cada vez mais próximos.

— Jesus amado. Quem será?

— Quem você acha? Adivinha.

Repetti não responde e não tenta adivinhar. De noite, no cemitério, qualquer coisa pode acontecer, qualquer coisa.

Divo e Baldato estudam a escuridão lá embaixo, enquanto se esticam para pegar as bengalas, a respiração de Mazinga parece o assobio de uma bomba de ar enchendo uma bola, que, porém, está furada. Permanecem quietos em meio ao rumor contínuo dos grilos e naquela cadência dos passos, cada vez mais altos e sempre lentos, lentíssimos, de alguém que arrasta os pés enquanto caminha e não tem a menor pressa de chegar. Talvez porque tenha todo o tempo do mundo, talvez porque nada possa detê-lo.

— Mas quem será? Será só um? A famosa falange é constituída por um só idiota?

— Bom, deve ser o chefe, vai saber. — Divo tenta manter um tom firme, o que é difícil, pois seu coração bate forte no peito.

— Ou então não é a falange — diz Repetti, a voz mal atravessando a garganta.

— Mas então quem é que vem a essa hora ao cemitério, um fantasma?

— Não brinque com isso, Divo.

— Você acredita em fantasmas, Repetti?

— Eu, sim, e muito.

— Que coisa, logo você que trabalhava no cemitério.

— Sim, e é exatamente porque entendo disso. Ouçam o que eu digo, não estou falando à toa, ouçam...

Não diz mais nada. Ninguém diz nada. Apenas escutam aqueles passos que penetram sob suas peles com a umidade da noite e o cheiro da terra. Terra duríssima nos campos e mais macia, revolta, lá onde ficam os túmulos. E, quando o coração dos Guardiões não pode bater mais forte, os misteriosos passos tomam forma. Da escuridão desponta o contorno de uma figura que se aproxima, curvada para a frente, toda negra e encapuzada.

E agora, além do coração, os intestinos também se fazem presentes.

— Puta que pariu — diz um deles, não importa quem. Abaixam-se cada vez mais, alguns ossos rangem.

— Jesus — diz o Repetti. — Jesus, Maria e José.

Iscas vivas

A figura é negra como a noite, com um capuz cobrindo o rosto. Continua a se aproximar, lenta, depois para. Na mão tem uma coisa branca, mas não se vê a mão, e em vez da mão podem ser apenas ossos, porque debaixo da capa talvez exista um esqueleto. Ou o Diabo. Ou um seu ajudante muito cruel.

O que quer que seja terminou sua lenta procissão e estacou diante do portão do cemitério. Olha para dentro, dando as costas aos Guardiões, fica imóvel por um minuto, depois ergue os braços lentamente.

— Mas o que está fazendo?

— Chamando os mortos — desabafa Repetti.

— Ãh?

— A escrita era clara, o cemitério será a vossa casa... Agora vai destampar os túmulos e prepará-los para nós, Jesus, meu Senhor!

— Mas que merda você está falando?

— Sim, igual naquela noite, nunca contei para vocês, mas uma noite vi uma tumba que... Estava escuro, ouvi um golpe seco e um barulho de madeira e vindo de dentro uma coisa arranhando... Ó, meu Senhor...

— Tá bom, outra dia você conta, agora vamos lá ver que diabos é isso.

— Divo, você está louco? Você não sabe o risco que está correndo, você não sabe!

— Fica calmo, somos quatro e temos as bengalas, vai ver como damos um jeito no seu fantasma. — Baldato aperta a bengala com toda a sua força. A empunhadura tem a forma de uma cabeça de leão e é toda de metal, perfeita para destruir os ossos de um esqueleto.

Enquanto isso, a figura negra abaixa novamente os braços, pega a coisa branca que tem na mão e a apoia no portão. E pelo reflexo daquele branco ou por qualquer motivo pavoroso, as luzes das tumbas ficam ainda mais fortes.

— Jesus todo-poderoso — diz Repetti. Mazinga também pronuncia umas palavras há algum tempo, mas sem encostar o seu aparelho na garganta, então parece um peixe ofegando.

— Pois bem, eu e Baldato vamos por lá — fala Divo —, vocês vão por aqui ao encontro dele, assim ele vê vocês e foge na nossa direção. Está claro?

— Mas... E se ele não fugir?

— Se não fugir, melhor, nós o cercamos.

— E se vier para cima de nós?

— Vocês escapam e nós o pegamos.

— Mas eu sou devagar — diz Repetti. Mazinga concorda com a cabeça, aponta para si mesmo e faz um som aspirado, como se dissesse que ele também não é veloz.

— Não se preocupem, nós estamos aqui e temos as bengalas. Primeiro lhe damos um golpe para ficar quietinho, depois pensamos. Mas agora chega de conversa, vamos, vamos...

— Jesus, Maria e José — diz Repetti, acrescenta um sinal da cruz e depois se levanta junto com Mazinga. Viram-se uma última vez para Divo e Baldato, que, no entanto, já sumiram no escuro, e então eles também se mexem. Vão pela direita, quietinhos, tentam chegar à esquina do cemitério, no ponto mais distante do vulto negro.

Mas no silêncio da noite é impossível não serem ouvidos, o espectro encapuzado para, deixa a coisa branca pendurada no portão e se vira para eles.

— Agora, já! — Divo e Baldato chegam correndo com as bengalas no ar. A figura também os vê, mas fica onde está. Não se move nem faz nada. Deixa aqueles dois chegarem bem próximos dele e, quando estão a um passo, ergue os braços para o céu e emite um som aterrorizante.

— UAAAAAAAARRRRRGHHH!

Iscas vivas

Os grilos param de cantar, o som de dois golpes surdos se propaga no silêncio da planície. Alguns segundos de nada absoluto e, em seguida, os grilos retomam sua canção de amor, porque essa é a natureza, não lhes interessa o que acontece aos homens. A natureza segue adiante como bem entende, a natureza vai em frente pelo próprio caminho e canta.

E não se importa se no chão alguma coisa morreu.

A fábula de Vladimir

Hospitais e cemitérios quanto menores são, melhor é, pois significa que naquele lugar as pessoas tendem a não se machucar tanto e não morrem com frequência. O pronto-socorro de Pisa, porém, é maior que um ginásio poliesportivo.

A porta de entrada é toda transparente e abre sozinha quando você se aproxima, depois, um muro de máquinas de café, bebidas e sanduíches prontos, e lá no fundo uma porta azul que se abre apenas pelo outro lado e conduz aos ambulatórios. Quem está mal desaparece na maca atrás daquela porta, quem está ansioso fica neste salão gigantesco, andando em círculos e balançando a cabeça.

Agora é noite e, além de mim, há cinco chineses adormecidos em um canto, uma mulher de uns sessenta anos que telefona sem parar, mas nunca fala, e um sujeito com umas olheiras que deve estar aqui só para comprar um café na máquina. Mas um pronto-socorro grande desse jeito é um mau sinal para uma cidade.

Quando eu era pequeno, toda noite meu pai me contava uma fábula antes de dormir. É tão estranho que, quando me lembro, parece até impossível: meu pai, na minha cama, contando história. Mas juro que era bem assim. As pessoas mudam, são melhores ou piores dependendo da época, e naquela época meu pai se deitava ao meu lado e me contava essa fábula em capítulos sobre um sujeito que se chamava Vladimir e viajava pelo mundo em cima de uma burrinha, que, às vezes, não tinha nome, outras vezes, se chamava Pocotó. Toda noite Vladimir parava em algum lugar e presenciava uma injustiça ou uma catástrofe, e sempre dava um jeito de resolver tudo. Depois, quando as pessoas o aplaudiam e pediam que ficasse ali como herói, ele olhava ao redor, via o cemitério e perguntava: *Mas aquilo o que é?* O povo respondia que era o cemitério, então ele balançava a cabeça, despedia-se de todos e partia com a burrinha rumo a um lugar ainda mais distante do mundo. Porque Vladimir procurava o país onde nunca se morre.

E agora que são três da madrugada e estou sentado nesta gigantesca sala de espera de um hospital que parece uma pequena cidade, essa fábula volta à minha memória e penso que, se eu fosse Vladimir, agradeceria a todos e sairia correndo.

Só que não sou Vladimir, nem tenho uma burrinha. Sou Fiorenzo e vim a Pisa na scooter, e não vou embora enquanto não souber como está o Mirko.

Quem o trouxe foi o Divo, o velho que antes consertava aparelhos de TV. Disse que estava dando um passeio perto do cemitério por volta da meia-noite e que, do nada, apareceu na sua frente uma pessoa vestida de preto, ele carregava uma bengala para facilitar a caminhada, e, de medo, deu uma bengalada naquele que, depois veio a saber, era o Mirko.

Uma história toda malcontada, mas deixa quieto. Sei o que aconteceu na realidade, devo saber até melhor que o Divo e os outros Guardiões, que esperam lá fora, escondidos nos fundos do estacionamento, no Fiat Panda do Mazinga. A única coisa que não sei é que merda Mirko tinha na cabeça. Vestiu a minha capa com o machado desenhado no peito, escreveu VELHOS, VOCÊS TÊM QUE MORRER em um pedaço de cartolina e depois foi a pé até o cemitério. Por que ele foi lá, o que pretendia fazer? Acho que vai me explicar quando me deixarem entrar, embora eu não acredite muito.

Eu me levanto, alongo os músculos e dou uma voltinha. Sentado não me sinto bem, em pé também não, estou nervoso, tenso e parece que vou sufocar. E tenho muitos bons motivos para isso.

Vim um tanto de vezes a este hospital para fazer curativos, exames, coisas de rotina, mas o problema é que foi aqui que descobri que me restava uma só mão e, mais tarde, que a mamãe tinha morrido. Portanto, é normal que aqui dentro eu me sinta como um cristão levado ao Coliseu.

Acho que é melhor sair mesmo, esperar no estacionamento, ao ar livre. Quem sabe um papo com os Guardiões e o tempo passa mais rápido? Dirijo-me para a saída e vejo que alguém lá fora me cumprimenta balançando a mão. Tento vislumbrar quem é, aperto os olhos, primeiro ajusto o foco e depois ardo em fogo: é Tiziana.

Em seguida, congelo no meio da sala de espera e vários mísseis de pensamento partem da minha cabeça, disparados em direções distintas e longínquas que não consigo acompanhar. Só posso ficar parado e me perguntar como fez para saber de Mirko, apesar de ter sido eu quem lhe mandou uma mensagem com a notícia.

Chega a passos rápidos pela descida, usa um vestido verde fininho e requebra os quadris quando caminha. É algo lindo de se ver, mesmo em uma situação dessas, mesmo em um lugar desses. Aliás, o contraste com a feiura do ambiente eleva Tiziana a patamares muito perigosos, ao menos para mim.

Mas, antes que se abra a porta de vidro, se abre aquela azul do outro lado do salão, com um rangido horroroso. Surge um fulano de jaleco, gritando: — Irmão de Mirko Colonna, irmão de Mirko Colonna. — Olha e aponta para mim, olho para ele por um instante, sim, sou eu. Diz que posso entrar, mas sozinho e rápido. Sua falta de educação me irrita, mas quando passo ao seu lado, digo obrigado. Nos hospitais não existe essa história de que as pessoas têm sua dignidade e querem preservá-la. Nos hospitais, ou você se rende ou morre. Ou as duas coisas juntas.

— Senhor, me desculpe, por favor, me desculpe. — A voz de Mirko está com as baterias descarregadas e, no final de cada frase, se extingue em um sopro. — Desculpe-me de verdade, por favor.
— Mas que merda você tem na cabeça?
— Nenhuma, Senhor, mas é que gostei muito do plano de vocês, não entendi por que não queriam fazer nada essa noite. Eu pensei que era melhor insistir todas as noites, Senhor, para assustar mais esses velhos malditos.
— Pois pensou mal.
— É, é verdade. Agora eu vi.
— É, mas você precisou quebrar uma perna para ver.
— É, acho que sim, Senhor, sinto muito.
Porque foi exatamente isso, uma bengalada seca e a tíbia quebrada. E agora está aqui, na cama do hospital, debaixo de um cobertor verde e cinza, de onde desponta a perna com essa coisa branca enrolada que mantém paralisado o osso destruído. Colocaram até uma touca de plástico na cabeça dele, mas não entendi por quê. Deve ser porque aqueles cabelos crespos e duros eram tão assustadores que os enfermeiros decidiram evitar aquela visão desse jeito. Em seguida, me mostrou uma mancha escura nas costas, a primeira bengalada que o jogou no chão. Fala, todo satisfeito, que se sentiu como se um leão o tivesse atacado na savana. A possibilidade de o Campeãozinho

não estar fingindo e ser de fato um completo idiota me parece mais plausível dia após dia.

— O que lamento é que agora vou perder todo o treino. Hoje mesmo corri muitos quilômetros. Passei na sede e vi os outros à porta, prontos para começar, mas o seu Roberto não foi.

Eu sei, sei muito bem. Assim que me ligaram do pronto-socorro, avisei meu pai. Deviam ser umas duas da madrugada e ele disse que estava vendo TV, como se eu não soubesse que estourou a TV contra a parede. Além do mais, o sapo coaxando ao fundo me informou que, na verdade, às duas da madrugada, meu pai ainda estava no canal, atrás do aterro, pescando sem isca.

— É que hoje ele foi pescar — digo.

— Ah, é? E pegou alguma coisa?

— Não sei.

— Espero que sim, eu também gostaria muito de ir pescar... Então, como ele não foi à sede, os rapazes decidiram voltar para casa. Mas eu fiz cento e cinquenta quilômetros.

— Seu retardado, é muito, faz mal.

— Eu sei, Senhor, só que falei para mim: *Quando me cansar, volto.* Mas as horas passavam e eu não me cansava nunca, então disse que com cento e cinquenta parava. Só que agora vou perder todo o preparo, é muito triste.

Concordo com a cabeça. Queria lhe dizer que não ia perder, não, mas seria só papo. Seria muito mais certo dizer para não se preocupar com o treinamento, porque depois de uma fratura como essa, é provável que nunca mais volte a correr, mas isso também guardo para mim. As verdades não devem ser ditas por obrigação. Às vezes, a verdade é uma droga e merece ser abandonada sozinha em um canto, meditando sobre o que fez.

Iscas vivas

— Senhor, me desculpe, posso perguntar uma coisa? Estava pensando, agora que quebrei uma perna, será que vou perder um pouco de força quando voltar a correr? – pergunta tão alegre e esperançoso que penso ter entendido mal.

— Bom... como assim?

— Assim. – E se acomoda melhor na cama. Está elétrico, realmente não consigo entender esse menino. Tem uma perna quebrada e estamos em um hospital porque o encheram de porrada na frente de um cemitério, mas parece que estamos comemorando seu aniversário. – Na sua opinião, será que vou ficar mais lento quando voltar a correr de bicicleta?

— É... bom, como vou saber? É possível, sim, infelizmente. Vamos ver.

— Tomara, Senhor, tomara.

— Tomara o quê? Que você fique menos forte do que antes?

— Sim, pensei nisso e acho que é melhor. Quer dizer, acho que isso é uma coisa que vai me frear, uma coisa que vai me deixar mais fraco. – Abre um sorriso em que só os dentes não bastam e se alarga até as gengivas.

— Mas você não disse que gostava de vencer?

— Sim, Senhor, é verdade. E de fato espero ficar mais fraco, mas não tanto como as pessoas normais.

Tento entender as palavras do Campeãozinho, mas já de início sei que não é possível. Depois a porta se abre atrás de mim, me viro e Tiziana aparece com um sorriso. E então fico quieto a observá-la, sem mais nada na cabeça.

Uma família de suecos

Olá, bom-dia, prazer em conhecê-los. Roberto Marelli infelizmente não conseguiu adiar uma reunião importantíssima em Milão com os diretores esportivos italianos que lutam por um esporte limpo. Voltará amanhã e, por enquanto, encarregou a mim, que sou seu filho e também um dos responsáveis pela equipe, de tomar conta de Mirko e de todas as suas necessidades neste momento.

Eis a história que contei aos pais do Mirko, no corredor de frente ao seu quarto no setor de ortopedia, enquanto eles, por todo o tempo, concordavam com o olhar cansado e fixo no ar que cheirava a hospital, ou seja, um misto de álcool e batata cozida. Tinha inclusive preparado uns acréscimos para responder a certas dúvidas, tinha tomado nota, mas não precisou. Não fizeram perguntas, não tinham curiosidade, no fim das contas, acho que eu podia até contar a verdade. Ou seja, que era melhor não encontrar meu pai, pois iam ver um homem sujo e meio bêbado que há um dia e meio vive em um canal próximo ao aterro sanitário, e que, portanto, eu deveria acompanhar o seu filhinho, eu que, até outro dia, tramava para que ele tomasse bomba e perdesse e que o odiava mais que qualquer outra pessoa no planeta.

Bem, talvez não pudesse mesmo contar as coisas como elas são. Mas eles não criaram problemas, ouviram a minha história tranquilos e sem abrir a boca. Tranquilos até demais, eu diria. Quer dizer, acho que eles não estavam nem aí. Foram ao quarto, viram Mirko e o abraçaram, mas tudo de um jeito morno e seco, pior do que uma família sueca visitando um primo de segundo grau.

Eu os espiava da porta e pensava como teria sido se, com quinze anos, eu tivesse saído de casa por uns meses e a mamãe tivesse vindo me encontrar assim. Gritos, lágrimas, abraços, mais lágrimas, mais abraços. Aqui, no entanto, o mais emocionado era o médico que veio visitar Mirko antes do almoço, um ciclista amador que o parabenizou e perguntou se era verdade que uma vez, no final de uma corrida, ficou sem a roda da frente, mas venceu, percorrendo os últimos duzentos metros empinando a bike.

É verdade.

Depois, no corredor, o mesmo médico me disse que a aventura de Mirko na bicicleta, contudo, terminava aqui.

É muito, mas muito difícil que volte a fazer algo de sério. Diria que é impossível, mas, na minha opinião, também era impossível vencer com uma roda só. De qualquer forma, prefiro ficar com os pés no chão, e ficaria feliz se alcançássemos o objetivo mais plausível, ou seja, que não haja sequelas. Veja, ainda há o perigo de ele ficar manco, de carregar esse trauma para o resto da vida, e você sabe muito bem quanto é difícil uma situação dessa natureza.

Foi bem assim que ele falou e indicou meu pulso direito, apesar de eu o ter mantido dentro do bolso o tempo todo. Tirou os óculos, limpou-os na manga do jaleco, sorriu e foi embora. É por isso que admiro os médicos, gente dura que já viu de tudo e vai direto ao ponto.

Depois do almoço, era a vez de Tiziana entrar em cena, ela que ontem à noite ficou um bom tempo comigo na sala de espera, enquanto

Mirko dormia no quarto. Falamos de um montão de coisas bobas e divertidas, sem complicação. Como se nada tivesse acontecido entre nós e não houvesse perguntas em suspenso, dois amigos que têm um motivo sério para estar onde estão e, enquanto isso, conversam. Mas, depois, quando foi embora, me deu um beijo na boca, juro que não entendo nada.

Seja como for, o plano era que na hora do almoço Tiziana voltaria para interpretar o papel do outro responsável pela equipe, de modo a tranquilizar os pais de Mirko. Só que não foi preciso, porque eles almoçaram na lanchonete do hospital, trouxeram um sorvete para o menino e ficaram conversando com ele mais um pouco antes de ir embora. Disseram que a estrutura para a reabilitação aqui é melhor, que, segundo os médicos, uma viagem longa seria estressante para ele, que tinham de voltar para casa, mas voltariam logo.

Eu os ouvi sem dizer nada, apertei os dentes com raiva e, em um certo sentido, fiquei com vontade de pegar o suporte do soro e arrebentar os ossos de papai e mamãe Colonna. Mas, por outro lado, fiquei quase contente ao ver que essas pessoas eram tão asquerosas a ponto de ir embora correndo. Não sei por quê. Aliás, admito, sei, sim: fiquei contente porque foram embora sem o Mirko.

— Somos quatro irmãos, Senhor — me explica ele agora que estamos a sós. No quarto, há seis leitos e o dele é o mais próximo à porta. Dois estão vazios, e nos outros há dois velhos com o fêmur quebrado e um motociclista todo enfaixado que reclama constantemente. — Somos quatro irmãos, eu sou o terceiro, gosto muito de todos e sempre penso na minha casa e no que estarão fazendo. Mas, Senhor, acho que eles ficam melhor sem mim.

— Do que você está falando, você é idiota? Que porra é essa?

— Eu falo porque é verdade, Senhor, quando eu morava junto com eles, todos estavam pior. Quer dizer, quando eu era bem pequeno, lembro que vivíamos muito bem. Tinha o Mattia, que é o mais velho e era muito bom no vôlei, já o Giuseppe era muito bom na escola. Depois, comecei a jogar vôlei e a estudar, e desde o primeiro dia eu era cem vezes melhor que os dois. Eles pararam de treinar e de estudar e ficaram sérios e irritados comigo, depois começaram a fazer um monte de bobagens, principalmente o Mattia. E aí começaram as brigas em casa. A mamãe e o Mattia ficavam se xingando, eu ficava atrás da porta e, às vezes, a mamãe me encontrava ali e me olhava de um jeito que ficava claro que tinha raiva de mim. Ela dizia que não e me abraçava, mas tinha raiva de mim.

— Para de falar bobagem, é sua mãe, não tem nada a ver. E depois, por que ia ter raiva de você, porque você é muito bom?

— É. Quer dizer, um pouco, sim. E um dia resolvi perguntar para ela se tinha raiva de mim e ela me disse: *Não, Mirko, do que você está falando, eu amo você, amo você demais*. Depois ela me olhou, tinha acabado de brigar com o Mattia porque ele tinha roubado uma moto e queriam expulsá-lo da escola, e então a mamãe disse: *Só que às vezes... às vezes a vida não é muito fácil, Mirko. Quer dizer, para você é, para você é tudo muito fácil, mas para os outros...* E naquela hora fiquei com vontade de chorar, então a abracei e disse: *Desculpa, mãe, desculpa*. E ela me dizia: *Mas por quê? Deixa disso, deixa disso*. Então eu não disse mais nada, mas, se não tivesse tanta vontade de chorar, teria dito para a mamãe, teria dito que para mim também não é nada fácil, não é fácil de jeito nenhum.

Mirko para de falar, para de me olhar, pousa os olhos na perna que aponta sob a coberta. Depois se deita e esconde o rosto com o lençol. Escutei sua história e lhe disse um milhão de vezes que é um idiota e só fala bobagens, mas, na verdade, eu o compreendo um pouco. E talvez agora compreenda um pouco também os seus pais, um mínimo, o suficiente para não detestá-los como antes.

É por isso que nunca quero saber muito das pessoas que fazem coisas ruins. Porque senão você acaba por compreendê-las um pouco, e fica com raiva e perdido, sem ninguém para odiar.

Três meses depois

Bom, essas coisas aconteceram em maio, agora estamos no final de julho. Passaram-se quase três meses e as coisas que víamos no horizonte já se materializaram.

O exame de maturidade, por exemplo. Que para Stefanino foi um período de ansiedade, mas para mim, não, visto que nem me autorizaram a fazê-lo. Nenhuma surpresa, nunca me viam na escola, as notas ficavam abaixo de zero e não fui sequer olhar os resultados. Só pedi que o Stefanino me mandasse uma mensagem no caso de uma notícia maravilhosa. Não me mandou.

E ele, Stefanino, nesse meio-tempo decidiu parar de trabalhar com as fotos do papa. Os jornais começaram a publicá-las nas primeiras páginas, os suvenires eram vendidos como água, os telejornais diziam que a popularidade do papa estava subindo às estrelas e no México o viam para todo lado nas manchas de umidade e em velhos trapos descoloridos. Então Stefanino se sentiu parte daquela máquina de falsidade e disse chega, chega disso, não quero mais saber. E durante um mês, aqui em Muglione, viram-se todos os graus do serviço eclesiástico chegarem em carros superluxuosos com a missão de redimi-lo. Até o bispo de Pisa queria conversar com ele, um cardeal estrangeiro também, e outros senhores com sobrenomes estranhíssimos. Por fim o convenceram com uma bela soma, mas, sobretudo, concedendo-lhe um inacreditável encontro que ele exigiu como condição indispensável, e assim Stefanino vai passar um dia inteiro, 10 de setembro, acho, cara a cara com o papa. Exato, Stefanino com o papa. Não sei o que pretende dizer a ele, mas agora poderá dizer. Muito louco, eu sei, mas na vida acontecem coisas absurdas que só Deus pode explicar, se é que Ele existe. Nem o papa explica, do contrário, Stefanino poderia lhe perguntar em setembro.

E para continuar no mundo das coisas absurdas, a história com a Tiziana persiste. Faz dois meses que estamos juntos, se é que dá para dizer isso. Agora mesmo estou aqui no meu quartinho das iscas me olhando no espelho e arrumando os cabelos, porque daqui a pouco vamos sair. Tiziana diz que cabelo comprido é coisa de babaca, mas então quer dizer que ela gosta dos babacas, porque tenho cabelo comprido e não vou cortar nem fodendo.

O dia que deram alta ao Mirko no hospital, Tiziana veio aqui para vê-lo e depois ela e eu saímos para tomar sorvete. Falamos de várias coisas, generalidades, nada pessoal, mas no fim nos beijamos. Um beijo de língua, e quando nos separamos perguntei se tinha pensado a respeito de nós dois, já que tinha dito que precisava pensar.

Sim, pensei, mas não entendo nada. Então achei melhor não pensar, pelo menos por enquanto.

Não entendi o comentário, mas nos beijamos de novo, então, foda-se. No final, acabei contando que estava treinando com os preservativos, que já colocava bem e estava ficando bom nisso. Tiziana me disse que era uma ótima notícia, mas que eu ainda tinha um tempinho para me exercitar: dessa vez queria fazer as coisas com calma.

Então tá, paciência não é meu passatempo preferido, mas acabou dando seus frutos, porque em uma noite infernal do fim de junho

Iscas vivas

chegou a hora da ação. De novo na sua casa, só que dessa vez foi melhor, bem melhor. E tenho de ser sincero, o mérito foi quase todo de Tiziana. Ela me fez umas coisas que até um segundo antes eu nem sabia que existiam, mas bastou saboreá-las para saber que esperava por elas a vida inteira. Depois foi minha vez de me mexer, e ela foi perfeita, mostrando com clareza quando eu estava indo bem e quando adivinhava um lugar certo, apenas com uns pequenos gestos e uns gemidos que vinham da sua garganta, e se eu realmente não entendia, então ela me dizia direto com as palavras. *Isso, Fiorenzo, assim, isso, tá gostoso, não, volta ali de novo, isso, assim tá gostoso, não muda, não para, assim, ai, que gostoso, ai.*

Resumindo, Tiziana me ensinou um monte de coisas. Eu não sou um fanático por escola, mas devo admitir que gostei muito dessas aulas. Não sei se pela matéria ou se por méritos da professora, mas progredi muito. Até no tempo eu melhorei, a primeira vez segurei um minuto inteiro, na seguinte foi ainda melhor. Na terceira, estranhamente, houve uma piora, trinta escassos segundos, mas a culpa é da Tiziana, que estava com uma calcinha minúscula que parecia desenhada na bunda, e antes de começar já percebi que a coisa não iria muito longe.

Quem também não foi muito longe foi Mirko, que, com a perna amassada, fica quase sempre no quartinho ou na loja comigo. Mas o maldito passou de ano. Expliquei para ele que, se queria voltar a correr (ainda não consegui contar toda a verdade), não podia ser reprovado. Disse: *Ok, quanto tenho de tirar, então?* Eu pensei que uma média 7 seria perfeita para deixá-lo em uma situação confortável e, ao mesmo tempo, evitar o ódio da turma, então ele voltou à escola e fez todos os deveres e respondeu a todas as perguntas, e todas as vezes tirou uma única nota: 7.

Depois da prova oral, fui pegá-lo na scooter e passamos na padaria para comprar sonho e croissant (dois por cabeça), mais uma barra de chocolate para dividir, e voltamos aqui para festejar.

Ele pediu para ficar no quartinho comigo, diz que é pequeno mas cabe, e eu fiquei pensando nessa coisa absurda, que antes tinha uma casa bonita e confortável e depois ele chegou e me mandou embora, então me acomodei neste quartinho e ele acabou aqui também, e agora que anda meio mal até cedi para ele a cama dobrável, enquanto durmo no chão. Mas o mais absurdo de tudo é que estou bem assim.

Sempre melhor do que estar com o meu pai. Que não mora mais no canal, voltou para casa, ou àquilo que resta dela: colocou dois móveis no meio dos destroços – beleza. E todo dia faz visitas aos médicos para saber das chances de recuperação do Campeãozinho.

Porque uma tarde Mirko perguntou a ele quando seria a Copa de Ouro de Borgo Valsugana, e se a chegada ficava em uma subida. Meu pai perguntou por que queria saber isso e o menino respondeu: *Queria me desligar do pelotão um pouco antes, assim venço com os pés nas costas.* E então meu pai enlouqueceu e gritava: *Está curado, está curado!*, começou a atormentar todos os hospitais e clínicas, chega até a telefonar para o exterior a fim de pedir conselhos. Normalmente quer que eu ligue, porque sei inglês. Eles não entendem como posso querer um diagnóstico de um caso que eles não conhecem, e, além do mais, a compreensão não é fácil, porque falo inglês razoavelmente, mas aprendi com os discos, aí que conheço, em especial, palavras tipo tempestade, inferno, morte, violência, assassinato, metal, espada, batalha, rebelião, e acontecem momentos de incompreensão total que, às vezes, são meio perigosos. Por sorte, depois de um tempo, batem o telefone na minha cara.

Iscas vivas

* * *

Nesta cara, nesta aqui que agora se olha no espelho e sorri. Sim, coloquei um espelho no quarto, porque, na verdade, uma olhada em você mesmo pode ser bom às vezes. Coloquei também um fogãozinho de acampamento, assim todas as noites eu e Mirko preparamos carne e, de dia, massa. Por comodidade, como o mesmo que ele come, pois ele segue uma dieta rigorosa, ainda que todos digam para deixar para lá, para aproveitar e tomar sorvete e comer bolo e lasanha. Mas não, ele insiste de cabeça baixa, e todos os dias meu pai ou a Tiziana passam de carro e o levam para a fisioterapia. Os médicos dizem que ele vai conseguir, mas querem dizer não ficar manco. Quanto a voltar a correr, nem pensar.

 Mirko, porém, pensa por todos, lê livros de ciclismo e assistimos juntos à Volta da França inteira. Coloquei uma TV em cima do balcão e, mesmo sem muito espaço, acompanhamos todas as etapas aqui. O Mazinga também aparece, depois de ter sumido por um tempo até pôr a cabeça no lugar. Mirko o cumprimentou e disse que lhe agradecia muito, porque aquela noite foi importantíssima para ele. Mazinga falou: *NÃO – FUI – EU – QUEM – TE – DEU – A – BENGALADA*. E Mirko respondeu: *Não importa, Senhor, agradeço igualmente.*

 Mas agora chega de conversa, vamos só olhar no espelho. Visto a bermuda e a camiseta do Carcass, me despeço de Mirko, que lê a *Gazzetta* vestido com a camisa da equipe. Tiziana me espera daqui a dez minutos em frente ao Centro, acho até que vou cantar enquanto corro feito louco pela estrada.

O trem passa apenas duas vezes

E aí, Tiziana? Interessa? Posso me informar também para você?
    Um e-mail da Cheryl, de Birmingham. Você respondeu que sim.
    Ótimo, você acha que temos chance? Vamos fazer a inscrição?
    E você respondeu novamente que sim. Fazer a inscrição não custa nada.
    Ô, Tizxana, você acha mesmo que nos aceitam?
    E você respondeu: *Você está brincando... Não, não acho.* E você não sabe se achava ou não, mas hoje recebeu outro e-mail da Cheryl cujo assunto eram dez pontos de exclamação. E tantos outros misturados às palavras do texto, em que explicava que o professor está superinteressado no projeto de vocês e que há financiamento europeu para esse tipo de pesquisa, que no final de agosto era bom as duas estarem em Berlim, assim alugam uma casa, e, quando tudo começar, vocês já estarão prontas.
    Porque tudo começa, Tiziana, ou melhor, tudo recomeça. Você desceu do trem exatamente quando estava para chegar às estações mais importantes e se viu nessa cidadezinha mofada no meio do nada, como uma idiota que erra a conexão e procura o primeiro passante para perguntar: *Desculpe, mas onde estamos?*

No entanto, por algum motivo inexplicável, milagroso e nada merecido, o trem deu meia-volta e passou novamente, e agora diminui a velocidade para deixá-la subir.

E, por incrível que pareça, você não tem certeza se sobe ou não.

Enfim, hoje você se sente bem, muito bem. No início, não, mas agora você está se ambientando. Sai com Fiorenzo, com treze anos e uma mão a menos que você, e cada vez que se encontram o caso de vocês parece um pouco menos absurdo.

Entre os dois há várias diferenças, grandes diferenças, mas, se isso é problema para os outros, não é para você. Bom, não mais como no início. É claro que os problemas continuam a rodar na sua cabeça e você não pode fazer de conta que não existem, mas eles se dirigem a você com uma voz cada vez mais fraca, vacilante. Pela primeira vez na vida, você descobre que estar bem não é um jogo impossível, principalmente quando paramos de jogar contra nós mesmos.

Mas agora esse e-mail. E o jogo se complica.

Porque é verdade que *agora* você está bem, mas a vida não é apenas *agora*. O tempo vai passar, e enquanto Fiorenzo caminha em direção ao topo e o seu mundo vai se alargar e ele vai fazer um monte de descobertas, você, ao contrário — ainda que perca o fôlego só em pensar —, está se aproximando de uma fase minguante.

Principalmente se ficar enfiada neste buraco infernal.

E esse problema até agora você resolvia pensando: *Está certo, enquanto isso vamos levando, vamos tentar aproveitar o aqui e o agora*. Mas neste exato momento, além do aqui e do agora, há um lá e um depois. Há Berlim e uma possível carreira na área que pretensamente é sua. Você estudou a vida inteira para isso, e o seu futuro pode ser aquele que você sonhava quando entrou na universidade.

Em uma situação como essa, como pensar no aqui e no agora?

Você relê o e-mail, com todos os pontos de exclamação. Vai até o fim e recomeça, lê pela terceira vez, pela quarta, e outra e mais outra. Quem sabe esperando que, no fim, diga algo diferente.

Mas em Berlim faz muito frio

Pois é, estou contando essa história hoje de manhã porque ontem à noite, quando aconteceu, não conseguia nem falar, não me lembrava nem da rua de casa e rodei por duas horas perdido nesta cidadezinha de merda.

E se dissesse que hoje acordei e me sinto muito melhor, estaria dizendo duas mentiras: primeira, não acordei porque não fechei os olhos, segunda, estou pior que ontem à noite porque agora me dei conta do que aconteceu.

— Mas, como assim, você vai para Berlim? Quando, por quanto tempo, por quê?

— Fiorenzo, não sei, não... Olha, não queria nem contar.

— Ah, sensacional! Você ia fugir e estava tudo certo!

— Não, seu bobo, ia dizer, claro, mas não já. Queria esperar, entender bem, e... — Tiziana estava vermelha, com os olhos inchados, sem lágrimas, e chorava. Marcamos na frente do Centro, mas aos poucos fomos nos embrenhando por umas ruazinhas estreitas. — Não sei, não sei nada ainda, preciso pensar...

— Você fica aí dizendo que não sabe nada, que precisa pensar, mas acho que você já sabe tudo direitinho.

— Não é verdade. Preciso me informar, são possibilidades meio vagas que... Aí você chegou e, não sei, tive de contar.

— Mas contar o quê, Tiziana? Sério, não entendi nada. Quer dizer, entendi que você quer ir embora, que vai morar em Berlim, é isso?

Não, não é isso. Só pronunciar "Berlim" já me parece uma loucura. Nunca fui, mas tenho certeza de que em Berlim faz um frio do caralho.

— Não sei, Fiorenzo. Preciso pensar.

— Certo. Por quanto tempo?

— Por quanto tempo o quê?

— Por quanto tempo você quer pensar.

— Não muito, mesmo porque no final do mês tenho de dar uma resposta.

— Final do mês? – disse com uma risada que era tudo menos uma risada. Até a voz saiu com um terrível tom feminino. – Hoje é dia 29, o final do mês é agora!

— Eu sei, Fiorenzo, eu... Não sei, não... Imagine se aparecesse uma oportunidade dessas para a sua banda, uma oportunidade imperdível em Berlim.

— A cena do metal em Berlim dá nojo.

— Dá na mesma. Vamos pensar em uma outra cidade onde o metal seja forte. Não sei, Londres?

— Que tal Cracóvia?

— Muito bem, Cracóvia. Imagine que chamem vocês para gravar um disco em Cracóvia, em um estúdio superimportante, para lançar a banda mundialmente. O que você vai fazer? Não vai?

— Claro que vou. Gravamos o disco e volto. O que é que há de tão complicado?

Tiziana não responde logo, olha de viés para a esquina entre um prédio e a rua, mas talvez não esteja olhando para nada.

— Não, Fiorenzo, não é complicado. Só que não vou gravar um disco – ela diz e, depois, mais nada. Não há muito a acrescentar.

E então ficamos em silêncio, em pé, um na frente do outro, a um passo de distância, ao lado de uma placa fluorescente das liquidações mais esperadas da região. Uma dizia: SUPEROFERTAS DE PRODUTOS ORTOPÉDICOS E CADEIRAS DE RODAS, outra: QUEIMA TOTAL DE TRATORES E MÁQUINAS DESENTUPIDORAS. Com que cara eu podia pedir a Tiziana para ficar?

— Tiziana, fica, não vai embora.

— Eu... Não é tão simples, Fiorenzo, tenho certeza de que você me entende, é uma decisão importante...

— Ok, faça o que achar melhor. Mas, sinceramente, acho que já decidiu.

E Tiziana me olhou. Não sei se estava decidindo naquele momento ou se esperava que eu lhe dissesse o que fazer.

— Não – disse, mas com um espécie de ponto de interrogação no final: *Não?*

— Acho que sim.

— Acha?

— Acho, Tiziana, acho.

— Não sei, Fiorenzo, realmente não sei. Mas se já tivesse decidido, digo *se tivesse*, você me entenderia?

E eu não respondi. Entender? Ali, naquele momento, não sabia nem onde estava, como ia entender alguma coisa? Com que cara ela me perguntava se eu a entendia?

No entanto, quando consegui emitir um som pela boca, soou tipo: *Acho que sim, Tiziana. Quer dizer, fico puto, com raiva, mas acho que um pouco eu entendo.*

E então Tiziana apertou os olhos, torceu a boca, começou oficialmente a chorar. Deu aquele passo que nos separava e me abraçou forte, ali, na ruazinha cheia de curvas que termina nos Correios, tão forte que senti dor nas costelas. Mas sentia dor em tantas partes do corpo que não dei importância.

Queria só ter a força para me desvencilhar dela e dizer: *Não, caramba, eu entendo, mas você não pode querer um abraço também*. E, no entanto, me deixei abraçar, até fechei os olhos e senti uma coisa que ardia debaixo das minhas pálpebras e algo parecido na garganta e no nariz. E, puta que o pariu, parece impossível, mas depois de um segundo, naquele beco escuro, Fiorenzo Marelli chorava como um bebê.

E então eu também a abracei forte, com medo de que nos separássemos e que ela percebesse meu choro. Tentava controlar a respiração, porque os soluços me entregavam. Pois é, até soluço, caralho, o vocalista do Metal Devastation, o grito que arrebenta o mundo, soluça grudado a uma mulher que diz adeus e vai embora.

Até algum tempo atrás – não muito, uns dois meses, por aí –, em uma situação como esta teria enlouquecido como uma fera e teria berrado que o mundo tem medo de mim, quer acabar comigo e me lança todos os azares possíveis, e que Tiziana é apenas uma cretina que quer me fazer mal, mas não pode fazer nada, porque sou um guerreiro e toda maldade bate e volta para o inferno que a criou.

Mas ontem à noite não tive esse pensamento. Ontem à noite Tiziana me abraçava e eu a abraçava e ficamos assim por não sei quanto tempo, não saberia nem como contá-lo. Não era tempo de relógio, de alarmes, de calendário. Era algo que não tinha uma direção exata a seguir, e naquele mundo um mais um não dava dois, e coisas do gênero. Era outra história.

E em um certo ponto dessa coisa onde os pontos não existem, Tiziana começou a dizer:

— Juro, eu realmente não queria, juro, não queria. Mas os anos passam, Fiorenzo, os anos passam. Você agora tem dezenove e logo vinte, e imagine quando tiver... Digamos vinte e cinco. Com vinte e cinco anos você acredita que ainda estará aqui, você se vê aqui aos vinte e cinco anos? Eu não, não vejo você aqui de jeito nenhum, mas você ainda pode dizer que não sabe, você pode se permitir esperar e ver o que acontece, porque você tem muito tempo e muitas oportunidades pela frente. Pode deixar passar um milhão delas, que vai ter outros cem milhões esperando por você. E eu não, é isso, eu não posso fazer de conta que... E, além do mais, você se lembra do dia em que nos conhecemos, que você me disse que eu tinha feito bem em cair fora daqui, e que tinha feito mal em voltar, e que você assim que pudesse...

— Tiziana — disse, tentando encaixar as palavras nos pontos sem soluços.

— Que é?

— Fica quietinha, por favor.

E Tiziana não disse nada. Só deu uma risadinha misturada com o choro. E continuamos a nos abraçar porque era a única coisa que podíamos fazer. E, de fato, depois daquilo, não sobrou nada.

A morena e a loira

MORDOMO: Está vendo aquela marca no chão?
SEMINARISTA: O que é?
MORDOMO: É uma lenda antiga.
SEMINARISTA: Conte-me, por favor.
MORDOMO: Remonta a 1569. Diz-se que Enrica von Rumberg, neste exato lugar, apunhalou um monge que tinha vindo exorcizá-la.
SEMINARISTA: Exorcizá-la? E por quê?
MORDOMO: Por causa da maldição, naturalmente.

A terrível noite do demônio. Faz três meses que Tiziana me emprestou o DVD e só hoje decidi assistir, um dia depois de termos nos separado. Quem sabe um bom filme ajude a me distrair, acompanhar uma história na TV pode me afastar de pensar demais na minha própria história. Mas se o objetivo era não pensar em Tiziana, escolhi o filme errado.

Na verdade, não fui eu que escolhi, Mirko viu o título e ficou insistindo. *Queria tanto assistir, Senhor, fico tão entediado e esse filme ia me dar um pouco de emoção. E nunca vi um filme de terror. Dá muito medo? É mesmo terrível?*

Disse que não sabia porque nem eu tinha visto, então, ele se empolgou: *Mas se não viu, temos de ver juntos, os dois juntos pela primeira vez, os dois juntos pela primeira vez!* E como hoje não quero discussão nem problemas, e para falar a verdade não quero nada de nada, disse ok e pus o DVD no aparelho.

E tenho de admitir que Tiziana tinha razão, a trilha sonora é fantástica. Só que não posso mais lhe dizer. E sinto um nó na garganta. Então pego e vou à sua casa porque preciso fazer com que ela entenda que está fazendo uma cagada e...

Não, chega, tenho de ir em frente, levantar a cabeça e correr para um lugar tão longe que, se virar para trás, vou enxergar um pontinho minúsculo e perdido e vou dizer: *Mas o que é aquele pontinho lá atrás? Ah, é mesmo, é a Tiziana, ou melhor, era a Tiziana.* E vou rir.

Depois do que me disse ontem à noite, só tínhamos duas alternativas: ver-nos o máximo possível até ela ir embora ou não nos vermos mais. A primeira alternativa é realmente a de um homem sem colhões, mas claro que, depois de ontem ter começado a chorar e a soluçar, não tenho nem ideia do que seja ter colhões, aliás, votei para nos vermos o máximo possível antes de Berlim. Tiziana também era por essa solução, disse que gostava da ideia, contanto que o objetivo fosse apenas ficar bem, não *ficar bem porque aí, quem sabe, ela volta atrás e não vai mais embora.*

Mas o meu objetivo era exatamente esse, eu lhe disse e então ela falou: *Não, Fiorenzo, assim vamos só nos fazer mal.* E eu disse: *Mais mal do que agora?* E ela insistiu que seria ainda pior. Então, tive um acesso de orgulho próprio e gritei adeus e também vá tomar no cu e vim para a loja pensando que era a última vez que a via na minha vida.

Depois Tiziana me ligou três vezes e me mandou duas mensagens. Não atendi às chamadas e respondi apenas a uma das mensagens, mas de um jeito seco e duro. Então me senti um homem sério, um sujeito que engole um sapo enorme sem fazer careta, tosse um pouquinho e olha para a frente, para a vida que segue.

Mas não é nada fácil, viu? Onde é que vou encontrar uma mulher como a Tiziana?

Onde é que vou encontrar uma mulher?

— Senhor, me desculpe, mas por que essa gente passa a noite no castelo? — Mirko assiste ao filme com um misto de medo e confusão. Segura a coberta na altura da boca e, nos momentos de tensão, esconde os olhos.

— A estrada está fechada e o barco sai na manhã seguinte. Você não está vendo, caralho?

— Estou vendo, mas é que eles sabem que ali morreu tanta gente e os donos da casa são doidos. Não era melhor dormir na van?

Não respondo. De certa forma, ele tem razão. São perguntas sensatas e racionais na vida cotidiana, mas se você começar a fazê-las durante um filme de terror, então esquece. Por que a moça vê dois olhos luminosos em uma sala escura e, ao invés de fugir, entra para ver o que está acontecendo? Por que sempre tem relâmpago? Por que os motores dos carros nunca pegam? É melhor desligar a TV e dar uma voltinha, Mister Mínimos Detalhes.

Enquanto isso o filme segue e, apesar de ter sido rodado com pouquíssimo dinheiro, os atores certamente terem outro trabalho e os diálogos serem jogados de qualquer jeito na boca dos coitados durante a dublagem, devo dizer que *A terrível noite do demônio* funciona. Daquele jeito misterioso e incompreensível, como diz Tiziana. Aliás, como dizia Tiziana. Preciso usar o passado, preciso enterrá-la no passado, debaixo de toneladas de pretérito perfeito, imperfeito e mais que perfeito.

Mas que tristeza.

MORENA (*de calcinha e sutiã*): Rápido, seu banho está esfriando.
LOIRA (*deitada de calcinha e sutiã*): Mais cinco minutos, estou muito cansada.
E então a morena vai ao encontro da loira na cama.

Ah, sabia. E começa a cena lésbica. Entendi logo, assim que focalizaram a morena e a loira e, depois, quando puseram as duas para dormir no mesmo quarto. Entendi logo porque este é um filme de terror europeu dos anos setenta, e desconfio que esses filmes, sem uma cena lésbica, nem eram lançados naquela época.

Em situações normais, ia ficar feliz de ver, mas agora, com o Mirko do lado, não sei como me comportar. É uma criança, é um adolescente, afinal que merda é este bobão com cabelo de capacete perto de mim?

MORENA: Você não gosta das minhas carícias? Deixe-me ajudar (*Tira o sutiã da loira*). Sabe, nunca vi uma mulher tão fascinante como você. Se não ajudar, vamos nos atrasar para a ceia. Como é macia a sua pele...

Mirko está sentado na cama improvisada com a perna estendida em cima de uma cadeira. Aproxima-se cada vez mais da tela, os olhos feito duas bolas e a boca apertada de emoção.

De repente, compreendo como minha mãe devia se sentir quando me deixava ver os filmes de terror com ela. É uma situação estranha: por um lado, ela queria ver as cenas fortes, mas, por outro, eu estava ali e podia não entender, podia me impressionar, vai saber. Mas ela tinha o truque de me mandar buscar os bombons, que eu, com este menino manco, não posso usar. Então, o que fazer? Desligo o filme, passo para a frente rapidinho? Não sei.

O fato é que tenho de saber logo porque a morena já se deitou em cima da loira e estão se acariciando, e é agora que começa a parte interessante. E todas as duas são gostosíssimas, a morena, então, tem um corpo e um rosto que... Pois é, me sinto melhor quando as observo porque são mais bonitas do que Tiziana. Mas, claro, o mundo é cheio de meninas mais bonitas do que ela, que, além de tudo, já tem idade meio avançada e se a chamassem para fazer este filme de jeito nenhum iam lhe dar o papel de uma das duas. Não, na minha opinião, iam mandá-la fazer o papel da esposa do playboy, que é uma mulher mais madura e menos gostosa, e, aliás, é doida por dinheiro, assim como Tiziana, que vai para Berlim esperando ganhar mais do que no Centro de Informações para Jovens de Muglione, e...

E enquanto tento contar para mim mesmo essas bobagens, as duas jovens continuam com as carícias e os beijos e, em um certo momento, a morena olha a loira nos olhos, sorri ligeiramente, então desce para os peitos, escorrega em direção ao umbigo e ainda mais para baixo...

E então olho para o Mirko, que tem os olhos arregalados e os lábios trêmulos, e penso: *Que se foda, são duas gostosas que se esfregam nuas na cama de um quarto em um castelo maldito, é a natureza e não pode fazer mal.*

— Senhor – diz Mirko com a voz embargada –, essas duas moças são muito lindas.

— Está ficando esperto, hein? É isso aí.

— Posso dizer que são gostosas?

— Com certeza.

Enquanto isso, a morena voltou a beijar a loura nos seios e a acaricia por todo o corpo. Acho estranho assistir à cena com Mirko, mas é ainda mais estranho pensar que Tiziana a viu centenas de vezes, e talvez seja um dos momentos que tornam o filme o seu favorito, vai

Iscas vivas

saber. Gostaria de lhe perguntar, sim, fico realmente curioso para saber. Mas não posso pensar nisso porque acabou o tempo em que eu e Tiziana conversávamos, perguntávamos um monte de coisas e ríamos e tirávamos sarro um do outro e íamos para a cama. Acabou, fim, preciso entender. Chega, nunca mais, preciso fazer uma lista das pessoas que fazem parte da minha vida e riscar o seu nome.

Mas que tristeza.

— O que elas estão fazendo agora, Senhor?

— Estão se pegando, você não está vendo?

— Sim, mas... são duas mulheres.

— Isso mesmo. São lésbicas. Nunca ouviu essa palavra?

— Sim, na escola. As lésbicas são essas mulheres que não têm um homem, então, vão com outra mulher. Não é isso?

Acho que não, mas não respondo. O menino está tão envolvido no que acontece na tela que, a seu lado, sou um pouco mais do que uma parede. E, afinal, também quero aproveitar a cena, caramba, um pouco de açúcar em meio a toda essa amargura cai muito bem.

No mais, quem sou eu para contradizer o que ele aprende na escola?

Café, não; cama, sim

Aqui estamos meu pai, Mirko e eu no canal, pescando, e quem olha de longe deve achar uma cena linda. Mas é melhor não abrir muito o foco, senão aparecem os tubos de esgoto que cospem veneno do lado de lá do muro. Nem dar um zoom, porque se vê no meu rosto que estou muito mal.

Mas Mirko insistiu tanto, com aquele seu jeito irritante de insistir que praticamente não pede nada, apenas repete feito papagaio o quanto gostaria de fazer tal coisa e como seria maravilhoso, e que, se pudesse, ia ser a pessoa mais feliz da face da Terra e... Encurtando a conversa, coloquei o menino na garupa da scooter e viemos aqui ver meu pai pescar.

Os médicos me avisaram que não é aconselhável carregá-lo na scooter, por causa da trepidação, dos riscos e tudo mais, mas os médicos dizem um monte de coisa em que, na minha opinião, nem eles acreditam, tipo não fumar ou não comer fritura. Coisas que são obrigados a dizer, mas, na verdade, pensam: *Faça o que bem entender, amigo. É uma loteria, quem tiver de ser sorteado será.*

Meu pai também ia se enfurecer se soubesse que o seu Campeãozinho anda na garupa da scooter, mas quando nos viu chegando,

Iscas vivas

cumprimentou e perguntou para ele (só para ele, claro) se estava se sentindo bem, nem pensou em como chegamos aqui. As quatro latinhas vazias de cerveja e a tetra-pak de vinho ali do lado, às cinco da tarde, são testemunhas de que não deve estar muito lúcido, e, naquele momento, para falar a verdade, achei até bom.

Só espero que a coisa não degringole, quer dizer, que meu pai não vire um bêbado. Pode beber quanto quiser, como todos os homens (e muitas mulheres) de Muglione. Vinho no almoço e no jantar, umas tacinhas de espumante, à tardezinha, depois, à noite, *grappa* e aperitivos à vontade. É só não passar mal e acabar no hospital, senão se torna oficialmente alcoólatra.

Aqui nesta cidadezinha de merda todos bebem muito. Não dá nem para falar com alguns homens depois das três da tarde, porque não sabem onde estão e cambaleiam em direção a um banco da praça ou um canal seco, onde se estendem até o pôr do sol. Mas isso não é problema, isso é normal, Muglione funciona assim. Os problemas começam quando o internam, mesmo que só por um dia, ou só por um minuto. Quando levam você para o hospital, aí quer dizer que você tem um problema, que você é alcoólatra. E, na cidade, todo mundo passa a olhar para você de um jeito diferente, até quem bebe dez vezes mais.

Nós, na família, temos um antecedente: Marino, um primo ruivo do meu pai, que não sei onde foi parar. Portanto, o alcoolismo pode estar no nosso DNA. Aliás, vai saber se eu também não tenho?

Sim, talvez sim e, nesses dias horríveis, em que penso só na Tiziana e me lembro da sua voz e do cheiro de suas camisetas e da mecha que brinca de cair no rosto, quem sabe se a única maneira de ficar legal não seja começar a beber?

Já combinei com Giuliano e Stefanino que hoje à noite vamos ao Excalibur tomar muita cerveja e dizer que as mulheres são todas galinhas, e aí vou me sentir melhor. É muito bom ter amigos que gostam de nós e ficam por perto quando estamos deprimidos.

E eu disse para os meus amigos, que agora estão me vendo meio deprê e derrotado, que podem ficar tranquilos, pois essa dor é como um combustível, um acúmulo de combustível aqui dentro que, quando o saco estiver cheio e eu finalmente conseguir me reerguer, vai se transformar em uma explosão de chamas assustadoras, e o meu grito vai voltar a devastar o mundo.

Mas agora ainda é tempo de ficar deprê.

E, depois, como posso superar a coisa se Tiziana continua atrás de mim? Hoje de manhã mandou uma mensagem perguntando se eu queria almoçar com ela, que podia até ser no Faisão. Respondi logo com um NÃO bem redondo e me senti um homem de verdade. Musculoso, vestido com couro de animal, duro e poderoso, com dois colhões enormes e, por dez minutos de total controle, me senti no alto do universo a observar tudo de cima.

Então desci da montanha do poder, peguei o celular e mandei um outro SMS:

**Ok, no Faisão, mas até uma não posso,
algum problema? (11h36)**

E assim nos encontramos no Faisão, que, na hora do almoço, é um lugar aceitável. Os apaixonados por rally e por videopôquer a essa hora estão no trabalho ou na cama, até as cinco dá para respirar um pouco. Mas hoje seria melhor que esses toscos estivessem por aqui, ainda que só dois ou três no estacionamento. Pelo menos, íamos ter o que falar.

De fato, houve uma série de silêncios. Não queria dizer coisas ruins e coisas boas não me vinham à cabeça, e quando pensava em algo, parecia tão idiota que guardava para mim. Porque, no fundo, porra, ela vai me largar e vai para Berlim, por que tenho de ficar aqui divertindo a mocinha e fazendo de conta que está tudo bem? Mesmo este encontro, quando já tinha dito claramente que não queria mais vê-la, que sentido faz? Ela está pouco ligando para o que eu penso, não respeita a minha vontade. Sabe muito bem que se me pede para sair, no fim acabo aceitando, então não devia pedir nada. Se Tiziana não me ajuda, não tenho chance alguma de levar adiante a minha intenção. Mas ela não ajuda e eu me rendo, e aí me sinto triste, abandonado e também idiota.

Está contente, Tiziana?

Além do mais, já que vamos nos ver, podíamos pelo menos marcar de jantar juntos. Um encontro sério, à noite. Mas não, olhem os dois aqui almoçando, como amigos, colegas de trabalho ou vizinhos, iguais àqueles que terá aos montes em Berlim. Sei que no começo, não, mas aos poucos, algum desses colegas ou vizinhos será melhor do que os outros e dirá algo certo e, então, Tiziana vai terminar na cama com ele, e vão fazer amor e ela vai abraçá-lo e vai soltar aqueles gemidos que soltava comigo. E o cara pode também ser mais competente na cama, mais maduro, experiente. Não precisa muito, né?

Eram esses os meus pensamentos, agitados e confusos, ali dentro do Faisão, e juro que, em um certo momento, quase falei: *Olha, Tiziana, essa história é ridícula e não faz sentido. Se você quer ir embora, então some, vai tomar no cu, mas para de me encher.*

Mas foi quando a romena da caixa disse que a máquina de café estava quebrada, e então Tiziana disse que podíamos tomar café na sua casa, se eu quisesse.

— Vamos para a cama? – perguntei logo. Afinal, àquela altura não cabia mais dizer uma coisa por outra.

— ...

— Vamos para a cama ou não?

— Para falar a verdade, eu estava pensando no café.

— Café, não. Cama, sim. Resolve logo.

E Tiziana me olha, de um jeito cada vez mais torto e estranho, impossível de compreender, e juro que se passasse um outro segundo, eu fugia dali e nunca mais olhava para a sua cara. Mas um segundo antes do limite, ela diz:

— Então, tá, vamos. — E nós fomos.

E eu fui incrível. *In-crí-vel*, no sentido estrito da palavra: nem eu acreditava. Acho que segurei por uns três minutos, ou quatro, uma eternidade. E, enquanto isso, pensava que era uma grande injustiça que Tiziana fosse embora exatamente agora que estava me tornando um garanhão. Ela não entendeu o que está perdendo, o que eu estou perdendo, é uma loucura.

Ainda que tenha sido tudo mérito da enorme tristeza que trago no peito. Um homem normal, em uma situação como esta, não conseguiria deixá-lo duro. Eu, ao contrário, consigo segurar três minutos antes de gozar.

Bem, não importa, o fato é que Tiziana adorou e deu uns gritos diferentes, mais altos e mais longos, apertava minhas costas e tinha uma expressão linda, e eu, sem nem pensar, perguntei se estava gostando.

Já era óbvio pelos seus gritos, mas, enfim, queria ouvi-la dizer. E ela disse:

— Sim, Fiorenzo, oh, sim, muito.

E era suficiente. Devia ser suficiente. Mas eu continuei:

— Fica aqui, Tiziana, fica aqui e vai ser assim todos os dias.

E de repente o silêncio, o nada, a imobilidade. Acabaram-se os gritos, as mãos que apertam, só eu, suando, que continuo e tento fingir que não estou entendendo, com Tiziana embaixo de mim que me fita, quieta.

— Fiorenzo, para. Estamos fazendo uma bobagem.

— Como? Mas por quê? Não é verdade.

— Somos dois idiotas. Ou melhor, eu é que sou idiota.

Sentou-se, abraçando as pernas próximas ao peito, e ficou assim, fixando a parede à frente e mordendo o lábio. Encolheu-se toda, me pediu desculpas, até me negou o direito de ser tão idiota quanto ela.

E depois silêncio, muito silêncio. Quanto silêncio cabe em um quarto? Pois bem, ali corríamos o risco de ultrapassar o limite. Então falei.

— Escuta, vou precisar fugir outra vez pela janela?

— ...

— Será que posso usar a porta?

Tiziana não respondeu, apenas balançou a cabeça, dizia algo com o nariz tampado e não se entendia nada, mas desconfio que não se dirigisse a mim. E quando entendi que se fosse embora ela concordava, senti outra vez aquela coisa que me ardia nos olhos.

Mas desta vez não! Desta vez não, porra! Estava nu, ainda com o pinto duro, chorar nesse estado é a coisa mais aterrorizante do planeta.

Então pulei no chão para juntar minhas roupas, embolei tudo e fui vestindo como podia. Short, camiseta, chinelo, quanto tempo vou levar? Faz dezenove anos que faço isso todas as manhãs, por que agora é tão difícil?

— Fiorenzo, sério, eu não queria. Quer dizer, queria, mas é tudo muito complicado. Não quero que você fique mal. Eu estou mal, você também está, isso foi uma bobagem. Não sei por que fiz, talvez porque... Não sei... Talvez quisesse entender se...

Mas a essa altura eu já tinha conseguido me vestir de algum jeito e já estava do lado de fora do quarto, despencando escada abaixo e correndo rua afora. E se Tiziana disse algo além, eu já não estava lá para ouvir.

Tudo isso aconteceu três horas atrás. Portanto, neste momento, com meu pai e Mirko no canal, não é preciso ter muita imaginação para entender como me sinto.

— Pega, senta. — Meu pai tira o banco do próprio traseiro e o passa a Mirko.

— Obrigado, mas prefiro ficar de pé, não fico nunca.

— Você não fica porque não pode. Vamos logo, senta.

— Obrigado, mas prefiro...

— Menino, senta aí e não enche o saco.

Meu pai joga para ele o banquinho e senta no chão com uma careta. Mirko se senta.

Eu, ao contrário, fico em pé. Que não é bom durante uma pescaria porque o peixe vê você e desconfia. Os peixes têm medo das sombras verticais que cortam o canal de uma margem à outra. Mas acho que meu pai ainda está pescando sem isca, então que se foda.

— Pegou alguma coisa, seu Roberto?

— Não, mas é melhor assim.

— Sinto muito.

— Eu disse que era melhor assim.

O Campeãozinho concorda com a cabeça e estende a perna machucada. Apoia o queixo em uma das mãos e fica observando o flutuador.

— E os meninos, como vão? – pergunta.

— Que meninos?

— Os meninos da equipe, meus companheiros.

Iscas vivas

— Argh! Uma merda. Nenhum estilo, nenhuma classe, nada de nada. Vê se fica bom logo, senão tudo vai por água abaixo.

Passa um pombo. Passa uma libélula. E me pergunto como esses animais, que podem voar para onde quiserem, resolveram ficar aqui em Muglione. Compreendo o junco, as ninfeias, que onde nascem são obrigados a permanecer, mas eles não.

— Vou embora, já estou de saco cheio. — Meu pai se levanta, no traseiro da calça tem pedaços de terra e de sujeira grudados. — Estou indo.

Mirko continua sentado e o observa, depois se vira para mim com preocupação no olhar. Não tenho vontade de ir a lugar algum. Se voltar para o centro, tenho medo de cruzar com Tiziana, que pode estar fazendo as últimas compras para a viagem. Roupas pesadas, malhas de lã, quem sabe alguma peça íntima para não fazer feio quando encontrar um cara que a leve para a cama... Não, não quero cruzar com ela, não quero vê-la nunca mais, já estou mal demais desse jeito.

— Pai — digo —, se você deixar a vara, nós podemos pescar um pouco.

Mirko solta um grito exultante, fica em pé e começa a saltar. Dá pulos tão altos que parece que não vai voltar mais para o chão.

— Oba! Oba!

— Mas o que é que você está fazendo? — meu pai grita. — Você não pode forçar a perna, está louco! — Então olha através do menino, na minha direção. — Você está vendo como ele salta? Esse aqui ia ser um campeão também de basquete.

— Basquete? Que doido! — diz Mirko. — Adoraria experimentar.

— Experimentar o caralho! Basquete é bobagem. Assim como o futebol, o tênis, tudo bobagem. O nome já diz: *jogo* de basquete, *jogo* de futebol. Ciclismo, não, ciclismo é esporte, ciclismo é sofrimento, e você, Mirko, você nasceu para sofrer, entendido?

Ele respirou fundo, concordou e se sentou novamente com o queixo apoiado na mão, os olhos fixos na água.

O último médico que se dispôs a conversar conosco disse que Mirko não deve ficar manco, mas, na bicicleta, não vai poder ir além de algumas voltas. E, no entanto, meu pai insiste, não tem dúvida.

Termina o seu discurso, se vira para um lado e para o outro, apalpa os bolsos à procura de alguma coisa, provavelmente do dinheiro para comprar mais bebida. Então vai embora e deixa no canal as latinhas vazias, a embalagem de vinho amassada e nós dois.

Como gostaria de ser uma rã

— Obrigado, Senhor, estou muito contente, queria muito ficar aqui pescando, para mim é um superpresente!

Não fiquei por causa dele, mas digo: — De nada.

— Na sua opinião, vamos pegar um peixe? Será que é grande? Há peixes grandes neste rio, Senhor?

— Não é um rio, é um canal.

— Há peixes grandes neste canal?

— Sei lá, alguns.

— Qual é o maior peixe que pegou em toda a sua vida?

— Uma carpa, devia pesar uns doze quilos.

— Doze quilos!

— Ou treze, não pesei, não tinha trazido a balança.

— Não podia pesá-la em casa?

— Não, eu soltei logo.

— Soltou?

— Sim, tirei do anzol e joguei na água.

O menino não diz mais nada. O silêncio é uma coisa rara quando ele está por perto, então me viro para ver se está bem e noto que me olha de um jeito que nunca ninguém me olhou antes.

São olhos de um admirador, de alguém que fez centenas de quilômetros para ir ao show e agora está na primeira fila, vendo seu ídolo de frente. E não posso dizer que não gosto. Eu também gostaria de conhecer alguém a quem pudesse olhar assim. Alguém mais velho a quem pudesse perguntar uma porrada de coisas e de quem pudesse beber cada palavra como ele faz comigo. Mas não conheço, nunca conheci. E o Campeãozinho, ao que parece, sim. Ainda que no seu caso esse cara seja eu. Incrível.

Paro de olhar para ele e dirijo a atenção para o flutuador, mas vejo que não faz sentido. Não tem isca, o que é que vão morder?

Puxo a linha, Mirko se levanta e rapidamente está do meu lado:
— O Senhor pegou alguma coisa? Pegou?

Balanço a cabeça e ponho o anzol na mão. Nenhuma isca, somente o anzol brilhante e molhado, como imaginava.

— Não deveria ter uma minhoca no anzol, Senhor?
— Sim. Ou milho, ou polenta. Enfim, qualquer coisa.
— E por que não tem?
— Bom, imagino que algum peixe comeu sem ficar preso no anzol. Eles são espertos.
— Então tem peixe! Coloca logo uma isca, Senhor, coloca!

Bom, que seja. Olho ao redor, nesta terra barrenta deve haver alguma minhoca. Aposto que perto do tubo de esgoto devem crescer minhocas grandes e suculentas. Mas aqui não chove há um tempão e a terra está seca e dura, sem uma pá não consigo escavar fundo. Então arranco um pouco de mato e com dois dedos faço grumos, vira uma espécie de pasta grossa que ponho no anzol como uma bolinha verde. Lanço delicadamente na água para que não se solte, o flutuador continua deitado por um tempo e depois se endireita para fazer seu trabalho.

— Mato, Senhor? O Senhor colocou mato?

Iscas vivas

— Sim. Tem vários peixes que comem mato. A tenca, a carpa-capim...

— Carpa-capim?

— É uma espécie de carpa, se parece muito com o cacho, e fica muito grande.

Nunca vi uma carpa-capim por aqui, mas vai saber, o povo joga de tudo nos canais.

Agora tem até lagostim-vermelho, um bicho escuro e assustador que vem da Louisiana. E como veio da Louisiana até os canais de Muglione? Simples, um sujeito que tinha um restaurante no caminho para Viareggio importou vários na surdina, guardava os peixes em uma enorme piscina escondida e os vendia no restaurante, de forma ilegal, como se fossem lagostas. Depois, sei lá como, acho que por causa de uma inundação ou porque esses animais caminham muito bem em terra firme, os lagostins foram parar no lago de Massaciuccoli, e como são terríveis e destroem todas as espécies locais, de lá se espalharam para onde quiseram. Assim, até em Muglione alguém pode acabar com um lagostim-vermelho preso no tornozelo.

— Senhor, posso fazer uma pergunta?

— Fala.

— Mas é uma coisa pessoal, não queria que se irritasse.

— Então não pergunta.

— Mas eu queria tanto saber.

— Tá, mas agora não estou a fim de ficar nervoso, então não pergunta.

— Tá bom — diz. Olha para o flutuador e se cala. Passa um minuto, dois minutos, três...

— Ok, você venceu. Pergunta.

— Mas, Senhor, não queria que se irritasse...

— Pergunta logo, não enrola.

— Está bem. Gostaria de saber se... Se foi aqui que perdeu a mão.

Sério, faz essa pergunta e fica me olhando.

Como ele sabe que perdi a mão no canal? Perguntou ao papai, ouviu dizer, sabe ler meu pensamento? Na verdade, o ponto não é bem este, mas não fica longe. Lá adiante tem uma curva e o canal se encontra com um outro braço, mais ou menos a um quilômetro e meio daqui, não mais que isso. Nunca baixar a guarda com o Campeãozinho, nunca.

— Como é que você sabe, caralho?

— Eu não sei, estou perguntando.

— Desgraçado, como é que você sabe, porra?

— Juro que não sei nada. Foi aqui?

— Não, foi em outro lugar, um lugar distante que não tem nada a ver com este. Satisfeito?

— Não. Quer dizer, nem satisfeito nem insatisfeito. Foi só uma curiosidade. — E continua estudando o flutuador. Mas esse menino dos infernos não me engana. Melhor dizendo, sempre me engana, mas todas as vezes eu digo: *Ele não me engana*, e tento não ser mais iludido.

- Escuta aqui, como é que você sabe da minha vida?

- Eu não sei, não, Senhor, só perguntei.

- Não se finge de bobo. Quem foi que falou, o papai? E por que é que você quer saber?

— Por nada, Senhor. Quer dizer, eu me importo com o Senhor, então, suas coisas também me interessam.

Pois é, são esses os estratagemas que usa para me enrolar, e o pior é que consegue sempre. Mas não posso ser tão retardado, a minha dose de burrice diária já gastei toda com a Tiziana, agora tenho de aguentar firme.

Iscas vivas

— Menino, já saquei qual é a tua, você não me engana. Você finge que não sabe de nada, mas sabe de tudo. Sei que você sabe até da história do copo do Frajola...

Isso é o que mais me dói. Se esse menino dos infernos conhece todas as desgraças da minha vida, bom, essa é a que realmente me deixa louco.

Sem ela, eu seria uma pessoa melhor, acho, ou pelo menos seria alguém capaz de fazer uma visita ao túmulo de minha mãe de vez em quando, o que nunca fiz nesses dezesseis meses. Nunca, porque tenho medo de ir lá, abaixar a cabeça e ouvir alguma coisa, um suspiro, a voz distante da mamãe me dizendo: *O que você fez, Fiorenzo, eu ainda podia estar viva, meu filho, ainda podia estar viva...*

Sinto um arrepio que me percorre as costas. Tento me mexer, mas não passa. Tento ficar bravo com o menino para descarregar em cima dele.

— Não finge de bobo, seu idiota, você sabe tudo, até do Frajola!

— Mas como vou saber, Senhor? Juro que não sei, juro.

— Você sabe tudo, e para de jurar, senão você vai para o inferno.

O menino me olha, está sério, mas com aquele ar de passarinho perdido que me deixa sem ação.

— Senhor, então vamos fazer uma coisa... Conta para mim.

— O quê?

— A história do Frajola.

— Ãh? Você está louco, isso é coisa minha.

— Tá, mas se já sei tudo, não tem problema o Senhor me contar de novo.

Filho da puta. Fala e volta a olhar para o flutuador, que está ali tão parado e inútil quanto nós. O que se pode pescar com uma bolinha de capim?

Eu também olho, e penso no fundo do canal e na lama e no aço brilhante do anzol em meio à escuridão.

E, quase sem pensar, por mais incrível que pareça, começo a desenrolar a história do maldito copo. Que nunca contei para ninguém, guardo comigo há um tempão e, com o passar dos meses, não para de crescer dentro de mim, tenho medo que, se não puser para fora, estoure no meu coração e eu morra.

Se Mirko já sabe de tudo, o que vai mudar se eu lhe contar?

— Foi no ano passado, e... ô, Campeãozinho, essa história tem a ver com punheta, não tem problema não, né? Você bate uma de vez em quando, não é?

O menino não responde, fita o flutuador e faz uma cara estranha.

— Ei, você bate punheta ou não?

— ...

— Anda, você bate, correto?

— Um pouquinho. — E nasce uma série de tiques malucos na sua boca e nos olhos.

— Claro, qual o problema? Todo mundo bate. Eu agora parei um pouco porque tenho uma mulher, uma puta de uma gostosa com quem vou para a cama, mas sou exceção.

Ou melhor, eu *era* exceção, voltei rapidinho ao mundo dos infelizes. Imagino Tiziana nua na minha frente e a cara que fazia naquelas horas. Era um espetáculo, mas já penso como uma lembrança distante, e tenho medo que logo passe da lembrança para a dimensão do sonho, algo imaginário e impossível. Será que aconteceu mesmo? Lembro-me das sensações, dos cheiros, mas é tudo confuso e distorcido. Agora a única coisa verdadeira é a dor.

— Resumindo — digo —, foi na outra primavera e eu não conseguia pegar no sono. Ia para a cama, batia uma antes de dormir, mas depois continuava acordado. Você já se masturbou antes de dormir, né?

Iscas vivas

Mirko não tira os olhos do flutuador, continua com aqueles tiques malucos e não responde. Mas tenho certeza de que sabe do que estou falando. Bater punheta antes de dormir é um clássico, é como construir uma ponte mágica que nos leva do mundo real ao mundo dos sonhos. A um lugar onde as suas amigas percebem que não querem ser somente amigas, onde a professora substituta deseja falar com você em particular na sala dos professores, ou você vai encontrar um amigo, mas erra a porta e abre a porta do quarto da sua irmã mais velha, que está ali meio nua e você pede desculpas e ela diz: *Imagina, não tem problema, pode me ajudar a tirar o sutiã?* Enfim, você vai seguindo com essas fantasias até os finalmentes, depois, quando tudo acaba, você se sente leve e relaxado em um mundo de sonho, e dormir é a coisa mais natural.

— Só que eu não conseguia pegar no sono depois. E sabe por quê? Porque tinha de sair da cama e me limpar, então eu acordava. Fora da cama às vezes estava frio, a água estava gelada e a luz do banheiro era muito forte, então quando voltava para o quarto estava mais acordado que nunca. Aí comecei a usar um lenço de papel, mas era muito incômodo. Até porque, com uma só mão, eu tinha de prestar atenção e mirar bem para não sujar o lençol, então dava trabalho. E você, Campeão, já experimentou com um lenço?

Mirko não responde, não olha, não respira.

— Então, já testou com o lenço ou não?

— Senhor, desculpe, mas essa história tem a ver com o copo do Frajola?

— Não se finge de besta, você sabe que tem a ver. Tem e muito. E foi depois do lenço que tive essa ideia genial do copo — digo e respiro fundo. — Quer dizer, eu achava que era genial, mas você sabe muito bem como acabou e que não tinha nada de genial.

Fico quieto um instante. Penso na mamãe, no seu jeito de sorrir quando eu lhe contava uma história e aí, em algum momento, eu me interrompia, ou porque ficava com vergonha ou porque queria fazer suspense. Até com coisas boas, como quando eu voltava da escola e comentava de uma prova e ela me perguntava quanto eu tinha tirado e eu demorava para responder, mas mamãe já ia armando um sorriso enorme porque sabia que no mínimo era 7 e gritava: *Anda, ficou bobo? Conta logo! Não seja egoísta.*

Sinto falta da mamãe, caralho, como sinto falta. E agora que sinto falta da Tiziana, não é que tenha esquecido minha mãe. Ao contrário, agora sinto ainda mais falta dela. Uma saudade não substitui a outra, tem espaço para as duas aqui dentro, não há limites para a tristeza.

E de pensar que ela ainda poderia estar viva não fosse aquele copo do Frajola... Poderia? Não, sim, sei lá, juro que não sei.

— Senhor, então, se entendi bem, o Senhor usava o copo do Frajola para...

— Sim, muito esperto, tirou 10, parabéns. Experimentei usar no lugar do lenço e funcionou beleza. Um serviço limpo, perfeito. Só que depois, bom, eu tinha de levantar, ir ao banheiro e jogar fora, então o problema continuava. E aí, sabe o que eu fiz? Mas claro que sabe, você sabe tudo, conta o que eu fiz.

— Mas eu não...

— Anda, senão eu não continuo.

— Deixou o copo assim e foi dormir?

— Isso. Viu como você sabe? Enfiei o copo debaixo da cama, disse para mim mesmo que jogava fora de manhã e dormi tranquilo.

Paro. Vejo um leve círculo de água se formando em torno do flutuador. Isso significa que um peixe tocou no anzol, mas pode ser qualquer coisa, até um girino idiota que bateu na cortiça enquanto nadava. Ou então é impressão minha, estou nervoso e não sei nem o que vejo. Nunca contei essa história do copo, essa coisa horrorosa na qual penso todos os dias e que somente eu sei. Eu e a mamãe.

— Só que na manhã seguinte me esqueci, fui para a escola e deixei o copo debaixo da cama. Voltei para casa depois do almoço e ninguém atendia a porta. Era quarta-feira e o papai tinha viajado com a equipe, subi as escadas e não ouvi nada, cheguei ao meu quarto e vi a mamãe caída no chão. Com um braço estendido assim, ao lado, a vassoura que estava usando e, perto da mão, o copo do Frajola virado.

— Perdão, Senhor, então... — Pela primeira vez Mirko tira os olhos do flutuador e me observa. — Então sua mãe morreu ali?

— Não, caralho, ela desmaiou. Logo se recuperou. Disse que tinha sentido uma fraqueza, foi ao banheiro e lavou o rosto. Enquanto isso, desci, fui à cozinha e lavei o copo. E não falamos mais a respeito.

— Ah, bom, pensei que tivesse morrido assim.

— Não, já disse que tinha desmaiado. — Olho de novo para a água, outros dois círculos em torno do flutuador. — A mamãe morreu no banco. *No dia seguinte.*

Silêncio. Apenas as rãs. As rãs e meu coração.

Eu contei. Nunca pensei que contaria para alguém e, no entanto, acabei de contar para esse menino feio e bobo. Devia ter contado para Tiziana, ela ia entender o quanto essa história me tortura, me faz sentir culpado. Mas o menino me fita imóvel, está na cara que não entendeu porra nenhuma.

— Senhor, peço desculpas, mas achei que a história do copo tinha a ver com a morte da sua mãe. Desculpe, deve ser o filme de terror da noite passada que me botou umas ideias estranhas na cabeça.

— Não põe a culpa no filme, você que é burro — digo, e queria parar por aqui. Só que não consigo, realmente não consigo, e continuo.

— Bom, enfim, alguma relação deve ter, concorda? Quer dizer, poderia ter. Não acha?

— Não, Senhor, não acho. Mas confio no Senhor.

— Mas claro que tem, idiota. Quer dizer, a mamãe morreu no banco, a mulher que estava atrás dela na fila viu quando ela caía e apagou. Dias depois o médico veio com aquela conversa de que o corpo humano é assim, às vezes faz *clic* e tchau, sem nenhum sinal de alerta, não dá para fazer nada. E eu perguntei se com algum sinal dava para ter feito alguma coisa. E ele disse que, bom, sim, talvez, e eu perguntei se um desmaio podia ser um sinal, e ele me disse que sim, claro que sim... Entendeu, idiota, entendeu agora? Foi um sinal de alerta, um dia antes a mamãe desmaiou na minha frente, porra, e eu, o que fiz? Fui para a cozinha lavar o copo e fingi que não tinha acontecido nada. — Paro por um segundo, tento respirar, mas não consigo, consigo apenas gritar: — Entendeu, imbecil? Fingi que não tinha acontecido nada!

Minha voz ecoa entre os morros de areia das margens, por um instante até as rãs se calam. Depois recomeçam mais felizes do que antes.

Meu Deus, como eu queria ser uma rã. No fim das contas, não ia perder nada, no canal poderia viver do mesmo jeito e levar a mesma vida sem sentido. E elas não têm preocupações e vivem tranquilas, só têm de tomar cuidado com os lagostins-vermelhos e com os ratos de esgoto, e podem dormir em paz, não sonham com a mãe em pé olhando para elas fixamente, branca como um cadáver, com os cabelos colados na testa e um copo do Frajola na mão.

Mas por que não quebrei o maldito copo, por que não o destruí naquele mesmo dia, por que o escondi no fundo do armário, onde esse menino chato pegou sem pedir?

E por que esse menino me olha e começa a rir?

Iscas vivas

— Seu filho da puta, do que você está rindo?

Balança a cabeça, os olhos arregalados, a boca apertada.

— Do que você está rindo, seu verme? Jogo você no canal, hein?

— Não, Senhor, não estou rindo. Desculpe.

— Claro que está rindo.

— Não, juro pela minha família.

— Grande coisa! Sua família não está nem aí para você!

— Sim, mas eu ligo para eles, então o juramento vale. Admito que fiquei com vontade de rir, mas não ri.

— Você é doido? Rir a uma hora dessas? Disse que minha mãe morreu, que sou culpado em parte pela morte, e você ri?

— Senhor, me desculpe, mas no começo achei que fosse algo sério. Tipo, pensei que sua mãe tinha se abaixado para pegar o copo, bateu a cabeça e morreu. Ou que achou que aquilo era leite, bebeu e morreu envenenada. Ou que o Senhor voltou para casa e matou sua mãe porque ela tinha descoberto sua técnica do copo...

— O quê? Você está louco, você está doente, menino, que merda você tem na cabeça? Você tem noção da bobagem que está falando?

Ele me dirige um olhar diferente. Não é mais o passarinho perdido. Está sério, me fita direto nos olhos, quase sinto medo.

— Sim, Senhor — diz, e até a voz é outra. Não treme mais. Invertemos os papéis, agora sou eu que tremo. — Vamos fazer assim, Senhor, vou começar a pensar antes de falar bobagem, desde que o Senhor faça o mesmo.

— Eu? Eu não falo bobagem.

— Está certo. Então eu vou rir.

— Não, você não...

— Sim, vou rir, sim, Senhor. Estou cansado de nunca poder fazer nada. Não posso correr, não posso pedalar, não posso nem andar direito com esta perna aqui. E o Senhor, ao contrário, pode fazer tudo o que bem entender, pode até dizer que sua mãe morreu por sua culpa, porque ela encontrou um copo em que o Senhor se masturbava. Então, se não posso rir nem dessa bobagem, me diga o que é que eu posso fazer...

Nada, esse menino maldito não pode fazer nada. Ainda que de uma certa forma já esteja fazendo uma porrada de coisas. Por exemplo, me faz sentir um idiota, muito idiota, mais idiota do que nunca. E olha que ultimamente alcancei níveis altíssimos de idiotice.

Mas agora é diferente. Agora estou quase feliz por me sentir assim. E então penso que Mirko podia até rir, rir bem alto e apontar o dedo na minha cara enquanto rola de rir. E podia chorar de tanto gargalhar, como minha mãe fazia às vezes ao ouvir uma coisa muito absurda. Como talvez fizesse agora se eu pudesse lhe contar esta história.

Eu me sinto um idiota, retardado, confuso, e talvez um pouquinho mais leve. É, um pouco mais leve. Olho para Mirko, até queria lhe dizer obrigado, embora nunca faça isso. Nunca.

Mas de repente o seu rosto muda outra vez. Não tem mais vontade de rir, torce a boca, começa a tossir e a cuspir no chão.

— O que você está fazendo?

— Desculpe, Senhor, sei que não devia, mas que nojo! — E continua cuspindo.

— Nojo do quê?

— Caramba, eu bebi um monte de vezes naquele copo, *bleah*!

E então sou eu que começo a rir. É incrível, mas rio. — E você ainda reclama? Devia estar orgulhoso de beber onde eu gozei! Você devia contar por aí que é uma honra que...

De repente, nós dois viramos a cabeça para o canal, não há mais lugar para palavras. O flutuador desapareceu debaixo da água, fez um som que parecia uma pedrada. Mal pude vê-lo descendo como uma flecha e as rãs fogem nas margens deste e do outro lado, tentando se salvar.

Pego a vara, aperto a fricção e dou um golpe seco, é como enganchar um trem em movimento. Uma força absurda, um peso gigantesco, a vara se dobra como um caracol e me leva junto.

— Vem aqui, me ajuda!

Mirko também segura a vara e puxamos juntos. Mantenho a ponta no alto, abro a fricção do molinete para soltar um pouco de linha antes que ela se rompa. Mas as precauções no caso dos peixes grandes não funcionam com essa coisa que está no anzol, é como botar um capacete no dia do Apocalipse. Isso aqui é um trem, uma jamanta em alta velocidade, não existe técnica para contê-lo, é só apertar os dentes e puxar.

— O que eu faço, Senhor, o que eu faço?

— Puxa, Mirko, puxa com toda a sua força!

A água se divide em duas lá na frente, mas não vemos nada. Apenas uma sombra colossal e duas ondas que se chocam contra as margens, o canal que ferve, a espuma e um vórtice assustador que gira e puxa, gira e puxa.

E, *crac*, a vara se parte ao meio como um palito de dentes, a linha se rompe e, quem sabe, também se quebra algum osso dentro de nós enquanto caímos de costas na terra seca.

Ficamos os dois sem fôlego, segurando um pedaço de vara. Por um segundo nos olhamos, depois olhamos para a água lá adiante e nos olhamos de novo.

Desta vez, nem as rãs têm coragem de recomeçar.

E então desaparece

O táxi chega ao portão e dá duas buzinadas, mas você já o tinha visto pela janela, pega as malas e desce. Tinha prometido a Raffaella que ela levaria você ao aeroporto, mas chamou o táxi.

Não é por maldade, é que queria dar uma última olhada na cidade antes de ir embora. Queria observá-la, prestar atenção e ouvir os pensamentos da sua cabeça, sem as lágrimas e os soluços de Raffaella.

Duas malas no bagageiro, uma bolsa leve no colo junto ao *Corriere della Sera* e ao *Tirreno*, que nem você sabe por que comprou.

— Você gosta de se informar, hein? — diz a taxista apontando os jornais. Você preferia que fosse um homem, um com mais de sessenta anos, daqueles que fazem esse trabalho há toda uma vida e não aguentam mais, que ficam calados e querem apenas chegar ao fim do turno.

Em vez disso, a taxista pergunta para onde está indo, se também faz frio na Alemanha nesta época do ano. Ela nunca esteve em Berlim, mas em Munique, sim, porque tem parentes lá que mexem com azulejo. Ela recomenda que visite Munique porque é uma cidade linda e se come bem, não tão bem quanto aqui, lógico, o país da boa mesa, ninguém supera os italianos, com os nossos espaguetes e pizzas, não tem jeito, e nossa cozinha é famosa no mundo inteiro, mas com certeza existe um restaurante italiano em Berlim e você pode ir lá, não é? E quanto tempo vai ficar? Por que está indo?

— Estou indo para um enterro — diz. Uma sacada de mestre assim, do nada.

— Oh, sinto muito, sinto muito mesmo.

— Não tem problema, infelizmente essas coisas acontecem. — Você faz cara de triste e balança a cabeça, aliviada por saber que não vai ouvir mais nenhuma palavra até Pisa. Ótimo. Pela janela, agora você pode observar Muglione, que passa lenta no mormaço e se arrasta diante de seus olhos até ficar para trás.

A estrada que leva a Florença, o canal, a sede do Centro de Informações para Jovens, que está fechado para férias e, quando reabrir, terá outro responsável lá dentro na escuridão e no isolamento. Por um segundo você pensa na poltrona vibratória, no vendedor que deveria voltar para buscá-la. Cedo ou tarde vai voltar, ou será que se esqueceu de seu produto milagroso e do lugar perdido no meio do nada onde o deixou um dia por engano? Pode ser que sim, pode ser que não, a única certeza é que você nunca vai saber como terminou a história.

Como também não vai saber da mensagem misteriosa no blog: *Tiziana, bom ler vc.* Afinal de contas, quem enviou? Luca? Nick, o amigo de Pavel? Um analfabeto que entrou sem querer? Você não sabe e nunca vai descobrir, mas não importa, porque agora você vai embora e tudo isso deixará de existir na sua cabeça, provavelmente.

A estrada está quase vazia. É agosto, quem pode viajou para a praia ou para a montanha ou para algum outro lugar que não seja este e que não cheire a canal podre. Mas você chamou o táxi bem mais cedo porque nunca se sabe, pode sempre acontecer um imprevisto e, nesse tipo de situação, você prefere se precaver. Assim, se sente tranquila e segura, mas é obrigada a passar quase a tarde inteira nas salas de espera de aeroportos e estações de trem, igual sua mãe quando vai ao médico e chega sempre com duas horas de antecedência. Você e sua mãe, rigorosamente idênticas, muda apenas o lugar onde ficam esperando, de braços cruzados. De novo aquela sensação de afogamento.

Aí, de trás, chega o barulho infernal de uma scooter que vem voando. Alcança o táxi, encosta do seu lado e diminui a velocidade. Você não olha de imediato, primeiro tenta respirar, se pentear, entender o que pretende Fiorenzo do outro lado da janela. Quer se despedir pela última vez, xingar, convencer você a não ir? Você se vira com mil expressões diferentes se alternando em seu rosto e finalmente o encara.

Não é Fiorenzo. É mais um desses toscos que gostam de mostrar como é rápida a sua scooter, ultrapassa o táxi, empina e some da sua vida em uma única roda. Você recomeça a respirar, a viagem retoma a calma, a estrada reta e livre na sua frente.

Mas como você se sente, Tiziana, o que vem à sua cabeça? *Ainda bem* que não era Fiorenzo, ou *que pena* que não era ele? Não dá para pensar as duas coisas ao mesmo tempo, você sabe. Ou não sabe, Tiziana?

Não, neste momento você não sabe nada. E por alguma razão você se lembra daquele domingo de junho em que foram a Viareggio. Um cliente da loja de pesca é gerente de um restaurante nas docas e sempre dizia: *Vai lá, Fiorenzo, vai lá que atendo você*. Vocês chegaram às nove, ainda tinha um pouco de luz, mas o restaurante estava fechado, era a folga da semana. No verão, no domingo, em Viareggio. E começou a chover. Um daqueles temporais devastadores da costa, uma pancada que dura dez minutos e encharca tudo.

Iscas vivas

Tinha um quiosque no cais com um chinês que fritava peixe, vocês compraram dois saquinhos com lulas e lagostins duros feito borracha e saíram correndo, mascando, para debaixo do toldo de uma loja que vendia motores para barcos. Fiorenzo disse que seu sonho era comprar um barco e navegar pelos oceanos, você o corrigiu dizendo que seu sonho era ficar famoso com a banda, e ele disse que era verdade, mas que na vida é melhor ter vários sonhos, porque a coisa funciona como em um bingo: quanto mais cartelas você tem, mais chances tem de ganhar.

Uma frase que agora você acha importantíssima, mas que, naquele instante, deixou passar. Em seguida, Fiorenzo começou a falar do que gostaria de fazer no barco, que já sabia até como ia batizá-lo, mas você não se lembra mais. A bordo ia haver um fogão, assim preparava os peixes na hora, e também um barril inteiro de vinho branco, que combina, e passaria as férias inteiras navegando pelo Mediterrâneo, cada dia em um lugar diferente. E, enquanto ele falava e falava, você ia reparando que nos projetos futuros de Fiorenzo, bobos e confusos ao extremo, você nem sequer aparecia. Ele continuava dizendo: *Eu pego, eu vou, eu faço*, e você lamentava porque naquele barco, pelo visto, só cabia ele.

Que, enquanto isso, listava os peixes que queria pescar: bonitos, merluzas, carapaus, brecas, douradas, cavalinhas, ferreiras, ruivos e...

— Vai, por ora come um pedacinho de lula! — você disse, e jogou no nariz dele um anelzinho frito. De repente, sem mais nem menos. Até você se assustou, depois desandou a rir.

— Você é louca? Na camisa do Destruction! O óleo não sai mais! — Era uma camiseta preta, claro, com o desenho de um açougueiro que olhava para você com uns olhos de maluco e uma faca enorme nas mãos. — Olha aqui, estragou para sempre!

— Mas não estava em condições muito melhores.

Fiorenzo observou você sem responder, apertou o saquinho engordurado no peito com o braço direito, pescou algo dentro dele e atirou um lagostim na sua cara.

E assim foi deflagrada a guerra do peixe frito e, durante a cruenta batalha, vocês abandonaram a proteção do toldo, a água caía forte e em menos de um minuto ficaram completamente ensopados pela chuva e pelo óleo da fritura. Acabaram com toda a munição, lançaram até o saquinho vazio, e então ficaram se olhando, respirando fundo e sorrindo torto, sob a chuva que já diminuía e os relâmpagos que se afastavam na direção de Pisa.

As pessoas começavam a sair de seus abrigos e lotavam de novo a rua que levava ao cais, passavam e olhavam para vocês como se olhassem para dois malucos. Em especial para você, Tiziana, que já não é mais nenhuma menininha.

— Tiziana, posso falar uma coisa?

— Fala.

— Você está muito feia. De verdade, horrorosa. — Fiorenzo apontou para você e começou a rir, e você também riu enquanto tentava arrumar os cabelos colados no rosto, mas suas mãos estavam tão engorduradas que só pioravam a situação.

E você sorri agora, enquanto relembra, no banco de trás do táxi. Você se olha no retrovisor e se sente estúpida, aperta os jornais apoiados no colo e tenta se controlar.

Outra scooter ultrapassa do seu lado, mas dessa vez você nem olha. Fiorenzo não sabe que você vai hoje. E mesmo que soubesse não viria. Certamente está pescando ou tocando com a banda ou tentando ficar bem de algum jeito, e é justo. E você não tem nenhum direito de esperar outra coisa.

Iscas vivas

* * *

E então chega o aeroporto. Há tantas pessoas que leem os anúncios com a cabeça para o alto e não sabem aonde ir, por um breve instante você se sente em casa.

Pensa em Muglione e um sabor amargo vem à sua boca, está a meia hora de distância de carro, mas parece outro continente. Pega o celular e manda uma mensagem para Raffaella, diz para ela visitá-la o quanto antes, que não importa se tem medo de voar, que vá de trem, de carro, como quiser, que você vai esperá-la e que para você a presença dela é muito importante.

Você relê, envia, de frente ao check-in da Ryanair, quase coloca o telefone no bolso, mas aí chega uma mensagem. A moça no balcão diz, muito séria, que você deverá desligar o celular a bordo. Concorda, você sabe muito bem disso, não é uma italiana típica. Despacha a mala, pega o celular e lê a resposta de Raffaella.

Mas não é Raffaella, no display diz FIORENZO. Aquela coisa amarga de antes se espalha por toda a boca, vira um nó na garganta, você não consegue nem engolir.

> Pelos meus cálculos, você deve ler a mensagem já na Chucrutolândia. Queria dizer (e é exatamente o contrário do que eu gostaria de dizer) que se, por acaso, você perceber que não está feliz aí e que não estava tão mal aqui, que estou aqui e fico com você de novo. Não vou dar uma de orgulhoso, não. Se você voltar, eu volto com você. Sou um babaca, eu sei, mas é isso. Tchau, F. (19h01)

Mas como ele sabe que é hoje? Até o horário é quase exato... Deve ser telepatia, espionagem digital ou simplesmente a Raffaella que não consegue guardar segredo...

Você não sabe, mas relê a mensagem, duas vezes, três...

A quarta é interrompida por um dedo que toca suas costas.

— Desculpe, mas estou com pressa — diz. É uma menina com cabelo rasta, tem vinte anos e uma mochila gigantesca nas costas. É praticamente você quinze anos atrás, na primeira vez que viajou. Está com pressa? *Ela* está com pressa? Você a fuzila com o olhar, a filhinha de papai com calça militar e coturno, mas nem se estivesse perdendo o último ônibus. Você se afasta um pouquinho e a deixa ir.

Passa pelos outros milhares de controles, chega à vidraça de onde se veem os aviões, o ar cada vez mais carregado de desinfetante. Cada vez mais internacional.

Tinha pedido um assento no corredor, mas está na janelinha. Ao seu lado, tem um padre, a estudante de vinte anos ficou umas filas atrás, o barulho dos motores aumenta e está tudo pronto para a decolagem.

Tira os jornais da bolsa, pega o *Corriere*, mas depois escolhe o *Tirreno*. Lê o nome dos lugares e agora já têm um sabor exótico, distante, inalcançável. E o nó na garganta não para de crescer, sobe até os olhos, passando pelas têmporas. Talvez tenha até vontade de chorar antes de voar, quem sabe.

Depois os olhos se detêm em uma notinha no canto da página, que fala de Muglione.

Arrepiante descoberta na noite de ontem na residência de Noemi Irma Palazzesi, uma anciã de 87 anos residente em Muglione. Os voluntários da Santa Casa foram chamados por um mal-estar, mas encontraram na cozinha, além da senhora, inúmeros gatos mortos, alguns há pouco tempo e outros há vários dias, além de outro que descongelava na pia. Os policiais encontraram vários ossos na lixeira da senhora Palazzesi, enquanto outros pobres filhotinhos eram guardados no freezer para consumo futuro. A senhora confessou que os recolhia com a desculpa de sua solidão e depois os transformava em alimento, mas se defendeu dizendo que gato não é diferente de coelho, e que com 400 euros de aposentadoria não podia fazer frente a todos os gastos...

Iscas vivas

Para de ler, fecha o jornal e o guarda na parte mais funda da bolsa. Pobres gatinhos. Coitados. Você tinha razão ao não confiar naquela velha maldosa, pelo menos daquela vez você tinha razão. Não dá para estar sempre errada.

Os motores estão na potência máxima, a pista começa a se mexer lá fora, o avião parte, acelera, voa. Você aperta bem os olhos e, como sempre acontece quando vai embora, sua cabeça se agarra às coisas que está deixando em casa.

Livros, cadernos, roupas, pulseiras, cama, o criado-mudo que você tem desde pequena, cheio de adesivos de ursinhos. O que essas coisas vão fazer agora que você não está mais aqui, vão ficar quietos e em silêncio esperando que você volte? E a escova de dentes, você se esqueceu da escova de dentes! Era praticamente nova e agora está lá no banheiro, dentro de um copo, sozinha como um cachorro abandonado. Em que será que está pensando, como estará se sentindo, você tem vontade de mandar o avião voltar e de sair correndo até Muglione, entrar no banheiro e pegá-la, e escovar os dentes e dizer que ela ainda tem uma razão de ser, que você não tinha se esquecido dela, que nunca vai se esquecer.

E já que você volta a Muglione, Fiorenzo vai estar ali esperando. Na pescaria, na loja ou onde quiser, ele vai estar ali e, se você voltar, ele fica com você, foi ele mesmo quem disse, aliás, escreveu. Você não sabe direito o que quer da vida, mas com certeza essa é uma das coisas de que você gostaria.

Um trabalho legal, uma cidade em que gosta de viver, um rapaz com quem você curta passar a noite junto... São tantas cartelas, mas quanto mais tiver, mais chances você tem de fazer bingo.

Mas como é que se faz para ficar com todas essas cartelas, como se faz, Fiorenzo, como?

O avião já está no ar, você olha para baixo e a terra parece lisa as casas e as estradas parecem brinquedos jogados por acaso em um canto do mundo.

Quem sabe alguém lá no chão não está olhando, alguém que, por algum motivo de sua minúscula vida, ergue os olhos para o céu neste exato momento. Um passante que lê o nome de uma rua, uma senhora que procura seu gato na árvore, um rapaz maneta que pesca em um canal e observa a ponta de sua vara.

Olha para cima no céu e vê um pontinho branco que brilha e avança lento, sem fazer barulho, cada vez menor no azul, cada vez menor.

E então desaparece.

Trinta anos, que loucura

Já se passaram dez anos. Dez, caralho, e parece que foi ontem.

Fechei os olhos por um segundo e, *bum*, tenho trinta anos. Trinta anos, eu, que loucura.

Até os vinte, demorou uma eternidade, podia dizer qual era a coisa mais legal que tinha acontecido no verão dos meus dezesseis anos, ou qual era minha banda preferida no outono dos dezessete, depois terminei o ensino médio e foi um estalar de dedos. Quando fiz vinte e sete, por um instante fiquei em dúvida se não era vinte e oito. Podia ser, que diferença faz? Tive que fazer as contas. Sério.

Mas dessa vez foi mais fácil porque cheguei aos trinta, número redondo. Sou um trintão, falo e me sinto estranho, mas é isso. Sou um homem de trinta anos.

E sou feliz? Não sei. Existem as pessoas felizes e as pessoas tristes, depois tem as pessoas de verdade, que, às vezes, são felizes e, às vezes, tristes. Mas agora estou feliz, porque hoje à noite vai ter uma grande festa aqui em Muglione e estamos todos prontos para cumprimentar Mirko, que ontem se sagrou campeão do mundo.

Em Stuttgart, depois de 270 quilômetros de prova. Faltando dez para a chegada se formou um pequeno pelotão com os melhores, só que entre esses melhores estava *o* melhor, ele, e assim que a estrada começou a subir, Mirko forçou os pedais e disparou do seu jeito, naquela progressão alucinante, sem nem olhar para trás (para não humilhar os outros, me disse). A cada pedalada, a vantagem crescia e o público enlouquecia e eu acabava com o meu sofá na base dos chutes. Agora estou sentindo uma puta dor nos pés, mas tudo bem. Campeão do mundo.

Ele foi entrevistado logo depois da corrida, ainda estava ofegante e tinha o capacete meio torto na cabeça. Mandou um abraço para sua mulher, que é espanhola, seu filho, Ignacio, e também para mim. E quando perguntaram o que fazia para ser tão bom, Mirko respondeu: *Aprendi a vencer quando me ensinaram a perder.* Rapidamente a frase explodiu em todo o planeta, mas acho que só eu a entendi.

Será que Tiziana viu a corrida? Afinal, foi na Alemanha, onde ela mora. Eu a vi há uns dois ou três anos. No Natal. Voltou para visitar seus pais e estava com o marido alemão, loiro, mas menos alto do que imagino um alemão, e uma menina bem loirinha que, aposto, vai ficar mais alta que o pai.

Nós nos cumprimentamos e trocamos dois beijos no rosto, e eu mantive o braço no bolso o tempo todo. Mas só porque as crianças às vezes se assustam quando veem que me falta uma das mãos. Dissemos que antes que voltasse para a Alemanha tínhamos de tomar um café juntos, podia ser no Faisão. Rimos e nos desejamos feliz Natal e não nos vimos mais.

Naquela época eu estava saindo com Marta, uma menina de Parma que é arqueóloga e trabalha na Universidade de Pisa. Tinha vindo a Muglione a pedido do insistente prefeito, depois que as obras de canalização do novo bairro residencial, localizado ao lado da antiga zona industrial e já conhecido como Muglione 2, trouxeram à tona estruturas de madeira que poderiam ser embarcações romanas ou fenícias afundadas sabe-se lá como no subsolo da região.

Iscas vivas

Tratava-se, na verdade, de resíduos ilegalmente descartados por algum canteiro de obras, Marta e seus colegas não demoraram a perceber. Mas ela demorou menos ainda para perceber que nosso caso não tinha futuro, e, de fato, duas semanas depois nos deixamos. Eu poderia dizer que o encontro com Tiziana tinha me revelado que ela ainda estava em meu coração, apesar das rugas e de parecer minha tia, e que, no fundo, seus olhos ainda me enfeitiçavam. Mas não é exatamente verdade. A verdade é que Marta era casada com um de seus colegas que se encontrava na Turquia e estava para voltar, e, então, nossa história terminou junto com o sonho romano ou fenício de Muglione.

Mas tudo bem, terminei com Marta e no ano seguinte terminei com outra menina, que, por acaso, também se chamava Marta e trabalhava na ótica do centro. É estranho, mas a primeira vez que você acaba um relacionamento parece que o mundo também vai acabar. Nada mais faz sentido, você pode morrer sentado entre as chamas de um incêndio e pensar que é assim que tem de ser. Depois você termina uma segunda vez e sofre do mesmo jeito, mas uns dias a menos. Depois uma terceira, a quarta, e no final você se acostuma. Quer dizer, não é que você não sofra mais, mas se acostuma a sofrer.

Talvez o Mazinga tivesse razão, na última vez que o encontrei. Fui visitá-lo, tinham lhe dado alta do hospital para que morresse em casa. Estava de pijama, me olhava e sorria, e pensei que era a primeira vez que o via vestido como uma pessoa da sua idade. Deve ser por isso que me pareceu tão velho. Não falava porque tinha dificuldade para respirar, e eu, para dizer algo, perguntei se era um porre ter de colocar aquele aparelho na garganta toda vez que queria falar. Ele o pegou, encostou na garganta e me disse: NA – VIDA – VOCÊ – SE – ACOSTUMA – COM – TUDO – FIORENZINO – COM – AS – COISAS – BOAS – E – COM – AS – MÁS – E – ISSO – É – UMA – SACANAGEM – NOS – DOIS – CASOS.

Sei lá se entendi, mas esse lance de que você se acostuma é a mais pura verdade.

Eu me acostumei até com a ideia de que o Metal Devastation não vai mais destruir o mundo, nem a Itália, nem esta cidadezinha maldita. Mas ainda tocamos, porra, e estamos cada vez melhores. Uma vez por semana tocamos e arrebentamos. Conseguimos até um guitarrista, Federico, que é o namorado do Stefanino. No início, precisavam guardar segredo sobre o caso deles, porque Stefano naquela época tinha se tornado o responsável pela imagem do papa, e passava um bom tempo no Vaticano. Um dia, porém, ficou de saco cheio e disse: *Eu vou para aí, mas vou com o meu namorado, se vocês não quiserem, então me despeçam, logo arrumo um ditador asiático que me paga o dobro.* E então a coisa veio à tona aqui na cidade também, mas ninguém deu bola porque todo mundo já desconfiava há tempos que Stefanino gostava de homem. Todos já tinham percebido, menos eu e Giuliano.

No começo, Giuliano fazia piadinhas e tirava sarro, mas depois ouviu Federico tocar e não disse mais nada. Pelo menos até o dia em que Federico sugeriu um tecladista para criar uma atmosfera. Giuliano o alvejou com uma série de insultos cabeludos e nunca mais se falou de teclado.

A propósito, hoje à noite o Metal Devastation vai tocar na festa para Mirko campeão do mundo. O prefeito tinha dito definitivamente não, o secretário de Cultura e Turismo (ou assessor ao Culturismo) tinha dito definitivamente não. Mas, depois, Mirko ligou dizendo que se não tocássemos, ele não vinha, então nós vamos tocar.

E Mirko disse também que quer passar uns dias aqui. Provavelmente não agora, por causa da confusão de entrevistas e convites da TV, mas em breve quer passar uma semana em Muglione. Ele mora em Sevilha, mas comprou uma casa aqui. Eu disse que ele era um idiota, o que ia fazer com uma casa em Muglione? Ele me explicou que o valor de um imóvel em Muglione é tão baixo que custa menos que um trailer. E que assim pode vir me visitar.

Ainda que meu pai conte a todos que Mirko vem para visitar a ele, Roberto Marelli. Meu pai, que o treinou e o levou ao sucesso até a categoria Sub-23, e que agora virou uma espécie de profeta do ciclismo juvenil. As equipes profissionais o consultam para saber quais são os nomes do futuro e ele tem até uma coluna na *Bicisport*, intitulada *Vocês não sabem nada de ciclismo*, onde todo mês briga com alguém.

Parou de beber, ou ao menos esconde bem as garrafas quando vou vê-lo. Porque não voltei mais para casa. Fiquei no quartinho e, aos poucos, fui me ajeitando, até que um dia aproveitei um superfinanciamento e fiz um apartamento bem em cima da loja, assim de manhã acordo e, em dois minutos, estou no serviço. E normalmente já encontro gente me esperando do lado de fora.

Porque posso até não ter feito sucesso com o heavy metal, mas com a pesca, sim. Está quase saindo o novo DVD da minha série dedicada aos piores lugares do mundo para pescar. Já fiz o dos canais de Muglione, o dos pântanos do sul da Toscana e o dos canais do rio Arno, e as pessoas compram.

Eu queria chamá-los de *Redescubra a sua água*, mas escolheram *Fiorenzo te dá uma mão*, que é um título de mau gosto, eu sei, mas fazer o quê? Neles explico como fazer armações simples e eficazes, como ter grandes emoções no brejo atrás de casa, como sobreviver às mordidas de ratos e carrapatos, e outras coisas do gênero.

E também neste momento estou pescando, exatamente no canal, e acho que não queria estar em nenhum outro lugar.

Até porque daqui a pouco chega a Silvia. Não é que marcamos um encontro, mas de certo modo, sim. Faz quase um mês que voltou para Muglione e todo dia na mesma hora vem aqui com Diletta.

Diletta tem quatro anos, fala com sotaque de Milão e me chama de Fioretto, igual à sua mãe quando éramos bem jovens. Até o verão da nona série, até aquela tarde em que estávamos no canal e decidimos no par ou ímpar quem ia lançar a bomba, eu ganhei e logo depois perdi a mão.

E tenho a impressão de que a vida é isso mesmo, um rio de coisas que avançam juntas para cima de você, algumas você agarra e outras não, você nem percebe que passaram, e, às vezes, era exatamente aquela ali, que escapou, que mais vinha a calhar. Mas não dá para saber e é melhor nem pensar, porque você ainda está no meio do rio e as coisas chegam e passam e vão.

Ou então a vida não é um rio, talvez a vida seja um canal, e aí a história é outra. Porque um rio corre e no fim chega ao mar, ao passo que um canal não vai a lugar algum. Fica sempre ali, sem nenhuma meta a alcançar, no máximo esperando pelo cruzamento com outros canais para se confundir um pouco com eles. E se faz algum sentido essa água toda que se desloca, não sei. Só sei que estou aqui de boa vontade, sobretudo se puder jogar uma isca e pescar.

E faz um mês que me sinto ainda melhor. Quando pego um peixe, Diletta dá pulinhos e se aproxima, o acaricia levemente na cabeça, limpa o dedo na blusa e diz para ele: *Você tem sorte, peixinho, mas da próxima vez presta mais atenção*, depois, me faz um sinal e eu o deixo voltar para a água escura, o peixe dá um golpe com a cauda e desaparece lá embaixo.

Mas ontem a menina não veio, Silvia estava sozinha, ficou pelo menos uma hora e conversamos sobre várias coisas. Tem os cabelos bem escuros como antes, mas hoje estão mais lisos e mal batem nos ombros. E agora fuma. Pela primeira vez depois de um mês não ficou o tempo todo em pé, em certo momento se sentou perto de mim, muito perto, e falava com os olhos semicerrados por causa do sol.

Iscas vivas

Diz que no começo deixava as janelas de casa escancaradas, dia e noite, para espantar aquele horrível cheiro de mofo, depois entendeu que não era culpa da casa, que é Muglione que cheira assim.

Respirei fundo e disse que este é um lugar muito feio para uma menina tão bonita. Ela só respondeu um pouco depois e me disse: *Aqui o silêncio é muito bonito para uma bobagem tão grande*. Rimos, depois ficamos quietos, e o meu braço, que segurava a vara, estava prontíssimo para agir no caso da fisgada de um peixe, mas também para sentir sua mão encostando na minha pele. Há coisas que realmente são corretas, coisas que simplesmente *têm* de acontecer porque são boas, mesmo que depois não venham a acontecer. Mas não importa, porque talvez aconteçam amanhã, ou depois de amanhã, ou quando elas quiserem.

Nesse meio-tempo sorrio e mantenho os olhos no flutuador imóvel na água, que está calma e parada, mas sinto que não vai ficar assim por muito tempo. Recupero a linha, examino a isca, é uma minhoca bonita, gorda e suculenta, que parece quase feliz por estar enrolada em um anzol no lodo do canal. Então a lanço novamente no ponto que desejo.

Porque quando você decide pescar, a isca é importante. Não pode ficar esperando sem nada no anzol, precisa colocar algo em jogo, senão não faz sentido jogar.

E não é verdade que não importa porque nunca acontece nada.

Afinal, olhe para este lugar. É um buraco, é verdade, mas foi aqui que um dia chegou da Alemanha uma linda mulher, que, a princípio, só queria me arrancar o couro por causa de um poema de D'Annunzio não explicado corretamente, e no fim das contas acabamos transando.

E, no entanto, foi aqui que desabrochou Mirko Colonna, novo campeão mundial e vencedor de três Voltas da Itália e duas Voltas da França.

E, no entanto, é aqui que toca uma banda do caralho, que apenas um destino injusto e uma nação musicalmente analfabeta mantiveram na sombra.

E, no entanto, é aqui onde vive uma espécie de monstro aquático incrível, uma enorme fera negra e silenciosa que pode ficar escondida por anos e anos, mas que, quando menos se espera, quando ela bem entende, de repente emerge do fundo e cruza a sua frente.

E é nesse momento que temos de estar no canal, a postos e com a isca certa, assim o monstro a morde, nos destroça e nos lança na margem, exaustos, sem fôlego. E acaba nos ensinando que podemos conhecer todas as técnicas e teorias do mundo, mas que na vida, volta e meia, alguma coisa enorme nos assalta e tudo o que sabemos não faz mais sentido, só nos resta ficar caídos no chão, olhando a água que enlouquece, as rãs que fogem, a confusão, os esguichos e as ondas.

Depois, lentamente, a água se acalma, as rãs retomam seu canto, e voltamos todos a boiar.

Agradecimentos

Pois bem,
 Para mim é mais que importante agradecer a Giulia Ichino, que veio sozinha me pescar em um canal lamacento, sem medo de sujar os sapatos. Em um mundo mais justo, teríamos sido crianças juntos.
 Sou grato a Antonio Franchini, seus olhos veem longe, sua mente pensa profundo, seu punho golpeia duro.
 A Marilena Rossi, as qualidades mais preciosas de cem pessoas fantásticas concentradas em uma só, não imaginava que isso existisse. Errei.

Agradeço a Francesca, não sei quem a deu de presente para mim, mas lhe sou grato.
 Aos meus pais, que não me mandavam para a escola quando fazia sol.
 A Michele e Matteo, por ora as pinhas permanecem nos ramos.
 A todos os peixes que morderam minha isca, espero não tê-los machucado muito.

Obrigado a muitos outros que me ajudaram ao longo desta etapa de montanha. Alguns já se foram, mas eu não me esqueço. Corky e Karen, Andreino, Emanuele e Barbara, Andrea e Francesco, Michele, Stefano, Debora, Andrea e seus amigos finos, Violetta, Edoardo e Daniela,

Edoardo, Gian Paolo, Carlo, Fabio, Clara, Giulio da Transeuropa, Giulia, Alessandra e Nicolò, Cinzia e Franco, Jacopo e Sabrina, Alex e Milena, Filippo e Ester, Alberto e Nada, Ettore e Lea, Giuseppina e Arolando, Mariuccia e Dino, meu primo Luca, La Mariella, Alberto, Emanuela e Leonard, Giada, Matilde, Serena, Cisco, Cosimo e Sofia, Pier-Paolo, Claudio, Filippo, Giacomo, Luigi e Daniela, Irene, Duccio, Dania, Claudia e Sabrina, Alessandra e Federico, Gianluca e Matteo, Chiara, Alessia e Marco, Alessandro, Paolo, Annalisa e Massimiliano, aos amigos pescadores da ponte (mesmo àqueles com as balanças), Ugo e os clientes de sua loja de pesca, Mario e Laura, Ruggero e Camilla, Katia e Manuela, David, Elisabetta e Matteo, o Conde, Marco Pantani, Fiorenzo Magni (Fiorenzo tem esse nome por causa dele).

E obrigado a vocês que passaram os olhos por estas páginas. Não se vive para sempre, terminamos aqui, agora todo mundo para fora ver o que acontece.